W9-BVT-359

Frontera Sur

Frontera Sur

Horacio Vázquez Rial

ALFAGUARA

© 1994, Horacio Vázquez Rial
© De esta edición:
1994, Santillana, S. A.
Juan Bravo, 38. 28006 Madrid
Teléfono (91) 322 47 00
Telefax (91) 322 47 71

• Aguilar, Altea, Taurus, Alfaguara S. A.
Beazley 3860. 1437 Buenos Aires
• Aguilar, Altea, Taurus, Alfaguara S. A. de C. V.
Avda. Universidad, 767, Col. del Valle,
México, D.F. C. P. 03100

ISBN:84-204-8108-4
Depósito legal: M. 6.075-1995
Diseño:
Proyecto de Enric Satué
© Ilustración de cubierta:
Le Congrés. Paul Delvaux, VEGAP. Madrid, 1994
Foundation Paul Delvaux, St. Idesbald, Belgique

© Foto: G. Giovannetti

Impreso en España

PRIMERA EDICIÓN: MARZO 1994
SEGUNDA EDICIÓN: MAYO 1994
TERCERA EDICIÓN: MARZO 1995

This edition is distributed in the United States by Vintage Books, a division of Random House, Inc., New York, and in Canada by Random House of Canada Limited, Toronto.

Todos los derechos reservados.
Esta publicación no puede ser
reproducida, ni en todo ni en parte,
ni registrada en o transmitida por,
un sistema de recuperación
de información, en ninguna forma
ni por ningún medio, sea mecánico,
fotoquímico, electrónico, magnético,
electroóptico, por fotocopia,
o cualquier otro, sin el permiso previo
por escrito de la editorial.

Agradecimientos

Quiero agradecer a quienes han contribuido activamente a la realización de este libro. Mi mujer, Juana, fue conociendo el texto a medida que yo escribía, e hizo sugerencias útiles a lo largo de todo el proceso. Mis hijas, Aitana y Livia, a su corta edad, tuvieron la paciencia necesaria para guardar silencio en la casa durante meses. Pablo Armando Fernández, José Agustín Goytisolo, José Luis Elorriaga, Jorge Binaghi y Claudio Lozano leyeron sucesivas versiones de la obra y aportaron comentarios sagaces. La generosidad de Edgardo Entín me permitió comenzar la redacción. Juana Bignozzi y Hugo Mariani pusieron a mi disposición su biblioteca argentina y su exquisita memoria. Jaime Naifleisch y Vicente Gallego me regalaron fragmentos significativos de sus historias familiares. Fabio Rodríguez Amaya esperó y alentó a lo largo de años esta novela. Mi madre, Pita Rial, atendió y respondió a mis interrogantes. Mis editores, Juan Cruz, Rodolfo González y Amaya Elezcano, soportaron mi ansiedad y mis manías. *Frontera Sur* da sus primeros pasos por el mundo de la mano de Lola Díaz.

Para Pita, porque los años han pasado
sin que nos diéramos cuenta.

Tanta dureza, tanta fe, tan impasible o
inocente soberbia, y los años pasan, inútiles.

JORGE LUIS BORGES, *El puñal*

No nos une el amor sino el espanto;
será por eso que la quiero tanto.

JORGE LUIS BORGES, *Buenos Aires*

Índice

[—Muchos dirán que no, que no tienes derecho a contar esa historia.

—Es la historia de mi familia. Es mi historia.

—Es la historia de una ciudad que abandonaste. La abandonaste como a una mujer enferma. Como a una mujer triste.

—La única mujer triste en todo esto es mi madre.

—Ella tampoco querrá que lo cuentes, Vero.

—No la menosprecies, Clara. Es una mujer lúcida. No renuncia al pasado. Lo recuerda. Con pena. A veces, con ira. Pero sin asco, sin abdicación. Cuerpo a cuerpo. Siempre hemos tenido nuestras diferencias, pero los dos nos estamos haciendo viejos, y yo sé que ahora le interesa, sobre todo, la verdad.

—Su disposición no te justifica. Podrías emplear otros nombres.

—Si lo cuento, lo cuento. Con nombres, pelos y señales. Al fin y al cabo, no hay nada más cierto que los nombres. Alrededor de los nombres no hay brumas. Yo los escribo y sus dueños, cualesquiera hayan sido sus pecados o su estupidez, rozan la inmortalidad. Las historias, en cambio, son irremediablemente dudosas. En todo caso, una vez las cuente, serán sólo literatura. Además, yo nací para eso.

—¿Para andar desnudo?

—Para contar. Para explicar historias.

—Si tienes quien te escuche, Vero. Y no sé si quedará alguien con la presencia de ánimo suficiente para escucharte cuando te metas con los otros.

—¿Qué otros?

—Los que no te necesitan ni para conservar el nombre. Los que son inmortales sin tu intervención. Los mitos. Nadie quiere jugar con esas cartas.

—Los mitos son lo que son para cada uno, Clara: dioses, sombras... según los tiempos. Tienen culpas, pero no son responsables. Pertenecen a la imaginación, de manera que su presencia en una novela realista es inevitable.

—¿Estás decidido, pues?

—Completamente.

—Si es así, te sigo. Te escucho. Te leo.

—¿Me corriges?

—Tal vez. Te pregunto. ¿Por dónde empiezas?

—Por los Díaz, Roque y Ramón.

—Bisabuelo y abuelo.

—Llegaron a Buenos Aires en el ochenta, pasando por Montevideo.

—¿Por qué? Por qué dejaron España, quiero decir.

—Eso vendrá después. El propio Ramón tardó veinte años en saberlo, y era su vida... ¿Para qué adelantarse?]

Primera parte

1. El descubrimiento de América

> Día a día van desapareciendo, abrumados por la edad, los escasos representantes de la raza africana que pisaron este suelo con las cadenas de la esclavitud. Anteayer le tocó el turno a la Reina de los Banguelas, Mariana Artigas, que contaba 130 años y fue hallada muerta en su humildísimo lecho. Horas antes de conducirse su cadáver al cementerio, recibía la extremaunción el Rey de la misma nacionalidad, vulgarmente conocido por Tío Pagola.
>
> Diario *El Siglo*, Montevideo, 3 de agosto de 1880

Ramón había oído por primera vez aquel sonido unos meses atrás, en Montevideo, aferrado a la mano de su padre, tan atento y tan asombrado como él. Estaban con Anselmo, un gallego grueso y sonriente, nacido en el mismo pueblo que Roque y establecido de antiguo en el Uruguay, al que debería siempre la visión de aquella tarde, su son, sus reflejos.

—Ha muerto el rey de los banguelas —había anunciado Anselmo de pronto, al terminar la comida—. Me gustaría ir al velorio.

—¿Un rey? —descreyó el niño—. ¿Un rey de verdad?

—Un gran rey negro —confirmó Anselmo—. Uno de los últimos. Ayer enterraron a la reina.

—¿Era un rey con una corona y una capa, como Alfonso XII?

—No, no, nada de eso, era un rey aún más pobre que el de España, y no tenía corona, ni capa, ni nada.

—¿Ni corte?

—Eso sí. Una corte, sí. Y muchos amigos.

Roque Díaz interrumpió con su voz gorda.

—¿Había sido esclavo?

—Claro, ¿cómo hubiese llegado hasta aquí, si no? —rió Anselmo—. Bantú. Vino encadenado. Buena persona, el Tío Pagola. Pasó más de cien años en este mundo.

Ramón no preguntó más. Como tantas veces, se entretuvo en observar el orden siempre perfecto del bigote de su padre, la llamativa lisura de su pelo negro, en el que aún no apuntaban canas.

Calló su entusiasmo cuando Roque aceptó ir con el amigo.

Y siguió callado todo el tiempo que duró el paso del cortejo por la calle en que se estuvieron de pie, helados y calados por la humedad, viendo cómo aquel gentío, cubierto tan sólo con finas camisas blancas y pantalones y faldas abigarrados, se dejaba llevar por el batir opaco de unos dedos finos y oscuros sobre un tambor, y por los remotos agudos de algún violín y alguna flauta, entrando y saliendo de debajo del ataúd de madera cruda, que cambiaba de hombros una vez y otra, sin que jamás se alterara la regularidad de sus oscilaciones.

Giraban y giraban y giraban, como si no desearan avanzar, y por un instante el desasosiego amenazó asentarse en el alma de Ramón, que imaginó la caja eternamente en el aire, una caja sin destino con un rey dentro, clamando por la tierra o el fuego o el agua del mar.

Un aleteo bárbaro sobre los parches precedió al silencio.

El muerto fue descendido al suelo y la muchedumbre se abrió con respeto.

Un hombre blanco, muy rubio, alto, despeinado, tan desnudo como los bailarines en el agosto del sur, con una maleta rígida, forrada en piel, sostenida bajo el brazo y sujeta al cuerpo por una ancha cinta de igual materia, había aparecido en la esquina. Se acercó sin prisa, indiferente a las reverencias. Alguien trajo una silla de una casa y la puso en medio de la calzada, cerca del cadáver.

Ramón descubrió entonces que el ataúd no tenía tapa. Buscó dentro un rostro, el que había sido del Tío Pagola, y no encontró más que una pelota de duro cuero lastimado y un montón de grasientas lanas blancas.

El hombre rubio abrió la maleta y sacó de ella lo que a Ramón no le pareció otra cosa que un extraño estuche con brillos de nácar y metal; la envoltura, eso sí, de algo maravilloso y definitivo.

El hombre rubio se sentó en la silla, junto al rey banguela, con el estuche sobre los muslos, y metió unas manos suaves, largas, por debajo de unas correas hasta aquel momento invisibles, y acarició con dedos suaves, largos, unos botones hasta aquel momento invisibles, y con un gesto suave, largo, tiró hacia los lados y mostró un pellejo de serpiente hasta aquel momento invisible, con escamas pulidas y rectas.

Con un movimiento vago, reveló la música.

Estaba llena de latidos de negros, pero Ramón recordó el órgano de la iglesia de Barcelona en que había despedido a su madre, aquella abundancia sonora que se imponía a las lágrimas, que abría la garganta para resolver los sollozos en hondas inspiraciones.

El hombre rubio se doblaba, se cerraba encima de aquella milagrosa brisa, con los ojos cerrados. Se amaban, él y su instrumento. Juntos, íntimos y solemnes, quejaban el duelo sin desconocer la resurrección.

Sin que él dejara de tocar, alzaron el ataúd entre varios y echaron a andar, ya decididos, sin otra distracción que la realidad, a devolver a la tierra lo que era de la tierra. Él permitió que se perdieran hacia la llanura por una calle cualquiera, sin pena.

Cuando se detuvo, suspiró, regresó, vio delante la mirada de Ramón, sus dedos de niño de cinco años tendidos hacia el instrumento. Sonrió.

—Bandoneón —dijo, apuntando con la barbilla hacia abajo—. Suena bien. Al tata viejo le gustaba mucho.

—¿Tata viejo?

—El rey, el Tío Pagola. Era un tata viejo. Alguien muy querido, y respetado. Un consejero...

Roque y Anselmo estaban junto a Ramón.

—Soy Hermann Frisch —se presentó el rubio, dando la mano a todos, primero al niño, sin levantarse.

—¿Alemán? —averiguó Roque.

—¿Alemán? —se asombró Frisch—. Lo fui, lo fui. Pero me curé en París, hace diez años, cuando la Comuna. Ahí me hice hombre. Escuchen, por favor.

Y se dejó caer nuevamente al cielo.

Ramón Díaz necesitó muchos años para comprender que aquella tarde, en Montevideo, había visto cambiar el mundo.

Ahora lo oía en Buenos Aires. En Fray Bentos, al abrazar a Frisch sin esperanza de volver a verle jamás, Ramón había temido perder, con el amigo, la música, aquella música única, que la constancia había transformado en hogar en el curso del parsimonioso e incierto viaje común a través de oscuras poblaciones en las que Roque buscaba un destino para los dos y Frisch recogía monedas.

Reconoció el bandoneón sin sorpresa.

Sonaba en algún lugar del otro lado del patio, y entraba en la sala con la confianza de un hijo de la casa.

Ramón se separó de la conversación que su padre sostenía con Posse. Volvía a ella de tanto en tanto, para adivinar, por alguna señal, de qué se estaba tratando. Retuvo el nombre de Cánovas, la palabra constitución.

Cuando de fuera no llegó más que silencio, atendió a lo que decían los hombres.

—Esto empieza a ir verdaderamente bien —aseguró Posse—. No hay quien pueda con el zorro Roca. La pacificación es cosa hecha. ¿Quién se va a oponer ahora a que Buenos Aires sea la capital?

Era un hombre alto, delgado, de cabellos blanquísimos, lleno de una autoridad que, lejos de inquietar o repeler, animaba a la sinceridad.

—Necesito criar a este mozo en lugar tranquilo y hacer un poco de dinero, don Manuel —dijo Roque—. Algún día...

—No piense en futuros lejanos, amigo mío —interrumpió el viejo—. No tiene la menor importancia lo que vaya a hacer algún día. Lo que sí cuenta es lo que pueda hacer hoy, mañana. Le voy a proponer algo.

—Escucho.

Ramón encontró en el tono de su padre una nota de alivio. Debía de hacer mucho tiempo que esperaba aquella frase. En todas partes les habían recibido bien, con generosidad —Roque era hombre respetado—, pero nadie había dicho nada parecido a lo que acababa de decir Posse. Él no hablaba de visitas ni de despedidas.

—Sabe que puede vivir aquí, con el niño, el tiempo que haga falta. No le costará un céntimo. A la gente de bien no se le cobra nada. Además, es una casa, no una fonda. Sobra espacio. Pueden dormir y comer. Establézcase, entérese de cómo son las cosas en este país. Salga a caminar, recorra la ciudad con los ojos abiertos, mire bien a su alrededor. O me equivoco mucho con respecto a usted, o enseguida va a encontrar un camino. Y, si le viene bien, le puedo dejar una chata y un caballo.

Roque no abrió la boca.

—Papá, ¿qué es una chata? —preguntó Ramón.

—Un carro, hijo —contestó Posse—. Y no se preocupe —añadió—: nadie tiene por qué enterarse de que está usted aquí. Y si se enteran, tanto da. Ésta es una gran ciudad, y en las ciudades, las venganzas se disuelven, se evaporan, se pierden, dejan de tener sentido.

Ramón no sabía a qué se refería el viejo, pero percibió de pronto que siempre, aun en días que él no recordaba, en vida de Fernanda, su madre, habían estado huyendo de algo; y que allí, en aquella ciudad, en aquella casa, en aquella sala, hacía tan sólo unos segundos, por la obra mágica de unas palabras, habían quedado definitivamente fuera del alcance de sus perseguidores, quienesquiera que fuesen.

—De acuerdo —se comprometió Roque.

—¿Dónde tienen su equipaje? —averiguó Posse.

—Fuera, en el patio. Poca cosa, una maleta.

—Una valija. Venga, voy a mostrarles dónde van a dormir.

Atravesaron el patio y don Manuel se detuvo ante la cocina.

—Sara —dijo—. Ven, te voy a presentar a Roque Díaz Ouro. Es un paisano, amigo, además, de Anselmo. Y su hijo, Ramón. He pensado que podrían quedarse en el cuarto que ha sido de Severino. Ella es mi hija Sara.

La muchacha abandonó lo que estaba haciendo y se secó las manos en el delantal para tender la derecha a Roque.

—Mucho gusto, señor —sonrió—. La habitación de la que habla papá está muy bien. Es la mejor, si quiere que le diga la verdad. Aquí hay mucho espacio, pero no todos los sitios son cómodos. Casi todos nuestros invitados tienen que dormir sobre las cuadras, y eso es molesto.

Posse sonreía.

—Pon sábanas y explícales dónde lavarse —ordenó—. Y espero —se dirigió a Roque— que esta noche participen de nuestra fiesta.

—¿Usted va a salir, papá? —quiso saber Sara.

—Ahora mismo. A las ocho estaré aquí.

Se marchó sin despedirse de nadie.

Sara les pidió que aguardaran y regresó con un montón de sábanas y unas mantas.

—No creo que tengan frío, pero es mejor prevenir —dijo—. Vengan, por favor.

Abrió la habitación y puso la ropa sobre las camas.

—Las haremos nosotros, señorita —se ofreció Roque.

—Sara —respondió ella—. Y se lo agradezco. Todavía hay mucho que hacer para esta noche. Es una fiesta muy grande —explicó desde la puerta—, muy importante para nosotros. Mi padre no se lo habrá dicho, pero, amén de la Nochebuena, celebramos su cumpleaños. Y va a estar todo el mundo. Todos los hermanos, y todos los huéspedes, y todos los amigos, que alguna vez fueron huéspedes también.

—Mucha gente.

—Mire, los va a ir conociendo, pero le adelanto que soy la menor de once hermanos. Los mayores están casados, y tengo diez sobrinos.

—¿Y los huéspedes?

—Catorce. Todos los que podemos tener. Encima de las cuadras, hay doce piezas. Y está ésta, y la de enfrente. Siempre llega gente de allá, de Galicia, y no la va a dejar en la calle, ¿no?

—¿Y comen en la casa?

—Si se recibe a alguien, se lo recibe bien...

—Claro, claro...

Roque miró sus ojos risueños con la gratitud de un hombre cansado.

—Esta puerta, la de al lado, es la del baño —agregó ella—. Si me disculpan, ahora voy a seguir en mis cosas. Hasta luego.

Cuando se quedaron solos, Roque sonrió a Ramón.

—Es una buena casa, papá —dijo el chico, sentado en el borde de una de las camas.

—Lo es, hijo, lo es. Es la casa de un hombre generoso. Pero no es nuestra casa.

2. Una espera

> En todos los puertos del mundo
> hay alguien que está esperando.
> Raúl González Tuñón, *Miércoles de ceniza*

Era un viernes caluroso y de cielo despejado. Nadie hacía caso del belén armado en la primera sala, junto al zaguán, con un gordo Jesús tallado que dejaba pequeñas a todas las demás figuras, y cuya tosquedad ratificaba el carácter laico de la celebración de aquel día. Las mujeres pusieron las mesas en el último patio, emparrado, de obligado tránsito para quien pretendiera ir de la casa, a la que se entraba por el oeste, desde la calle Pichincha, a la cuadra, abierta al sur, a Garay. Al anochecer, los blanquísimos manteles quedaron sepultados bajo fuentes y más fuentes en que lucían el jamón, las almejas, el pavo fiambre, los ahumados, el lechón adobado, el bacalao o el pulpo con pimentón leonés y aceite de oliva del país, espeso y de aroma salvaje. Aparte colocaron las galletas, los turrones partidos y las nueces peladas. Vinos y sidras se enfriaban en tinas de agua. Todo aquello había llegado en un carro del Almacén Buenos Aires, tienda de vinos, licores y comestibles importados de ultramar, que Giacomo Zappa había fundado quince años atrás en Artes y Cuyo.

Ramón, sentado en el tercer peldaño de una escalera que llevaba del piso de baldosas rojas a los techos, asistió azorado al desembarco de aquellas riquezas. No recordaba haber visto, y de hecho no había visto, nada semejante en toda su corta vida. De hacía poco, del anterior 2 de noviembre, era la más lujosa de sus memorias, la del festejo de su propio cumpleaños, el sexto, en un puesto rural próximo a Durazno, en la Banda Oriental, donde amigos de Roque habían asado un costillar de ternera.

Desde su asiento, lejos de los atareados pobladores de la casa, vio también caer la oscuridad. A medida que bajaba la luz e iban llegando invitados, gallegos agauchados de alpargata y rastra, y tenderos de botín engrasado y chaqueta de lustrina, alguien encendía faroles de petróleo. Allí, traspuesto, le encontró el padre cuando salió de la habitación, en la que había estado reflexionando y haciendo cuentas.

Pudo comer y retirarse, pero, al ver que, en ocasión tan señalada, hasta un niño tenía ciertas licencias, prefirió permanecer en medio de la muchedumbre que había invadido el lugar. Su padre le acercó a una mesa y le dejó elegir. El viejo Posse le puso sidra en una copa que le pareció excesivamente pesada.

Llegaron otros niños y se internó con ellos en la cuadra. El olor a caballo le buscó el estómago y se metió en él. Tuvo que sentarse, quieto y sudoroso, para no perder el sentido. Finalmente, los bufidos de los animales y los golpes de herraduras sobre la tierra seca le dijeron que estaba solo en las tinieblas. La música que había empezado a sonar y el escaso resplandor de los faroles eran algo muy remoto. Echó a correr.

Apenas unos pasos le separaban de las voces, las risas, la música, la claridad, pero para darlos hubo de emplear todas sus fuerzas.

Afuera, rodeado por un público respetuoso y acompañándose con una guitarra, cantaba un mulato flacucho, de corta estatura, cuya voz quebrada y sentimental clavó a Ramón en el sitio, haciéndole postergar cansancios y desazones. Sabía por lección de Hermann Frisch que lo que estaba oyendo era una milonga. No atendió a las palabras del cantor, sino a la ternura de su garganta. Cuando las mujeres, emperifolladas, empezaron a abandonar el grupo para marchar a la misa del gallo, calladas, discretas, con ánimo de no interrumpir, el mozo entonó:

Esta noche es Nochebuena.
Es noche de no dormir.
Que la virgen está de parto
y a las doce va a parir.

Ramón lamentó la cordialidad de Posse, que devolvió el movimiento y el ruido a los espectadores.

—Venga, Gabino, vamos a brindar... —invitó el viejo al artista—. Falta poco para la medianoche y no está bien que usted sea el único que trabaje.

—Para mí no es trabajo, don Manuel —respondió el otro.

—Aunque no lo sea.

Dejó la guitarra sobre la silla baja en que había estado tocando y siguió al anfitrión hasta la más larga de las mesas, donde la mayoría de las bandejas habían sido sustituidas por copas. El moreno alzó una.

—A su salud, don Manuel, que sea por muchos años —le sintió decir Ramón, que se había abierto paso por entre la gente y le observaba desde muy cerca. Continuó allí hasta que el agotamiento pudo más que el interés y se derrumbó en un asiento.

Llegó a su cama en brazos de Roque. Al despertar, recibió una bolsa de caramelos de fruta y unos quevedos que para él había improvisado, con alambres de botellas de sidra, el señor Ezeiza, que así, le dijeron, se llamaba el moreno. De aquella noche guardó para siempre la voz de aquel hombre, el sabor de la sidra y la soledad de la cuadra.

Catorce habitaciones para los recién venidos y otras doce para los de la familia, y aquellas mujeres atendían a todo, lavando sábanas y camisas, y tendiéndolas al sol, cocinando en ollas enormes a lo largo de todo el día, sirviendo mesas y levantándolas, fregando platos y cubiertos, y mandando sobre colaboradores —fregonas, lavanderas, cocineros—, como si de un hotel se tratara. El que decenas de hombres hubiesen pasado en la Nochebuena por la fiesta de cumpleaños de don Manuel Posse, con presentes que testimoniaban adhesión y respeto, se debía en gran medida a ese esfuerzo, sostenido durante décadas por las que ya eran dos generaciones de hembras, venidas unas del otro lado del mar, nacidas las más en el lugar. El viejo era generoso en el don de ese trabajo, ganando en ello inquebrantables lealtades que, por los más diversos caminos, iban, tarde o temprano, a incrementar su fortuna, sabida inmensa aunque de oscuro origen e ignorado alcance. La seguridad y el abrigo que, de su mano, recibían los inmigrantes en los difíciles primeros tiempos, así como los empleos o los préstamos de dinero para abrir negocios propios, se traducían a la larga en complicidades, palabras y silencios, hilos todos del tejido del poder.

En medio del tráfago constante de sirvientas, caballos, cocheros, proveedores, visitantes, colaboradores, soplones y contables que en cada jornada invadía la casa desde la primera hora, pasó Ramón algunos días de soledad, aguardando el retorno de un padre a cuya permanente compañía se había acostumbrado más de lo adecuado, y del que, en adelante, habría de prescindir a menudo. Conversaba con Sara, siguiéndola por todos los rincones a los que la llevaban sus faenas. Una tarde, ella se sentó en el taburete del piano vertical que solía dormir en la sala, y levantó la tapa ante la mirada incrédula del niño.

—¿Vas a tocar? —dijo él.

Ella contestó con los primeros compases de un vals.

—¿Te gusta? ¿Querrías aprender? —preguntó después, con las manos sobre el regazo, contemplando a Ramón con ternura.

—Claro. Pero no tendré tiempo. Mi padre quiere irse de aquí cuanto antes, y nosotros no tenemos piano.

—Guitarra, entonces —propuso ella.

—Prefiero el bandoneón —sonrió el chico.

—¿De veras? —admiró Sara—. Yo tengo un hermano que sabe.

—Yo oí tocar el otro día —recordó Ramón—. ¿Sería él?

Sara se le quedó mirando, indecisa.

—Vení —dijo finalmente; levantándose, tendió una mano para que él la cogiera.

Le llevó al patio y después, escaleras arriba, al terrado. Entonces descubrió Ramón que no toda la casa tenía una sola planta: en el sitio correspondiente al fondo de la cocina, junto a las chimeneas, había una habitación. Y fuera de ella, a horcajadas en una silla de madera cruda y mimbre, con los brazos cruzados sobre el respaldo y los párpados fruncidos al sol que le daba de lleno, había un hombre.

—Es Manolo —explicó Sara en un susurro—. Vive aquí.

Ramón observó su perfil inmóvil, el pelo escaso y el tamaño exagerado de las manos, la mandíbula y las orejas.

—¿Está loco? —averiguó por lo bajo.

—Está enfermo —dijo ella.

—¿Y por eso lo dejan solo?

—Él prefiere que no lo vean.

—¿Para qué quiere verme nadie? —intervino el hombre, sin abrir los ojos—. Yo no quiero verme.

—Es un amigo —presentó Sara, elevando el tono de su voz.

—Ya. Es un chico.

—¿Es ciego? —murmuró Ramón.

—¡No, coño, no! —estalló él, volviéndose y, ahora sí, mirando de frente a Ramón, mostrando su rostro sin disimulo—. ¡Soy un monstruo! Ni más ni menos. Por eso no salgo. O salgo de noche —rió, mostrando unos dientes blancos y desparejos.

El niño no se intimidó. Manolo no le resultaba tan horroroso como él mismo parecía imaginarse. La suya era una deformidad imprecisa, una vaga y sombría desproporción que se reveló en toda su magnitud cuando se puso de pie para girar la silla. Podía incomodarle, pero no le asustaba.

—Me gusta el bandoneón —dijo.

—¿Ajá? —consideró el hombre—. Bueno, bueno... —y se frotó las manos.

—Tocá para él —pidió Sara—. Por favor.

—Hmmm... —aceptó Manolo, llamándoles con un gesto antes de entrar en la habitación, cargando con la silla.

Ramón consultó a Sara en silencio y ella asintió.

La habitación estaba inmaculadamente limpia, sin siquiera una mota de polvo que perturbase el montón de libros que se acumulaban junto a la cama y sostenían el bandoneón. Manolo se sentó y puso el instrumento sobre sus muslos. Ellos se quedaron de pie, uno a cada lado de la puerta.

El hombre no tocaba como Hermann Frisch. Metiendo los pulgares en las correas laterales y curvando el resto de los dedos, movía únicamente las manos y se ayudaba con breves desplazamientos de los muslos hacia los lados. Mantenía el torso recto y la cabeza alta, conteniendo el bandoneón en el remoto extremo de sus brazos, como si temiera un estallido. Cuando el instrumento estaba enteramente desplegado y el aire lo había llenado, sonando, lo cerraba de golpe, con un suspiro y un ruido de hule y un batir de metal opaco que daban al traste con la música, derribando la trabajosa construcción anterior. Aquello poco tenía que ver con el sinuoso e incesante soplo del bandoneón de Frisch, que no era don del fuelle sino de quien lo medía.

Manolo se cansó pronto.

No cambió de postura ni hizo a un lado el bandoneón para anunciar su despedida.

—Está bien —dijo, aprobándose—. Ahora, váyanse.

Ramón y Sara obedecieron.

—No estuvo en la fiesta de tu padre —dijo Ramón cuando llegaron al pie de la escalera.

—Bajó al amanecer. Vos no lo viste. Nadie lo vio... Sólo el señor Ezeiza, que es su amigo, y papá... Papá lo comprende.

—Es muy buena persona, don Manuel.

—Si es por eso, vos también podés estar contento. Tu papá no es un hombre corriente.

Ramón no entendió entonces que lo que acababa de percibir en la voz de Sara era ternura, pero supo que algo nuevo había entrado en su vida.

—Te cae bien... —aventuró.

Sara se limitó a sonreír y separarse de él sin una palabra.

Muchas veces, en los largos ratos de soledad del tiempo que siguió, llevado de la curiosidad antes que del miedo, y de la necesidad antes que del saber, argumentó el niño tenebrosos encuentros en el rumbo de los paseos nocturnos de Manolo y abrazos furtivos de Sara con un hombre sin cara en el que, de tanto en tanto, creía reconocer a Roque.

Muchos fueron también los días en que acompañó a su padre por la ciudad, días en que presenció saludos en umbrales y zaguanes, y recibió caricias indiferentes de desconocidos, días en que esperó conversaciones dormitando y ensoñando en salas penumbrosas, aceptando el homenaje de los alimentos sencillos en cocinas todavía rurales, entre niños a los que jamás volvería a ver, o inventando juegos solitarios en calles de tierra bajo el sol.

Conoció almacenes de esquina, con rejas altas, veredas de ladrillos y palenque, donde se vendían cosas para él extrañas —yerba mate o grasa de carnero—, junto a otras que entendía —leña o carbón o azúcar—, y se reunían hombres, de pie junto a los mostradores, para beber ginebra y alardear de hazañas o enterezas.

Conoció quintas y casas de bajos de paisanos a los que el país, en diez o veinte años, había enriquecido y asimilado: gallegos prósperos y astutos que no eludían la política ni los tráficos oscuros, y que sólo tenían para los recién llegados sonrisas frías, consejos vanos y palmadas condescendientes en los hombros.

Una tarde, conoció el río.

Fueron a la Boca en un tranvía a caballos de Lacroze. Salieron de la esquina de Potosí y Perú, precedidos por el escandaloso trompetero, y les llevó una hora larga alcanzar su destino: pese a que la velocidad del Tramway Central ni siquiera rozó nunca las seis millas establecidas como límite por cautas o previsoras autoridades, era evidente la tensión del pasaje, una masa de indiscernibles hombres de negro, con cuellos bajos y corbatas finísimas, todos con chambergos de alas anchas.

La mayoría de los inmigrantes, que en el ochenta habían sido más de cuarenta mil, entraban a la ciudad por el río. Ramón y Roque, en cambio, habían atravesado el curso del Uruguay a la altura de Fray Bentos, en una embarcación desesperantemente frágil, para llegar a Buenos Aires desde el oeste, al cabo de una larga vuelta por el interior de la provincia, de modo que contemplaron por primera vez la extensión barrosa del Plata desde una orilla baja, cerca de la línea en que unas olas cortas y escuálidas lamían las toscas.

Los buques anclaban muy lejos de la costa, y viajeros, equipajes y mercancías pasaban, o eran arrojados, a una gabarra o a varios botes pequeños, que lo llevaban todo a los carros en que, finalmente, salía del agua. Si el calado no resistía una quilla, por escasa que fuese, las irregularidades del fondo lo hacían en algunos puntos excesivo para alguna de las ruedas de los vehículos, que encallaban o volcaban, arrastrando su carga al desastre.

Padre e hijo presenciaron un desembarco, pendientes del bamboleo y los sobresaltos de los carros, del griterío de los que temían ahogarse en aquel tramo de su odisea, que imaginaban último, y de las voces de quienes, de pie en los pescantes, guiaban a las bestias. Ramón abandonó la contemplación de las inmundicias que las llantas arrancaban del limo y sacaban a la superficie cuando su padre fue a reunirse con un mayoral de mirada torcida. Era el hombre al que había ido a buscar. Habló con él brevemente, sin incluir al niño en el vínculo.

Regresaron a la casa abordando, primero, el mismo tranvía que les había llevado, y luego, ya en la calle Victoria, un coche de punto. El gasto de los cincuenta centavos que costaba el viaje desde el centro hasta Pichincha y Garay se explicaba porque aquél era día de decisiones.

Esa noche, Roque aceptó la chata y el caballo que Posse le había ofrecido, para emplearlos, dijo, en el reparto de tabacos.

Don Manuel Posse atendió, serio y callado, el discurso de Roque, todo lo escueto y resuelto que cabía esperar. Después dejó su sillón, fue hasta un aparador, abrió una puerta alta con una llave de su llavero y sacó un facón de vaina labrada. Cerró con rigor antes de volverse hacia Roque, que le miraba hacer sin levantarse.

—Usted ya sabe —dijo Posse, alargándole el arma en su envoltura de plata—. Tendrá que defenderse.

—Pienso trabajar, don Manuel —se resistió Roque.

—Va a estar muy solo, Roque. Buenos Aires crece como puede, recibe mucha gente peligrosa. Es una ciudad muy salvaje todavía. Hágame el favor, tome el facón. Yo usé uno igual durante años. Ahora no, pero no porque las cosas hayan mejorado, sino porque lo llevan otros por mí, hombres que me acompañan y me cuidan.

Roque cogió el cuchillo y consideró su peso y su fuerza. Lo deseaba y sabía que le iba a hacer falta, pero le irritaba que el viejo hubiese percibido su aceptación de la violencia, su disposición a participar en ella, si se resolvía en dinero.

—No se puede andar por ahí con un arma así —discutió aún.

—Usted va a repartir tabacos. Tendrá que cargar —explicó Posse—. Lleve faja, que le dará seguridad y sujetará la vaina. Y lleve poncho, claro. El trabajo lo justifica todo.

Le miró directamente a los ojos.

—Roque —siguió—, lo más probable es que al final no haga nada de lo que dice que va a hacer. Usted quiere plata, y la plata no se gana honestamente. Sólo le recomiendo que guarde las apariencias. El facón debajo del poncho y la chata llena de tabaco.

Sin bajar la vista, Roque estrechó la mano que se le tendía.

—Gracias, don Manuel —dijo.

3. Un cuarto propio

> Pedro se repuso de las emociones de aquel día memorable, y recobró rápidamente las fuerzas.
>
> Roberto J. Payró, *Violines y toneles*

Hacia finales de marzo, tres meses después de la Nochebuena del ochenta, celebrada en casa de Posse, Roque alquiló una habitación en una casa de vecindad de la calle Defensa, a unos metros de Potosí, cerca de un corralón en el que podría guardar carro y caballo.

El antaño llamado barrio del Alto, pese a ser el más bajo de Buenos Aires, poblado en días de esplendor por las familias más representativas de la sociedad porteña, era ahora barrio de conventillos. Diez años atrás, la epidemia de fiebre amarilla había impulsado a Balcárceles y Anchorenas, Ezcurras y Álzagas, Elías y Canés, Sarrateas y Ocampos, a desertar de la zona y establecerse en el norte de la ciudad con sus fortunas, sus apellidos y su espléndida salud, dejando los edificios tenidos por peligrosos para vivienda de los más pobres, sin abandonar su propiedad ni olvidar sus rentas.

Roque se comprometió a pagar seis pesos por mes, y hubo de dar doce de adelanto, vistas las buenas condiciones de la pieza, que tenía puerta, daba a un patio empedrado y era la más cercana al retrete que habrían de compartir con los ocupantes de los cinco cuartos restantes, unas quince personas. Dentro del cubículo que albergaba la letrina, de una piedra siempre húmeda cuyo vaho de meados impregnaba cualquier prenda que la rozase, había un grifo para lavarse las partes bajas del cuerpo. Las altas debían dejarse para la gran pileta exterior, en la que Roque se acostumbraría a afeitarse ante las miradas de todo el mundo.

Ramón no pudo evitar la pena al comparar aquello con el sitio en que habían sido acogidos hasta entonces, pero no dijo una palabra. Fue su padre quien habló.

—Sé lo que estás pensando, Ramón —dijo, sentado en el borde de la cama en la que deberían dormir los dos, tomando las manos de su hijo—. Estábamos bien en lo de Posse. Él es generoso, y nos alojaría por un tiempo más. Por otra parte, está Sara.

El niño le miró a los ojos, interrogativo.

—Nosotros también tenemos que ser generosos —siguió el hombre—. Llegará otra gente de España e irá a parar a aquella casa. Debemos dejar libre ese lugar. Además, yo puedo pagar un alquiler, vivir sin deber nada a la buena voluntad de nadie. Ésta, así, como es, miserable y fea, es nuestra casa. Pronto buscaremos otra. Y a Sara se la puede visitar. Aunque yo preferiría...

—¿Qué, padre? ¿Qué preferirías?

—Mira, Ramón —vaciló Roque—, yo no pienso volver a casarme. Es cierto que Sara me gusta... Pero quise mucho a tu madre, creo que nunca voy a querer a nadie de ese modo, y no me gusta la idea de tener una mujer para que nos lave la ropa o cocine. Esas cosas hay que hacerlas por amor o no hacerlas. Por ahora, te tengo a ti.

—No es lo mismo, ¿no?

—No, pero es suficiente. Eres hijo mío, y eres hijo de Fernanda. Con ella muerta, no tendrás mejor madre que yo, Ramón.

Hubo de proponer un paseo para librarse del abrazo del muchacho.

En el camino hacia los arcos y las abigarradas tiendas de la Recova Vieja, la que partía en dos la plaza fundacional de Buenos Aires, Ramón no soltó la mano de su padre, aquel hombre de treinta y cinco años con el que en su corta vida había rodado por tantos sitios y cuya solidez nunca dejaba de asombrarle.

Atravesaron la parte oeste del rectángulo dividido por la galería comercial, la Plaza de la Victoria —la del 25 de Mayo, más pequeña, correspondía al lado del río, que se extendía detrás de la sede del gobierno—, para ir a sentarse a una de las mesas de hierro de un café y atisbar desde allí la agitación del mundo. Era el atardecer y por el rumoroso entorno se movían carros, carruajes y tranvías de caballos, hombres y mujeres: soldados y marineros, simples borrachos, mozos de carga y vendedores de frutas, pasteles, fósforos, velas, hilos, botones, mazamorra, cuchillos y cigarros, así como lavanderas y damas de menos clara labor, hablando en lenguas y tonos que Ramón jamás había oído.

El mundo entero se había volcado en aquel sitio. Aquellas gentes no eran en esencia distintas de ellos, de Roque, de él, desde que estaban todas ante un comienzo, eran todas interrogaciones al destino. Acertaba Ramón al sentirse medida del universo, ya que su mirada era la mirada de la ciudad, participaba del común deslumbramiento: el del ucraniano que nunca, en su aldea, había visto un negro, era semejante al del sueco que ignoraba la caída hacia el sollozo del habla napolitana; y unos y otros abrían los ojos al paso del que llevaba sobre un hombro un bloque de hielo, recién nacido de una industria nueva, desconcertados por la improbable utilidad de aquel prisma de agua rígida, transparente y mágico, apenas cubierto por un trozo de arpillera, que alguna relación debía de guardar con el progreso.

El espectáculo convenció a Roque de que, aunque pasaran un tiempo, un tiempo largo, en la covacha de la calle Defensa, tarde o temprano entrarían en la zona más brillante de la vida por una puerta ancha. La limonada tibia le supo a maravilla.

Un día, de los últimos en que hizo calor aquel año, de amanecida, cuando Roque calentaba agua en el brasero de carbón para el desayuno, se oyeron voces en el patio y un golpe en la puerta entreabierta de la habitación.

—Adelante —dijo Roque.

Una mujer asomó parte del rostro.

—Señor —murmuró.

—¿Qué pasa? Entre, entre.

Ella empujó la puerta y se dejó ver mejor, pero no se movió.

—Creo que hay un muerto.

—¿Dónde? —Roque avanzó con decisión hacia ella.

—Al lado —explicó ella, retrocediendo.

—Vamos a ver —resolvió Roque.

Tres hombres y unos cuantos niños desharrapados se habían reunido ante el cuarto contiguo. Ninguno hablaba: miraban fijo hacia el interior, sin aventurarse en él.

—Fui a despertarlo, como siempre —contó la mujer—. Vive solo. Es el único acá que vive solo, por eso lo despierto yo todos los días. Y no contesta.

Roque fue hasta el lecho, seguido por Ramón, a quien nadie intentó detener. El que allí yacía era un mozo joven, sumamente delgado; en la piel cerúlea de su torso desnudo se dibujaban con rigor las costillas, y los pómulos tiraban de las mejillas descarnadas. Tenía abiertos los ojos y la boca. Todavía no estaba frío. Roque le bajó los párpados y rompió la sábana para hacer una tira de paño con que sujetarle la mandíbula.

—Tosía por la noche —murmuró.

—Como mamá —recordó Ramón.

Las imágenes que había retenido de su madre eran escasas. Pensó que el color de su tez había sido parecido al del muchacho que tenía delante. Pensó que ése debía de ser el color de la muerte.

—Señora —pidió Roque—. Busque a un vigilante. Alguien tendrá que hacerse cargo.

—No comía —justificó ella, antes de salir a hacer lo que Roque le había pedido—. Trabajaba y no comía.

—¿En qué trabajaba?

—En el puerto. Cuando encontraba. No dejaba de ir ni un día, pero muchas veces no encontraba. Casi nunca.

La mujer salió a la calle y los demás se dispersaron, porque no les gustaba la policía.

Ya en su habitación, Ramón se sentó en el borde de la cama y Roque preparó té. Puso dos tazas llenas y unas galletas sobre un cajón de madera que hacía las veces de mesa, y lo acercó a su hijo.

—No es lo mismo, ¿no? —preguntó el chico.

—No —respondió el padre—. Ella, tu madre, no murió de hambre. De tuberculosis, sí. Y quizás él también. Pero no de hambre. De injusticia, tal vez... De una injusticia distinta.

—¿Qué clase de injusticia?

—Es una historia muy larga, hijo. Y complicada. Ya te la contaré, cuando seas mayor. Hay cuestiones que no entenderías ahora y que, a la larga, habrás de entender, porque deberán resolverse o pesar siempre sobre tu vida.

—Comprendo —mintió Ramón.

—Confío en que así sea.

Dos horas más tarde, llegó un policía con un médico de levita que consideró el cadáver con repugnancia: pretendía firmar los papeles que hiciera falta y marcharse, pero no había quien pudiera decirle el nombre del finado.

—¿Usted lo conocía, señora? —preguntó el vigilante a la mujer que había dado el aviso.

—Sí —contestó ella.

—¿Cómo se llamaba?

—Felipe.

—¿Felipe? ¿Sólo Felipe? ¿Y el apellido?

—¿El apellido? —se sorprendió la mujer—. ¡Quién sabe!

—¿Y usted? —ahora el hombre se dirigía a Roque.

—Hablé con él ayer. Acabo de llegar a la casa.

—¿Era argentino?

—Italiano. A lo mejor tenía papeles, ¿por qué no mira?

No era tarea difícil. La ropa se reducía a un pantalón, dos camisas y dos calzoncillos. Los únicos calcetines los tenía puestos. Nada de abrigo. Los bolsillos del pantalón estaban vacíos. En una caja de zapatos, debajo de la cama, había una partida de nacimiento, fechada en Reggio Calabria, dos cartas gastadas y un clavel reseco. El titular de la partida y el destinatario de las cartas eran el mismo hombre: Filippo Bianchi.

El médico tomó nota, escribió unas líneas, firmó y puso el papel en manos del uniformado que aguardaba a su lado.

—Que se lo lleven —ordenó, levantándose—. Derecho al cementerio.

Daba por sentado que el muerto no tenía familia.

—Esas cartas... —dijo Roque al vigilante cuando se quedó solo.

—¿Qué pasa con las cartas?

—¿Me permite ver quién las envió?

El hombre las sacó de la caja y se las tendió a Roque.

—Tome. Quédese con ellas. Si este pobre desgraciado tenía novia... ¿se lo va a decir? —miró a Roque de frente—. Sí —concluyó—. Se lo va a decir. Usted es de los que hacen esas cosas —añadió con cansancio—. Para que la chica no se quede esperando al cuete, ¿cierto?

—Cierto.

Por la tarde fueron a retirar el cadáver. Roque se había tomado la jornada, adelantando al miércoles las fiestas de Semana Santa. Habiendo leído las cartas, que confirmaban la existencia de una mujer con sueños y esperanzas, intentaba dar con una manera piadosa de hacerle saber lo ocurrido. En eso le sorprendió el crepúsculo.

A la luz de una vela, frió huevos y tocino en el brasero. Ni él ni Ramón hablaron durante la cena.

4. El sueño de un inmigrante

¿A qué ciudades nos recuerda Buenos Aires?
A ninguna, para ser exactos.

Jules Huret, *La Argentina*

Todos vieron alejarse al hombre alto y rubio que durante la travesía de Montevideo a Buenos Aires había tocado aires tristes en ese instrumento nuevo, el bandoneón. Ni le mareaba el barco, ni deslucían su aspecto las infames acrobacias del traslado a la costa. Había plantado cara a las autoridades de inmigración, y eludido la barraca en que los más aceptaban asilo provisional. Llevaba sus bienes —prendas escasas, libros, y aun su rara caja de música— atados a una improvisada carretilla: dos varas de madera nudosa clavadas a un travesaño, que iban a dar a los lados del eje de una única rueda.

—Nombre —había pedido el funcionario.

—Yo lo escribo —había dicho Frisch.

—Usted me lo dice y yo lo apunto —había insistido el otro.

—Lo va a apuntar mal.

—¿Me quiere enseñar? ¿Me va a enseñar a mí?

—Eso, sí. Otras cosas, no. Pero sí a escribir mi nombre.

—Acá sólo escribo yo.

—Muy bien.

Y se había apartado, se había sentado a armar un cigarrillo, con sus pertenencias a un lado. Un minuto, dos. Los demás iban pasando, daban su nombre, el de su país de origen, declaraban un oficio, les apuntaban. Una hora. Dos. El funcionario fue reemplazado, pero comentó la situación con el que venía a sustituirle. Le habían observado ambos.

El nuevo había esperado a que su compañero se marchara, para llamar a Frisch con un gesto.

—Ponga su nombre —había dicho, tendiéndole un papel.

Frisch lo había hecho.

—Nacionalidad.

—Nací en Alemania.

—Oficio.

—Tipógrafo.

El funcionario había levantado la vista por primera vez.

—Me lo temía —había dicho—. Pase.

Y ahora andaba junto al agua, dejando atrás el puerto, entrando en la ciudad sin entrar, acariciando sus bordes, arrastrando sin esfuerzo su carga mundana, sonriendo sin que nadie pudiera estar seguro de sus razones.

Se detuvo sólo un momento ante los edificios centrales: la casa de gobierno, que no era lo que luego llegó a ser, el jardín, lo que alcanzó a entrever de la Recova Vieja. No subió: prefirió seguir por el bajo. Se cruzó con gente de todo pelaje, pero postergó el preguntar. Ya habría tiempo. Continuó por el Paseo de Julio, del lado del río. Le llamaron la atención los edificios con bajos de soportales y varias plantas que se alzaban en la acera contraria, de un estilo y una solidez como no recordaba desde los días de París: Montevideo aún no había prosperado tanto. El lujo de esas construcciones, sin embargo, no bastaba, ni siquiera a la distancia, para disimular la miseria de los tugurios aledaños.

Cuando llegó hasta el hombre de gorra colorada y chaqueta gris al que venía observando, éste acababa de bajar de su breve escalera de farolero y estaba a punto de recogerla para ir hasta el siguiente farol. Frisch abandonó sus petates en el suelo y sacó la bolsa de tabaco y papel de fumar. El otro le miró de arriba abajo.

—¿Fuma? —ofreció el alemán.

—Sí. Tengo tiempo. Empecé temprano, hoy.

—¿Enciende todo el paseo?

—Somos dos. Mi compañero va por la vereda de enfrente.

Liaban el tabaco con parsimonia.

—¿Recién llegado?

—Sí. ¿Y usted?

—Como si hubiera nacido acá. Veinte años. Y en este trabajo desde tiempos de Mitre.

—¿Y ya había gas?

—Claro. Yo llegué de Italia y la Primitiva ya era vieja.

—¿Primitiva?

—Cierto que usted no sabe. La Primitiva de Gas. La compañía, digo. Primero, estuve en la usina, en el bajo del Retiro. Después, empecé con esto.

Frisch miró el ascua de su cigarrillo. Quería saber más, pero temía que a su interlocutor le molestaran tantas preguntas.

—¿Qué es ese edificio? —arriesgó.

—Es del embajador del Papa. Éste, el de acá... La calle se llama Cuyo. El que está más lejos es el del embajador inglés —mostraba—. Es la esquina de Corrientes. Ya lo va a conocer todo. Va a ver cómo le gusta. Y si llega a hacer plata, le va a gustar todavía más —sonrió—. Si llega a hacer plata... Voy a seguir con los faroles.

Tiró al suelo la colilla y escupió.

—Hasta pronto —saludó Frisch.

Dejó ir al italiano y se sentó sobre el atado de ropa. Veía luces bajo los arcos y en las casas contiguas. Y un constante paso de hombres, mujeres y carruajes. Según iba cayendo la oscuridad, las mujeres se hacían más raras.

Hacía mucho que era noche cerrada cuando percibió una presencia a sus espaldas. Metió la mano en la camisa y la cerró sobre la navaja. No se movió.

—Buenas —se limitó a decir, sin volverse.

—Buenas —le respondió una voz, aflautada pero masculina.

—Linda noche —propuso Frisch.

—Según —estimó el desconocido, dando dos pasos para ponerse a la vista. El farol no iluminaba por entero su figura, pero bastaba para revelar que era un muchacho muy joven, de rasgos achinados.

—¿A qué se refiere? —averiguó Frisch.

—A que las noches no son como son, lindas o feas, sino... según, según las pasa uno, ¿no le parece?

—Hmmm... ¿Y? ¿Con eso?

—¿Tiene donde dormir?

—Todavía no.

—¿Ve? A lo mejor, termina siendo una noche de mierda.

—Ya veo. Si me quedo dormido en este mismo sitio, puede venir un vigilante. ¿Me equivoco?

—No.

—Porque lo mandarías... vos —propuso Frisch.

—No, no, si yo lo que quiero es ayudarlo. Para eso estamos.

—¿Quiénes?

—Los porteños. ¿Cómo le gustaría dormir?

Frisch le miró, sin entender.

—Si solo o acompañado, digo. ¿Quiere una cama, o una cama y una mujer?

—Veo que hay de todo —dijo el alemán, poniéndose de pie.

—Es Buenos Aires, viejo. Hay de todo.

—¿Tú me consigues lo que yo quiera?

—Lo que quiera. Y le adelanto un consejo, gratis, si se piensa quedar a vivir: agárrese al vos, con fuerza, como hizo antes. Si habla de tú, va a ser siempre un extranjero. Eso, si no lo toman por algo peor.

—Entiendo —aceptó Frisch, incorporándose. Puso una mano sobre el hombro del muchacho—. ¿Hay un sitio donde tomar una caña?

—¿Cómo no va a haber? Enfrente, ahí —señaló—. ¿Tiene un peso?

—Un peso es mucha plata.

—Es un lugar especial.

—Tengo un peso. Me llamo Hermann Frisch —se presentó.

—Germán —dijo el joven, estrechando la mano que se le tendía—. Yo me llamo Bartolo.

—Germán, no. Hermann —corrigió Frisch.

—Germán —repitió Bartolo—. Es como el vos. Aguantesé, porque las cosas son así: lo van a llamar Germán. ¿No quiere ser argentino?

—No quiero ser nada. Mejor vamos a tomar esa caña.

Levantó las varas de la carretilla y atravesaron el Paseo de Julio.

El local estaba unos metros al sur de los arcos. Desde la entrada, Frisch consideró el interior. Era un gran salón cuadrado, con un techo alto, sostenido por unos troncos crudos que parecían carbonizados. Las paredes debían de haber sido blancas, pero ahora las cubría un pringue desigual. Allí se bailaba, y los que descansaban entre pieza y pieza, apoyados en los muros, habían ido lustrando dos franjas con hombros y culos. En el centro, una suerte de diván astroso acogía tientos y negociaciones de parejas circunstanciales. En el lado opuesto, se abría una puerta de doble hoja. A pesar de la corriente de aire así creada, el humo de candiles, velas y cigarros oscurecía el aire.

—¿Esto es un lugar especial? —dijo Frisch—. Necesito sentarme y poner mis cosas en alguna parte.

—Las apariencias engañan —aseguró Bartolo—. Espere.

Fue derecho hacia el fondo, donde una mujer gorda, aún joven y de brillante pelo negro, pero llamativamente descuidada, lo observaba todo desde su asiento improvisado en un cajón, debajo de un estante en que se alineaban botellas de caña y de ginebra. La mujer le escuchó, se levantó, se acercó a Frisch y estudió su rostro minuciosamente durante largo rato.

—Pasen al patio —concluyó—. Pídanle a Mariana y pasen.

—Gracias, señora —dijo Frisch.

Ella no contestó. Volvió a su puesto lentamente.

Mariana se encontraba sobre una tarima, junto al único objeto que, allí, podía asemejarse a un mostrador: una tabla sobre dos cajones en la que se amontonaban vasos y botellas, y lucían una caja de picadura y una de cigarros. Uno de los vasos le pertenecía, y ella se mantenía en pie con dificultad. Era una muchacha escuálida, de un rubio casi blanco y ojos grises perdidos en lo hondo de unas enormes ojeras. No le molestaban las estridencias de la flauta y el violín malcordado que un chico famélico y un viejo ciego hacían sonar a su lado.

—Mariana —le habló Bartolo con suavidad—. ¿Me das dos cañas?

—Servite —murmuró ella.

Frisch esperaba con la carretilla en la puerta del patio.

Bartolo fue hacia él con un vaso en cada mano.

—Salga, ¿qué espera? —le urgió el muchacho.

En el patio había varios cajones más, y un candil encima de uno de ellos. Frisch abandonó la carretilla sin mirar dónde y fue a sentarse a un cajón.

—¿No conocen las sillas? —preguntó.

—Son caras —justificó Bartolo, acomodándose ante él.

—Pero las cañas cuestan un peso.

—Las dos.

—¿Y las mujeres?

—Igual. Cincuenta centavos. Cada una.

—No pretenderás que te pague una mujer...

—No, no, lo decía para aclarar.

—Ya. Cuestan cincuenta centavos. ¿Los valen?

—Hay una chinita que no le digo. Si está libre, se la recomiendo. Catorce años. Parece más, pero sólo tiene catorce. Es una verdadera princesa —la mirada incrédula de Frisch le ofendió—. Va a ver que no le miento —protestó, poniéndose de pie.

Regresó del salón acompañado por una morenita de ojos vacíos y uñas sucias que no despegaba los ojos del suelo.

—Mire, mire —invitó Bartolo—. Vos, levantá la cabeza y sonreíle al señor —le ordenó a ella.

Lo peor de la sonrisa no era la estupidez o ausencia que revelaba, sino la falta de dientes. Para mostrarla, ella retiró el charuto apagado que llevaba entre los labios.

—Ya veo —afirmó Frisch, haciendo un gesto para que el muchacho la devolviera al salón.

Bartolo entendió.

—Andate —le dijo a la chica—. Después te llamo.

La chica se fue y él volvió a su sitio.

—No le gustó —dijo.

—Mirá —advirtió Frisch—. Lo digo bien, ¿no? Mirá. No digo mira, sino mirá.

—Justo —se alegró Bartolo—. Mirá.

—Bueno, mirá: las putas no me gustan. Y ésta me gusta menos.

—¿Tiene mujer?

—No. Pero antes de irme a la cama con una así, prefiero arreglarme solo. Por lo menos, no me enfermo.

—Dicen que la paja debilita y vuelve loco.

—La sífilis también. Y, además, mata. Pero yo no vine a discutir esas cosas, sino a tomar caña y a hablar de un sitio donde dormir. Ahora escucho tu oferta.

—Acá. Le ofrezco pasar la noche acá. Es lo más cerca. No tiene por qué usar ninguna mujer. Puede quedarse solo.

—Y cuesta un peso.

—¿Cómo lo sabe?

—Cincuenta centavos por la pieza y cincuenta para vos.

—Hay que ganarse la vida, don Germán —reconoció Bartolo.

—Don Germán, don Germán... Dejate de joder, hablá de vos. Así yo también aprendo. ¿Quién viene por este sitio?

—Gente. De todas partes. De Barracas al Sur, de los Corrales, de la Boca. Toda gente de trabajo, eso sí: vendedores de diarios, boteros, changadores.

—¿Argentinos?

—Mucho tano. Orientales. Algún gallego. Pocos, ésos no gastan.

—¿Y los que se encargan de estas chicas?

—¿Los cafishios? Pasan cada tanto, una vez por semana, o por mes, a buscar plata.

—¿Ladrones?

—Los chorizos van a lo de Casulé.

Frisch meditó unos minutos y se acabó el vaso.

—Tomá, pagá las cañas y llevame ahí, a donde van los ladrones —dijo finalmente.

Bartolo cogió el dinero y regresó enseguida.

—Vamos —dijo.

El café de Cassoulet, lo de Cassoulet, estaba en la calle del Temple, la que con el tiempo tomaría el nombre de Viamonte, en su cruce con Suipacha. Frisch y Bartolo enfilaron el fangal del Temple desde el Paseo de Julio.

—Cinco cuadras, faltan —advirtió Bartolo en ese punto, observando la carretilla de Frisch.

—Adelante —le tranquilizó el alemán.

Y doscientos metros más arriba, terminado el muro del convento de las Catalinas, insistió en precauciones:

—Muy bien. Ahora, veas lo que veas, seguí caminando si no querés problemas. Conmigo no te va a pasar nada, si no te metés.

La del Temple era como cualquier calle de putas de cualquier puerto europeo, aunque con menos ley. Había algunos faroles rojos: espitas de gas rodeadas de cristal esmerilado y papel de color. Las prostitutas y sus macarras no sólo hacían su trabajo, sino que ponían sus clientes en manos de quienes les quitaban hasta el último céntimo. En las sombras de los zaguanes, Frisch entrevió violencias indefinibles, pero obedeció a Bartolo.

—Es allá —mostró el muchacho—. Vení.

Pasaron Suipacha y la entrada del café, que estaba en la esquina. En todo ese lado de la casa se sucedían, a trechos breves y regulares, puertas idénticas.

—¿Ves? —instruyó Bartolo—. Todos los cuartos dan a la calle. Por si alguien tiene que salir corriendo. Se entra por el patio del café.

—¿Dan de comer?

—Por plata, hasta comida.

—Tengo hambre.

El local estaba lleno de humo y rumores, y de ejemplares de las especies más pintorescas: negros endomingados y forzudos de circo, compadritos de chambergo mitrero y cuchillo rápido, chulos de cara empolvada y mujeres ocultas por el carmín y el colorete grasiento, sujetos anodinos y magros dedicados a tenebrosas labores. Nadie miró directamente a los recién llegados, pero todos repararon en su presencia.

Fueron a sentarse a un rincón. Allí había taburetes y mesas. Frisch apoyó la carretilla en una pared, cerca. No vio al hombre de camisa oscura y largo mandil pringoso hasta que lo tuvo a su lado.

—¿El señor es músico? —preguntó el individuo, apuntando con un dedo de uña orlada al bandoneón.

—A ratos —dijo Frisch.

—Todos somos lo que somos a ratos —filosofó el otro, alisándose el pelo azabache y el bigote embetunado—. ¿Le interesa tocar en un sitio?

—Podría ser. Ahora me interesa comer.

—Hay sopa.

—¿No hay carne?

—Churrasco.

—Dos. Y una botella de vino.

Bartolo le contemplaba con asombro.

—¿De veras sos músico?

—De veras. Pero eso es otra historia. Hablemos de este café.

—No tiene nada especial. Arreglan a la policía y hay tranquilidad.

—¿Y dónde se duerme? ¿En esos cuartos que dan a la calle?

—En todas partes. Por cualquier precio. Entre cuatro pesos y dos centavos. Solo o acompañado, con hembra o con varón, de lujo, de medio pelo, normal, barato. Y en algunas piezas hay veinte catres: cinco centavos. Y cuando cierran, alquilan el suelo del patio y estas mesas. El suelo, hasta un centavo.

—Lo aprovechan todo...

—No son éstos los que más aprovechan en Buenos Aires. Por el rumbo de Monserrat, alquilan camas por horas. Camas calientes, las llaman, porque te levantan para que se acueste otro. Acá, por lo menos, los catres son para toda la noche. Eso sí, cuestan más.

—¿Y los que no tienen ni para la cama caliente?

—Van a los caños.

—¿Qué es eso?

—Cierto, vos no sabés. Acá nomás, en el bajo de Catalinas, dejaron los caños que iban a usar para hacer pasar el agua de no sé qué arroyo, el Maldonado, me parece. Son unos caños que podés caminar por adentro sin agacharte. Muchos duermen ahí. Lo que pasa es que en invierno, sobre todo si llueve, es jodido. Con tal de tener un techo, algunos hasta van a la maroma.

—Sigues usando palabras que no conozco. Maroma.

—¿Sigues, como los gallegos? Seguís, se dice.

El que oficiaba de camarero llegó con los churrascos y el vino.

—Ahora traigo el resto —dijo—. Piense en lo que le ofrecí.

—No lo olvido, gracias —respondió Frisch.

Regresó con dos vasos, cuchillos, tenedores y pan.

—¿Toca bien? —averiguó.

—Muy bien —garantizó Bartolo.

El hombre se retiró.

—La maroma —retomó Frisch.

—Sí. Es una soga, atada a dos ganchos muy fuertes clavados en las paredes. Los tipos van y pasan los brazos por encima, la soga les queda en los sobacos. Se cuelgan así y duermen. Están muy cansados y muertos de frío, y como se juntan unos cuantos, hay calorcito.

Frisch le escuchaba con atención.

—Y vos, ¿dónde vivís?

—Yo tengo una pieza —afirmó con orgullo Bartolo—. En el sur, en un conventillo de la calle Bolívar. Vivo solo. Ocho pesos por mes.

—¿Y cómo lo pagás? ¿Trabajás?

—¿No me ves trabajar?

—Tenés razón.

Terminaron de comer y Frisch sacó un papel del bolsillo.

—Pichincha y Garay —leyó—. ¿Es lejos?

Bartolo estudió la pregunta.

—Es lejos —determinó.

—¿Cómo se llega?

—No sé. En un coche de punto.

—¿Es cosa de ricos?

—Cincuenta centavos.

—Muy bien. Me voy a dejar robar. Me quedo a dormir acá.

Sacó unos billetes y le dio tres pesos a Bartolo.

—Es una barbaridad —dijo el muchacho.

—Tengo plata.

—¿La hiciste...?

—Bien.

—¿Plata argentina?

—La gané en el Uruguay y, como pensaba venir a Buenos Aires, se la fui cambiando a los argentinos que veía. Estancieros o rematadores que van por negocios de hacienda y siempre terminan en fiestas donde contratan músicos. Dan propinas, y a nadie le importa que los billetes sean de acá o de allá.

—¿Por qué me contás eso? —preguntó Bartolo.

—¿Eso?

—Lo de que tenés plata.

Frisch sonrió.

—También tengo un lápiz —dijo—. ¿Sabés escribir?

—Sí.

—Entonces, apuntá tu dirección —buscó un lápiz en la chaqueta y volvió a poner sobre la mesa el papel con las señas de Manuel Posse—. Ahí atrás.

Bartolo vaciló. Todavía esperaba una respuesta. Frisch comprendió.

—Te conté que tenía plata porque me caés bien —explicó—. Lo de la dirección es porque puedo necesitarte. ¿Entendido?

El muchacho escribió.

—Ahora, dejame solo. Tengo sueño.

—¿Querés que te arregle lo de la pieza?

—No te preocupes. Gracias.

Bartolo se puso de pie. Cogió la solapa de la chaqueta de Frisch.

—Esto —dijo, mirándole a los ojos—. ¿Cómo se llama esto? Lo que llevás puesto, me refiero.

—Saco —contestó Frisch.

Los dos sonrieron.

—Vas a llegar a ser argentino —prometió Bartolo.

Se marchó sin más despedida.

5. La habitación del muerto

Una pereza gris de mayorales
se dobla vulgarmente en las esquinas.

B. Fernández Moreno, *Barrio característico*

El jueves y el viernes santos eran días de silencio en el Buenos Aires de aquella época, no se sabe si piadosa o temerosa. Hermann Frisch salió a la calle a media mañana, tras haber dejado todos sus bienes en manos del camarero de Cassoulet, decidido a llegar sin prisas hasta la casa que suponía domicilio de Roque y Ramón Díaz. Encontró una ciudad de aire claro, sin carruajes, con las tiendas cerradas, en que la gente iba de iglesia en iglesia sin despegar la vista del suelo.

Atendiendo a vagas indicaciones, Frisch enfiló hacia el sur por la calle Artes, fiándose de sus botines —embetunados y brillantes, pero lo bastante viejos para representar por sí solos un descanso— y de la petaca con ginebra que iluminaba uno de los bolsillos de su chaqueta. Bañado y afeitado, se sentía en condiciones de emprender la travesía del desierto. No habría de ser tanto: dos o tres horas de caminata lenta, por calzadas incómodas, es cierto, pero con más de una parada.

En Artes y Corrientes, no pudo resistirse a entrar en la primera de las iglesias con que toparía: la de San Nicolás. Ni siquiera necesitó fingir una fe que no sentía, persignándose convencionalmente: ninguno de los circunstantes, que eran muchísimos, atendió a su llegada, apartados y arrobados como estaban en un canto triste.

Perdón, ¡oh, Dios mío!;
Perdón, indulgencia;
Perdón y clemencia;
Perdón y piedad,

salmodiaban, lúgubres pecadores. Frisch sintió erizársele los pelos de la nuca y abandonó el templo andando hacia atrás.

Hizo su segunda estación en la Plaza de Montserrat, donde se sentó en un palenque bajo para echar un trago de ginebra y mirar las enormes carretas, de ruedas más altas que un hombre y entoldado de lona sobre cañas, excepcionalmente detenidas. Ni siquiera los emponchados mayorales, que, en días de trabajo, debían de ser ruidosos y ágiles, daban la menor voz. Reunidos en torno de fuegos y sorbiendo callados uno que otro mate, única violencia contra el acatado ayuno, se pusieron de pie y se descubrieron cuando un grupo procesional cruzó por el lugar portando la imagen de un Cristo fantásticamente llagado y sangrante. Se movían con gran lentitud, y Frisch tuvo tiempo sobrado para acercarse y leer, al pie de la efigie, una terrible reconvención: «¡Tú que pasas, mírame, cuenta si puedes mis llagas! ¡Ay, hijo, cómo me pagas lo que he sufrido por ti!».

Una vez el paso se hubo alejado, preguntó por la calle Garay a un carretero que dormitaba en su pescante, en todo parecido a los bueyes que, uncidos, aguardaban el instante del esfuerzo. El gesto recibido por respuesta le devolvió a la calle que había venido recorriendo, que en aquella parte se llamaba Buen Orden. No le distrajo de su marcha la iglesia de la Concepción. Bastante turbado se sentía ya su espíritu laico.

Garay arriba, pasó junto a manzanas trazadas, sin construir, en las que prosperaban basurales. La fetidez de las carroñas allí arrojadas le llenó el estómago. Encendió un charuto para ahuyentarlo. Más limpios estaban los terrenos removidos en que pronto se instalaría el nuevo arsenal, al otro lado de Entre Ríos.

En un almacén de esquina en que, pese a la fecha, se mantenía algún comercio a través de la reja de la ventana, le dijeron que le faltaban dos cuadras.

Las palmadas con que Frisch se anunció resonaron en el zaguán penumbroso de la casa de don Manuel Posse. La muchacha que, saliendo de la cocina, cruzó el patio para ir a atenderle era resuelta y cordial.

—Buenos días, niña —saludó Frisch.

—Buenos días —sonrió Sara, alisándose el delantal en que se había secado las manos—. Ya no tan niña. Señorita...

—Señorita —aceptó Frisch—. Estoy buscando a un amigo.

—Ya lo veo. Mejor dicho, lo oigo. En su acento. Usted es el alemán del bandoneón, ¿me equivoco?

—No, no se equivoca. No me creía tan famoso...

—Y no lo es. Famoso, no. Querido. Ramón lo quiere mucho, y siempre habla de usted.

—Ese chico...

—Es un gran chico, señor...

—Frisch. Hermann Frisch. Hay quien prefiere llamarme Germán. Yo ya me conformo.

—Germán, ¿por qué no entra? Venga —invitó ella, franqueándole el paso—. Yo soy Sara. Tengo que buscar la dirección.

Le hizo entrar a la sala y sentarse.

—Espere, por favor —dijo—. Siéntese. ¿Quiere tomar algo? En esta casa no se hace mucho caso de la vigilia. Un poco de religión está bien, pero no hay por qué exagerar.

—¿Tiene cerveza?

—Claro que tengo.

Frisch se acomodó en un sillón y observó con curiosidad el moblaje, los cuadros, el piano. La muchacha regresó con el pelo recogido, sin el delantal, con pendientes. Traía una bandeja con un vaso y una botella de cerveza, una hoja de papel y un lápiz.

—Usted beba —dijo, poniendo la bandeja sobre una mesa baja, ante el sillón—. Yo le apuntaré la dirección.

—¿Por qué se fueron? —preguntó Frisch, observándola mientras ella se acercaba al aparador, abría un cajón y sacaba una libreta.

—Usted conoce a Roque, ¿no es cierto? Es orgulloso —explicó Sara con tristeza, volviéndose—. No quiere vivir sin pagar.

Puso la libreta sobre la mesilla, pero no la abrió para mirar las señas que escribió de corrido.

—¿Los echa de menos?

—Sí —respondió ella sin vacilar—. ¿Le va a enseñar a Ramón? A él le gustaría ser músico —había dulzura en su voz—. Yo tengo un hermano que también toca el bandoneón.

—No —la interrumpió Frisch.

—¿No? ¿No le va a enseñar?

—No eso. Ramón es inteligente. Y sensible. Pero nunca será músico. No ha nacido para ser músico.

—Puede que tenga razón —reflexionó Sara, bajando la cabeza—. Y, pensándolo bien... mi hermano tampoco. ¿Qué le va a enseñar, entonces?

—Lo que él necesite aprender, si es algo que yo sepa.

—¿Se va a ocupar?

—¿Le gustaría ocuparse usted, Sara?

—Claro que me gustaría.

—¿Ocuparse de los dos?

Ella miró al hombre a los ojos. Por un instante, pensó pedirle que se marchara, gritarle que no hiciera preguntas impertinentes, que no se metiera donde no le habían llamado, frases que había oído muchas veces pero que, imaginadas en sus propios labios, no alcanzaba a reconocer. Él parecía franco y tierno.

—De los dos —dijo.

Frisch bajó la mirada hacia las manos de Sara, que sujetaban con fuerza la hoja de papel. La señaló con un gesto.

—¿Queda lejos? —quiso saber.

Ella regresó de su confesión sin rubor y contestó con naturalidad:

—Cerca de la Plaza de la Victoria.

—Le agradezco mucho —Frisch se puso de pie—. Todo. La dirección, la cerveza y la sinceridad.

—Lamento que no esté mi padre —recordó Sara.

—Habrá ocasión.

Se despidieron con un apretón de manos.

Frisch volvió a lo de Cassoulet como había llegado hasta la casa de Posse: andando.

No fue a ver a sus amigos aquella noche.

Era la mañana del Sábado de Gloria en la ciudad callada cuando apoyó la carretilla en la pared junto a la puerta del conventillo de la calle Defensa. En el fondo del silencio se agitaba, uniforme y constante, un rumor de matracas, giradas en los patios por niños y jóvenes: años atrás, en su paso por Barcelona hacia América, le habían hecho saber que el ruido de aquellos aparatos monstruosos tenía por finalidad exterminar judíos, que debían caer fulminados por el sonido como las encarnaciones del demonio ante la imagen de la cruz. No llamó ni preguntó a nadie si Roque y Ramón estaban en su cuarto. Desató el bandoneón, lo sacó del estuche y apoyó un pie en el alto escalón de la entrada para acomodar el instrumento sobre el muslo. De su primer ademán surgió una voz ronca, un lamento espeso que derivó pronto en frases violentamente carnales, en proclamaciones de imprecisos deseos. Un viejo se detuvo a escuchar.

La carrera de Ramón desde la puerta de su habitación no dio tiempo a Frisch a poner a un lado el bandoneón. Durante un largo par de minutos tuvo que sostenerlo a la vez que abrazaba al niño. Roque salió entonces a hacerse cargo del fuelle.

Sólo cuando Ramón se dejó mirar, poniendo los pies en el suelo, los dos hombres pudieron darse la mano.

—¿Cómo estás? —preguntó Roque.

—No sé. Contento, creo.

—Yo estoy contento —aseguró Ramón.

Nadie se movía de su sitio. Ni siquiera el viejo que había quedado atrapado por la música y tal vez esperase un bis.

—¿Ustedes viven solos? —averiguó Frisch.

—¿Solos? Esto es un conventillo.

—Me refiero a la pieza.

—Sí. En la pieza estamos solos.

—¿Puedo entrar estas cosas? Yo aún no tengo donde quedarme.

—Puedes entrar lo que quieras. Pasa, pasa —invitó Roque—. Y no te preocupes por tu alojamiento. Me parece que es asunto resuelto.

—¿Te has hecho mago en este tiempo?

—Algo así. Además, cuento con que no seas supersticioso.

—¿Por?

—Ya lo sabrás. Ven, entra.

Frisch les siguió.

Conversaron durante horas.

Caía la tarde cuando Roque y Frisch entraron en el despacho de bebidas del almacén de doña Petrona, en Defensa y Luján. El interior era oscuro y al principio les costó distinguir los rasgos de los dos hombres que jugaban a los naipes en una mesa de rincón.

—Ése es —dijo Roque, señalando al más próximo.

Era Bo, el encargado del conventillo, un tipo de mandíbula saliente y cejas juntas, sin labios. Se acercaron a él.

—Buenas —saludó Roque.

—Buenas —mascculló el otro, sin levantar la vista de las cartas—. ¿Qué quiere?

—Saber si esa pieza, la del muchacho que murió, sigue libre.

—Más o menos. ¿Va a usar dos?

—No, es para un amigo... aquí, el señor Frisch. ¿Qué significa más o menos? ¿La ha alquilado o no?

Bo volvió la cabeza y observó a Frisch de arriba abajo, sin pudor alguno. Pareció gustarle. Soltó una carta sobre la mesa y dejó hacer a su rival.

—Tengo un candidato de siete pesos. Uno del matadero, que no tiene miedo de vivir en la pieza de un muerto y al que no le va a faltar con qué pagar. ¿Usted de qué trabaja? —preguntó, dirigiéndose al alemán.

—Soy tipógrafo, pero acabo de llegar a Buenos Aires y todavía no tengo empleo.

—¿Acaba de llegar? Habla muy bien para ser nuevo... Pero no quiero gente sin ocupación —revisó su juego, desentendiéndose de Frisch, dando por cerrada la discusión.

—Tengo plata —anunció el alemán—. Le puedo dar treinta pesos.

Esta vez, Bo se apartó del juego y movió el cuerpo en el asiento hasta quedar cara a cara con Frisch. Le consideró nuevamente.

—Plata —dijo—. Siempre la plata. Treinta pesos —miró el suelo y permaneció unos minutos en silencio—. ¿Sabe qué? —resolvió al final—, mejor me da treinta y dos, así hacemos cuatro meses y nos quedamos tranquilos por un tiempo. ¿Le parece?

—Acá hay treinta —Frisch le tendió un rollo de billetes.

—Treinta y dos —insistió Bo—. O no hay pieza.

—Tome —intervino Roque, echando mano al bolsillo—. Dos pesos más y está hecho. Cuatro meses.

—Puede quedarse —autorizó Bo, dirigiéndose a Frisch.

Los dos amigos se retiraron sin añadir una palabra.

[6.

—¿Hizo todo el dinero con el tabaco?

—No sólo con el tabaco. Hubo otras cosas. Roque era un inmigrante. Por lo tanto, era, sobre todo, un desclasado. El comercio no podía ser sino una actividad accidental.

—¿Quieres decir que vivió como si su destino definitivo, verdadero, hubiese quedado aquí, en España, en una suerte de espera?

—Quizá, aunque sólo habló del tema al final. Era un error, o una ilusión. No podía volver. Nadie, nunca, puede volver cuando ha dejado atrás el infortunio.

—Pero, de no haber pensado en volver, ¿qué le hubiese impulsado?

—Su hijo.

—¿Y Sara?

—Ésa es otra historia. Ya llegará. De momento, tenemos a Roque por ahí, en algún lugar de Buenos Aires, con su chata llena de tabaco.

—Seamos precisos: ¿qué clase de tabaco?

—Eran los primeros ochenta: empezaban a imponerse en Buenos Aires los cigarrillos en paquete. Envelope, dice José Antonio Wilde. Los había desde antes, por supuesto: importados. Pero los cigarrillos nacionales, manufacturados, eran novedad.

—Se necesitan detalles, Vero.

—Tal vez, aunque yo no creo que una novela deba ser un informe. Ya hay libros de otras clases para el que se interese en cosas menudas.

—Yo soy una lectora decimonónica, Vero. Me hacen falta minucias, me explican cosas. Los informes. Por ejemplo: ¿cómo eran los envelopes?

—Dobles: de hoja de plomo, lo que aquí y ahora llamamos papel de plata, y de papel corriente, grueso y encerado, eso sí.

—¿Importado?

—La hoja de plomo. El papel procedía de la fábrica de Perkins, que funcionaba en Buenos Aires desde hacía más de quince años.

—Debían de ser caros.

—Por eso tardaron en llegar a la mayoría. Se fumaban cigarrillos, pero liando picadura. Seguramente, Roque llevaba, sobre todo, cigarros. En atados de a ocho. Auténticos atados: manojos de cigarros sujetos con hilo, rojo o negro, sin envoltura, para que pulperos o almaceneros los revendieran sin deshacer, a un peso papel el montón, o al mejor precio posible al despachar los charutos de a uno. Tenía que llevar también mazos de hojas sin cortar, porque en aquellos años, en las orillas de la ciudad, por el Maldonado, por Flores, por Barracas al Sur, sobrevivía un número importante de cigarreras. Mujeres que compraban el tabaco colorado, paraguayo, correntino o tucumano, de arroba en arroba o de petacón en petacón, y entregaban su labor cada semana en los almacenes: seis pesos papel el haz de ciento veintiocho piezas hechas a mano. Más o menos la mitad, la cobraban en gasto.

—Home labor. Capitalismo primitivo.

—Se acabó alrededor del noventa, cuando se instaló la manufactura de tabacos El Telégrafo. Llegó a tener novecientos trabajadores.

—¿Cómo encendían los fumadores?

—En el campo, se usaba yesquero. En la ciudad, cerillas europeas: no se fabricaron en el país hasta el ochenta y tres. ¿Qué más?

—Todo. ¿Cómo olía el tabaco?

—A olivas agrias, tal vez. Sin duda, a sexo y a dinero.

—Más. ¿Por dónde andaba Roque?

—Por todas partes. Al sur, por la Boca, por Barracas, y por lo que después fue Avellaneda. Al oeste, por Flores y más allá. Al noroeste, llegaba al otro lado del Maldonado, que se podía atravesar por Rivera, la Córdoba de ahora, o por Chavango, es decir, Las Heras... A la altura de Santa Fe, se construyó en 1870 un puente de material sobre el arroyo, un puente con parapeto. Probablemente fuera ése el mejor camino: tenía macadam; malo, pero macadam. Desde el puente, se veía Belgrano: la torre de la Inmaculada Concepción se inauguró en 1875.

—Eran zonas duras...

—En cierto sentido, menos de lo que cabe suponer, Clara. No hay ciudad en que las afueras no hayan sido duras, siempre. Hoy lo son más. Hacia el ochenta o el noventa, los ranchos de adobe de las orillas del Maldonado eran residencia de lunfardos: el lumpen, los delincuentes.

—¿Imaginas el escenario?

—Bastante bien. Esos barrios debían de parecerse a los pueblos de la provincia. Borges hablaba de Lobos, el espacio paradigmático en el que, por capricho, situó la muerte de Juan Moreira a manos de la partida policial, y en el que, en la realidad, nació Perón. Y afirmaba que no importaba

que no se conociera precisamente ese pueblo para imaginarlo, si se conocía cualquier otro: todos son idénticos, decía, hasta en lo de creerse distintos... Así debía de ser la célebre Tierra del Fuego, un fragmento de Palermo, entre Chavango, Alvear, el arroyo y Centroamérica, como se nombraba a Pueyrredón. Por allí se movían mitos terribles: el aparecido de Agüero, la viuda o el chancho de lata. Eso suena tenebroso, pero no era para tanto. Antes, aquel territorio había formado parte de la quinta de Rosas. Y en los ochenta se construyeron los hospitales, el Rivadavia y el del Norte, y la Penitenciaría. Se dice en la familia que Roque vio al aparecido; más: que fue su amigo...

—Por lo que tú mismo me has contado, Vero, se decían también otras muchas cosas.

—Unas cuantas, infundadas, aunque yo prefiera atribuírselas... por aquello de la leyenda.

—¿Trata de blancas?

—No lo creo probable, aunque en la época, y metido como estaba en asuntos como el de los gallos, le ha de haber sido difícil mantenerse al margen. Pero él venía de la izquierda...

—Mucho revolucionario terminó en macarra...

—Cierto, pero se me hace que él no.

—Aceptado. Por el momento... Será la novela la que diga la verdad. Mejor me cuentas algo sobre el aparecido.

—¡El aparecido! Ha pasado más de un siglo, y Consuelo, mi madre, que nunca le vio, le recuerda, habla de él con la misma familiaridad con que alude a algunas tías remotas, muertas antes de nacer ella, cuyas hazañas, sin embargo, le pertenecen tanto como las suyas propias: ella es dueña de una tradición: en su memoria se suman los sucesos vividos y las memorias de los antepasados. Para ella, el aparecido es tan sólo una más de entre las numerosas amistades de su abuelo. Le menciona por su nombre, Ciriaco Maidana, y no dice jamás cosas tales como «se presentó» o «se apareció»: Roque y él «se conocieron». Una amistad más en lo que, antes que una historia de amores, fue una historia de amistades.]

7. Los invisibles

> La pluma del romancista no puede entrar en las profundidades filosóficas del historiador; pero hay ciertos rasgos, leves y fugitivos, con que puede delinear, sin embargo, la fisonomía de toda una época.
>
> José Mármol, *Amalia*

Al volver de Belgrano, Roque solía terminar su ruta en La Primera Luz, una pulpería de la calle de Chavango, en el corazón de la Tierra del Fuego, que debía su nombre al hecho de ser la que más temprano abría sus puertas a los hombres con sed: tan pronto como amanecía, sin importar la hora a la que hubiese cerrado. Ahí dejaba el hombre cigarros y tabaco en hoja, y bebía una ginebra antes de enfilar hacia el centro.

Una noche de finales del otoño se entretuvo, mirando una partida de truco desde su sitio junto al mostrador. La figura de uno de los jugadores le había llamado la atención: era un mozo de pelo ralo y mandíbula saliente, de espalda encorvada, enteramente cubierto por un poncho granate del que tan sólo asomaban unas manos enormes, que ocultaban por entero los naipes. Su rival era un gaucho viejo, que conservaba puesto el sombrero. Contra la costumbre, hacían lo suyo sin aspavientos.

El mayor llevaba tiempo ganando cuando el más joven decidió dejar. Se puso de pie y Roque pudo contemplarle en toda su estatura. Le asombró ver que se aproximaba a él y le saludaba con una invitación.

—¿Otra ginebra, don Roque? —dijo.

—Cómo no —aceptó él, girándose a medias y afirmando el codo en el estaño—. ¿De dónde nos conocemos?

—Yo lo conozco a usted —sonrió el otro: una mueca desconcertante, fea, infantil y feliz—. Usted a mí, no. Yo soy Manolo. Hijo de Manuel Posse —y le puso una mano en el hombro.

—Ya —entendió Roque—. El de la terraza. Me han hablado de ti.

—¿Sara?

—Y Ramón, mi hijo.

Se miraron a los ojos. Cuando el pulpero puso las ginebras, Roque retrocedió un paso y estudió a Manolo sin pudor alguno.

—¿Sabes? —le dijo finalmente—. No eres tan feo. ¿Por qué coño vives allí arriba, como un pájaro? Así, nunca vas a encontrar novia.

—Gracias. Prefiero seguir así. Una novia... es un problema. No me sirve cualquier mujer.

—Puedes conseguir la que quieras. Eres joven, y tu padre es rico. Además, he visto mujeres hermosas con hombres mucho más feos... y sin dinero.

—No me ha comprendido —se quejó Manolo, tragando su ginebra—. No hablo de belleza, eso no me importaría demasiado. Es otra cosa. ¿Ve mis manos? —y las extendió sobre el metal del mostrador—. ¿Mis pies? —y se alzó el poncho para mostrar unas botas que no debían de entrar en ningún estribo—. ¿Lo ve?

—Lo veo. Grandes. Muy grandes.

—Bueno, mire: yo soy todo así, ¿se da cuenta?

—¿Quieres decir que también...?

—También.

—¡Qué bárbaro! —dijo Roque, y esbozó una risa.

—¡No se ría! —le pidió el otro—. No es gracioso. Es trágico. No hay mujer que me soporte.

—¿Ninguna? —descreyó Roque.

—Ninguna, lo que se dice ninguna, no —cedió Manolo—. Hay que sí. Pero las que me aguantan son todas muy putas. Mucho. ¡Sirva otra ginebra! —gritó, descompuesto—. Son demasiado putas, don Roque. Un poco, a mí no me importaría —y dos grandes lágrimas le corrieron por las mejillas—. Pero tan putas no las tolero. Quiero decir —le atragantó un sollozo—, quiero decir que me gustaría —y ya lloraba a lágrima viva—, que me gustaría, don Roque, que les doliera un poco... me merezco que les duela un poco.

—¡Maricón! —escupió en ese momento un sujeto delgado que llevaba rato bebiendo en una mesa cercana a la entrada—. A mí no me gustan los tipos que lloran, ¿sabés?

Se levantó y sacó un cuchillo de debajo del poncho. Roque tentó con disimulo el suyo. El viejo que había estado jugando con Manolo se volvió en su taburete, dando la espalda a la mesa y controlando la escena sin decir una palabra. El pulpero se había esfumado.

Manolo dejó de llorar y miró al que le amenazaba.

—¿Maricón me dijiste? —preguntó—. ¿A mí?

—A vos.

—¿Querés pelear?

—Quiero matar un maricón.

Manolo se quitó el poncho y se lo entregó a Roque.

—Vení —dijo, abriendo el cinto que le sostenía los pantalones—. Yo no llevo facón —advirtió—, pero tengo esto y te lo voy a meter en el culo para que veas quién es el maricón.

Y mostró un miembro verdaderamente descomunal, oscuro y cubierto de venas, del grosor del antebrazo de un hombre fuerte, que pendía a lo largo de casi todo el muslo.

—En el culo —repitió, enfurruñado como un niño, mostrando su arma en un gesto de desafío.

Roque pensó en la justicia divina, que había dado a aquel muchacho, que tan difícil hallaba el trato con las mujeres, unas manos adecuadas para enfrentar en solitario los ardores de su prodigio.

El pendenciero se puso pálido.

—Basta —dijo con calma el viejo gaucho desde su asiento—. Vos, guardá el puñal y andate —ordenó al que había provocado, mirándole a la cara—. Y vos —bajó la vista al suelo cuando se dirigió a Manolo—, guardá lo que tengas que guardar, y no vayás por ahí avergonzando a los cristianos pobres.

Siguió un silencio en que los dos aludidos obedecieron sin vacilar. Sólo cuando terminó de acomodarse la ropa y su rival se hubo marchado, Manolo, con una ojeada llena de resentimiento a la puerta, se permitió murmurar algo.

—En el culo —le oyó decir Roque.

—Acerquesé, amigo —invitó el viejo—. Sí, a usted, al cigarrero le hablo. Tómese algo conmigo. Manolo, decile al señor quién soy.

—Roque —cumplió el muchacho de Posse—. Acá, el señor, es Severo Camposanto... —se interrumpió para aclararse la garganta antes de decir lo que seguía—, degollador y filósofo.

—¿Filósofo? —dudó Roque.

—Popular —acotó el gaucho con modestia—. Y, últimamente, también maestro. ¿No necesita un maestro?

—Me he desinteresado de la filosofía.

El llamado Severo alzó las cejas.

—Es gracioso el gallego —comentó para nadie en especial—. Mire, amigo, lo de la filosofía es personal. Pensando, pensando, uno aprende cosas de la vida. Pero esas cosas no se pueden enseñar. Le hablo de lo otro. ¿No quiere aprender a degollar? Limpito y sin esfuerzo. En sólo dos movimientos.

Roque acercó una banqueta a la mesa y se acomodó delante del viejo.

—¿Está retirado? —preguntó.

—En este oficio, no hay final —explicó Severo—. Y menos para uno como yo, que fui famoso. ¿Oyó hablar de la Mazorca?

—Claro.

—¡Bueno! Yo trabajé con ellos, con su paisano Cuitiño. Me conocían todos en Buenos Aires.

—Es natural, ¿no?

—Y me tenían miedo.

—Ya.

—Después vinieron todos esos asuntos de Caseros, y Pavón, y eso, y el amo Rosas se tuvo que ir.

—¿Y usted?

—Yo no. Anduve un tiempo arreando ganado, pero volví.

—¿Está sin trabajo?

—No me llaman mucho, no... Hay otros más jóvenes, más baratos que yo. No se preocupan por el cristiano muerto. Yo sí. Yo no hago sufrir. Acabo las penas sin dolor ninguno.

—¿Y de qué me serviría a mí saber degollar?

—Puede encontrar alguna ocasión —Severo se encogió de hombros—, ganar plata.

Roque se puso de pie.

—Gracias —dijo—. De momento, no me interesa.

De Manolo se despidió con un apretón de manos. Para el degollador, pronunció un escueto buenas noches al acomodarse el sombrero.

Otra noche, en otro sitio, la presencia de un hombre junto al carro le hubiese llamado la atención. Aquél era alto y delgado. Ni la niebla del Maldonado, que filtraba la luz de la luna llena, ni el ala del chambergo bajada sobre los ojos, ni la distancia, bastaban a ocultar la palidez del rostro. Roque anduvo el trecho que le separaba de la chata y del desconocido, buscándole los rasgos sombríos, imaginando largas las manos hundidas en los bolsillos. Se detuvo ante él.

—¿Le acerco a alguna parte? —ofreció, señalando el carro.

—Lo acerco —contestó el individuo delgado, con voz cavernosa.

—Soy yo quien lleva el carro —aclaró Roque.

—No me refiero a eso. Es que no se dice le acerco, sino lo acerco. Ya sé que es gallego, pero va a cambiar.

—Entiendo —aceptó Roque—. No sé si quiero cambiar. Menos lengua se les pide a los turcos o a los polacos. ¿Por qué se ocupan tanto los argentinos de la de los españoles?

—Es distinto. Ésos siempre van a ser ridículos. No tienen remedio. Ustedes sí.

—Tendré que tomar eso por un cumplido. ¿Quiere fumar?

—No tiene sentido.

—Claro que no lo tiene. Pero se fuma, ¿no?

—Veo que a usted hay que explicárselo todo, cosa por cosa. Mejor, empiezo por el principio. Me llamo Ciriaco Maidana.

Acompañó la información con un gesto: sacando la mano derecha del bolsillo, se echó el sombrero hacia atrás, revelando la frente.

—Yo soy Roque Díaz.

—Eso lo sé.

—¿Sí?

—Hace tiempo.

—Yo a usted no le he visto nunca —dijo Roque, encendiendo con una cerilla el cigarro.

—¿Cómo me va a ver? —dio por sentado Maidana.

—¿Y por qué le parece tan natural que no le haya visto, si usted me ha estado siguiendo?

Maidana consideró la pregunta.

—Tiene razón —reconoció—. Es que usted no sabe... Ni siquiera le dice nada mi nombre...

—¿Tendría que decirme?

—Todo el mundo lo conoce.

—¿Y a qué obedece esa fama?

—A un suceso..., por favor, no se asuste.

—¿Asustarme?

—Es que... —había temor en sus ojos húmedos—. Yo estoy muerto, ¿sabe? Mire —y con la misma mano con que había despejado la cara, tiró del pañuelo y, deshaciendo el nudo, mostró el cuello: un tajo cruel y eterno lo cruzaba de lado a lado y se perdía hacia atrás—. Estoy muerto y nadie me ve. A usted, acabo de aparecérmele.

—Suba al carro y me va contando el resto por el camino —propuso Roque, poniendo un pie en el estribo y encaramándose al pescante—. ¡Va! —gritó al caballo, que emprendió un paso lento.

—La historia es sabida —empezó Maidana—. Fue Camposanto, hace un tiempo, el que me dio el corte.

—¿Por una mujer?

—Siempre hay una mujer. Y, para mí, un marido con plata para pagar al carnicero. Y eso que yo no soy malo con el cuchillo.

—Pero ese tipo es un artista, Maidana. No se sienta disminuido. Lo malo es que a uno le pegue el viaje un torpe.

—Gracias. Pienso lo mismo.

Avanzaban con lentitud a través de la niebla. La Primera Luz había quedado muy lejos cuando volvieron a hablar.

—¿Por qué no fuma cuando se materializa? —quiso saber Roque—. Me ha dicho que no tenía sentido.

—Pierdo el humo. El tajo está siempre abierto.

Roque se volvió hacia su acompañante y estudió su situación.

—¿Y si se aprieta bien el pañuelo?

—Es igual. Se escapa por todas partes. No se preocupe. Me resigné.

—Ya.

Y retornaron al silencio.

—Roque —dijo al final el aparecido—, ¿no le doy miedo?

Roque sonrió.

—Vea, Maidana, yo conozco gente de todo pelaje. Hay vivos y vivos. Y algunos me dan miedo. Y hay muertos y muertos.

—¿Ha tratado con otros de mi condición?

—No, pero alguno tiene que ser el primero, y estoy seguro de que usted no será el peor.

—Gracias nuevamente. Por favor, pare en la esquina.

—¿Se baja?

—No. Desaparezco. Pero no quiero llegar al centro. ¿Puedo pedirle algo?

—Si está de mi mano...

—Lo estará. Es por ese muchacho, Posse. Yo lo conozco, y lo estuve oyendo esta noche. Quiero ayudarlo. Entre los dos, podemos conseguirle una mujer.

—¿Cómo?

—Comprándola. Nueva. O de poquitas manos. Hay de su medida. Pasa que él se relaciona poco.

—No tengo medios suficientes. Todavía.

—Los va a tener pronto. Se lo prometo —miró a Roque a los ojos—. ¿Sabe que hay muchos anarquistas en los reñideros de gallos? —preguntó.

—No.

—Los hay.

—¿Me está proponiendo una sociedad, Maidana?

—Sería una manera de llamarlo.

—Volveremos a vernos...

—Si está dispuesto... Piense en este encuentro. Mañana.

—Lo haré, no lo dude.

—¿Lleva algo ahí? —preguntó Maidana, señalando vagamente el pecho o la garganta de Roque.

—¿Dónde?

—Algún colgante, un relicario...

—Ah, sí... Una cadena...

Abriéndose la camisa, mostró una medalla. El aparecido le echó una mirada sin interés y sacó del interior de la chaqueta un objeto de plata.

—Una cruz —dijo, tendiéndosela—. Me la regaló ella. No la vaya a perder. Póngala en esa misma cadena. A lo mejor, mañana, al despertarse, se le ocurre que esta conversación la tuvo en sueños y que yo no existo... Entonces, va y mira la cruz y se da cuenta de que fue verdad... ¿No le parece?

—Es una idea. ¿Por qué no?

—Tome.

La niebla se había disipado, y la luna y un cercano farol de gas le permitieron ver en detalle un crucifijo trabajado, muy fino y leve, que reflejaba con dificultad la luz. Cuando alzó la vista, Maidana ya no estaba allí. Azuzó al caballo, que se puso a un trote ligero.

[8.

—¿Es cierto que los anarquistas andaban por los reñideros?

—Seguramente, no todos. Ni siquiera la mayoría. Pero fueron muchos los que emplearon el negocio de los gallos como tapadera para otras actividades. Por lo demás, todo es cierto. Inclusive el vínculo de Roque con Ciriaco Maidana, vínculo que, a la larga, cobró la forma de una relación familiar. El aparecido intervino en la vida de Roque y, en consecuencia, en la de mi abuelo Ramón.

—Has aceptado la leyenda sin discusión, Vero.

—Mira, Clara, el crucifijo de Maidana, o de la mujer por la cual se convirtió en espectro, me ha acompañado toda mi vida. Primero, de niño, lo vi adornar siempre la garganta de mi madre. Después, cuando ella me lo dio, lo guardé en la caja taraceada que había sido de Gloria, mi abuela, uno de los primeros regalos que Ramón le hiciera, y allí permaneció, sobre la mesilla de noche de todos los dormitorios que ocupé. Jamás a nadie, y mucho menos a mí, que soy el que soy porque poseo una tradición, se le ocurrió dudar de su origen.

—De acuerdo. Adelante, sigue, sigue.

—En el ochenta y uno. Mediado el año, José Ciriaco Álvarez, a quien todos recuerdan por su seudónimo, Fray Mocho, y por algunos libros de valor apenas si documental, había iniciado sus dos carreras: la de cronista y la de policía. Llegó a personalidad en la prensa y a comisario en lo otro: una duplicidad de funciones más que corriente, y nada criticable en un país al que el comisariato dio hasta un presidente en la persona de don Hipólito Yrigoyen. Ya había policía a caballo y molinos de viento. Los Podestá, llegados de Montevideo con el circo de Rafetto, se habían establecido con empresa propia. Se terminaron de tender las vías para los tranvías y se fundó una compañía de teléfonos: la Pantelefónica Gower Bell. Todo eso y tanto que olvido.

—Suena a glosa periodística nostálgica.

—Es lo que es. Historias que merecen literatura.

—Y no la tienen.

—A trozos.

—Estás añadiendo uno más.

—Eso pretendo.

—Volvamos al ochenta y uno.

—Volvamos. Cerca del final del año, Roque Díaz Ouro llevó a su hijo, Ramón Díaz Besteiro, y a su amigo Hermann Frisch, a los primeros juegos florales del Centro Gallego de Buenos Aires. Los prohombres de la colectividad, que le habían invitado formalmente, con tarjeta de cartón, adivinaban en él cierta tendencia a la prosperidad.

—No quiero imaginar el espectáculo.

—Un símbolo, Clara... El laureado fue Olegario Víctor Andrade, y Ramón, con siete años recién cumplidos, quedó tan impresionado que quiso fijar para siempre en su memoria los versos del poema que oyó aquella noche: nada menos que Atlántida. *Los repitió a lo largo de casi ochenta años y, en mi infancia, me los enseñó.*

—Te escucho.

—Eso era, exactamente, lo que él me decía: te escucho. Y yo, en la conciencia de que iba a ser recompensado por ello, recitaba:

Pero Dios reservaba
La empresa ruda al genio renaciente
De la latina raza, domadora
De pueblos, combatiente
De las grandes batallas de la historia.
Y, cuando fue la hora,
Colón apareció sobre la nave,
Del destino del mundo portadora,
Y la nave avanzó, y el oceano,
Huraño y turbulento,
Lanzó al encuentro del bajel latino
Los negros aquilones,
Y a su frente rugiendo el torbellino,
Jinete en el relámpago sangriento.
¡Pero la nave fue, y el hondo arcano
Cayó roto en pedazos,
Y despertó la Atlántida soñada,
De un pobre visionario entre los brazos!

—¿Sigo?

—Por supuesto.

—Es demasiado retórico, lo sé, pero no puedo criticarlo. Está muy ligado a cosas queridas. Lo que venía después era así:

Era lo que buscaba
El genio inquieto de la vieja raza,
Debelador de tronos y coronas
¡Era lo que soñaba:
Ámbito y luz en apartadas zonas!

—¿Era sincero?

—¿El poeta? No. Era un profesional. Decía lo que los gallegos iban a escuchar. Se llevó el premio. Como yo, que decía lo que mi abuelo quería escuchar y me llevaba el premio. Es ahora cuando me lo creo.]

9. El reñidero

Vuelven a su crepúsculo, fatales
y muertos, a su puta y su cuchillo.

Jorge Luis Borges, *Los compadritos muertos*

No pasó mucho tiempo sin que Roque Díaz volviera a encontrar a Manolo. Fue en el Café de la Amistad, en Rivadavia, entre Tacuarí y Buen Orden, donde un día le dijeron que el loco de Garay había estado preguntando por él.

—Pero sí, paisano, cómo no lo va a conocer. Uno muy grande, con la cara grande, las manos grandes, los pies grandes, las orejas grandes, que toca el bandolión —detalló el gallego que servía en el mostrador.

—Ése no se llama Garay —discutió Roque—. Se llama Posse.

—No, hombre, no. Se llama Garay. Manolo de Garay.

—Como se llame. Si sabe que vengo por aquí, se hará ver.

Y se hizo ver.

Un mediodía.

Se acercó a la mesa en que Roque bebía su ginebra y leía *La Patria Argentina*.

—Don Roque —dijo, de pie ante él—. Es una alegría.

Roque le miró de arriba abajo, y los pelos alborotados, los enormes zapatones y las mangas de la gabardina, demasiado cortas, le hicieron sonreír.

—Pero, ¿no era que tú sólo salías de noche? —preguntó.

—Alguna vez hay que jugarse, ¿no?

—Estoy convencido.

—¿Puedo sentarme?

—Si me explicas por qué vas por ahí con un nombre falso, sí.

—¿Nombre falso? —se asombró Manolo, apoyando apenas las puntas de los dedos sobre la mesa, sin atreverse a dar un paso más—. ¿De dónde lo sacó? Yo no tengo por qué mentir.

—Has estado aquí hace poco, pidiendo por mí.

—Sí.

—El que me lo contó dijo que te llamabas Manolo de Garay.

El muchacho suspiró aliviado.

—No se confunda, don Roque. Eso es por mi calle. No saben cómo me llamo, pero saben de dónde vengo. Soy el de Garay. De la calle Garay.

—De acuerdo. Ponte cómodo y pide una copa.

Manolo obedeció.

—¿Cómo va la nueva vida? —averiguó Roque cuando el camarero dejó la ginebra y se alejó—. ¿Se asusta mucho la gente?

—No crea. Algunos me miran, eso sí, y hasta murmuran. Otros, pasan de largo, no me hacen caso. Lo peor son los chicos. Hay que se ponen a llorar, y hay que se ríen.

—¿Muy desilusionado?

—Y...

—Ha de ser duro. Tendrás que buscarte otro tema.

—En mi casa, todavía no saben nada.

—Mejor los enteras tú. Las noticias perturban más cuando vienen de boca ajena.

—¿Usted piensa que lo van a lamentar? ¿Les va a dar vergüenza?

—¿Vergüenza? No, hombre, nada de eso. Sólo que no es lo mismo una familia con un monstruo en la azotea, que una familia sin monstruo. Y no hay cambios fáciles.

—Entiendo. Me parece.

—Entiendes, Manolo. Ahora dime, ¿por qué me buscabas?

—Ah, sí. Es que Sara me contó que usted tiene un amigo que toca el bandoneón. Y me gustaría hablar con él. A lo mejor, podemos hacer algo juntos. Ahora, tengo que ganarme la vida. Y con los gallos sólo, no se puede.

—¿Vas a los gallos?

—¿Usted no, don Roque?

—No, no he ido nunca.

—¿Nunca, nunca se tiró una parada?

—¿Qué quieres decir?

—Si nunca jugó. Me cuesta creerlo. Lleva meses en Buenos Aires.

—Pero así es.

—Hagamos un trato: usted me presenta a su amigo, y yo lo llevo a una pelea. Ahora mismo. Hay un sitio muy cerca. A siete, ocho cuadras de acá.

—Muy bien.

Fueron al reñidero de la calle de Santo Domingo, que así se llamaba todavía Venezuela. Manolo pagó las entradas de los dos. El propietario del establecimiento, uno de los más grandes de la ciudad, se llamaba José Rivero y su prestigio abarcaba las dos orillas del Plata. No habría podido Roque imaginar el movimiento de aquella casa, y hasta se resistió un tanto a la evidencia. Él, que era incapaz de diferenciar un bataraz, con su plumaje gris sucio, de un giro, con su cogote amarillento, o un colorado de un calcuta, se veía de pronto en un mundo de expertos que debatían a voces acerca de las virtudes de este o el otro animal, valiéndose de una jerga singular y poniendo en ello el furor de los obsesivos. Y no era escaso el público: en el enorme salón había asientos para varios centenares, repartidos en platea, gradería y palcos, y la pasión común reunía a hombres de muy distintos orígenes sociales en torno de los feroces y patéticos animales, consagrados al espectáculo de la muerte durante generaciones.

—Tenemos buenos lugares —dijo Manolo, dirigiéndose sin vacilar a una de las primeras filas de la platea.

Roque ponía todos sus sentidos en entender el orden íntimo de aquel caos, donde caballeros de levita alternaban con gauchos astrosos y pulperos prósperos, entre los cuales reconoció y saludó a más de uno. Le llamó la atención una mujer sola, sentada en un palco, como ausente de la general vocinglería: junto a ella, de pie, callado, un negro altísimo y muy flaco, que todo lo observaba con brillantes ojos nocturnos.

—¿Sabes quién es la mujer del palco? —preguntó.

—Piera —contestó Manolo, sin volverse para comprobarlo, pendiente de lo que ya empezaba a ocurrir en los alrededores del reducido ruedo de lona en cuyo interior iba a librarse la lucha.

Roque no averiguó más.

Se enteraría más tarde.

—Ya los pesaron —informó Manolo—. Los van a soltar. El chino de pañuelo rojo es el corredor de Sosa. Vigila al bataraz... El de pluma negra y blanca —aclaró ante el desconcierto de Roque—. El moreno que tiene enfrente es el de Hornos y lleva al colorado.

Roque vio cómo ajustaban a las patas de los gallos unos anillos con fieras púas de acero.

Sonó una campanilla y soltaron a los animales en el redondel. Salió primero el bataraz, dando un par de pasos hacia el centro del círculo con las alas abiertas y el cogote tenso. El colorado ladeó la cabeza, sin moverse de su sitio, y clavó un ojo ominoso en el bulto de su rival. Plegó las alas el gris y avanzó aún otro tranco, balanceando ahora la ese del cuello. Esperó.

El colorado se le plantó delante de un solo brinco y lanzó el pico, sin suerte, a la cabeza del bataraz. Durante un lapso que hubiese sido imposible medir, las testas amenazantes se cruzaron por los lados sin tocarse. Hasta que, en el silencio mortal en que se había hundido el recinto, resonó el picotazo inicial. Cuando los espectadores comprendieron que el colorado había hecho mella en su contendiente, mostrando su sangre, empezaron a correr las apuestas.

—Cincuenta pesos al colorado —ofreció uno.

—Treinta —añadió uno más.

Todos iban al gallo plumirrojo.

Los animales se habían pegado por la pechuga, de modo que los picos y los cogotes se movían sin que los cuerpos se desplazaran. La efusión de sangre resultaba desproporcionada, considerado el volumen de las cabezas. De improviso, el bataraz retrocedió hacia el borde del redondel y empezó a dar vueltas con las alas caídas a los lados, ciego y débil, antes de atacar la lona. Las ofertas a favor del colorado se multiplicaban sin que una sola voz revelara confianza en su oponente.

Entonces, Roque vio lo que, supuso, sólo él podía ver: a Ciriaco Maidana en cuclillas entre los dos gallos, con el sombrero requintado y las manos enfundadas en guantes negros. Sus ojos se cruzaron fugazmente con los de Roque, e hizo un gesto de asentimiento.

—Pago —gritó Roque, para asombro de su acompañante—. Voy todo al bataraz.

—Está loco, don Roque —se asustó Manolo.

—No está loco —dijo, lacónico, el negro servidor de la mujer a la que el muchacho había llamado Piera—. Yo también voy al bataraz.

Las apuestas llevaron un minuto, tal vez algo más, tiempo en cuyo curso la riña estuvo suspendida, las bestias quietas y amenazantes. Al final, retornó el silencio, reclamado por la llamativa calma de la lona. Todos miraron por el destino de su dinero.

En ese instante, Maidana alzó al bataraz en lo que todos imaginaron un milagroso vuelo de resurrección, y depositó toda su furia frente al colorado.

El gallo gris, empapado en su propia sangre, simplemente picoteaba: le hubiese servido la lona, pero Maidana no le permitía apartarse del colorado, que respondió, cabal pero en retirada, hasta que el arma del bataraz se le hundió en un ojo, una, dos, tres veces.

Acabó en una vuelta torpe, volcándose, entregando el alma por las plumas, mientras el bataraz seguía lastimando la nada. El juez contó los tres segundos de reglamento sobre el montón obsceno del vencido y Maidana se desvaneció en el aire espeso de la sala.

Roque recogió los beneficios.

—Me gusta —comunicó.

Manolo le miraba con los ojos muy grandes.

—¡Es un fenómeno, don Roque! —dijo, admirado—. ¡Usted es un verdadero fenómeno!

El negro cobró lo suyo, o lo de su patrona, y se acercó a ellos.

—La señora quiere hablar con usted —anunció a Roque, sin hacer el menor caso del otro—. Venga.

Roque levantó la vista hasta el palco. Ella seguía sentada.

—Espérame —pidió a su amigo. Siguió al negro.

Cuando él estuvo a su lado, la mujer se puso de pie y le tendió la mano. Le permitió contemplarla apenas un momento antes de presentarse.

—Me llamo Piera —dijo.

Su belleza era espléndida e irradiaba una inquietante serenidad.

—Yo soy Roque Díaz —se nombró él.

—Díaz Ouro —completó ella.

—Me conoce.

—Tenemos un amigo común: Ciriaco Maidana.

—Ya.

—Siéntese, por favor.

Roque obedeció. Le costaba apartar la mirada del rostro de ella.

—¿Sabe por qué lo llamé?

—Deduzco que tiene algo que ver con los proyectos de Maidana.

Piera rió, echando la cabeza hacia atrás.

—O sea que ha adivinado cuál es mi oficio... —comentó, risueña. Y luego, más seria: —De verdad, puedo ayudar a su amigo... Con dinero se consigue todo, hasta un alma... cuánto más un cuerpo. Y usted, ahora, tendrá dinero. ¿Cuánto ganó hoy?

—Trescientos pesos. Sólo usted y yo cobramos.

—Juan Manuel —dijo Piera al negro, que esperaba sus órdenes muy cerca de donde se desarrollaba la conversación—. ¿Cuánto ganamos?

—Cuatrocientos pesos, señora.

—Ya ve, Roque... Tenemos setecientos pesos. Tres veces esa suma, digamos, y podremos comprar la perfección.

—¿A quién? —preguntó Roque, mirando el salón: pronto empezaría otra pelea. Manolo esperaba, sentado, contemplándose los pulgares juntos o las puntas de los zapatos, perdido en sus propios pensamientos, ajeno a la generosa labor de Maidana.

—No tenga miedo, nos vamos a tomar todo el tiempo que haga falta —le tranquilizó ella.

—¿A un rufián? —insistió él.

—No. Ésos venden cuando las mujeres ya no dan más.

—¿A un caftén?

—¿Uno? A una organización, amigo mío. Mercancía nueva.

—Supongo que usted conocerá.

—Todo el mundo conoce.

Sonó la campanilla que abría una nueva riña. Piera abrió su bolso y sacó de él una tarjeta rosa.

—Lea —indicó, mostrándola.

Roque obedeció.

«Caballero: María G. invita a usted para una rifa de una joven de 13 años que tendrá lugar el domingo 18 del corriente a las nueve de la noche. San José 12», rezaba el texto.

—Hay cosas de ésas todos los días. Yo puedo ir antes y ver qué es lo que ofrecen. Nadie me cierra las puertas en esta ciudad.

—¿Elige así a sus chicas?

—Ya no. En una época, sí. Pero no es buen negocio. Yo quiero gente seria. Ni compro ni recibo mujeres de rufianes. Las que llegan a mi casa lo hacen por su propio pie y ganan el dinero para ellas o para sus hijos. Y se van cuando quieren. Muchas, casadas con clientes —lo dijo con orgullo.

—¿Y usted, cómo empezó? —interrumpió Roque.

—No se queda corto cuando se trata de preguntar —suspiró Piera, sintiendo que ante aquel hombre perdía autoridad—. No veo por qué no contestarle.

—No está obligada.

—Pero quiero hacerlo. Además, no puedo perder nada. Usted arriesga más: puede perder mi confianza.

—No tema.

Piera se acomodó en la silla y se dispuso a hablar. El griterío de los apostadores les llegaba como de un lugar remoto.

—Hace siete años, me dejé traer desde Bilbao hasta Montevideo.

—¿Vasca?

—Gallega, como usted.

—Perdió el acento. En sólo siete años.

—Perdí el pasado. En sólo siete segundos.

—¿En un burdel?

—Cuando lo abandoné... El que me había levantado allá no era un caftén. Menos mal: de un hombre se libra una; de una compañía, no. Él no era más que un rufián de segunda y me metió en un quilombo de Durazno. Aguanté seis meses, jodiendo y pensando. A nadie le preocupaba que yo no pusiera el espíritu en el trabajo, así que yo jodía y pensaba..., ya sabe cómo son esas cosas.

—No. Si le he de decir la verdad, no lo sé.

—¿No estuvo nunca...?

—Nunca. Pero siga, no pierda el hilo.

—A los seis meses, lo obligué a sacarme. Dejé de comer, me enfermé y le pedí salir para curarme. No tuvo más remedio. El dueño del quilombo no quería tener cuartos ocupados por mujeres que no trabajaran. Él me llevó a un hotel y me hizo ver por un médico, un hombre prudente e inteligente que le ordenó que nos dejara a solas. Me preguntó qué quería y yo le dije que necesitaba llegar a Buenos Aires. «Llévela a Buenos Aires», recomendó. «Un cambio de aire, y en un tiempo volverá a ser la de antes.» Y nos pusimos en viaje.

—Hasta aquí llegó usted sola.

—Lo maté una noche, cerca de Montevideo, mientras cabalgábamos. Le metí cuatro puñaladas en la cintura y sujeté las riendas del animal para apartarlo del camino. Siete segundos. Cuando estuvimos lejos, degollé al caballo, le saqué al finado la plata, que, a fin de cuentas, era mía, y los dejé tirados en el campo. Tomé el barco al día siguiente.

—¿Y el resto?

—Un poco con el culo, otro poco con la cara. Ahora, no hay quien me mueva: escuché demasiadas confesiones, vi demasiados varones desnudos.

—Fascinante —reconoció Roque—. Piera no es su verdadero nombre, ¿no?

—Claro que no. ¿Dónde vio una gallega que se llamara Piera? A lo mejor, si somos socios, un día le digo cuál es. Venga a verme. En mi casa se baila, se conversa. No lo forzaré a acostarse con nadie. Puede traer a sus amigos.

—De acuerdo.

Se despidieron con un apretón de manos y una sonrisa sincera.

Roque dio dos pasos y retrocedió.

—Olvidaba preguntarle algo —dijo.

—¿Qué más quiere saber?

—¿Tiene músicos en su casa?

—Es una casa seria. Hay músicos.

—¿Estables?

—Algunos. Otros están un tiempo y se van... ¿Por qué?

—Ya hablaremos.

Habían estado en el reñidero una hora y media, pero Roque tenía la sensación de haber recorrido un siglo. Aquello empezaba a parecerse a la vida.

10. Una educación esencialmente sentimental

> Caminábamos a la democracia, es decir, a la igualdad de clases.
>
> Esteban Echeverría, *Dogma socialista*

Roque había comprendido que era inútil madrugar. Salía hacia mediodía, cuando Frisch se levantaba. En unas ocasiones por obra del encargado de Cassoulet, en otras por mérito de la incesante y minuciosa labor de su interesado amigo Bartolo, que llevaba comisión por sus hallazgos, el alemán tocaba el bandoneón casi cada noche, en burdeles de la Boca o del Parque, en cafés o en academias de baile. Él abandonaba el conventillo alrededor de las diez. Si Roque no había llegado, le esperaba. Habían convenido no dejar solo a Ramón en ninguna circunstancia.

El niño pasaba las mañanas con su padre y las tardes con Frisch. Su crianza no parecía presentar problemas a ninguno de los dos hombres, que coincidían en imaginar que lo más adecuado era actuar con él como si de otro adulto se tratara —salvo en lo tocante a las horas del sueño— y permanecer vigilantes. No le enseñaban nada, ni le ocultaban nada, ni le exigían nada: atendían a sus interrogaciones con naturalidad, desentendiéndose de lo que hiciera con la respuesta.

Así fue como aprendió a sacar sonidos armoniosos del bandoneón, que sostenía con un esfuerzo despiadado: no estaba obligado a hacer música, pero lo deseaba y se le permitía.

Así empezó un día, despierta su curiosidad por la avidez con la que tanto Roque como Frisch escudriñaban los periódicos, a averiguar cuál era el sentido de aquella actividad.

—¿Qué hacés? —preguntó un día a Frisch.

—Leo. Lo que hay escrito —contestó el alemán—. Yo lo entiendo, y es como si el papel me hablara, me contara cosas.

—¿Cómo leés?

—Conozco las letras.

—¿Las letras?

—Estos dibujos. ¿Ves cómo están, separados y en fila?

—Sí.

—Cada uno es una letra. Un sonido... aaa..., eee..., iii... Y van uno después de otro, como cuando hablamos.

—¿Qué letra es ésta? —señaló en un titular.

—La erre.

—Erre no es un sonido.

—Se llama erre. Suena rrr...

—Como en Ramón.

—Como en Ramón. Es la letra de tu nombre.

—¿Está mi nombre ahí? —con un gesto, el niño indicó la página.

—No. Creo que no. Pero están las letras. La rrr, la aaa, la mmm, la ooo, la nnn —y Frisch fue marcándolas una a una con la punta de un dedo delgado y seguro.

—¿Y Roque? Acá está la rrr, y acá la ooo.

—Y acá, seguidas, la qqq, que nunca va sola, siempre con la uuu al lado, y la eee. Que.

—Roque.

—Justamente.

—¿Y ésta? —apuntaba a una ce.

—Ce. Suena como la qqq.

—Entonces, ahí dice Roca.

—Eso es. El diario habla del presidente.

Y Ramón repasó con la uña las letras de la palabra que acompañaba al apellido, nombrando las que le habían sido reveladas hacía un instante.

—...e...e...rrr...aaa...

—General. General Roca. Ésa es la ge, jjj, ésa la nnn... y ésa la lll...

—Gracias —concluyó Ramón.

—De nada —acordó Frisch, y volvió a su lectura.

Pasó una semana antes de que el muchacho repitiera su indagación con Roque. Se enteró de algunas letras más y descifró unas cuantas palabras.

—¿Quieres aprender a leer? —ofreció Roque.

—Estoy aprendiendo —fue la respuesta.

Al cabo de un mes, había investigado la totalidad del alfabeto.

Una mañana de domingo, Frisch se despertó temprano, se lavó en el grifo helado y se puso una camisa limpia.

—Me llevo al chico, Roque. Tenés el día libre —anunció—. Vamos a pasear. Por el puerto. Hoy llega un amigo.

—Gracias. Dormiré toda la mañana. ¿Dónde comeréis?

—Por ahí. Además, esta noche no toco. Podés venir cuando quieras. Yo cuidaré a Ramón.

—En ese caso, volveré tarde.

Caminaron hasta el bajo atravesando la Plaza de Mayo y siguieron la orilla del río hacia el sur. Alcanzaron el puerto cuando el hombre al que Frisch iba a buscar acababa de dejar atrás a las autoridades de inmigración, que poco podían hacer con quien no hablaba ni entendía castellano, aparte de sellarle los papeles y mostrarle por señas el camino de la ciudad. El encuentro con aquel individuo, tan alto como Frisch pero muy gordo, que había cruzado el mar con nada más que una bolsa de lona en la que no debía de caber sino un par de camisas y que prefirió un sobrio apretón de manos al lógico abrazo, tuvo algo de solemne, y en el curso del almuerzo, que tomaron en una fonda oscura del Paseo de Julio, y de la larguísima conversación que siguió, sostenida en una lengua para él incomprensible, Ramón adquirió la certeza de hallarse ante un ser humano en algún sentido singular.

Las presentaciones fueron escuetas.

—Furman —dijo Frisch a Ramón, plantando un índice en el pecho del recién llegado—. Ezra Furman.

Los tres sonrieron.

—Ramón —siguió Frisch, tocando el hombro del chico—. Ramón Díaz.

—Pibe —articuló Furman. Y volvieron a sonreír.

A partir de aquel momento, Ramón se hizo invisible. Los dos hombres hablaron como si él no estuviese allí. Cuando se separaron, en la Recova Vieja, Furman sacó una castaña del bolsillo de su gabán y se la entregó a Ramón.

—Pibe —reiteró—. París —agitando la castaña en el aire antes de cederla definitivamente—. *Freund* —y acarició la cabeza del pequeño.

Se alejó hacia el sur y ellos se quedaron mirándole.

—¿Quién es? —inquirió Ramón cuando estuvieron solos.

—Un gran hombre —orgulloso, Frisch.

—Eso se ve. Lo que quiero saber es por qué.

Frisch vaciló, pero finalmente se decidió a explicarlo. Lo hizo en el camino de regreso al conventillo.

—Lo que te voy a contar debe quedar entre nosotros, Ramón —dijo.

—¿Ni mi padre tiene que enterarse?

—Él ya está enterado. Me refiero a que es una cosa que no hay que hablar con nadie más porque es peligroso.

—No hablo con nadie.

—De acuerdo. Entonces, te diré que Ezra Furman es un socialista. Y que es muy importante.

—No sé qué es un socialista.

—Un hombre que se preocupa por la vida de todos los hombres. Que desea que no haya nadie sin casa, ni sin comida, ni sin médico... ni sin educación, porque la ignorancia es tan terrible como la enfermedad...; es una enfermedad.

—Me parece bien. Hay mucha gente que no tiene nada de eso, y no es justo.

—Sobre todo, cuando también hay gente a la que le sobra.

—¿Furman quiere sacarle lo que le sobra?

—Precisamente.

—¿Sacárselo como los ladrones?

—Eso es lo que cree la policía. Por eso lo persiguen. Y por eso es peligroso hablar de él. Pero no es verdad que se proponga actuar así. Lo que él pretende es hacer leyes nuevas, que prohíban a unos acumular riquezas y aseguren a otros una parte. ¿Has visto que los más pobres son los que más trabajan?

—Claro.

—Pues a ésos, darles lo necesario para que vivan bien.

Había caído la tarde y estaban ante la puerta de la casa. Se detuvieron en el umbral.

—¿Vos sos socialista? —preguntó Ramón en voz muy queda.

—Sí —susurró Frisch.

—¿Qué hay que hacer para ser socialista?

—Lo primero de todo, aprender a leer.

El niño le observó con ojos brillantes a la luz del único farol de gas que alumbraba la calle.

—Vení —dijo, cogiendo a Frisch de la mano.

En su habitación, con el candil encendido porque ya había caído la tarde, tomó un libro de un montón que Roque había ido reuniendo.

—Sentate —pidió—. Ahí. Y escuchá.

Abrió el volumen al azar.

—«Simulacro —leyó, seguro, sin dar un paso en falso y respirando con soltura— en pequeño es éste del modo bárbaro con que se ventilan en nuestro país las cuestiones y los derechos individuales y sociales.»

Frisch le contemplaba con admiración.

Ramón buscó la página inicial y tornó a leer.

—«Los abastecedores, por otra parte, buenos federales, y por lo mismo buenos católicos, sabiendo que el pueblo de Buenos Aires atesora una docilidad singular para someterse a toda especie de mandamiento...» ¿Sigo?

—No, no. ¿Cómo...?

—Me enseñaste vos. Y mi padre.

Frisch guardó un prolongado silencio.

—¿Qué libro es ése que me estuviste leyendo? —se inquietó.

—Se llama *El matadero* y lo escribió un tal Echeverría.

—Echeverría era un socialista —adujo el alemán—. A su manera.

—¿Hay varias?

—No, no, no me hagas caso... Era un socialista. Y ahora, vamos a comer algo y a dormir, que ya se hizo de noche.

—¿Y Furman? ¿Tiene dónde comer y dónde dormir?

—Sí, no te preocupes. Fue a la imprenta de un compañero.

—Un compañero.

—Otro socialista.

Frisch se durmió calculando que todavía faltaba un mes para el 2 de noviembre, en que Ramón cumpliría siete años. «Debe de ser la soledad», pensó, «el no tener madre. Si uno no se muere, sale bueno.» Tendría que hablar con Roque de todo aquello.

11. La casa de los deseos

> La orquesta, que se había deshecho ante
> el escándalo, se rehizo instantáneamente.
>
> Manuel Gálvez, *Nacha Regules*

Aquel 2 de octubre, el del ochenta y uno, en que Ramón sostuvo su primer diálogo político y manifestó un saber que le hacía poderoso y admirable, fue decisivo para todos.

Roque despertó a las once.

Ciriaco Maidana, de pie junto a la mesa, le dio los buenos días.

—Fantasma, fantasma —dijo Roque, sentándose en la cama, con un retintín de falsa reconvención—. Se te ve demasiado a menudo.

—Seré un mal fantasma —se defendió el compadrito muerto—, pero también soy un buen socio. Eso no lo podrás negar —aceptando sin dudar el tuteo que Roque acababa de introducir en su universo ceremonioso y grave.

—Jamás pude imaginar uno mejor.

—Llevamos hecho un buen capital.

—Un peso con otro, ya reunimos dos mil, Ciriaco.

—Y eso porque sos demasiado cuidadoso con las apariencias.

—No quiero terminar con el cuello cortado como tú, y los galleros, como sabes, son desconfiados.

Roque se puso los pantalones y cogió toalla, jabón, brocha y navaja.

—Me voy a lavar. Espérame, por favor. Será mejor que no me vean hablando solo.

—Espero. No tengo apuro. Además, se puede ir a cualquier hora.

—¿Ir? ¿Adónde?

—A lo de Piera.

—¿Hoy, en domingo? Debe de estar lleno de gente.

—Siempre está lleno.

—Pensaba visitar a Posse.

—A Sara, querés decir.

—Sí, a Sara, a Sara. Confío en que no te parezca mal.

—No, no... Es natural que quieras verla. Es linda. Y vos estás en su destino. También es cierto que ella no tiene la menor importancia en el tuyo.

—¿Por qué? ¿Por qué dices eso?

—Porque Sara se va a morir joven. Y porque a vos te gusta Piera.

—¡Qué sabrás tú! —se irritó Roque—. ¡Vienes del pasado, no del futuro! ¡Dedícate al recuerdo y no estorbes con adivinanzas, Ciriaco!

Y dio un puñetazo sobre la mesa.

—Te van a tomar por loco —le recordó Maidana—. ¡Un hombre grande como vos, peleándose con nadie!

Roque salió de la habitación agitando el aire.

Regresó a la media hora, más sereno y con una decisión tomada.

—Vamos a lo de Piera —dijo—. Hay que arreglar lo de Manolo.

—Vamos —concedió Maidana—, pero antes quiero decirte dos cosas.

—Dilas —invitó Roque, poniéndose la camisa.

—Tres —recontó Maidana—. Van a ser tres. Una: yo no vengo del pasado. Ni del futuro. Me salí del tiempo, estoy afuera, nada más. Dos: no te engañes. No vas a ver a Piera por lo del muchacho, sino porque querés. Tres: no sufras más. No hace falta que te afeites en un patio y te laves con agua helada. Ya podés vivir en una casa mejor.

Roque sólo comentó la última observación.

—Despacio, despacio... Estamos en primavera. Hasta dentro de unos meses no volverá a hacer frío. Es mejor no dar saltos, no llamar la atención con el dinero. Buscaré otra casa antes del invierno, sin prisa.

Terminó de vestirse y salieron.

La casa de Piera estaba en el oeste, en Almagro, lejos de las zonas de burdeles características, más allá de Centroamérica, la que con el tiempo sería Pueyrredón, entre quintas y tambos de vascos. El tranvía que subía por Victoria les llevó hasta los Corrales de Miserere, un límite. Desde allí, fueron andando.

El edificio, que Roque no había visto jamás, desentonaba en aquella zona de Buenos Aires: un bloque de dos plantas, construido en el centro de una manzana y rodeado por un jardín inculto y muy poblado, en cuya espesura se disimulaban los carruajes de los visitantes. Una valla de más de tres metros aislaba el conjunto y le daba un aspecto carcelario.

La decoración del interior desmentía el efecto. La inteligencia del placer llevó a Toulouse-Lautrec a esperar el nuevo siglo en lugares como aquél.

Golpearon el inmenso portón con un pesado llamador de bronce que figuraba una cabeza de vaca. El negro Juan Manuel les hizo pasar por una pequeña puerta lateral y les acompañó hasta el recibidor.

Piera vestía de rojo. La diafanidad de la piel expuesta por el generoso escote acentuaba el azabache del pelo.

—Me alegro de verlo, Roque —saludó.

—¿Cómo está, Piera? —eligió decir él, eludiendo la declaración.

En el salón, con paredes revestidas de raso lila y espejos de marco dorado, había mesas, una tarima para los músicos, una barra y una pista de baile, como en cualquier cabaret. Las mujeres, que conversaban o reían exageradamente las gracias idiotas de los clientes, eran hermosas. Roque se detuvo en la entrada y observó la escena.

Tres hombres tocaban un tango. Los agudos del piano, la flauta y el violín subrayaban la obscenidad de una letra casi gritada por una mulata pícara, de rasgos finos, que hacía las delicias del público acompañando la historia con gestos leves pero definitivos.

Roque reconoció entre los presentes a un abogado próximo al general Roca. Piera, que le seguía, leyó la identificación en su mirada.

—Aquí nadie tiene nombre —advirtió.

Roque fue hacia la barra y ella le acompañó.

Otra muchacha servía las bebidas.

—¿Qué va a tomar? Invita la casa —dijo Piera.

—Ginebra. Tiene un pianista desastroso.

—Ya me he dado cuenta. No soy sorda. Pero no encuentro nada mejor. Usted quería hablarme de los músicos, ¿no?

—Échelos y traiga dos bandoneones. Son más tristes. Verdaderos.

—¿Conoce?

—Se los estoy ofreciendo.

Conversaban, sentados el uno junto al otro en altos taburetes, y se miraban a los ojos en el gran espejo que tenían delante, al otro lado de la barra.

—A la gente le gusta la flauta. Suena a felicidad.

—Reparta el tiempo. Un poco de flauta... sin dar siempre lo mismo. No ha de faltar quien quiera confesarse: el bandoneón le será favorable.

Interrumpió la explicación.

—Es una felicidad distinta —añadió, consciente de que algo nuevo acababa de instalarse entre ellos.

Ella bajó la cabeza.

—Si quiere, hacemos la prueba —propuso.

—Mañana habrá aquí menos gente.

—Nadie hasta las seis de la tarde, que es la hora en que abro los lunes.

—Traeré a los muchachos para que los escuche.

Piera se volvió a medias y echó una mirada al salón.

—¿Seguro que no quiere a ninguna de las chicas?

—Seguro.

—¿Por qué? —preguntó ella, de frente, olvidando el espejo.

Roque se vio obligado a girarse y hablarle directamente. Estaban muy próximos.

—Primero: porque no me interesa una mujer a la que le da igual que yo sea yo o sea otro, mientras pague. Me merezco un respeto.

Bebió un sorbo lento y se entrevió vagamente en el azogue.

—¿Y segundo? —urgió ella.

—Segundo: porque la única mujer que me interesa aquí es usted. Y ni siquiera sé su nombre.

Piera se deslizó del taburete y tomó a Roque de la mano.

—Vení —le dijo.

Le precedió hacia la escalera. Se detuvo cuando había dado un paso o dos.

—Vigilá esto —ordenó, dirigiéndose a la muchacha de la barra.

En la planta alta, el púrpura sustituía al lila en las paredes.

La habitación de Piera estaba enteramente revestida de espejos.

Hizo pasar a Roque y cerró con llave. Se quedó junto a la puerta, dando la espalda al hombre.

—Desabrochame el vestido —seca, sin admitir réplica.

Roque obedeció con dedos vacilantes. No llevaba otra prenda. Cuando el último botón, poco más abajo de la cintura, cedió, Piera quedó de pie en medio de un montón de tela roja. Se dio la vuelta y avanzó hacia el centro de la estancia. Él la contempló, deslumbrado, y ella giró y giró, lentamente, una vez, dos, tres, mientras se soltaba el pelo azabache y lo dejaba caer, cubriéndole los hombros y la nuca, y bajando hasta el nacimiento de las nalgas.

—¿Qué tal? —preguntó, orgullosa, con los brazos en jarras, con la boca entreabierta en una sonrisa, con las piernas separadas, en cuanto dejó de moverse.

—Extraordinario.

—Ahora, desnudate vos.

Roque amagó avanzar hacia ella.

—No. Ahí, donde estás.

—¿Aquí?

—Ahí. ¿Nunca te desnudaste así delante de una mujer?

—No.

—Será la primera vez, pues.

—Si no hay otro remedio...

—No hay.

Roque se quitó la ropa. Los espejos, que le repetían tantas veces a él como a Piera, le ayudaron. Pudo eludir el ridículo al que tanto temía. A la vista el torso, siguió con los zapatos. Se imaginó luego en calcetines y liberó los pies. Tampoco le atrajo la idea de mostrarse en calzoncillos, y los eliminó en el mismo movimiento en que se deshizo de los pantalones, poniendo en evidencia su erección, que pretendió cubrir con las manos.

—¿Por qué te tapás, si estás muy bien? ¿Qué creés que quiero ver? ¿Un muerto? —desafió Piera.

Roque bajó los brazos y esperó. Había renunciado al control de los sucesos, de modo que la indicación siguiente no le asombró.

—Aquel espejo, el del rincón —explicó ella—, es una puerta. Da al baño. Hay agua caliente. Te espero en la cama.

La propuesta evocaba un lujo sensual que hubiese justificado por sí solo todo lo ocurrido en el día: desde su marcha de la casa de Posse, Roque no había vuelto a experimentar nada comparable. Se entretuvo en el agua largo rato, y únicamente pudo arrancarse a aquel placer ante la expectativa de la hembra que le aguardaba, tan cerca.

Piera estaba tendida sobre la colcha de lamé negro, que ponía de relieve la luz de su piel y la laca roja de las uñas de sus pies.

—Me llamo Teresa —anunció.

Roque terminó de frotarse el cuello con la toalla y se acercó a la cama. Sentado junto a ella, le acarició una mano y el vientre.

—Sé suave —pidió—. Hace más de dos años que no me acuesto con un hombre.

Encontró la sorpresa en los ojos de él.

—Las putas, acá, son las otras —aclaró en voz queda.

—Ya.

Entonces la besó.

12. Un cuerpo inconveniente

¿No te da tristeza? Bueno,
a mí no sé qué me da...

Evaristo Carriego, *Los viejos se van*

La sombra escandalosa de Ciriaco Maidana atravesó la puerta antes de que los nudillos discretos del negro Juan Manuel la golpearan. Roque y Piera fueron arrancados al sueño por la urgencia del agitado espectro. Apenas unos segundos más tarde, el sirviente multiplicó la alarma.

—¿Qué coño pasa? —preguntó Roque, confundido.

—Un momento, Juan Manuel —decidió Piera—. Hablá, Maidana.

—Hay que ayudar —dijo el fantasma.

—¿A quién?

—A un hombre muy importante que llegó hasta aquí con otro hombre muy importante. El segundo hombre importante pasó a mejor vida en los brazos de una dama.

—Sabrás tú si es mejor vida —protestó Roque.

—Es un decir —consideró el compadrito.

Se vistieron a toda prisa e hicieron entrar al negro.

—El señor Rosas les dirá cómo están las cosas —solemne, Maidana.

—¿Quién es el señor Rosas? —preguntó Roque, desconcertado.

—Yo —respondió Juan Manuel, con orgullo—. Mi padre fue liberto del Restaurador. ¿Le parece mal que un negro tenga tanto nombre?

—No. Si a su padre le parece bien...

—A él ya no le parece nada, porque lo mataron en el Paraguay.

—¡Basta de estupideces! —gritó Piera.

—Con la dispensa de la señora, para mí son cosas serias.

—Está bien, está bien. Ahora, decí quién se murió —reclamó ella, deteniendo la discusión con un gesto. Estaba sentada en una banqueta de mimbre, cubierta con un peinador negro, en medio de la habitación. Roque miró su pelo suelto y pensó que era lo más bello que había visto en mucho tiempo.

—El senador Huertas.

—¡Puta madre! ¡Justo ése!

—Lo siento, señora. Se le quedó en la cama a mi hermana.

—¿Hace mucho?

—Un momento, nada más.

—¡Qué desastre!

—Un amigo del senador dice que se puede arreglar todo, si alguien le da una mano para llevárselo.

—¡Envuelto en papel de seda, si hace falta!

—¿Vamos a verles? —sugirió Roque.

—El muerto está bien —aclaró Rosas—. Presentable, quiero decir. Ella estaba encima. Lo dejó así, boca arriba.

Fueron en grupo al lugar en que les esperaba el amigo del senador.

El cadáver, en efecto, yacía boca arriba en la cama revuelta.

La muchacha, en bata, seguía allí. Roque reconoció en ella a la mulata a la que había oído cantar.

Un hombre rubio, vestido con elegancia y demasiado perfumado, hacía denodados esfuerzos por calzar al finado.

—No desespere —dijo Roque, a modo de saludo—. Lo haremos entre todos. ¿Se ha puesto duro?

—Todavía no —contestó el otro, empeñándose en meter un pie en su zapato.

—Hemos de apresurarnos. Rosas, la camisa —ordenó, cogiendo las manos del cadáver y sentándolo.

El negro sostuvo el cuerpo mientras él pasaba una manga. Después le cubrieron la espalda, sujetándole los brazos. Por último, forzaron la entrada de la otra manga.

—Ahora, la chaqueta. La corbata, al final.

Tardaron unos quince minutos en vestirlo completamente.

Roque se sentó en el suelo, a los pies de la cama, sudando, y pidió un cigarro. El rubio se lo dio y se lo encendió con cerillas inglesas.

Piera lo observaba todo de lejos, sin decir una palabra.

—¿Qué podemos hacer por usted? —preguntó Roque.

—Tengo que llevármelo. No puede morirse acá.

—Se murió acá.

—Pero no es digno.

—Comprendo. Es un prócer.

—Precisamente. Y tiene una casa afuera. Una quinta. Lejos. Un poco más allá de San José de Flores. En esta época del año, no hay nadie.

—¿Cómo piensa explicar su presencia allí?

—Una reunión política. Tendré testigos. A la mujer, le bastará esa historia.

—Pero a usted no le bastará con convencer a la mujer.

—Sí. El resto lo hará ella.

—¿Cómo llegaron hasta aquí?

—En un cabriolé. Está en el jardín, pero, como comprenderá, con un vehículo así no puedo sacarlo. Si lo siento conmigo, se cae.

—Muy bien —dijo Roque, incorporándose—. ¿Qué hora es?

El otro sacó un reloj de oro macizo del bolsillo del chaleco. Lo abrió y escrutó su interior con el ceño fruncido.

—Las cinco —informó.

—A las siete será noche cerrada. Prepárese. Vendré a buscarles.

—¿También a mí? Es a Huertas al que hay que transportar.

—Usted es el único que sabe adónde vamos —cortante, al rubio—. ¿Hay un caballo en la casa? —confiado, a Piera.

—Claro.

Juan Manuel abrió la marcha hacia lo que su dueña llamaba el salón privado: un pequeño comedor, con una ventana al jardín, en que una mesa de roble con mantel de encaje blanco y unas sólidas sillas a juego daban un tono neutro, imprescindible en las grandes ocasiones. El finado y su compinche se quedaron solos.

Bajo la ventana, había un aparador lacado. Piera sacó copas y una botella de ginebra.

—No me gusta nada —dijo Maidana.

—¿Cómo te va a gustar? —ratificó Roque, vaciando su copa de golpe y volviendo a llenarla—. Huele a mierda, se mire por donde se mire. Pero no te preocupes. Lo vamos a arreglar. Si Piera lo necesita.

—Lo necesito. Si llamo a la policía, se me vacía la casa. Y para siempre. Hay que sacar el fiambre sin que nadie se entere.

—En ese caso, lo sacaremos. Si me haces un favor... Sírvele a ese joven una taza de tila con un poco de ginebra y otro poco de láudano... Imagino que tendrás. En este negocio, lo necesitarás. Me gustaría encontrarle dormido.

—¿Qué vas a hacer, Roque? —quiso saber Piera.

—Aún no lo tengo claro. ¿Dónde está el caballo?

—Juan Manuel te acompañará.

La cuadra ocupaba la mitad de la trasera del edificio. Había sitio para tres animales, pero sólo tenían dos: lo justo para mover la berlina en que solía desplazarse Piera.

—Es bonita mi hermana —dijo Rosas mientras iban hacia allí.

—Mucho —aceptó Roque—. De paso, ¿cómo se llama?

—Encarnación. Pero todos le dicen Tita.

—Dile que no se vista ni se componga. Quiero que conserve el mismo aspecto que tenía en el momento del... accidente.

—¿Le gusta así...?

Roque tardó en entender lo que el moreno proponía. Cuando alcanzó el sentido de sus palabras, decidió pasarlas por alto.

—Puede... —rumió.

En las dos horas siguientes, Roque hizo más de lo que cabe imaginar si se atiende a las velocidades de entonces.

Salido que hubo de lo de Piera, enfiló hacia el sur, en procura de los Corrales Viejos. A las cinco y media, entró en el patio de carruajes adoquinado de una casa de la que, con el tiempo, sería la calle Urquiza. Ató el caballo a un palenque, y no le hizo falta llamar: un hombre salió a ver quién había llegado.

El individuo aparentaba más edad de la que tenía. Sus ojos huidizos revelaban temor y codicia. Roque apartó la vista de su camisa oscura y sus pantalones sucios, cuyos bajos caían sobre las alpargatas gastadas. Ocultaba el conjunto bajo un mandil.

—Roque —se desconcertó.

—¿Cómo estás, Severino?

—Como siempre. Sin dinero. Lo último que me dejaste se me fue en química. Nitrato de plata y esas cosas.

—Querrás ganar cincuenta pesos.

—No es mucho, pero...

—Ochenta. Quiero un trabajo bien hecho.

—Pasa, Roque. Así, conversamos. Tengo un poco de ginebra.

—Déjalo. Prepara todas tus cosas. Vendré a buscarte en una hora, y no puedo perder tiempo.

—¿Es... difícil?

—Tal vez lo sea. Hay dos clientes. Uno muerto.

—Ése es fácil.

—El otro está vivo y quizá no le siente bien tu presencia. Pero no todo puede ser un camino de rosas en esta vida, ¿no?

—No.

—El sitio es... oscuro.

—No importa.

Una hora más tarde, Roque estaba de regreso. Había ido al corralón, había enganchado su caballo al carro y estaba de regreso. Severino le esperaba fuera. Había cambiado el mandil por una chaqueta. Llevaba sombrero. Roque le ayudó a cargar sus trebejos en el carro y taparlos con una lona, la misma que después taparía el cuerpo del difunto senador Huertas.

El negro Rosas mantenía abierto el portón. Lo cerró en cuanto Roque entró en el jardín. El carro debía quedar fuera del alcance de miradas indiscretas. Fueron hacia la parte posterior del edificio.

—Supongo que no hay una sola salida —averiguó Roque.

—Hay otra —sonrió Juan Manuel—. Ahí —señaló una puerta pequeña, inmediata a la cuadra—. No nos va a ver nadie.

—Estupendo. Ayuda a mi amigo Severino a subir sus trastos sin que se os vea ni se os oiga.

Les dejó solos.

En el salón privado le esperaban Piera, Maidana y la mulata Tita.

—Ya está —anunció, una vez sentado—. ¿Cómo se encuentra nuestro amigo, el rubio?

—Hace un momento, dormía —comunicó Piera.

—¿Dónde?

—En el sillón, al lado de la cama.

—Perfecto. Que siga así. ¿Hay clientes?

—Abajo.

—Nadie debe pasar por el corredor en media hora.

—Iré a avisar a las chicas —dijo Tita.

—Tú te quedas aquí. Que vaya Piera.

Vieron asomar la cabeza del negro.

—Está listo —hizo saber.

Roque fue a indicar a Severino dónde debía instalar el trípode.

—Habrás de hacer la fotografía desde aquí, en el momento en que yo abra la puerta. Que salga toda la habitación. Dos placas, mejor que una, pero si el tío se despierta con el fogonazo, coge la que hayas hecho y lárgate.

Antes de continuar, Roque inspeccionó el cuarto. El hombre dormía profundamente, con la cabeza caída sobre el pecho. Con un gesto, invitó al fotógrafo a mirar lo que iba a registrar.

—Está bien —susurró Severino—. Saldrá.

Piera fue a buscar a la mulata.

—Desnúdate del todo —le ordenó Roque—. Tienes que ir a sentarte en la almohada, entre el muerto y el otro. Que se te vea bien.

La muchacha entregó la bata a Piera y se deslizó en la habitación.

Severino pegó el objetivo a la puerta. Con la cabeza y los hombros perdidos dentro de la manga, dio los últimos toques.

Después, preparó dos cargas de magnesio. En dos soportes, para mayor seguridad. Entregó uno a Piera.

—Ya —dijo, con la perilla en una mano y el disparador de luz en la otra.

Roque abrió la puerta completamente.

El fugaz y violento resplandor deslumbró a la mulata, pero no hizo mella en el rubio.

—La segunda, rápido —susurró Roque.

Severino cambió la placa y repitió la operación.

El rubio se removió en su asiento.

Roque entró en la habitación y la cerró.

Esperó unos minutos. Cuando cesaron los movimientos en el corredor, hizo salir a Tita y se acercó al durmiente. Le puso una mano en el hombro y lo sacudió.

—Oiga, amigo —dijo con dureza.

—¿Sí? —abrió los ojos el otro.

—¿Qué le pasa? ¿Se encuentra bien?

—Sí, claro —el rubio se despejó la garganta—. Me quedé dormido, nada más.

—Lávese la cara en esa palangana y acomódese la ropa, porque nos marchamos dentro de nada.

Le dejó peinándose y mirándose las ojeras en el espejo.

No volvió hasta que las fotografías estuvieron reveladas.

13. Lugares extraños

> Para entrar en su casa había que hacer muchos méritos.
>
> Elías Castelnuovo, *Calvario*

El rubio viajó junto al muerto, tendidos los dos en el fondo de la chata y cubiertos por la lona. Desde Miserere, Roque siguió un rumbo paralelo al curso de los rieles del tranvía de Mariano Billinghurst, entrando en el oeste por el antiguo Camino de los Reinos Arriba, que había tomado ya el más modesto nombre de calle Real, y que aún no había adquirido el más pomposo de Avenida Rivadavia. Atravesó, vigilante, los malfamados baldíos lunfardos de Caballito, que el ferrocarril eludía, indiferente, deslizándose por encima de un inacabable terraplén. Pasó ante la propiedad de los Lezica y la pulpería de la veleta que, figurando un blanco corcel, prestaba su nombre a la zona. Siguió por entre las quintas de San José de Flores, con sus casas de construcción ecléctica, en las que aparecía a veces la claridad andaluza, a veces el rococó convencido y grave de los franceses.

Aquí y allá, se cruzaron con coches descubiertos cuyos ocupantes hubiesen, a buen seguro, reconocido a los pasajeros del carro, de haber ido éstos en sitio visible. Sólo la presencia callada de Ciriaco Maidana en el pescante tranquilizaba a Roque, que percibía al mozo rubio como una amenaza a su espalda.

Finalmente, detuvo el vehículo en el descampado.

A lo lejos, se alzaban algunas viviendas, pero la distancia era grande y la luna alumbraba mal.

—Salga —dijo Roque.

El rubio retiró una punta de la tela que le ocultaba, mostrando la cara.

—¿Está seguro? —preguntó.

—No sea cobarde, hombre. No le verá nadie. Estamos en el medio del campo y es noche cerrada.

El muchacho se incorporó con dificultad y fue a sentarse junto a Roque. Maidana se hizo a un lado, pero no se retiró.

—¿Reconoce el lugar? —averiguó Roque.

Le costó lo suyo al hombre rubio adecuar los ojos a la vaga, y casi siempre traidora, claridad lunar.

—Flores está allá —señaló correctamente—. Y aquel farol es de la calle Real. El último.

—Sí.

—Allá, entonces, vive Raimundo Ginés.

—Usted sabrá.

—Claro que sé.

—¿Adónde vamos?

—Siga esta huella.

Roque le hizo caso. Avanzaron poco más de una milla en línea recta, hacia el norte. En una encrucijada, el joven indicó el oeste. Al cabo de otra media milla, avistaron la quinta: una mancha oscura sobre la oscuridad del resto.

La casa era notablemente modesta, habida cuenta de la clase a la que el finado pertenecía: apenas cuatro habitaciones, sin un patio central, todas con ventanas exteriores.

La primera de la derecha hacía las veces de sala y despacho. En ella, en un sofá de tapizado raído, depositaron el cadáver.

—Acá —dijo el rubio, satisfecho, estudiando el efecto—. ¿Quién va a dudar que se murió acá?

—No se me ocurre.

—Nadie, amigo. Nadie.

En el centro de la estancia había un escritorio pequeño. Un sillón giratorio le confería valor profesional. Hacia él fue el muchacho con el rostro radiante.

—¡Por fin se termina esta pesadilla! —celebró, sacando del cajón de la mesa una pistola. Era un arma de duelo, de poca culata y menos bala, pero bastaba para asesinar a alguien a tres pasos.

—No sea tonto —advirtió Roque—. Si yo no vuelvo a Buenos Aires, usted está acabado.

—¿Por qué? ¿Van a hablar sus amigos? ¿Quién los va a atender? Son los que son, ¿no? Putas, negros... basura.

—Que usted haya visto, una puta, un negro y una puta negra. Tres y yo, cuatro. Al quinto, no le vio.

—¿El quinto?

—El fotógrafo.

—¿Qué fotógrafo? —chilló el rubio.

—El que le retrató mientras dormía. Junto a su amigo. Y a la negra que tuvo el disgusto.

—Me está mintiendo —desconfió el muchacho.

—Dos fotografías. Una la tengo aquí, en la camisa —explicó Roque, sin un gesto, evitando lo que pudiera ser tomado por un movimiento brusco.

—Muéstremela.

—Baje el arma.

El joven obedeció y Roque metió la mano en la pechera. Maidana no apartaba los ojos de la pistola, pero no intervenía por respeto a su amigo.

La imagen fue suficiente para modificar la situación.

—No se equivoque. Quien manda en esto soy yo —declaró Roque—. Y quiero saber quién es usted. A menos que prefiera que lo averigüe con la foto, mostrándola por ahí y preguntando.

La pistola quedó abandonada encima del escritorio.

El rubio se sentó en el sillón.

—Soy Mariano Huertas. Sobrino del senador.

—Muy bien. Yo me llamo Roque Díaz Ouro. Le he hecho un favor. Un favor enorme. Y tiene un precio.

—¿Me va a extorsionar?

—Estoy haciendo un negocio. Un pago por un favor. Me parece justo. La policía le hubiese salido más cara. Los dos sabemos de sobra que cualquier comisario le podía resolver el problema. Si prefirió confiar en mí, fue porque no quería entregarse a nadie atado de pies y manos. Le voy a cobrar poco.

—¿Cuánto?

—Unos pesos y una firma.

—¿Una firma?

—Pienso establecerme con un reñidero. Usted va a ser mi socio. Y va a poner la plata, claro. No tendrá más obligaciones, y todos los meses recibirá su parte de las ganancias. Si después de hacer los papeles volvemos a vernos, será porque usted se porte mal. Un reñidero rinde si la policía no se deja ver. Un sitio bien.

—De acuerdo.

—Y no se tuerza. Le tengo cogido por las pelotas. En unos días, le irá a ver un abogado.

—Entiendo.

—Si no entiende ahora, entenderá mañana, con la luz del día.

Maidana sonrió.

—Guarde esa pistola. Le llevo. Pese a todo, somos socios, y no voy a dejarle aquí. Échese en la chata. Va a ir como vino. Cuando lleguemos al corralón, le avisaré.

—Tengo el cabriolé en lo de Piera.

—Se lo devolverán. Usted no debe aparecer por ahí nunca más.

El regreso fue rápido.

El joven Mariano Huertas salió del corralón como alma que lleva el diablo, y se perdió en las calles.

Roque entró en el conventillo antes de que amaneciera.

Frisch estaba despierto y, cuando reconoció los pasos, encendió el candil y fue a ver a su amigo. Le encontró sentado en el borde la cama de Ramón, contemplando el rostro sereno del niño.

—¡Gallego! —dijo Frisch—. ¡Tengo una gran noticia! —y Roque vio una alegría incomparable en el rostro del alemán—. ¡Ramón lee! ¡El pibe sabe leer, gallego! ¿Te das cuenta?

Los ojos de los dos hombres se encontraron en el silencio.

Roque se puso de pie lentamente.

—Me doy cuenta —dijo, con la voz quebrada, mientras dos lágrimas corrían por sus mejillas—. ¡Me doy cuenta! —repitió, abrazando a Frisch.

—¡Van a pasar cosas grandes, Roque! —sollozó Frisch.

Roque se apartó del abrazo y puso las manos sobre los hombros de su compañero.

—Ya están pasando, Germán. Ya están pasando. Hoy vamos a llevar a Ramón a lo de Posse. Tenemos que hacer. Los dos. Habrás de tocar el bandoneón en un lugar muy especial.

Nadie reparó en Maidana, refugiado en un rincón al que no alcanzaba la luz.

14. Declaración de amor

> Como no aspiro a las formas definitivas del amor
> perfecciono las que me han sido dadas.
>
> Juana Bignozzi, *Regreso a la patria*

El viejo Posse no estaba en casa. Sara les hizo pasar al patio, donde Manolo, con el bandoneón a un lado de la silla baja de mimbre, tomaba un mate dulce tras otro.

—Si gustan —ofreció a Roque y a Ramón—, estoy cebando.

Se desconcertó y se puso de pie con torpeza al verles acompañados.

—He venido a cumplir mi parte en un trato —anunció Roque—. Éste es mi amigo Germán Frisch, músico.

—Mucho gusto —se desvivió Manolo, secándose el sudor de la mano derecha en la tela basta del pantalón para tendérsela al recién llegado—. Bandoneonista, tengo oído.

—Sí.

—¿Sin instrumento?

—Lo dejé en el zaguán —señaló Frisch.

—¿Y qué esperas para traerlo? —urgió Roque.

Sara sacó de la cocina otra silla, idéntica a aquella que ocupaba su hermano.

—¿Qué va a ser? ¿Competencia? —preguntó la muchacha.

—Nada de eso —rechazó Roque—. Colaboración.

Los dos hombres hicieron sonar sus instrumentos.

Ramón se sentó en el suelo, muy próximo a ellos.

Empezó Frisch. Manolo intentó seguirle. Se acercaron y se alejaron el uno del otro muchas veces. Finalmente, alcanzaron un cierto acuerdo.

—Escucha —pedía el alemán.

Y Manolo atendía e imitaba, probando cada vez un camino nuevo.

Pasaron treinta, cuarenta minutos.

De pronto, Roque sintió la mano de Sara en la suya.

—Vení —susurró ella—. Tengo que hablarte.

Se retiraron, callados, sin que los otros se preocuparan por ellos.

En la sala, Roque oyó por primera vez la tos de Sara.

Fue un acceso violento: el de quien había estado luchando contra su propio cuerpo para no delatarse ante los demás. Él conocía ese sonido demasiado bien.

Sara, delicada, le volvió el rostro y se pasó el pañuelo por los labios.

Roque se acercó a ella y le puso las manos sobre los hombros.

—¿Hay sangre? —preguntó.

—Todavía no —respondió ella—. Pero no puede tardar. Yo sé bien cómo va esto. Mi hermana Emilia murió de lo mismo.

—Y Fernanda, la madre de Ramón.

—Lo sé.

Entonces ella se le abrazó.

—¡Roque! —dijo—. Yo... —y retuvo un sollozo— hubiera querido ser otra madre para él.

—No pienses en eso.

—No lo puedo evitar. Lo siento por él. No será. Pero hay algo que necesito pedirte. Por favor, vamos a sentarnos.

Le señaló un sillón y ella ocupó el de su padre.

Roque recordó la noche en que don Manuel Posse le había entregado el facón.

Aún lo llevaba.

—¿Te gusto? —empezó Sara. La distancia que había puesto entre los dos obligaba a la sinceridad.

—Mucho —reconoció Roque.

—¿Te hubieses casado conmigo?

—Lo he pensado más de una vez, Sara —no mentía: había sido antes de conocer a Piera, a Teresa, pero lo había pensado. Tal vez la idea se hubiese debido, más que a un deseo de hombre, a la inquietud por Ramón, pero lo había pensado.

—Te lo agradezco.

Bajó los ojos. Él se movió, ansioso, en su asiento, esperando.

—Roque —repitió ella—. Soy virgen.

—Hmmm —retrocedió él.

—Y no tengo el menor interés en morir así. Soy joven y atractiva, aunque esté enferma, ¿no?

—Desde luego.

—Quiero ser tu amante. Quizás ésta no sea la mejor manera de decir las cosas, pero siento que si yo no doy el paso, se me va a acabar el tiempo sin que vos hayas juntado el coraje necesario.

—Es cierto.

—No estás obligado. No me contestes nada ahora. Si te parece bien lo que te propongo, vení a buscarme el domingo. Tenés seis días. Si no, tan amigos.

Ella regresó al patio. Roque la miró alejarse y retuvo la imagen de su silueta, recortada contra la claridad de fuera. Permaneció sentado. Le temblaban las piernas. Sentía miedo y dolor. Le avergonzó comprobar que la oferta de Sara le había excitado. Hubiese preferido no conocer a Piera. A Teresa. Pero ya la conocía. Y le era imprescindible.

Resolvió mentir mientras Sara viviera. Al menos, a Sara.

Fue a buscar a los músicos.

—Nos marchamos. Tenéis un compromiso —les recordó.

—No sé si podemos ir juntos, don Roque —advirtió Manolo—. Este tipo es un fenómeno.

—Tengo más años —le consoló el alemán.

Sara estaba en la cocina.

Roque le pidió que cuidara de Ramón. Prometió pasar a recogerle esa misma noche. Ninguno de los dos mencionó el domingo.

[15.

—Ése fue el origen de la fortuna: los gallos. De los gallos, pasó a otras cosas. Extendió sus negocios. Y nunca trabajó demasiado. Cuando murió, era socio en unas cincuenta firmas, de las más diversas especies: cafés, carnicerías, haras, mueblerías y hasta un mercado en el que alquilaba los puestos. El reñidero de Huertas fue sólo la primera, y nunca la manejó personalmente: la dejó en manos de Bartolo, el amigo de Frisch, porque, a su criterio, la gente tenía que ver a un criollo en un lugar así. A los seis meses, en el otoño del ochenta y dos, poco antes de comprar la casa de Alsina, puso un estudio fotográfico: alquiló un local en la calle Piedad e instaló allí a Severino Artigas, quien le había ayudado en el asunto del senador. Una vez al mes, iba a retirar su dinero. Nunca le dijo al tío cómo tenía que hacer las cosas, y Artigas nunca llegó a ser un gran artista; retrataba a la clase media del centro y con eso le bastaba: novios, bebés, parejas ancianas en bodas de oro...

—¿Y el tabaco?

—Siempre. Sé con seguridad que en el noventa tenía diez carros en ese ramo. Y otros tantos socios. No quería empleados. Había que controlarlos, y jamás rendían lo que un hombre que está ganando su propio dinero.

—¿Dónde pasaba el tiempo?

—Pasaba el día, sobre todo, con Ramón. Aunque siempre se repartió esa labor con Frisch y, más tarde, los dos dieron lugar a una maestra.

—Historia oscura, tengo entendido. Por cosas que alguna vez se le escaparon a tu madre.

—A mi madre no se le escapa nada, Clara. Si las dijo, fue porque le parecía bien o deseaba que las supieras. Pero no nos alejemos de Roque y su empleo del tiempo: en última instancia, lo que estoy contando es su historia. Piera era su principal interés.

—Eso es lo que me lleva a pensar en el tema de la trata. ¿Acaso no estaba ella en el centro del mundo de la prostitución?

—De ninguna manera. Lo conocía, claro, no podía serle ajeno. Pero la casa de Piera era excepcional en casi todos los sentidos. Veinte años más tarde, tuvo su equivalente en lo de Laura, sitio que Ramón llegó

a conocer bien. Las putas ejercían generalmente en burdeles o, en el mejor de los casos, en las academias de baile, que eran cafés de camareras, regidos por viejas alcahuetas, en las que se hacían acuerdos sexuales con las bailarinas de pista. Los hombres iban a bailar y a resolver sus ansiedades. En algunas, además, iban a jugar. Pagaban por el derecho al baile: uno, dos y, con el tiempo, hasta cinco pesos la hora, y arreglaban con las mujeres aparte. Si te fijas en los nombres de las dueñas de academias, registrados por los historiadores urbanos, comprenderás por qué el de Piera era un universo separado: ¿qué podía unir a esa mujer con las que fuesen llamadas, por ejemplo, la China Benicia, Pepa la Chata o la Mondonguito?

—¡Dios, Vero! ¡Te estás inventando esos nombres!

—¡Qué va! ¡Eran célebres! Y no creas que sólo acudían a ellas los machos bárbaros del suburbio: al contrario, sus locales estaban llenos de niños bien. Unos cuantos murieron en duelo criollo, a manos de tipos como el famoso Pancho, el Pesado de los Corrales. Se enamoraban de aquellas mujeres, porque no había demasiadas de las otras en la ciudad, y las más veces fracasaban. No siempre: algunos se casaban. Yo estoy convencido de que el matrimonio fue la vía por la que el tango entró en los salones de la buena sociedad porteña.

—¿Y los burdeles?

—Los quilombos. Las preocupaciones regeneracionistas de los sabios del ochenta y décadas sucesivas sirvieron, si no para otra cosa, sí para reunir bastante información. Los registros municipales dicen que en el ochenta había treinta y cinco prostíbulos de farol rojo, repartidos entre la Boca, Miserere y el Parque. Los del Parque eran los más caros. Pero había mujeres puteando en todas partes. En su mayoría, extranjeras. Importadas por caftenes organizados. Las nativas estaban concentradas en el fangal del Temple y en la calle del Pecado, en Montserrat. Lo hacían por unos centavos. Las que se traían de Europa no ganaban más, pero sus rufianes sí. Hasta un peso, y pasaban setenta u ochenta clientes por jornada.

—Suponiendo que perdiesen ocho horas en dormir, comer y lavarse, toca a varón cada doce minutos.

—Ése debía de ser el cálculo de rendimiento. Algunas morían, a los cinco o diez años de trabajo, sin haber aprendido una sola palabra de castellano y sin haber visto siquiera una mínima parte del dinero que habían producido.

—¿Ni al cobrar?

—No cobraban. El asunto se regía por el sistema de chapas, que, desde luego, no era invento porteño: como todo lo demás, hembras

incluidas, era europeo. El cliente le compraba una chapa al encargado del quilombo y se la daba a ella cuando entraba en la habitación. Ellas las devolvían al final del día y el alcahuete las contaba para hacerle la liquidación al rufián, que solía recaudar una vez a la semana.

—No es una frecuencia excesiva para visitar a la mujer que está poniendo el cuerpo por ti...

—No la visitaban. Sólo veían al encargado. Las mujeres no amaban a su rufián. Ni siquiera le conocían mucho. Él las había comprado, o alquilado, y estaba obligado por el sistema a atenderlas o, al menos, sacarlas de la casa en que estuvieran, si se enfermaban. Por lo general, las atendían: valía más que volvieran al oficio. Pero, si estaban muy gastadas, no faltaba quien las abandonara. Entonces trataban de defenderse solas, por la calle, y morían de hambre, o en el manicomio, o de males venéreos. Las que resistían, caían en la mendicidad y entraban en el submundo de los cirujas, amos de la quema, algunos de los cuales llegaron a amasar fortunas escarbando entre las basuras. Y haciendo escarbar a otros. Y a otras. La calle era demasiado dura para las putas viejas, que padecían la competencia desleal de las señoras y señoritas decentes. En los carnavales del ochenta, según suma policial, una de cada cinco de las mujeres que asistieron a los grandes bailes del Jardín Florida, del Colón o del Variedades, lo hizo para prostituirse clandestinamente.

—¿Hambre?

—De haberlo hecho por placer, no hubiesen cobrado. No excluyo la perversión, pero no creo que fuese masiva.

—Y Manolo de Garay se resistía.

—Pero dio con su solución en ese ámbito. Como muchos personajes de nota. Y como algún miembro de mi familia, ya lo verás.

—Si sigues con el relato, porque te has enredado en un informe sobre putas y yo no sé qué pasó con Sara.

—Roque y ella fueron amantes hasta el final. Él alquiló un pequeño apartamento en la calle Buen Orden para reunirse con ella una o dos veces por semana al margen de miradas aviesas. Pero eso fue después del verano, por los mismos días en que acomodó a Severino Artigas en su estudio. Antes de que terminara el ochenta y uno, hubo más sucesos notables. Manolo tuvo novia y, en la Banda Oriental del río, nació el Otro.]

16. La mujer nueva

Ya no tengo alma —repuso—;
soy una caja vacía.

Manuel Ugarte, *Las espontáneas*

El jueves 20 de noviembre de 1881, Piera pidió a Roque que, en la mañana del día siguiente, la acompañara a una subasta. Una subasta de mujeres, convocada por una de las muchas organizaciones de tratantes que aún convivían en Buenos Aires —después, las leyes del mercado y las circunstancias políticas redujeron su número y aumentaron su poder— en el teatro Alcázar, que se levantaba en el Hueco de Lorea y que, con los años, cambió varias veces de nombre y de condición: Moderno, Goldoni, Liceo.

El acontecimiento poco tenía de excepcional. Los caftenes ponían en circulación una nueva partida. Había averiguado Juan Manuel, delegado por su ama para tal menester, que ésta procedía de Cádiz y estaba compuesta, sobre todo, por francesas y polacas, aunque no faltara alguna española. Todas habían entrado a la Argentina por vía legal, y estaban registradas en inmigración, por funcionarios de vista muy gorda, como gobernantas, preceptoras, criadas o cantantes. Eran jóvenes y, en su mayoría, poseían escasa experiencia en el oficio.

—No se trata de ir a comprar como lo hacen los rufianes del montón —explicó Piera al reticente Roque.

—¿Cómo lo hacen? —preguntó él.

—Al tuntún, desde la platea, apostando a lo que les parece bien al mirar de lejos.

—¿Y tú?

—Ni siquiera pienso estar ahí cuando las saquen al escenario... De eso ya he tenido bastante en una época.

—Cuéntame esa parte...

—Al principio... El primer año en Buenos Aires. No iba sola, desde luego. Nunca me hubieran aceptado. Le pagaba a un tipo para que figurara de rufián. Yo señalaba y él compraba.

—¿Las llevabas a trabajar a tu casa?

—No tenía casa. Las metía a sudar donde cayera... Puse la casa con su esfuerzo.

—Siempre con el rufián fingido dando la cara.

—Siempre. Al año lo mataron, pero yo ya tenía la plata necesaria para establecerme. Los dueños de los quilombos no me vieron nunca. Y en ese tiempo dejé de comprar. Las primeras chicas las conocí en la calle. No por casualidad, claro. Chicas de buena familia, con hambre, que ni siquiera sabían cómo hacerlo si tenían la suerte de encontrar un tipo. Los caftenes y los subasteros vinieron a verme más tarde, pero nunca consiguieron venderme nada. Si mañana voy a ese teatro, me van a tratar como si fuera el presidente de la república.

—¿Y con qué dinero comprabas al empezar?

—Menos pregunta Dios y perdona, Roque.

—De acuerdo. Será una experiencia más.

—Estaremos ahí antes que nadie. Ya las tendrán esperando. A veces, pasan dos o tres días en el lugar de la subasta.

—Como los toros.

—Más o menos.

El viernes 21, a las diez de la mañana, Piera y Roque llamaron a la puerta lateral del Alcázar: la de artistas.

El hombre que abrió, un rubio con la cara llena de granos, de traje y zapatos negros, y camisa blanca, les miró de arriba abajo, sopesando con desparpajo su posible autoridad o su más que probable irrelevancia. Le costó reconocer a Piera, vestida como cualquier dama de paseo y fuera de su escenario habitual. Pero, tan pronto como la hubo identificado, su actitud se desvió hacia el servilismo.

—¡Señora Piera! —dijo, con voz aguardentosa—. ¡Es un gusto verla por acá!

—Deje los cumplidos, Ritaco, y háganos pasar.

—Cómo no, señora —y les franqueó la entrada con una reverencia.

Piera no dio ocasión a intercambio alguno de cortesías.

—Me imagino que ya estarán acá las mujeres que van a rematar esta noche.

—En los camarines, señora.

—¿Son muchas?

—Dieciocho, señora.

—Hágalas salir y ponerse en fila en el corredor. Quiero verlas.

—Señora, usted sabe, va contra la costumbre. El patrón se la va a tomar conmigo...

—¿Prefiere que me siente acá y espere a los rufianes? Seguro que a ellos la costumbre no les niega nada.

—No crea. Procuramos que no haya privilegios entre los clientes.

—¡Vamos, Ritaco, no me haga reír! ¿Qué pretende? ¿Sacarme plata? ¿Cuánta? Dígalo...

Y comenzó a revolver en su bolso.

—¡No, no, señora! ¡Me ofende! Haré salir a esas chicas.

Piera y Roque aguardaron hasta que el rubio volvió a asomar.

—Adelante, adelante... —invitó.

El corredor al que se abrían los camerinos era estrecho y estaba mal iluminado. Era difícil determinar a primera vista si las hembras que componían la partida eran jóvenes, o si el color de su cabello era natural. Al fondo, Ciriaco Maidana observaba la escena, feliz de contribuir al destino de Manolo de Garay.

Recorrieron el pasillo en penumbra. Piera, deteniéndose ante cada una, les revisaba el pelo y los dientes, las olía, les acariciaba las manos, las miraba a los ojos, les apretaba los pechos. Roque, ignorante de las características de la búsqueda que estaba presenciando, sólo reparó en la heterogeneidad de las mozas: campesinas ásperas, unas en bata rústica y alpargatas, otras en bata de raso y chinelas de tacón, se dejaban hacer junto a putas de trajín, revestidas para el oficio, y pálidas obreras derrotadas. Todas irían a morir en camas parecidas. Eran, en efecto, dieciocho.

Cuando Piera acabó con la última, desanduvo su camino. Ritaco no se había movido durante la inspección.

—La tercera, esa rubia. La décima. Y la última —dijo Piera—. Que dejen un camarín vacío. Y traiga un candil.

El hombre obedeció. En pocos segundos, las tres señaladas quedaron solas.

—¿Cuál te gusta más, Roque? —preguntó Piera.

—Son guapas. Todas.

—Pero preferirás alguna.

—La morena del fondo —probó él.

—Muy bien. Ya oyó, Ritaco. Que entre la chica en el camarín vacío.

Cuando la muchacha estuvo dentro, Piera interrogó a Ritaco.

—¿La conoces?

—Un poco, señora.

—¿Habla castellano?

—Un poco, señora.

—¿Tiene experiencia?

—Un poco, señora.

—Está flaca.

—Un poco, señora.

—Vamos a verla.

Se quitó los anillos de la mano derecha y los entregó a Roque.

—Tenémelos, no quiero hacerle daño.

Roque entendió lo que ella iba a hacer y aceptó los anillos. Piera desapareció en el interior del camerino y él se quedó fuera, imaginando lo que sucedía dentro. Irritado, rechazó el pensamiento. De pronto, sintió la mirada de la rubia clavada en él. La muchacha debía de haber percibido la excepcionalidad de la visita, y había puesto alguna esperanza en sus resultados.

—Hacele caso a la chica —dijo a su lado Ciriaco Maidana. Roque no respondió. Tampoco apartó la vista.

Al ver que el hombre reparaba en ella, la joven se atrevió a dar un paso más.

—He oído a la señora preguntar... —apuntó.

—Callate, nadie te preguntó nada —la interrumpió Ritaco.

—Sí —afirmó Roque—. Le he preguntado.

—Hablo castellano —completó ella, con un fuerte acento que Roque reconoció de inmediato.

—¿De dónde eres?

—De Lugo... Bueno, de una aldea...

Piera emergió del camerino secándose las manos con una toalla.

—No está mal —resumió—. Pero no me parece que sea lo que Manolo sueña.

—¿Demasiado...? —sugirió Roque.

—Demasiado.

—Ya. Hazme un favor. Prueba con ella. Es paisana.

La gallega sonrió e inclinó la cabeza, saludando a Piera. La morena regresó al corredor.

—Vení —ordenó Piera a la recomendada de Roque.

Cuando salieron, al cabo de más de media hora, habían alcanzado un acuerdo.

—¿Con qué precio sale, Ritaco?

—Tres mil pesos, señora.

—¿Y piensan llegar a...?

—Cuatro, cinco mil.

—Decile a tu patrón que está loco, pero me la llevo. Ahora mismo. Se va conmigo. Que pase él por casa a cobrar, esta noche.

—¿Ves que yo tenía razón, gallego? —se regocijó Maidana antes de esfumarse.

—Como usted diga...

—... señora —terminó Piera—. Y vos —a la muchacha—, andá a recoger tus cosas, si tenés alguna.

Esperó a que la joven se alejara para explicar a Roque las virtudes de su hallazgo.

—Se llama Carmen —contó, exhibiendo una ancha sonrisa—. Se metió a puta porque... ¡mierda! ¡Qué sé yo por qué se metió a puta! Como todas, será. Lo que importa es que, a pesar de todo, le siguen gustando los hombres. Está dispuesta a vivir con uno solo, pero pone una condición.

—Tú dirás. Ya estoy preparado para oírlo todo.

—Mirá: la chica empezó a pasar de un hombre a otro porque ardía, y ninguno estaba a la altura de su furor —tras el florido eufemismo, la sonrisa de Piera se trocó en una risa ahogada.

—¿En qué sentido?

—La tenían muy pequeña... De manera que ella no puede dar garantía de fidelidad si el marido que le demos...

Entonces Roque se echó a reír inconteniblemente, abrazando a Piera: grandes lágrimas de plenitud empaparon las mejilas de ambos.

Carmen llegó con su maletita y, al verles así, prefirió esperar.

Finalmente, los tres se marcharon juntos.

17. El Otro

> Cielito, cielo que sí,
> mi asunto es un poco largo;
> para algunos será alegre,
> y para otros será amargo.
>
> Bartolomé Hidalgo, *Cielitos*

En la noche del mismo día 21 de noviembre en que Piera y Roque compraron una mujer para Manolo de Garay en el corredor de artistas del Alcázar de Buenos Aires, al otro lado del río, en el Uruguay, cerca de Tacuarembó, nació un niño, destinado a entrar en la leyenda con un apellido distinto del suyo propio, y al que, aún hoy, muchos prefieren limitarse a mencionar como «el Otro», por temor al mal fario que, se dice, convoca su alusión.

Iniciado ya el ochenta y dos, se le apuntó en el Registro Civil con el nombre de su padre, don Carlos Escayola, quien reunía en sí las varias condiciones de próspero estanciero, ilustre caudillo, rico mecenas, simpático director de comparsas carnavaleras y generoso dueño de un teatro fundado para el servicio de las artes. En reconocimiento de tan relevantes méritos, el dictador Máximo Santos, cuando todavía no se había hecho cargo de la presidencia, pero ya mandaba por la mano de don Francisco Vidal, le había otorgado el rango de coronel en un ejército que, de su persona, sólo conocía la ausencia.

La fortuna del coronel Escayola no procedía únicamente, como hubiese sido de rigor suponer, de las vacas. El del ganado era apenas uno de sus negocios, y no el mejor, quizá. Se habló, por ejemplo, de sus intereses en la minería cuando unas prospecciones, que el paso de una década demostró falaces, pusieron en circulación rumores de abundancia lo bastante insistentes como para sostener la consigna y el sueño de «Tacuarembó, la California sudamericana». En 1878, la Compañía Francesa del Oro del Uruguay, con sede en París, emprendió la explotación de yacimientos auríferos en la zona, y Escayola compró y vendió acciones, probablemente menos de las imaginadas por sus enemigos, pero, en todo caso, ganando en ello más dinero del que cualquier otro personaje del lugar pudiese llegar a poseer jamás.

Las tres muchachas de los Oliva siempre habían atraído al ambicioso y, por lo que se sabe, nada mal parecido señor, pero las formas debían conservarse y sólo le permitieron casarse con la mayor, Clara, indecisa, pálida y de frágil salud, que no resistió gran cosa la difícil compañía de su consorte. Viudo, Escayola desposó a la que hasta unos días atrás había sido su cuñada: Blanca, segunda de las hermanas y segunda de sus mujeres legítimas. Blanca era resuelta y sensual, y decidió aplacar a su hombre por la vía del placer, pero murió de fiebres para dejar su sitio en el lecho a quien la seguía en edad y la superaba en belleza, María Lelia.

El coronel Escayola encontró a Manuela Bentos cuando acababa de perder a la tercera hija de la familia Oliva. La Bentos le sedujo por su pelo negro y grueso, remotamente indígena, y su piel de un blanco casi transparente, rasgos que iban a constituir la única herencia del hijo de los dos. No el primero de los descendientes de la mujer, que ya tenía uno, Doroteo, engendrado por su marido, un tal Mora, de quien no se habían recibido noticias desde su marcha a Montevideo, mucho antes de la aparición de Escayola. Ella se había quedado en la casa, una tapera con aires de puesto rural dejada de la mano de Dios entre dos estancias, la «Santa Blanca», que, al decir de algunos, pertenecía al viejo Oliva, y «Las crucesitas».

Escayola puso remedio a la miseria y a la soledad de Manuela; ella le retribuyó como sabía, con su cuerpo.

Una comadrona local, que había adquirido su oficio en la práctica y se lavaba las manos para atender, ayudó al chico a ver la luz. En este mundo, le acogieron su madre, la partera y su medio hermano Doroteo, que siempre, a lo largo de su agitada existencia, le fue devoto.

De poco le sirvió en la vida al hijo del coronel Escayola el que su padre tuviese el gesto de reconocerle: no vio de él legado alguno, y del apellido debió desprenderse pronto.

El padre oyó la noticia del nacimiento en Tacuarembó, en medio de una borrachera, a los cinco días de haberse producido, de boca de un resero conchabado en «Las crucesitas». Antes de caer desmayado por el alcohol, atinó a enviar una embajada a casa de Manuela Bentos: aquella misma noche llegó al rancho la vieja Alcira, bruja de adivinación y de mejunjes, y leal consejera del coronel.

La madre, temerosa de los poderes de su visitante, la dejó hacer a su aire. Alcira desnudó al bebé y lo dejó en el suelo, sobre un cuero de vaca reseco que hacía las veces, alternativamente, de alfombra, cama y mantel. Se arrodilló a su lado con una agilidad que desmentía sus años y empezó a pasarle las manos por la cabeza, los hombros, el pecho. Sonrió al mirar el sexo, que también acarició.

—Machito bien puesto —dijo—. A veces es una suerte, a veces una desgracia.

—¿Para él? —preguntó la madre.

—Las dos cosas —respondió, lacónica, la bruja. Manuela no volvió a insistir.

Cuando acabó con su ritual, Alcira vistió al niño y se levantó. Fue a sentarse en una banqueta baja, cerca del catre en que yacía Manuela, y le cogió la mano.

—No tengas miedo —recomendó—. El muchacho va a estar poco con vos. Va a volar alto y solo. Aunque le cueste remontar.

—¿Qué quiere decir que va a estar poco?

—Eso. Vos, cuidá sobre todo al otro, que es más débil.

Alcira se levantó y se marchó sin que Manuela intentara retenerla.

Segunda parte

18. Nuestra riqueza

> Lo que no hemos podido suprimir todavía son los conventillos, aunque ahora abunden menos.
>
> Ezequiel Martínez Estrada, *La cabeza de Goliat*

En la primavera del ochenta y dos, Roque llegó a la conclusión de que era hora de cambiar de vida. Un mediodía, Frisch le encontró sentado haciendo cuentas en una libreta.

Le puso delante un periódico.

—Mirá —invitó, en su mejor tono argentino.

Roque cogió lo que se le mostraba y le echó una ojeada.

—¿En qué está? —preguntó—. ¿Alemán?

—Alemán.

—Explícame, no entiendo una palabra.

—*Vörwarts*. Así se llama. Quiere decir «Adelante». Una publicación socialista. Más: la primera publicación socialista de la Argentina.

—¿Y está hecha en alemán? ¿Quién la va a leer? ¿Tú?

—Los obreros alemanes, Roque. Yo participo. Está escrita casi toda por mi amigo Furman, pero también hay una cosa mía. Con seudónimo, claro está.

—¿Cuántos obreros alemanes hay en Buenos Aires, Germán?

—No sé. Muchos.

—¿Socialistas?

—Algunos.

—¿Y los demás?

—Aprenderán. De eso nos vamos a encargar nosotros.

—Hmmm...

—Se necesita tiempo... —retrocedió Frisch.

Roque dejó el periódico a un lado y cerró la libreta en que había estado escribiendo.

—Siéntate, por favor —invitó.

Frisch hizo lo que se le pedía.

—¿A qué huele aquí? —interrogó Roque.

Frisch husmeó el aire antes de pronunciarse.

—A grasa frita —arriesgó.

—¿Y a qué más?

—A ropa sucia...

Roque le observaba, exigiéndole con la mirada mayor precisión.

—A papel húmedo... a humedad... —siguió enumerando.

—Sí.

—A colonia de ésa que... —de pronto, Frisch entendió que no iba a poder definir lo que percibía: se sintió irritado y acosado—. ¿A qué carajo huele, Roque? —casi gritó, despegándose de la silla.

—A miseria —definió Roque—. Aquí huele a miseria, Germán. Y hay que sacarse de encima este olor.

—Eso, eso —se entusiasmó Frisch—. Hay que acabar con la miseria. Se necesita tiempo...

—Se necesita dinero.

—La revolución...

—Estoy hablando de nuestra miseria, amigo mío. No de la miseria de tus obreros alemanes, sino de la nuestra. Estoy hablando de salir de este sitio de mierda para no volver más. Ramón se merece algo mejor, ¿no crees?

—Sabés que sí, que lo creo. Ese chico es una maravilla, y debería estudiar... ¿Dónde está?

—Se lo ha llevado Sara a pasear. Todavía no le he dicho nada de lo que te voy a decir a ti, Germán.

—Escucho.

—Nos vamos de aquí. He comprado una casa.

A Frisch le brillaron los ojos; se puso de pie y se aproximó a su amigo, que sonreía.

—Me alegro mucho, mucho —dijo el alemán, poniendo una mano sobre el hombro de Roque—. Espero que no dejemos de vernos —añadió con pena.

—¿Dejar de vernos? —se sorprendió Roque, apretando la mano que se apoyaba en su hombro—. Tú también te vas de aquí, Germán.

—¿Contigo?

—Conmigo. Aunque he pensado que las cosas... Verás: no se trata de cambiar de vivienda únicamente...

—¿Entonces?

—En realidad, no he comprado una casa, sino dos. El reñidero y uno que otro asunto... Tú no sabes casi nada de lo que he estado haciendo.

—¿Sos rico? —resumió Frisch.

—Creo que sí. Gracias a Maidana. Y a Piera.

—Muy bien. Así, no tenés que esperar la revolución.

—Tampoco tú. Pero preferiría que no olvidaras el problema. Alguien habrá de enseñarle esas cosas a Ramón cuando corresponda.

—¿Por qué dos casas?

—Una para que viva Ramón y otra para que vivas tú. No pretendo que dejéis de veros, nada de eso... Sólo que Ramón tendrá una maestra, y tú irás a visitarle cada día, pero yo necesito un domicilio legal distinto, por aquí, en el centro, una casa de verdad, habitada. Mis negocios son limpios, Germán, pero nunca se sabe... y no es el mundo que quiero para él. Además, no puedo seguir solo. Como Maidana no puede dar la cara —sonrió—, y ha de ser alguien de la mayor confianza quien...

—Ya entiendo.

—No dejes tu periódico, ni tus amigos. Si por algo nos persiguen, es mejor que sea por socialistas.

—Gracias, Roque.

—No digas tonterías.

Dejaron el conventillo tres días más tarde.

19. La maestra normal

Era rubia y sus ojos celestes
reflejaban la gloria del día...

Héctor P. Blomberg, *La pulpera de Santa Lucía*

La calle Potosí, que se llamaría Alsina a partir del ochenta y cuatro, abandonaba el centro a la altura de Sarandí para adentrarse en la inmensa parroquia de Balvanera, que se extendía hacia el oeste hasta el deslinde de Flores, por entre los trazados de México y Paraguay. El terreno en ese borde de la ciudad rondó los ocho pesos por metro cuadrado a lo largo de toda aquella década, de modo que Roque pudo considerar con razón que había dado con una ganga cuando le ofrecieron suelo y construcción, con triple frente y un fondo que alcanzaba al centro de la manzana, por diez mil pesos.

La casa estaba en el cruce de Alsina con Rioja, a doscientos metros de los Corrales de Miserere, donde, en marzo, el Club Industrial realizó la primera Exposición Continental, y que el intendente Alvear, nombrado en el año siguiente, convirtió en plaza poco después. También caía muy cerca el Hospital de San Roque, después rebautizado Ramos Mejía, que empezó a atender a finales del ochenta y tres.

Se parecía a muchas otras viviendas de Buenos Aires, con sus techos altos y sus habitaciones abiertas al patio emparrado, con su corralón para abrigo de carruajes, con su jardín rústico y su amplia cocina de pretensión rural, con su enorme baño con estufa y brasero. El recuerdo de la generosa y cálida residencia de don Manuel Posse asaltó a Ramón cuando se vio allí.

—¿Es nuestra, padre? ¿Esta casa es nuestra? —preguntó.

—Nuestra —confirmó Roque.

El niño inició la exploración del sitio en aquel mismo momento. Una exploración que duraría años, renovada de día en día.

Dispuestas para él, encontró una cama, una mesa y una estantería de madera en la que descansaban algunos cuadernos. Todo lo que habían poseído hasta entonces estaba reunido en la chata de Roque: de allí, con la ayuda de Frisch, bajó Ramón las cajas con los libros acumulados por su curiosidad en largos meses de espera y aprendizaje: folletos comprados en los paseos de domingo por la Recova Vieja, libros arrastrados por la voluntad de Roque desde el otro lado del mar y recobrados para la vida por el muchacho, folletines armados pliego a pliego y sujetos por inevitables cordeles: el conjunto rellenó un anaquel completo y parte de otro. Su fortuna, hasta hacía unas horas incalculable, se mostraba ahora a los ojos de Ramón en su real, exigua dimensión.

—Pronto te faltará lugar, vas a ver —le consoló Frisch, seguro de decir la verdad.

—Aquí hay más silencio y podré leer mucho —especuló Ramón—, pero no creo que haya librerías como en el centro.

—El tranvía nos acerca a todas partes.

Había una habitación para Roque y otra para Frisch.

Otras seis aguardaban un papel.

La práctica no tardaría en señalar el sitio del comedor, inmediato a la cocina. La proximidad de la calle, un sillón de orejas y dos sillas definían la sala. Un piano vertical arrimado a una pared explicaba la probable función de otro espacio.

—¿Y este dormitorio? —averiguó Ramón—. ¿Es para Sara?

Una colcha de encaje y un tocador disponían el aire para una mujer.

—Es para tu maestra.

—¿Mi maestra? ¿Quién va a ser?

—Quizá lo sepamos mañana. Han de venir unas cuantas. Si alguna nos cae bien, le pedimos que se quede. Si no, seguimos buscando.

La estufa, un brillante armatoste británico que devoraba leña como una locomotora, les regaló un inolvidable baño caliente. Hasta entonces, Roque y Frisch habían ido resolviendo sus necesidades higiénicas en lo de Piera. Pero Ramón sólo disfrutaba del agua en sus visitas a la casa de Posse, una vez a la semana o cada quince días.

Frisch asó carne en una de las seis hornillas del fogón de adobes y comieron en la cocina, en una sólida, pesada mesa de madera dura con tapa de mármol blanco, imaginada para quien deseara amasar.

Por la mañana, se inició el desfile de maestras. Roque entrevistó a más de diez mujeres, en la sala, bajo la mirada crítica de Ramón.

La que esperaban apareció al final de la tarde.

Era una muchacha rubia, con pecas, casi una niña. Se sentó ante el tribunal familiar en el borde de una silla, con las manos juntas y las rodillas juntas, paseó sus ojos claros por el fondo de los ojos que la observaban y sonrió. Los dos la reconocieron inmediatamente.

—Me llamo Mildred Llewellyn —dijo.

—Mildred Lévelin —repitió Ramón.

—Bien, bien —aceptó ella.

—Y buscas empleo —formalizó Roque.

—Llego de Irlanda hace tres días y vengo aquí.

—Llegué —corrigió Roque, mostrando el pasado con el índice, en un lugar situado detrás de su hombro derecho—. Y vine.

—Eso, eso: llegué de Irlanda.

La natural palidez de Mildred se acentuó de pronto.

Roque vio nacer dos trazos morados sobre sus pómulos.

—Ramón —dijo—, trae la caja de bombones que compré para Sara. La vamos a abrir ahora.

Ramón echó a correr hacia el fondo, pero, apenas pasada la puerta, le detuvo el ruido grave, como lejano, discreto, de la caída del cuerpo de Mildred. Roque, que la alzó del suelo, pensó que jamás había conocido ser tan leve.

La llevó en brazos hasta el que iba a ser su dormitorio.

—Llego de Irlanda hace tres días y no como si no vengo —parodió mientras atravesaba el patio.

La depositó sobre la cama y fue a buscar los bombones y la botella de ginebra. A su regreso, encontró a Ramón sentado junto a la muchacha, sosteniendo una de sus manos.

Roque le pasó un brazo bajo los hombros y la forzó a incorporarse y beber ginebra de un vaso. Mildred tosió, abrió los ojos y bebió otro sorbo.

—¿Un bombón? —ofreció él.

—Sí.

Engulló tres. El alcohol y el azúcar obraron milagros.

—¿Cuánto hacía que no comías? —preguntó Roque.

—Desde el barco. No paro en el hotel de inmigantes.

—No paré.

—Eso: no paré. Traigo una dirección.

—Traía.

—Eso: traía.

—Y la dirección no sirvió de nada.

—Eso: de nada. Es muy vieja. Los chicos crecen.

—Olvídalo. Mi hijo se llama Ramón y aún no ha crecido.

Ella miró al niño.

—Yo soy Roque —dijo él—. Vamos a cenar.

Frisch entró en aquel momento.

—Germán está cocinando para todos en estos días —explicó Roque—. Te presento a Mildred Lévelin. ¿Lo digo bien?

—Muy bien —aprobó ella, todavía en la cama, tendiendo una mano a Frisch.

—Dejé una gallina hirviendo a fuego lento —dijo el alemán—. Hay sopa, gallina y papas.

Ramón la guió hacia la cocina.

En realidad, ellos no cenaron: contemplaron la cena de Mildred, su fiesta, el retorno del color a su rostro, la esencial delicadeza de sus dedos.

Hablaron poco.

—¿Qué edad tienes? —preguntó Roque.

—Dieciocho años —mintió ella.

Dieciséis, tal vez, calculó él.

—¿Sos maestra? —quiso saber Frisch.

—Enseño a leer en mi pueblo.

«Enseñaba», iba a decir Roque, pero calló.

Finalmente, Mildred bebió un vaso de vino y se secó la boca.

—Estarás cansada —recordó Roque—. Puedes ir a dormir. Hablaremos mañana.

—¿Ir a dormir? —se asombró Mildred—. ¿Aquí?

—¿Tienes un sitio mejor?

—No.

—Pues ya sabes.

—¿Entonces puedo quedarme a pasar la noche?

—Puedes quedarte a pasar toda la vida, Mildred —aseguró Roque.

Eso fue lo que hizo.

[20.

—La Exposición Continental alentó el primer Congreso Pedagógico.

—Polvo para el lodo de la ley 1420, de educación común, gratuita, laica y obligatoria. A lo que se le sumó la creación del Registro Civil.

—El progreso.

—Cabría pensarlo. La Santa Sede no lo soportó y rompió relaciones. La década del ochenta pasa por ser la decisiva en la historia del país; nadie parece ponerlo en duda. Y, a juzgar por la historia de la familia, así ha de haber sido. Hubo una suerte de acompañamiento: la prosperidad privada de los Díaz marchaba al paso de la prosperidad general.

—Legendaria.

—Cuestionable, como toda leyenda. Cierta, como toda leyenda.

—Buenos Aires se transformó.

—Alvear inventó otra... Le hicieron intendente a su regreso de un viaje a París, de donde llegó deslumbrado por la obra del Barón Haussmann, Prefecto General del Sena con Napoleón III e ideólogo de una ciudad trazada para facilitar la represión de alzamientos populares.

—Eso debió de chocar a Frisch.

—Quizá no haya sido consciente. Nosotros vemos lo que vemos porque la distancia nos lo permite. A él, la mayoría de los cambios deben de haberle convencido. La ciudad es su imagen antes que su función, si bien lo más probable es que el propio Alvear lo ignorara.

—Se puso a construir.

—Se puso a hacer París. Y consiguió que todo Buenos Aires llevara su firma. Casa de gobierno, Plaza de Mayo, Avenida de Mayo, diagonales, el puerto proyectado por Eduardo Madero... Lo que no se hizo con él, al menos, se inició con él.

—No le salió mal.

—Había con qué. Al tiempo que la ciudad se extendía, nacían los frigoríficos. En el ochenta y tres, los argentinos empezaron a encender cigarrillos argentinos, de tabaco y papel argentinos, con fósforos argentinos. Fumando, miraron atracar el primer transatlántico, el Italia, *en el*

muelle del Riachuelo, en la Vuelta de Rocha. Algunos, pocos, lo comentaron por teléfono.

—¿Roque?

—No. El teléfono no se incorporó plenamente a la existencia de mis antepasados hasta el nuevo siglo. No les era imprescindible. Tenían dinero. Para urgencias médicas, si se presentaban, podían acudir a la Asistencia Pública, fundada por el doctor Ramos Mejía en el ochenta y cuatro, y que funcionaba en el San Roque, ahí mismo, a menos de mil metros de la casa. Además, Balvanera era un barrio activo. Yrigoyen había sido comisario allí hasta el setenta y siete, y el caudillo indiscutido era su tío, el gran patriarca de la Unión Cívica, el lloroso Alem.

—Fue una buena época.

—Hubo unos años de relativa calma... Años de auténtica opulencia y pocos sucesos, en que Frisch llevaba a Mildred y a Ramón al centro a comprar libros. Ya no a la Recova Vieja, que fue lo primero que liquidó Alvear, sino a librerías de lance como la de Chile y Comercio, y a otras que importaban ediciones europeas, sobre todo de Barcelona y de París.

—Y no sólo en castellano.

—Claro. Roque no tardó en aprender el inglés con Mildred. Lo habló y lo leyó siempre. Descifraba bien el alemán: Frisch estaba suscrito al *Deutsche La Plata Zeitung* y solían traducir juntos algunos artículos, además de entreleer el *Vörwarts*. Al francés le acercó Sara, quien, como toda niña de buena familia porteña, leía novelas románticas en el idioma del amor. No debería sorprender: Buenos Aires distaba mucho de ser una ciudad monolingüe, y el consumo de letra impresa era descomunal. En el ochenta y seis, según recuento de Latzina, el estadígrafo mítico, había cuatrocientos mil habitantes y cuatrocientas cincuenta publicaciones, más de una por cada mil personas. Era materialmente imposible que todas se vendieran, y mucho menos que se leyeran, pero estaban ahí. La mayoría aparecía en castellano, pero hay registro de cuatro en alemán, siete en inglés, siete en francés y diecinueve en italiano, estables.

—O sea que el chico leyó de todo y desde muy temprano.

—Compensó sobradamente la falta de una educación formal. Beneficio de la riqueza.

—Sin embargo, distarían mucho de contarse entre los verdaderamente ricos.

—Eran ricos urbanos. Las fortunas de los verdaderamente ricos eran de origen rural. Vendían carne, cueros, lana, sebo y otras cosas que nunca supe enumerar. Y eran asquerosamente ricos. Hasta el punto de importar caballos para sus carruajes. Aun cuando Martínez Estrada, con *su visión melancólica de la patria, al decir de Borges, sostuviese que en la Argentina jamás hubo ricos tan ricos como pobres eran los pobres de los conventillos, atrapados entre la intemperie y la promiscuidad. No se le puede negar razón si se considera que los cuatrocientos mil habitantes de Buenos Aires contados por Latzina vivían en poco más de treinta mil casas, unas doscientas mil habitaciones. Una media teórica de una habitación por cada dos personas, alterada por los hechos: Roque, Ramón y Mildred, por ejemplo, ocupaban diez; Roque disponía de un refugio de dos para sus encuentros con Sara, y Frisch contaba con otras dos para él solo...*

—¿Dónde?

—En Artes 63. Es la dirección que figura en todos los documentos firmados por Roque a partir del ochenta y dos. Frisch vivía allí, y no sólo oficialmente. En última instancia, era un hombre acostumbrado a andar por el mundo sin compañía, y debe de haber encontrado cierto gusto en un rincón propio. Además, habría de necesitar un sitio para reunirse con alguna mujer.

—¿Se le conocen?

—Por supuesto. Tres, al menos, de larga memoria: Rosina Parisi, que apareció en su vida cuando él rondaba el medio siglo y le trajo más problemas que otra cosa, y Encarnación, la mulata, la hermana del negro Juan Manuel, bajo cuyos encantos pereció el senador Huertas. Frisch fue a tocar a lo de Piera durante diez o doce años, sin cambiar con ella más de tres frases. De pronto, un día, la descubrió: una mirada, un perfil, no sé... Habrá sido a mediados de la década del noventa: ella empezó a ser, para él, el eje del mundo. Al final, fue una historia triste. La tercera... ya llegaremos a ella.

—De modo que sí pasaron cosas...

—Pasaron. A partir del ochenta y seis. La epidemia de cólera marcó un cambio para todos. No es que dejaran de leer o de ir al teatro, nada de eso, no podía ser: les fascinaba por demás para abandonar, y acudían con la misma pasión al circo de Pepino Podestá, para verle hacer de Juan Moreira y reír con las payasadas de Frank Brown, que al Politeama, para contemplar las representaciones de Sarah Bernhardt. No, todo eso siguió, como siguió Frisch llevando su bandoneón por todas partes. Pero aquella epidemia hizo variar el orden de la existencia.]

21. Un deber de amistad

La ceremonia duró apenas unos minutos.

Beatriz Guido, *Fin de fiesta*

El nunca bien ponderado conquistador del desierto y organizador del país nuevo, el general Julio Argentino Roca, el Zorro Roca, entregó los emblemas del cargo presidencial a su sucesor, el burrito cordobés Miguel Juárez Celman, el 12 de octubre del ochenta y seis.

Esa misma fecha histórica, la de la llegada del Almirante de la Mar Océana a la isla de Guanahaní, fue la escogida por el quizá ya no tan joven Manuel Posse, Manolo de Garay, para casarse con Carmen López, lucense de veinticinco abriles, al cabo de casi un lustro de feliz prueba física y moral, en el curso del cual la moza despreció a cuantos pretendientes se le insinuaron, tras una ojeada socarrona a sus entrepiernas.

Esa misma fecha es la que abre el registro sanitario de la epidemia de cólera que, desatada con singular intensidad, obligó a crear el cementerio de la Chacarita como extensión del que se había abierto quince años antes en aquella zona, a impulso de otro flagelo masivo, el de la fiebre amarilla.

Las autoridades tardaron casi dos meses en dictar las ordenanzas de denuncia pertinentes, pero cabe suponer que los primeros casos reales dataran de septiembre, o aun de agosto: aquel martes, camino de la iglesia en que se celebraría la boda, la de Nuestra Señora de Balvanera, Roque se vio arrancado del ensueño en que le había sumido una larga noche con Piera por la evidencia de unos enormes cartelones blancos de tipografía pegados en las paredes de la ciudad. Se trataba, de creer al título, de unas «instrucciones precaucionales» a seguir ante la probabilidad del cólera.

Roque prescindió de una lectura detallada del texto, de sintaxis minuciosa y barroca, pero obtuvo de él advertencia suficiente como para preocuparse por todos los suyos. Bastaba el primer punto del bando para atemorizar a cualquiera: «No debe olvidarse», recomendaba el redactor, de estilo eclesiástico, «que aún en las grandes epidemias, las personas atacadas no alcanzan generalmente el número exagerado que supone la imaginación asustadiza del pueblo...» Seguía el anónimo maestro con un aviso de matiz psicológico: «Los timoratos resisten generalmente menos; por consiguiente es indispensable proporcionar al espíritu la más completa calma y, sin violar los preceptos de la higiene, procurarse distracciones, tratando de distraer todo pensamiento triste por medio de las buenas lecturas y del trabajo regular...» El último apartado sostenía que los «casos fulminantes son excepcionales» y que no había que «desatender los primeros síntomas, por insignificantes que parezcan, solicitando la asistencia facultativa pronta e inmediata, a fin de no desperdiciar el momento en que los auxilios de la ciencia puedan ser más eficaces».

Roque se acomodó el sombrero, metió las manos en los bolsillos y siguió su camino hacia el templo hundido en meditaciones tristes.

Ramón y Mildred habían reservado para él un sitio en las primeras filas, inmediatamente detrás de los Posse. Sara se volvió a medias para sonreírle cuando percibió su presencia: ella le amaba: no desconocía la existencia de Piera, pero, lejos de sentir celos de esa otra mujer, una hembra célebre y deseada, agradecía a Roque el esporádico don de su cuerpo.

El cura celebró su rutina. Ciriaco Maidana observaba atentamente la ceremonia desde un púlpito vacío.

Había acudido toda la familia Posse: el padre, los hermanos y los sobrinos, cuyo número crecía de año en año. Además, abarrotaba la iglesia un par de centenares de gallegos, en su mayoría deudores directos o indirectos del padre de Manolo, comerciantes acomodados y lustrosos, ya sin memoria de sus ancestrales hambres campesinas, rodeados de hijos gordos y mujeres empolvadas.

Llamó la atención de Roque el traje, casi milagroso, del novio: las mangas eran tales que las manos adquirían una proporción corriente; una ligera desviación en el corte de la sisa centraba a la vez los faldones de la chaqueta y el sesgo de la espalda; la amplitud de las perneras desvaía bultos llamativos y reducía las dimensiones de los pies.

La novia lucía aún más joven que el día de su encuentro con Roque, bajo la luz mortecina de los faroles del corredor de artistas del teatro Alcázar.

A la salida, Roque se retrasó para eludir la lluvia de arroz que caería fuera: le irritaba la idea de que algún grano pudiera metérsele por el cuello de la camisa y rondar por entre su ropa.

La fiesta, en la casa de Pichincha y Garay, recordaba demasiado a los cumpleaños del viejo Posse: eran suyos los invitados, los parientes, el prestigio y las sonrisas serviles. Al parecer, lo único que no le pertenecía era el porvenir.

Ramón, que antes de un mes cumpliría doce años, tenía, sin embargo, muy presente la primera Nochebuena que había pasado en aquella casa, la del ochenta. Todo era igual, todo era esencialmente diferente. Roque no era ya tan joven, Manolo había bajado de la azotea, Sara no realizaba la tarea más dura, él mismo estaba dejando de ser un niño, y la presencia y el contacto constante de Mildred le llenaban a un tiempo de desasosiego y de alegría. Además, y esto le reveló una transformación imprecisa pero decisiva, Gabino Ezeiza había sido sustituido por otro moreno bienfamado y de diversa música, liberto de apellido oligárquico como el siervo de Piera: el Pardo Sebastián Ramos Mejía tocaba el bandoneón.

Roque dejó pasar a unos y a otros, bebiendo sidra y mirando correr el tiempo en un rincón discreto, para acercarse a felicitar a los recién casados. Eso fue al final de la tarde.

Besó a Carmen en las dos mejillas y estrechó la mano de su marido.

—Estás muy elegante —le dijo.

—Un buen traje, ¿no? —se entusiasmó Manolo.

—Quien sea que lo haya hecho, es un maestro —confirmó Roque.

—Vení, te lo presento, es un paisano.

Le cogió por un brazo y le llevó hasta un hombre que bebía a solas, de pie junto a una mesa.

—Señor Durán —nombró—, éste es mi amigo Roque Díaz.

Durán era bajo, un poco encorvado, y llevaba unos quevedos montados sobre una nariz en forma de pera, enorme, roja y llena de cicatrices.

—Mucho gusto —triste, el sastre—. ¿Necesita mis servicios?

—¿Por qué no? —aceptó Roque—. Sería una manera de empezar.

—¿Empezar? —se sorprendió Durán—. ¿Empezar qué?

—Negocios.

—Roque es un hombre honesto y muy hábil —intervino Manolo—. Si él le propone algo, hágale caso, Durán.

—¿Me va a proponer algo?

—Por supuesto. Usted es un gran artesano y yo tengo dinero. Sea mi socio en una sastrería industrial.

—Estoy viejo para eso.

—No tendrá que trabajar más de dos años. Cuando haya enseñado a un par de muchachos, se irá a su casa a cobrar.

—Lo tendré que pensar.

—Piénselo —autorizó Roque.

Entonces percibió la agitación de las mujeres que se habían reunido ante la puerta de uno de los baños, el del fondo del patio.

Fue hacia allí.

—¿Qué pasa? —preguntó.

Le respondió Asunción, la mayor de las hijas de Posse, que llegaba en aquel instante con una palangana.

—Es Sara. Se desmayó y ahora está vomitando.

—Déjeme ver —dijo Roque.

—Ni se le ocurra —le detuvo la mujer, poniéndole una mano en el pecho.

—Ni se le ocurra a usted tratar de impedírmelo, a menos que quiera cargar con la responsabilidad de la muerte de su hermana.

La apartó con firmeza y abrió la puerta del baño.

No necesitó mucho tiempo para convencerse de lo que sospechaba.

Sara estaba sentada en el suelo, la espalda apoyada en la bañera y las manos crispadas sujetando una toalla. Había vomitado una baba fétida y amarillenta, y tenía la ropa manchada. Al ver a Roque, le sonrió y alzó una mano para contenerle. Era consciente del peligro que implicaba el contacto.

Roque se volvió y llamó a Frisch.

—Coge un caballo —le dijo— y trae un médico del San Roque. Es el cólera.

La palabra apartó mágicamente al mujerío susurrante, que abrió el camino de la cuadra para Frisch.

Roque se encerró con Sara.

—Quedate ahí —dijo ella.

Él obedeció.

—No esperabas que fuese así, ¿verdad? —siguió la muchacha.

—No —reconoció Roque.

—Es mejor. Más rápido que la tuberculosis... Roque...

Una arcada interrumpió su frase.

—Sí —retomó él, ignorando el silencio.

—Nuestra habitación... No la uses con nadie más.

—No pensaba hacerlo.

—Quiero que me lo prometas.

—Te lo prometo.

Alguien golpeó la puerta con ansiedad.

—¿Quién es? —averiguó Roque.

—Posse. Déjeme entrar.

Roque le permitió pasar.

Padre e hija se miraron intensamente.

—No se acerque, papá —pidió ella.

—¿Cómo estás? —era una inquisición inútil, pero llena de ternura.

—Me estoy muriendo.

—¿Quieres que llame a un cura?

—No, papá. Nunca cometí pecados graves —miró a Roque—. Si es que hay algo al otro lado, me recibirán bien. Los curas...

—Ya, ya...

El viejo clavó la vista en las baldosas del piso.

—Sí que hay algo al otro lado —murmuró Ciriaco Maidana al oído de Roque—. Y la van a recibir bien.

Al rato, oyeron voces fuera.

—Abran paso —decía Frisch—, vengo con el doctor.

Roque se apresuró a franquearles la entrada.

El médico, un hombre de cara redonda, de barba y quevedos, echó una ojeada a Sara e hizo un gesto de contrariedad con la cabeza.

—Pero, muchachos —protestó—, cómo me la dejan ahí tirada a esta chica. ¡Vamos, vamos! Levántenla y llévenla a una cama.

—No, que no me toquen... —se opuso Sara.

Nadie supo jamás de dónde había salido el individuo del chambergo y el pañuelo al cuello que en aquel momento hizo a un lado a Roque y llegó hasta Sara. Bien es cierto que nadie jamás preguntó por él.

Maidana, a la vista de todos, se arrodilló junto a la muchacha.

—No tenga miedo por mí —le dijo en voz muy queda—. Yo ya estoy de vuelta.

Le acomodó la falda con el dorso de la mano y pasó los brazos por debajo de sus hombros y de sus rodillas.

—Agárrese —ordenó.

La levantó y cargó con ella sin esfuerzo ostensible hasta una cama de sábanas blancas y almohadas altas que alguien había dispuesto en una de las habitaciones más próximas al baño.

La depositó allí.

—Hasta pronto —le dijo.

—Usted...

—Vamos a tener tiempo para conversar. No se preocupe.

El médico estuvo un largo rato encerrado con Sara.

Cuando salió, fue a lavarse las manos a la cocina.

Roque y el viejo Posse le siguieron.

—Cólera —declaró, secándose.

—Eso ya lo sabíamos —replicó Roque.

—Del peor —completó entonces.

—¿Cuánto tiempo? —preguntó Posse.

—No creo que pase de esta noche.

—¿Sin esperanza? —insistió el padre.

—Yo nunca vi un milagro. Encargue el cajón. Le voy a mandar gente del hospital para preparar el cuerpo. Va a haber que cerrarla enseguida. Cuando lo hagan, por favor, quemen las sábanas y la ropa.

—Un tratamiento, algo que hacer hasta entonces...

—¿Tratamiento? No hay.

—Los bandos dicen...

—Los bandos dicen muchas cosas, pero los escriben los políticos y no los médicos, amigo.

Manolo y Carmen escuchaban la conversación.

Posse dio un paso hacia ellos.

—Vosotros debéis marcharos —dijo.

—No, viejo. No nos vamos a ir de luna de miel cuando las cosas son como son.

—Hazme caso, hijo. El que os quedéis aquí no remediará nada. Yo me sentiré más tranquilo si os marcháis.

—Sigue el consejo de tu padre, Manolo —intervino Roque.

El debate se prolongó aún unos minutos, pero finalmente Manolo optó por hacer lo que se le pedía.

Sara murió a medianoche; su hermano y su nueva cuñada viajaban ya hacia Montevideo.

Se cumplieron al pie de la letra las instrucciones del médico. Fue velada en la sala, en un ataúd cerrado.

Al terminar la jornada, Frisch acompañó a Ramón y a Mildred hasta su casa. Roque se sentó en el segundo peldaño de la escalera que llevaba a la azotea, a fumar y mirar arder la pila de sábanas, toallas, vestidos y prendas interiores que alguien había acumulado en el centro del patio.

Maidana se materializó a su lado.

—Gracias por lo de esta tarde —dijo Roque.

—No es nada.

El compadrito muerto estaba agitado.

—¿Qué te pasa, Maidana? ¿Te encuentras mal? Tú no te puedes morir, felizmente.

—Eso es lo que yo querría, Roque. Morirme de una vez por todas.

—Descansar.

—Justo. Pero me parece que no voy a poder —lo dijo conteniendo un sollozo—. Ya no...

—¡Coño, Maidana! ¿Por qué no vas a poder descansar?

—El cólera cae en todas partes, ¿sabés?

—Sí. ¿Y con eso?

—¿Te acordás de Severo Camposanto?

—Me acuerdo.

—Se está muriendo.

—¿De cólera?

—De cólera. Como cualquiera.

—¿Y no te alegra? ¿O es que no quieres verle de aquel lado?

—No me alegra... No sólo no me alegra, sino que me enferma. Porque si él se muere así, yo nunca más voy a tener paz.

—Comprendo. Para que tú tengas paz, él debe morir degollado.

—Si lo degüellan, yo puedo abandonar este mundo. Si no, me quedo para siempre donde estoy, a medias, un poco acá y otro poco...

—¿Quieres de verdad ese descanso, Maidana?

—Me lo merezco, Roque.

—Tienes razón, fantasma. Has hecho mucho. Te lo mereces.

—Pero ya es tarde.

—¿Tarde? —dijo Roque, poniéndose de pie—. Vamos allá.

—¿Lo vas a hacer por mí?

—Si llegamos a tiempo...

Roque cabalgó hacia el Maldonado espoleando con furia al animal.

Maidana volaba a su lado en un caballo de viento.

Camposanto ocupaba una chabola de adobe y paja, mal techada, a unos veinte metros de arroyo, lejos de cualquier otra habitación humana. Si el sitio era de habitual sucio, ahora hervía en hedores de mierda y jugos oscuros, arrancados por los bacilos al interior del cuerpo del hombre.

El degollador aún vivía. Yacía encima de una manta, en el suelo.

De su pellejo agrio y pegado a los huesos brotaba un jadeo húmedo.

Miró a Roque con ojos desorbitados.

—Ahora no puedo enseñarle —dijo, reconociendo al visitante.

—Sí puede —le aseguró Roque, de pie, sacando el facón.

—Es un buen cuchillo —comentó el otro, intentando en vano alzar una mano para señalarlo.

—¿Dónde hay que meter la punta?

—Abajo de la carretilla.

—¿Aquí? —preguntó Roque, apoyando el extremo del arma debajo del ángulo del maxilar.

—Ahí. No sólo la punta.

—¿Todo?

—De esa hoja, basta la mitad.

—¿Y después?

—Nada. Moverlo. Una sola vez, con fuerza.

—Ya...

—¿Va a probar conmigo?

—A eso he venido.

—No puedo defenderme.

—Usted se lo habrá hecho a muchos que no podían defenderse.

—Cierto.

—Y es un deber de amistad.

Roque se puso en cuclillas encima del viejo, sujetándole los brazos con las rodillas. Con la mano derecha, pinchó el lado derecho del cuello de Camposanto.

—¿Se le ocurre algo que tenga que decir?

—No.

Hundió el facón en el costado y tiró hacia su derecha una sola vez, con fuerza. Sólo le molestaron una especie de eructo que sintió vibrar en su muñeca y el ruido de líquidos derramados que hubo después. Eludió la visión de las pupilas sin fondo del viejo.

Se levantó y limpió la hoja en el calzón del finado.

—¿Y ahora? —dijo.

—Ahora desaparezco —anunció Maidana—. Para siempre. Despedime de Frisch, de Piera, de Manolo.

—¿Estás contento, fantasma?

—Aliviado, Roque.

—¿Por qué no me habías hablado nunca de esto?

—Estabas muy ocupado. Y había tiempo.

Se abrazaron.

Maidana se desvaneció.

En el camino de regreso a lo de Posse, donde Sara había dejado de ser, con el caballo al paso, Roque pensó que iba a echar de menos al compadrito; acarició la cruz que llevaba colgada en el cuello. Pensó también que aquél era un país raro, en el que los más generosos eran los muertos.

22. La buena sed

> [...] sentía que el destino había abierto un camino para ellos dos solos, y los empujaba por él.
>
> Horacio Quiroga, *Pasado amor*

Mildred Llewellyn no tuvo ocasión ni, tal vez, deseo alguno de hacer las veces de madre de Ramón: ahí estaban Sara, que representaba como podía ese papel, día sí y día no, sin ejercicio de autoridad ni pretensión de orden, disponiendo sobre todo en lecturas y compras, y Piera, quien, aunque con menor presencia, se preocupaba por el muchacho.

Mildred ocupó pronto el lugar de una hermana. Una hermana atenta y cómplice, capaz de adivinar las más secretas inquietudes de Ramón, aun antes de que él mismo las percibiera, y de serenar su ánimo con caricias y palabras mágicas. O de irritarle o desazonarle hasta el llanto. Al cabo de un año de convivencia, cada uno dependía del otro a tal extremo que ninguno de los dos imaginaba futuros que no les incluyesen a ambos.

El inglés devino entre ellos lengua íntima y frontera del mundo, juego y fuga, lugar de inteligencia y refugio.

A solas, se comunicaban en castellano. Ante los demás, se defendían en inglés.

Ramón adquirió habilidad en el ajuste de corsés, en la abotonadura de cañas de botines femeninos y en el rizado con tenacillas calientes. Mildred se convirtió en una sierva tierna y eficaz a la hora del baño, lavando el pelo y frotando la espalda de Ramón.

Mildred había llegado a la casa con quince años. Ramón tenía, por aquellas fechas, ocho. Su mutua fascinación inicial —descubierta por el niño en el momento del desmayo de la muchacha famélica, cuando cogió su mano en un intento ridículo de reanimarla con un gesto, y por ella en la mañana siguiente, al despertar en una habitación por la que no tendría que pagar y de la que nadie la echaría— les había volcado a un amor ingenuo y generoso.

Después, el tiempo, que trajo la epidemia, la muerte de Sara, canas en el pelo de Roque, la redención de Maidana, los libros, el tiempo, exigente y despiadado, pasó por ellos. Crecieron. Crecieron juntos.

Una asfixiante tarde de febrero del ochenta y ocho, Ramón, en la tina, cerró los ojos para recibir el cubo de agua tibia que Mildred le iba a echar sobre la cabeza. Antes que el agua, le llegó el olor leve y fresco del sudor de ella. Sintió que se le cerraba la garganta y una onda ardiente se difundía hacia las puntas de sus dedos y, vientre abajo, hacia su sexo. Era el olor más maravilloso del mundo y, por un instante, se entregó a él. Casi inmediatamente, tomó conciencia de su erección. Se giró para ocultarla.

—Dejame solo, por favor —pidió, avergonzado, sin saber si Mildred se había dado cuenta de lo que le sucedía—. Me puedo arreglar solo.

Ella había entrevisto y comprendido.

Dejó el cubo en el suelo y se retiró conteniendo las lágrimas.

Piera la encontró cinco minutos más tarde, sentada en la sala con las piernas juntas, mordiendo un pañuelo.

—¿Qué te pasa, nena? —le preguntó, ocupando una silla delante de ella.

—Nada —rehuyó Mildred.

—¿Nada? ¿Dónde está Ramón?

—Se está bañando.

—¿Solito? —sonrió Piera—. ¿No le lavás la cabeza hoy?

Mildred se echó a llorar, ya sin disimulo.

—Ni hoy ni nunca, creo —confesó.

—¿No querés? ¿No te deja? ¿O los dos quieren y no se atreven?

—¡Pero Piera! ¡Si es un chico!

—Y vos sos una chica.

—Yo soy una mujer.

—¿Sí? ¿Vos sos una mujer y él no es un hombre, querés decir? ¿No será que lo que te pone mal es justamente el que sí sea un hombre? ¿Un hombre demasiado joven, a lo mejor?

—Tiene trece años.

—Te puede embarazar, querida.

—No digas barbaridades.

—¿Barbaridades? Ramón tiene trece años. ¿Y vos?

—Voy a cumplir veintiuno.

—Y sos tan virgen como él. Ésa es la única barbaridad. Llevás un siglo caliente, esperándolo, esperando que crezca. Bueno, ya creció. ¿O preferís que ensaye un poco con alguna de mis chicas, así le sale mejor con vos?

—¡Piera!

—¡Piera! ¡Piera! ¡Qué horror! No va a empezar en mi casa. Roque es demasiado puritano para eso. Vos vas a ser la primera. ¿Ya sabés cómo lo vas a hacer?

—Si lo hago, lo haré como todo el mundo.

—¡A quién se le ocurre hacerlo como todo el mundo, criatura! Yo te voy a explicar... Pero lo que me preocupa ahora no es lo que vas a hacer en la cama, sino el modo de dar el paso. ¿No tuviste sueños?

—Montones.

—Está bien. Si fueron muchos, alguno te va a servir.

—¿Y lo otro?

—De cualquier manera, de todas las maneras, pero jamás como todo el mundo. Con la boca, con la lengua, con los dientes, con las manos, un dedo, dos dedos, tres dedos, cuatro dedos, con los pies, con el pelo, con la nariz, boca arriba, boca abajo, de rodillas, sentada, de costado, por detrás, por delante...

—No sé, Piera, no sé si podré... Todavía... Si Roque se entera...

—Roque se va a enterar. Yo se lo voy a decir.

—No hagas eso, por favor, Piera.

—Mejor que se lo diga yo. Te prometo que no va a pasar nada.

—Bueno, igual, no hay nada que contar.

—¿Te parece?

—No.

Piera puso una mano sobre el hombro de Mildred.

—Esta noche, Roque duerme conmigo. Y Frisch toca en mi casa, así que lo más probable es que duerma con Encarnación.

Mildred quiso decir algo. Piera alzó la mano y le selló los labios con un dedo.

—Me voy. Había venido a visitarlos a los dos, pero es igual. Ramón ni siquiera tiene por qué saber que estuve aquí.

Ramón había salido del baño y se estaba vistiendo. No la vio llegar ni marcharse.

Cuando cayó la noche, Mildred encendió fuego y puso dos trozos de carne a asar.

Ramón entró en la cocina con un libro en la mano y se sentó a la mesa sin abandonarlo.

Cenaron en silencio.

Mildred habló al final.

—Tengo veinte años —dijo—. Me parece que voy para solterona.

Ramón se puso de pie y miró el suelo.

—Hace mucho calor —dijo.

Se volvió y echó a andar hacia su habitación.

Mildred entendió que jamás haría lo que no hiciera entonces, y que todo dependía de su decisión. Se desnudó. La falda, la blusa, el sostén, los calzones, las medias, los zapatos, quedaron sobre la mesa, junto a los platos sucios. Se soltó el pelo y cogió el candil.

Ramón estaba echado en la cama, casi tan desnudo como ella. No se sorprendió al verla, pero se sentó de un salto y se acurrucó, cubriéndose, con la espalda apoyada en la pared. Ella cerró la puerta y dejó el candil en el suelo.

Se miraron a los ojos.

—Vengo a dormir con vos —dijo Mildred—. ¿Querés?

—Sí —respondió él—. Pero tengo miedo.

—Yo también. Tengo mucho miedo, Ramón. No podemos... sos un chico, no se puede, yo soy una mujer... Si se supiera, me llevarían presa.

—¡No! —gritó Ramón, y corrió a abrazarla—. Nadie tiene que saber que nosotros...

Entonces se le reveló la intensidad del abismo en la blanca piel de Mildred. Calló. Aspiró el vaho de la mujer y se hundió en ese mareo.

Ella sintió el sexo de Ramón contra su vientre y se apretó aún más a él.

Se besaron por primera vez.

23. Los principios del socialismo científico

> Nunca ideas grandes de redención social habían encontrado terreno mejor abonado para expandirse.
>
> Alberto Ghiraldo, *Humano ardor*

Roque se despertó a las tres de la mañana. Piera fumaba, sentada junto a él, en la cama, desnuda.

—¿Querés un tabaco? —ofreció ella.

— Si —aprobó él, incorporándose y mirando el reloj—. ¿Qué pasa? Es raro que no estés dormida a esta hora.

—Nada. Pensaba.

—¿En qué, si se puede saber?

—Se puede. Pensaba en cosas que vos me dijiste. Sobre socialismo y esos asuntos del reparto de los bienes.

—Ya. ¿No estás de acuerdo?

—¿Cómo no voy a estar de acuerdo? Me parece grandioso. Que nadie le robe nada a nadie. Ni la comida, ni el trabajo, ni la casa.

—Ni ninguna otra cosa.

—¿Ni la felicidad, Roque?

—Depende de lo demás, ¿no?

—No siempre.

—No te entiendo. Si un hombre tiene vivienda, y empleo, y estudio, y come...

—¿Y el amor?

—Si tiene todo eso, es libre para amar. Puede elegir.

—No —rechazó Piera, levantándose de la cama.

—¿No? —él la miró andar hacia la mesilla de las botellas.

—Sabés perfectamente que no, Roque. Que no hay quien elija en eso. Ni vos ni yo elegimos. Alguien o algo eligió por nosotros. Y estamos donde estamos. Yo soy una puta y vos un gallego rico que se mete en mi cama cuando tiene gana.

—A los ojos de la gente. Y podemos cambiarlo... Te he pedido mil veces que te cases conmigo.

Piera sirvió ginebra para los dos en vasos largos y fue a sentarse en el borde de la cama, junto a Roque.

—Eso no es solución. Eso es darle el gusto a la sociedad, como vos decís. Yo hablo de otra cosa, de una situación en la que pudiéramos ser los que somos, vivir la vida que vivimos, sin que nos rechazaran.

—Es muy difícil. Hace falta un orden...

—Un orden de mierda. Vos nunca fuiste del todo feliz. Yo tampoco. Y ni vos ni yo hicimos nada para cambiar esa parte de nuestras vidas.

—Estábamos demasiado ocupados.

—Tu hijo no está ocupado. Y lo más probable es que no llegue jamás a estar ocupado. Sin embargo, está atado al mismo carro que tú y que yo. Tener plata no lo hace más libre, Roque.

—Él sí podrá elegir.

—No será tan sencillo.

—¿Por qué dices eso?

Piera demoró la respuesta mientras encendía un nuevo cigarrillo.

—Porque creo que ya eligió —suspiró finalmente—. Y puede que hasta vos le falles.

—¿Cómo va a elegir? Es un chico. Todavía no cumplió catorce años.

—A esa edad, vos no eras un chico, acordate.

—Sí que lo era. Me acuerdo.

—Se te ponía dura, ¿te acordás?

—Sí.

—Y te volvías loco por eso, ¿te acordás?

—Me parece que sí.

—¿Qué hacías? ¿Se lo contabas al cura de tu aldea?

—No, no. No lo contaba. En la confesión, me inventaba cosas.

—Te hacías pajas, ¿te acordás?

—Sí, sí, me acuerdo.

—¿Y te acordás de la primera vez que estuviste con una mujer? No me hablaste nunca de eso.

—Sí que me acuerdo.

—¿Qué edad tenías, Roque?

—Catorce años. Fue con una que iba por los pueblos. Los rapaces la esperaban, reunían el dinero que podían para ella. Llegaba en un carro y lo paraba a un lado del camino. Por la noche, uno le llevaba las monedas que habían juntado y ella las contaba. Si le parecía bastante, recibía a los que hiciese falta, lo mismo diez que veinte.

Piera le escuchaba con atención, acariciándole el pecho.

—¿Fuiste con los otros?

—Fui. Pero preferiría no contarte lo que ocurrió.

—Quiero que me lo cuentes.

—No esta noche.

—Esta noche. Ahora. Necesito saberlo.

—Está bien. Subí al carro cuando ya habían pasado unos cuantos... No quería, estaba asustado, pero no podía hacer mal papel. No sentía el menor deseo de aquella mujer gorda y sudada, echada sobre una manta en su carro, que ni siquiera se lavaba entre uno y otro. «Señora», le dije, y ella se echó a reír. «Ven, ven, no te voy a comer», me dijo. «¿O no te gusto?». Le expliqué como pude que aquello era nuevo para mí. Entonces se santiguó y levantó la cabeza, apoyándose sobre un codo. «¿No has visto nunca cómo es una hembra?», preguntó. «No, señora», le dije. Separó más las piernas y se abrió el coño. «Acércate, mira», me ordenó. Obedecí. El olor era muy fuerte, a pescado podrido, pensé. Pero, como tú dices, se me había puesto dura.

—¿Pudiste hacerlo?

—Lo hizo ella. No sé cómo. Sé que me vacié y me dijo que me fuera. Que le diera las gracias y me fuera. «Gracias, señora», le dije. Cuando salí del carro tuve la impresión de haber estado en otro mundo durante mucho tiempo, aunque no debieron de ser más de diez minutos. El olor a pescado podrido no se movía de mi nariz y de pronto se me hizo intolerable. Corrí unos metros y me aparté del camino para vomitar.

—¿Y después?

—Pasaron tres años antes de que volviera a acercarme a una mujer.

—¿A la gorda del carro no la viste más?

—Cuando sabía que iba a llegar, me escabullía. Me daba náuseas y miedo.

—No fue una buena experiencia.

—No se la deseo a nadie.

—Ni a tu hijo.

—Menos aún a Ramón.

—Sin embargo, Roque, amor mío, decís que es demasiado joven. Tiene la edad que vos tenías en aquella época, pero lo vas a dejar solo. Vas a dejar que haga lo que pueda, como vos. Que se joda. Total, los hombres se hacen a golpes.

—¿Qué remedio hay? ¿Pretendes que le busque una mujer?

—No hace falta.

—¿Tienes una mujer para él? No me gusta la idea.

—Roque, Roque, qué torpe que sos a veces. Tu hijo ya encontró una mujer. Sólo que tiene terror a dar el paso.

—¿No querrás decir...?

—Sí, quiero decir. Te lo digo.

—¿Mildred?

—Mildred.

—¡Pero eso es una monstruosidad! Ella es una mujer. Y él, un niño.

—Vos eras un niño. Y lo que encontraste no era una mujer.

—Era un espanto.

—Ramón va a recordar siempre el olor de Mildred en su primera vez. Que, además, será la primera vez para los dos.

—Todo eso lo has montado tú.

—Se armó solo. Lo armó la vida. Ellos no eligieron, pero creen que sí, que eligieron.

—No puede salir bien.

—Tiene que salir bien, Roque. ¿Te imaginás, si a vos te hubiera pasado algo así? Hubieras sido mejor amante, mejor persona, un hombre más entero. Y no digo que no seas buen amante, ni buena persona, ni que seas un hombre a medias. Pero sí que lo hubieras sido desde el principio, con menos dolor y con menos esfuerzo. No es cierto que el sufrimiento mejore a la gente: el que sufre tiene poca ocasión de ser bueno. La felicidad, en cambio...

—La felicidad.

—Es un derecho, ¿no? Él tiene lo demás resuelto, ¿por qué no va a ser feliz?

—Tienes razón.

—Para Ramón, para Mildred, el socialismo empieza en la cama.

Aplastó la colilla en un cenicero y abrazó a Roque.

Volvieron a dormirse después de hacer el amor.

24. Teoría de los visitantes

> El trabajo del lenguaraz es ímprobo en el parlamento más insignificante. Necesita tener una gran memoria, una garganta de privilegio y muchísima calma y paciencia.
>
> Lucio Mansilla, *Una excursión a los indios ranqueles*

Domingo F. Sarmiento, el General Sarmiento, como preferían llamarle algunos, que había impuesto en el país la escuela pública, los gorriones y los eucaliptos, murió el 11 de setiembre del ochenta y ocho en Asunción del Paraguay. Buenos Aires no era ya la ciudad sobre la que él había gobernado quince años atrás. Ni siquiera el edificio presidencial se conservaba igual, ni la Plaza de Mayo, sometida a obras inacabables.

La noticia del fallecimiento se publicó en *El censor*, fundado por el propio Sarmiento, el día 13, el mismo en que se inició la demolición, tras un *Otello* final, a cargo del tenor Tamagno, del viejo teatro Colón, una etapa más en la apertura de la Avenida de Mayo, emprendida poco antes.

Roque y Frisch se enteraron en el café de la Esquina del Cisne, la de Artes y Cuyo, delante del Mercado del Plata, a mediodía. La primavera aún no se había presentado y los dos se abrigaban con ginebra.

Un joven moreno, de bigote bien recortado, entró al local con cara de asombro y el diario en la mano, y se acercó a una mesa.

—Muchachos —dijo, sin saludar—, ¿saben que se murió Sarmiento?

—Sí —respondió uno de sus amigos—, ¿cómo no lo íbamos a saber?

—Es una verdadera desgracia —comentó otro—. En este país bárbaro hacen falta tipos como él.

Desde un lugar próximo se elevó la voz de un cuarto hombre, rubio y de pelo aceitado.

—Lamento disentir con ustedes, caballeros —anunció—. Yo creo que el señor Sarmiento nunca hizo falta.

Se hizo el silencio en todo el café.

—¿Rosista el señor? —preguntó el que había hablado primero.

—Ni rosista ni provinciano —aclaró el rubio—. Todo lo contrario. Me preocupa de verdad el destino de mi país.

—Ah, ¿sí? —sonrió Frisch.

—Sí... ¿Usted es argentino?

—Nací en Alemania...

—Es argentino, amigo. Son argentinos los alemanes, y los ingleses, y los italianos, y todos los que se establecen acá. La Constitución está escrita para ellos, igual que para los nacidos en el lugar. Los hombres de buena voluntad. ¿Habla alemán?

—Claro.

—Y querrá que sus hijos lo hablen...

—Si llego a tenerlos, me gustaría. Y también que hablen francés, y todos los idiomas que puedan.

—Yo pienso lo mismo.

Todos habían callado y escuchaban con atención el diálogo; querían saber adónde se proponía llegar el rubio atildado.

—Y pienso que ésa es la gran riqueza de la Argentina. ¿Se imagina una tierra en que se hablen todas las lenguas? Cosmópolis. Todas las lenguas, todas las ideas...

—Me parece bien —aceptó Frisch.

—Pues a Sarmiento le parecía mal... Le parecía mal que se abrieran escuelas italianas, o alemanas, o inglesas.

Entonces terció otro individuo, un sujeto enteco, de rostro verdoso y escaso pelo negro pegado al cráneo, con quevedos y una chaqueta raída.

—Era lógico que le pareciera mal —dijo, mirando con irritación al rubio—. No estaba loco. Y no tenía tiempo para hablar pavadas en el café, como hacemos nosotros. Un Estado. Quería un Estado, con mayúscula. Y eso se hace con la escuela pública. Esto no puede ser eternamente un centón mal cosido. La gente que llegue tiene que adaptarse, recomponerse, mezclarse para formar una raza argentina.

Roque se dejó llevar por el cerrado acento catalán del hombre.

—La ilustración requiere diversidad —sostuvo el rubio.

—La ilustración requiere Estado, y el Estado requiere uniformidad —refutó el otro.

—Libre circulación —reclamó el primero.

—Por alguna parte, por una nación —concluyó el segundo.

Al ver que lo que inicialmente se había dibujado como riña brava se diluía en tibio debate, los circunstantes iban regresando poco a poco a sus conversaciones e intereses.

El rubio se engolfó en una tirada retórica sobre las ventajas de la identidad difusa. El catalán le ignoró.

Roque se acercó a él.

—Usted perdone... ¿es de Barcelona?

—De Mataró, como Blas Parera, el tío que compuso el himno de este país.

—Conozco Mataró —se interesó Roque—. Aunque donde he vivido es en Barcelona. Mi mujer murió allí.

—Lo siento.

—Hace mucho. Casi diez años.

—¿Lleva usted diez años aquí?

—Desde el ochenta... Permítame que le convide a algo. Estoy con un amigo.

—Llámele.

Roque hizo una seña a Frisch para que se reuniera con él.

—Él es Germán Frisch —explicó—. Yo soy Roque Díaz. El señor...

—Oller —se presentó el otro, poniéndose de pie y tendiendo la mano al alemán—. Martí Oller.

Se sentaron los tres.

—Y usted —averiguó Roque—, ¿cuándo llegó?

—Hace dos años. Y he de confiarle un secreto: aún no he conseguido entender a esta gente. Se parecen demasiado a nosotros, pero también a los demás. Tienen héroes y les echan. Mire lo de Sarmiento: presidente y todo, tuvo que ir a morir al Paraguay. Y San Martín. Y ese otro hombre que quiso interpretar este galimatías, Alberdi. Todos muertos en otra parte. Jamás llegaron a ser ciudadanos. Fueron visitantes. Visitantes ilustres, eso sí, pero visitantes. Tal vez todo el mundo esté aquí de visita. Aun yo.

—¿También su paisano, el músico?

—Claro, también él. Tornó a Mataró y tuvo un empleo en correos. Ya lo ve: para seguir viajando. Dejó aquí su partitura y se marchó. Y he de contarle algo más grave: esa partitura cayó en unas manos miserables y fue adulterada, recortada... Lo que se oye ahora es otra cosa... Como la constitución que les escribió Alberdi... ¿Usted vive en una casa?

—Sí.

—¿Nunca vivió en un conventillo?

—Sí, al principio.

—Entonces sabe lo que es eso. Pues verá: los peores conventillos, los más ruines y caros, los de encargados más crueles, capaces de echar a la calle a familias con críos al segundo día de no pagar...

—Los de las camas calientes... —siguió Frisch.

—Ésos... eran todos de un mismo amo, uno de los hijos de puta más acabados de esta ciudad, que mandaba personalmente a la policía cuando quería arrancar de la cama a los moribundos. Y eso que aquí, hijos de puta los hay de toda mena. Esnaola, se llamaba éste. Juan Pedro Esnaola. La patria le agradece el haber abreviado el himno que compuso Parera. Suya es la versión que se canta. ¿Qué le parece? —interrogó, mirando a los ojos a Frisch.

—Desesperante —reconoció el alemán.

—Pues aquí estamos, amigo —resumió Oller, tragando su copa de un sorbo.

Los tres hombres bajaron la cabeza.

—No es muy optimista —observó Roque—. ¿Tiene hijos?

—No, ¿para qué? Mi mujer es muy nerviosa, no lo soportaría. Vivió una vida difícil. Es francesa, de Yonville, un pueblo perdido. El padre era médico, había estudiado, sí, pero era un inútil, un pusilánime. Y la madre se enamoró de otro, como era natural, y terminó por suicidarse. Berta está convencida de que su destino es la locura, y no desea hacerle a nadie lo que su madre, Emma, se llamaba, le hizo a ella.

—¿Y usted, no lo desea?

—No, no. A Berta no se lo he dicho nunca, pero yo tengo para mí que un hombre de bien no debe engendrar. Es un acto de injusticia esencial con quien ni siquiera existe: sacar a alguien de la nada para meterlo en este montón de dolor, de mierda y de sangre, y para que, al final, muera... Hay que ser muy cabrón... Disculpe, si tiene hijos.

—Tengo, pero es usted libre de opinar lo que le venga en gana. ¿A qué se dedica, Oller?

—Soy inventor. ¿Y usted?

—Comerciante. Frisch es mi socio.

—¿En qué ramo?

—Varios. Mujeres, no.

—Lástima. Es de los que más dinero da.

—Lo sé. ¿Quiere otra copa?

—No. Quiero andar un poco. Tengo un amigo en el cementerio de la Recoleta. No muerto, no, nada de eso. Trabaja allí. Voy a visitarle de tiempo en tiempo. ¿Por qué no me acompañan? Hace frío, pero hay sol. Y mi amigo es muy inteligente.

—¿Por qué no? ¿Vamos, Germán?

—Vamos.

Fueron caminando.

25. Ser para la muerte

> Se mirarán entonces bajo tierra
> Pidiéndose perdón por tanta guerra.
>
> Alfonsina Storni, *Letanías de la tierra muerta*

La manía renovadora del intendente Alvear no perdonó ni siquiera el descanso de las que en su día habían sido significativas figuras de la sociedad porteña: su imparable deseo de trazar veredas no se limitó a la geografía de los vivos: en la Recoleta, cementerio de los fundadores de la república, expropió tumbas y bóvedas para abrir caminos a viandantes curiosos, deudos afligidos y amantes desolados. Hubo muertos olvidados cuyos restos fueron arrastrados a la nada en nombre de la ciudad nueva; y hubo otros, perpetuados en familias de pro, que tan sólo cambiaron de lugar. En cualquier caso, fueron violencias menores en un recinto que ya había experimentado los anuncios terribles de un futuro sin paz: el secuestro del cadáver de Enriqueta Dorrego por los Caballeros de la Noche, y el intento de derribar la *Dolorosa* de Tantardini que corona la tumba de Facundo, prefiguraban una tradición.

Era aquél un territorio removido, y hasta las lápidas más pesadas y los monumentos más historiados parecían efímeros bajo el sol tibio de septiembre.

Ni Roque ni Frisch habían estado nunca allí.

Les desconcertó el hallazgo, en país tan mutable, de perseverantes apellidos reunidos junto al muro del convento de los recoletos.

—Como en todas partes, los dueños son siempre los mismos —resumió Frisch.

—¡Vaya descubrimiento! —se mofó Oller.

Encontraron a aquel a quien iban a ver, mozo de unos treinta años, dedicado al arreglo de una bóveda. Había retirado las flores secas, arrojándolas fuera, y lustraba con empeño las asas de bronce de un negrísimo, brillante ataúd.

—Buenas tardes, David —saludó el catalán.

El aludido levantó la vista del metal y sonrió.

—Martín —dijo.

—He venido con unos amigos.

—¿A ver las tumbas de los grandes hombres? —preguntó el llamado David, dejando su tarea. Se acercó a ellos, limpiándose las manos en los fundillos del pantalón de brin.

—A ti. A verte a ti.

—Las tumbas no son importantes —aseguró Roque.

Oller miró a su amigo en espera de una respuesta, pero el silencio le impuso las presentaciones.

—David Alleno, Roque Díaz, Germán Frisch —enumeró, señalando.

—Me hubiera gustado estar de acuerdo con usted, señor Díaz —dijo finalmente el trabajador del cementerio—. Y a lo mejor lo estoy. En otras cosas. Pero no en lo de las tumbas.

—¿No?

—No. Las tumbas son muy importantes. La tumba de cada uno es muy importante para cada uno, quiero decir. A usted, cuando tiene sueño, ¿le da igual dormir sobre plumas que sobre clavos o vidrios rotos? ¿Taparse con una frazada o con unas hojas de papel o con trapos viejos?

—No. Pero yo estoy vivo.

—Ellos también —afirmó Alleno, indicando su alrededor con gesto circular—. Y yo, cuando esté muerto, porque estaré viviendo mi muerte, el momento culminante de mi vida: el único que vale, porque es eterno. Uno es el que es de muerto, porque es el que es para siempre.

—Porque, porque, porque —se defendió Roque—. Espere. ¿Usted cree que el alma es inmortal?

—Ni creo ni dejo de creer. ¿Sabe por qué estoy aquí?

—Eso es cosa suya.

—No, no, es cosa de los dos. Yo estoy aquí porque usted me ve, soy el que usted ve, nada más.

—Y el que ve Oller, y el que ve Frisch.

—Eso es: tres personas distintas.

—Ya. Y usted, Martí, ¿piensa lo mismo?

Oller se encogió de hombros.

—Una visión —dijo Frisch—. Eso es lo que es: una visión, ¿no?

—Más o menos —aceptó Alleno.

Roque fue a sentarse sobre el pedestal de mármol de un monumento y encendió un cigarrillo.

—¿Y se prepara para el gran momento? —preguntó.

—Ya se prepara —intervino Oller.

—Ah, sí, claro que sí —con entusiasmo, Alleno—. Siempre, todo el tiempo, constantemente.

—¿Y para qué trabaja?

—Ahorro, señor Díaz. Ahorro para la muerte. Compré un terrenito... En el lado de allá —apuntó con el índice al sur—. Todavía no terminé de pagarlo. Me prestaron plata...

—Sin embargo, si no entendí mal —arriesgó Frisch—, de acuerdo con su teoría, nadie tiene por qué cobrarle. Al fin y al cabo, usted sólo existe cuando lo ven. Si no lo ven, no hay deudor, se esfumó o no estuvo nunca...

—Pero yo quiero que me vean...

—Entonces le van a cobrar...

—¿Y después? —averiguó Roque.

—¿Después de qué?

—Después de pagar la tierra.

—¡Ah! Entonces viene el mármol. Voy a comprarme un enorme pedazo de mármol. Un pedazo de mármol italiano. Y voy a pagarle a un escultor.

—¿Quiere una virgen, un ángel, un San Miguel? —interrogó Roque.

—No, no. Voy a pagarle a un escultor para que me haga a mí. Lo que quiero es un auténtico monumento a David Alleno, cuidador de este cementerio. Si pudiera, claro, si pudiera, me gustaría tener una bóveda.

Frisch y Roque se miraron.

—¿Nos vamos? —propuso el alemán.

—Sí. Dejemos tranquilo a este hombre, que tiene trabajo —Roque se puso de pie—. ¿Se viene con nosotros, amigo Oller?

Alleno no se movió de donde estaba. Los tres visitantes, uno a uno, estrecharon su mano. Sólo mucho más tarde se dio cuenta Roque de que, en realidad, le habían despedido como quien da un pésame.

Anduvieron largo rato en silencio.

«Uno es el que es de muerto», pensó Roque, recordando a Fernanda, a Sara, al degollador, cuando ya habían dejado atrás la plaza del Pilar y la Calle Larga de la Recoleta, y bajaban por Rivera hacia el Parque.

—No —dijo.

—¿No qué? —se asombró Frisch.

—Uno es el que es en vida —explicó Roque—. Aunque se acabe y eso sea una cabronada. Y dígame, Oller, ¿qué encuentra en ese tío? Nos había dicho que era inteligente.

—Está loco, pero es inteligente. ¿Usted cree que hay muchos que se preocupen por esas cosas, la muerte, la eternidad?

—Hay más de ésos que de los otros, de los que se preocupan por los asuntos de la vida. No se engañe, Oller. Todo lo que cuenta está en este mundo. Hasta los sueños.

[26.

—¿Alleno? Tardó algo más de veinte años en coronar su proyecto. Hasta 1910. Entonces tuvo su panteón. Un panteón que, pasados ochenta años, sigue allí. Puedes comprobarlo en la Recoleta. El monumento no es de bulto redondo: quizá no haya ahorrado lo suficiente. El caso es que lo que consiguió fue un relieve: aparece él, joven, serio, de sombrero, chalina y lazo, un brazo apoyado en algo que semeja un saco lleno de flores secas, dejando ver la parte baja de una escoba y un balde. La escultura es, sin duda, de este siglo, porque la escoba es estupenda, de cinco hilos y con abrazaderas de alambre, ostensiblemente industrial...

—Imposible antes del novecientos...

—¿Cómo iba a serlo? En el ochenta y ocho, Rufino Varela instaló la primera usina eléctrica y la calle del Empedrado, Florida, tuvo faroles eléctricos. Alleno vio prosperar todas las maravillas imaginables y, sin embargo, al final...

—¿Qué? No me dirás...

—Sí, mujer, sí. Se suicidó. Fue consecuente: una vez dispuesto su gran momento, dio el paso. Debajo de su figura, en el mármol, se lee: «David Alleno, cuidador de este cementerio...» No recuerdo la fecha inicial, pero pone la de la muerte: 1910.

—Cuesta imaginarlo. Cuesta imaginar todo aquello. Lo de Sarmiento y la escuela pública...

—Claro que cuesta: no es fácil tomar partido. Sin embargo, yo creo que, puesto en esas fechas, hubiese compartido la posición de Oller.

—¿La compartía tu bisabuelo?

—¿Roque? Desde luego.

—Sin embargo, no escolarizó a su hijo.

—Verás: a pesar de la ley, la escolarización era muy incompleta. En primaria, según cuentas de Latzina, hubo veinte mil varones en el ochenta y siete. En Buenos Aires, por supuesto. Pero, al año siguiente, sólo mil de aquéllos se apuntaron en secundaria. Los mil hijos del poder. Roque podía permitírselo, no hay duda, pero debe de haber intuido un drama de clases. Ramón no era nadie, ni era hijo de nadie. Además,

¿qué otro muchacho de su edad tenía, por entonces, los conocimientos y la experiencia de Ramón? ¿Quién tenía una Mildred? Hubiese sido un desastre... Por otra parte, Ramón ya había adquirido el sentido alocado y sincrético de la cultura que caracterizaba a los hombres de progreso de entonces...

—Como Frisch.

—Precisamente

—Y Oller... A propósito, ¿qué inventó el inventor?

—Cosas, nada revolucionario... Pero se ganaba bien la vida porque, amén de inventor, era un manitas y reparaba todo lo que le pusieran por delante para reparar. Sólo que no podía decir «profesión, sus manitas» o «profesión, sus chapuzas».

—¿Y su mujer?

—¿Berta Bovary? ¿Qué iba a ser? Una neurasténica.

—¿Era...?

—Sí, pero eso no tiene la menor importancia para nuestra historia. Probablemente, tampoco la tenga la llamada Revolución del Noventa, golpe de Estado propinado al gobierno desde la calle, con manifiesto y armas, que los historiadores suelen definir como movimiento popular, pero que no pasó de populista.

—La revolución de Alem.

—Del turco Alem, un tipo triste, que pergeñaba versitos románticos y lloriqueaba al ver un pobre, un muerto, una viuda... Es fama que era incapaz de comer sin cargos de conciencia, pensando en los que pasaban hambre. Al final, se pegó un tiro. Le sucedió en la dirección del partido su sobrino, don Hipólito Yrigoyen, al que se le puede reconocer más mérito como víctima del primer golpe militar moderno que como estadista.

—Pero es cierto que la gente estaba cansada... ¿o no?

—Sí... La gente siempre está cansada, pero sólo se mueve cuando la mueven. Yo creo que Alem sirvió en su día para lo mismo que sirvió Perón medio siglo más tarde: para sustituir a la vanguardia real y desviar el rebaño por otro rumbo. La famosa revolución fue el 26 de julio, fecha casi mágica: la misma de la muerte de Evita y el asalto al cuartel Moncada. Menos de dos meses antes, los obreros organizados de Buenos Aires habían instituido la recordación del 1º de mayo. Los logros de Alem y los suyos fueron bastante magros: Juárez Celman fue reemplazado por el vicepresidente Carlos Pellegrini, igualmente oligárquico, o conservador, o reaccionario, o como prefieras llamarlo. Hubo nuevas elecciones en el noventa y dos, al cumplirse el periodo constitucional, y las ganó Sáenz Peña. No cambió absolutamente nada. Y no lo digo con pena, porque aquellos oligarcas, liberales y

cultos, representaban por entonces lo más próximo al progreso que cabía esperar. Lo que sí me parece lamentable es el festejo popular de la caída de Juárez Celman. «Ya se fue, ya se fue, el burrito cordobés», se gritaba en las calles, como si eso significara verdaderamente algo...

—Sin embargo, la del noventa fue una década llena de acontecimientos...

—En un orden de cosas distinto del estrictamente político... Eran acontecimientos de esos que se instalan definitivamente en una sociedad y la califican o la condicionan.

—¿Por ejemplo?

—La introducción del automóvil. Fue en el noventa y dos, el año en que la Argentina pasó su primera gran vergüenza internacional al enviar a España, para los festejos del Cuarto Centenario del Descubrimiento, un barco, la fragata Rosales, que se hundió nada más empezar a navegar por el Río de la Plata. Se hundió por obra de la corrupción de la marina: el dinero destinado a reparaciones se había desviado para otros fines, y en el desastre murió la mayoría de los tripulantes porque ni siquiera habían sido reemplazados los botes de salvamento podridos. Aquel año, Varela Castex llevó a Buenos Aires un Benz a caldera para dos personas. Al cabo de un lustro, Guillermo Fehling adquirió un Daimler de gasolina... También llegó el cine. Mi madre afirma que Roque y Ramón estuvieron presentes en la primera exhibición de linterna mágica, que proyectaba láminas, en la First American Church, la iglesia metodista que subsiste en Corrientes al setecientos. Probablemente hayan estado también Mildred y Frisch. El aparato era el mismo que Émile Reynaud empleó hasta el novecientos en París, en sus Pantomimas Luminosas... Puedes ir sumando cosas: la extensión del alumbrado eléctrico a partir del noventa y seis, y del tranvía eléctrico desde el año siguiente... Al final, la apertura de la Avenida de Mayo...

—Terminación de la ciudad nueva...

—No. En realidad, aún no se ha terminado.

—¿Se termina alguna vez una ciudad?

—No lo sé. No estoy seguro.

—Dejémoslo así. La década del noventa es la de la llegada de Berta y Charles Gardes. ¿Todas las francesas se llamarían Berta?

—No me sorprendería... Llegaron, sí, en el noventa y tres. No hay acuerdo respecto del día del desembarco en Buenos Aires: jueves 9 o sábado 11 de marzo. El chico tenía tres años. Ella, veintisiete.

—Y era soltera.

—Efectivamente.

—¿La trajo un caftén?

—No creo que fuese un paquete, como llamaban los rufianes a las mujeres que les eran remitidas previo acuerdo, porque si algún problema ofrecían los paquetes, era el de la edad: las más eran pesos falsos, es decir, tenían menos de veintiún años, no daban el peso.

—Una jerga compleja...

—Y, cosa curiosa, escasamente registrada por las letras de tangos. Al menos, por las que yo conozco. Imagino que Berthe Gardes era una rezagada, una mujer sin dueño.

—Lo que no quiere decir que no estuviese dispuesta a prostituirse.

—Desde luego que no. Lo que ocurre es que no debía de tenerlo muy fácil. Albert Londres dejó constancia de casos concretos que ilustran la cuestión de la edad. Por ejemplo, conversó con un rufián al que una muchacha de veinticuatro años le había producido más de un millón de francos: dieciséis mil clientes. Pensaba retirarla cuando cumpliera los veinticinco.

—O sea que Berta era una vieja.

—En términos profesionales, cabe pensar que sí. Sin embargo, estoy convencido de que la reclutaron, y que eso determinó su destino y el de su hijo Charles.

—Y el del Otro.

—Escayola.]

27. Un destino

Ya que no es la vida
una digna historia.

Héctor Yánover, *Poema para que te duermas*

El señor Foucault había hablado con Berthe Gardes y Marie Odalie Ducasse en el barco. Él visitaba de tanto en tanto la zona de tercera clase, para conversar, decía, con la gente. En realidad, sólo se interesaba por algunas mujeres. Esa, por ejemplo, que viajaba con su niño.

—¿Qué piensa hacer en Buenos Aires? —preguntaba Foucault.

—No sé —confesaba Berthe—. No tengo oficio. Sólo que ya no podía seguir en mi casa, soltera y con el pequeño...

Un día, él dejó de lado toda discreción.

—No tiene muchas posibilidades de encontrar un empleo —dijo—. No hay quien tome sirvientas con hijos.

—Y que sólo hablen francés.

—Eso es lo de menos: en Buenos Aires, el idioma de los ricos es el francés.

—No sabía.

—Hay muchas cosas que usted no sabe. ¿Le gustan los hombres?

Ella también depuso sus reparos.

—Si lo que me va a proponer es que me meta a puta, sabrá que lo de menos, en ese caso, es que a una le gusten los hombres.

—Tiene razón.

Cuando avistaron la ciudad, Foucault lo arregló todo para que ellas subieran a primera y se reunieran con las cinco pupilas que habían hecho toda la travesía con él. Bajaron a tierra juntos.

—Yo llevo los papeles de todas —había dicho él.

El funcionario de migraciones tomó nota de los nombres y, junto a cada uno de ellos, puso «planchadora». Devolvió los pasaportes al hombre y evitó mirar a las mujeres y al niño.

—Pasen —dijo.

Pero ellas no se movieron hasta que el francés lo ordenó con apenas un gesto.

Fuera, esperaba un coche de caballos.

—Cómo está, señor —saludó el cochero.

—Bien, gracias —replicó Foucault.

Se acomodaron como pudieron, Berthe con el pequeño Charles en los brazos, dormido. Una muchacha rubia, de ojos tristes, le sonrió.

—¿Cuántos años tienes? —quiso saber Berthe, segura de que no eran más de quince.

—Veintiuno —contestó la otra, apartando la vista.

Las dos quedaron en silencio.

—Yo me llamo Catherine —anunció la joven al cabo de unos minutos.

—Yo, Berthe.

El coche se detuvo y alguien abrió la portezuela desde el exterior.

Se encontraban en el patio de carruajes de una casa de dos plantas. Berthe entrevió una calle en el momento en que un mozo terminaba de cerrar el pesado portón de madera.

Foucault desapareció en el edificio.

Nunca más volvieron a verle.

Cuando se presentó la alcahueta, Charles lloriqueaba muy quedo.

Era una mujer mayor, corpulenta, muy pintada y con una orla negra en las uñas de los pies. Descalza y en bata, apestaba a un perfume empalagoso. Observó a las recién llegadas con ojos de tratante de ganado. Levantó el labio superior de Catherine con el pulgar de la mano izquierda para ver el estado de sus dientes. En la derecha tenía un cigarrillo apagado. La muchacha no pudo contener una lágrima, pero de su boca no salió un solo sonido.

—Vosotras sois de Foucault —dijo, dirigiéndose a Berthe y a Marie Odalie—. Foucault no es nadie —completó—. Yo me encargaré de vuestro trabajo. Hablaremos más tarde.

Se oyó el trote de los caballos de otro coche, y el mozo que había cerrado el portón corrió a abrirlo.

—Adentro, adentro —dijo la vieja—, de prisa, entrad a la casa, que tengo que recibir a las demás.

Todas se pusieron en movimiento, con excepción de Catherine y Marie Odalie. Las primeras traspusieron sin vacilar la puerta por la que había salido la madama. Berthe se detuvo en el umbral. Ahora, Charles lloraba con fuerza.

—Adentro —repitió la celestina.

Nadie dio un paso.

Se acercó a Catherine y la abofeteó. En ese instante, Marie Odalie resolvió su destino: echó a correr hacia la calle tan pronto como vio entrar el segundo carruaje. Corrió sin mirar hacia atrás. La madama chilló, avisando al mozo, pero ya era tarde. No pudieron alcanzarla.

—Entra —ordenó la madama a Catherine.

La joven hizo lo que se le decía. Berthe la tomó por el brazo y entró con ella.

—Tendrías que haber escapado —dijo.

—Tú también.

—Yo, con Charles, no puedo correr.

Las del segundo coche, una española y dos portuguesas, que habían llegado a Buenos Aires en otro buque, las encontraron en el salón.

La alcahueta improvisó un discurso.

—Yo soy Madame Leonard —anunció—, y os tengo a mi cargo por unos días. No os quedaréis en esta casa, pero aquí también hay camas y vienen hombres, así que no pasaréis sin trabajar: los viajes son caros y hay que pagarlos.

—No entiendo una sola palabra —protestó la española.

Madame Leonard repitió en castellano, para ella, lo que acababa de decir en francés. La otra no necesitó saber más.

Charles se había dormido nuevamente.

—La única nueva en este oficio eres tú —la madama señaló con el dedo a Catherine—. Lo vamos a arreglar... ¡Cecilio! —llamó.

A la convocatoria acudió de inmediato un hombre calvo, no muy alto. Tenía unos hombros y un cuello anchos y peludos, y unos brazos poderosos apretados por la camisa. Estaba sin afeitar y sin peinar, y se le veía temible.

—Vas a empezar con él —informó la vieja.

Catherine abrió los ojos desmesuradamente.

No tuvo ocasión de negarse. El llamado Cecilio se le acercó, rodeó su talle con una mano enorme y la sostuvo cuando se desmayó. Entonces la cargó al hombro, como a un saco, y se marchó.

—Tú tendrás que dar el chico a alguien para que te lo críe —dijo la alcahueta a Berthe—. Pero ya habrá tiempo. Aún está por decidir si te quedas aquí...

Berthe no respondió a aquello.

—He de dar de comer al niño —pidió.

—Esa puerta da a la cocina —indicó Madame Leonard.

La alcahueta colocó a cada una en una habitación.

Berthe comió y dio de comer a Charles. Cuando se quedó sola, jugó con él y se desvistió. Los dos se durmieron.

Ella despertó sobresaltada. Oía gritos desesperados y muy próximos. Un débil resplandor la atrajo a la ventana. Corrió suavemente la cortina y miró por entre las tablas de la celosía.

Había dos figuras en un patio alumbrado a gas.

Cecilio dio un último golpe a Catherine y enrolló el cinturón. No se lo puso, lo conservó en la mano.

Ella estaba tendida en el suelo, con los pies y las manos atados.

La noche prefiguraba las del otoño, ya muy cercano, y las baldosas debían de estar heladas. Catherine, cubierta de sangre, tiritaba. Cecilio abrió un grifo y llenó de agua un balde. El choque del líquido helado arrancó otro grito de la garganta de la muchacha.

Berthe no podía apartar los ojos del cuerpo maltrecho. Le repugnaba y le dolía verlo, pero sabía que no iba a hacer nada por poner fin al espectáculo. Asistió, fascinada, a la cesación del movimiento en los miembros de Catherine, y al comienzo de la tos.

Durante horas, Cecilio mantuvo mojado hasta el último rincón de la piel de Catherine.

Amanecía cuando Madame Leonard salió de la casa y le ordenó llevar a su víctima a algún sitio abrigado.

Berthe se dejó caer en la cama, rendida.

Soñó escenas terribles en las que el señor Foucault descuartizaba a una niña y la devoraba trozo a trozo.

La alcahueta tuvo que sacudirla para que recobrara la conciencia.

—Lávate la cara y ven —le dijo—. Con el chico. Y con tu ropa.

La condujo hasta una habitación sin ventanas, en la planta alta.

Había dos camas. En una de ellas yacía Catherine, que respiraba con dificultad y sudaba.

—El médico dice que puede morir —explicó Madame Leonard—. Y que puede vivir. Hay que esperar. Si se salva, bien.

Si no, también. Tú la cuidarás hasta que esté bien. O mal del todo. Y después te irás a la Banda Oriental. Hay que conservarle la frente fría con paños mojados. Ahí tienes la palangana.

Berthe pasó una semana alerta, pendiente de Catherine. Charles, en el suelo, jugaba y se cogía a las faldas de su madre. Les servían comida allí.

Durante cuatro días, Catherine deliró, se quejó y dormitó. Ardía entera. Berthe sentía el calor a varios centímetros por encima de la sábana.

En la quinta jornada, tuvo unos minutos de conciencia.

—Tienes que vivir —le dijo Berthe.

—No para eso —respondió ella.

—Mejor un hombre que la muerte —optó Berthe.

—Ése no era un hombre.

—Mejor ese hombre que la muerte.

—No, no ese hombre. Mejor la muerte.

Y volvió a caer en el sueño.

Unas horas más tarde, la fiebre empezó a ceder.

Finalmente, abrió los ojos. Berthe volvió a insistir.

—Te salvarás —sostuvo—. Tienes que salvarte.

—No sé si quiero —cedió Catherine.

—Has de querer. Mejor diez hombres que la muerte.

—¿Diez?

—Mejor cien hombres, mil hombres, que la muerte.

Así esperaron al médico, que llegó para decir lo que Berthe sabía y recomendar una dieta especial y un mes de reposo.

Catherine quedó en los huesos.

Faltaba poco para que el mes de convalecencia acabara, cuando entró en la habitación Madame Leonard, miró a la joven y decretó su traslado al Uruguay, con Berthe.

—Si no sirve para puta, con la lección que ha recibido, te servirá para cuidar al chico —concluyó.

Berthe lavó y planchó las escasas ropas que su amiga, su hijo y ella misma poseían, y las preparó para el nuevo viaje.

—Mañana —auguró una noche la alcahueta.

Les hicieron bajar muy temprano al patio de carruajes. Esperaron de pie la llegada del coche que les llevaría al puerto.

El sol se alzó lentamente y un criado al que no conocían abrió el portón. Un moreno, joven y espigado, guiaba con soltura el carruaje, de un solo caballo y descubierto. Saltó del pescante y cargó el ligerísimo equipaje. Berthe se acomodó en su asiento y Catherine alzó a Charles para que su madre le cogiera.

Había puesto un pie en el estribo y se disponía a subir cuando, del interior de la casa, surgió Cecilio.

Nada ni nadie podía ya detenerle.

Llevaba un cuchillo de enorme hoja: el sol se reflejó en él durante un instante fugaz. Cecilio se lanzó sobre Catherine, paralizada por el terror. La cogió por el pelo y tiró de él hacia atrás, descubriendo y tensando su cuello, y pegó un tajo furioso.

Berthe buscó una señal en los ojos de la muchacha, una sola palabra callada, una despedida, antes de darse cuenta de que el chorro de sangre había bañado a Charles, sentado en su regazo.

Se persignó.

Cecilio marchó hacia la calle, sonriente, sin abandonar su arma.

Madame Leonard presintió que algo iba mal y asomó la cabeza.

Al ver lo sucedido, se acercó y consideró la situación en silencio.

El cochero amagó coger al niño y ayudar a Berthe a volver al suelo. Ella se lo impidió.

—No —dijo en castellano—, déjela ahí. Déme una mano con ésta.

Cogieron el cadáver de Catherine por debajo de los brazos y tiraron de él. Lo depositaron en el suelo, cerca del vehículo. La alcahueta no quedó satisfecha.

—Agárrela de las piernas —mandó—. Yo, de los brazos. No quiero que quede acá.

Tardaron en salir. Berthe buscó un paño en su bolso y limpió como pudo a Charles. También frotó su propia falda, pero era inútil: la sangre había empapado la tela.

El hombre regresó solo.

—La señora dice que la lleve a usted —explicó en su lengua. Berthe le entendió y experimentó un gran alivio.

—Nos esperan en el puerto —agregó el mozo.

—Vamos, por favor —murmuró la mujer.

28. La Rosada

> Acodado sobre la borda, la mirada se le hundía en las aguas de un pesado color marrón, henchido a veces por la muriente claridad de la tarde.
>
> Alfredo Varela, *El río oscuro*

Adormilada por el traqueteo del carro y la monotonía del paisaje, Berthe recordaba el agua espesa del río. Charles dormía, envuelto en una manta no muy limpia, encima de la carga informe del vehículo.

—¿Francesa? —preguntó el muchacho que guiaba, obligándola a girar la cabeza y mirarle.

Era robusto, algo grueso, de piel muy blanca y pelo recio, y tenía una voz clara y redonda. Seguramente, era menor de lo que parecía. Durante toda la tarde, desde la salida del puerto de Montevideo, había procurado una y otra vez hilar una conversación que Berthe veía imposible: ante cada tentativa, se encogía de hombros, haciéndose perdonar su ignorancia del idioma con una sonrisa. Ahora decidió responder, premiando su constancia.

—*Oui* —dijo, afirmando con un gesto.

—Sí —enseñó él, imitándola.

—Sí —repitió ella.

El caballo había elegido su paso. El chico llevaba las riendas sin esfuerzo. No metía prisa al animal.

—No —dijo, y negó, exagerando, desplazando la barbilla de un hombro a otro, resuelto a proseguir la instrucción de la mujer.

—No —aceptó ella, negando a su vez.

Él la observaba, satisfecho.

—Carlos —siguió, señalándose el pecho con el índice.

—Cag... los —secundó ella.

—No, no: Carrr... los.

—Caglos —abrevió Berta.

—No.

Avanzaron aún otra media hora antes de ver un pueblo, unos cuantos ranchos a un lado del camino, delante de uno de los cuales Carlos frenó al animal.

Mostró el cielo con un amplio movimiento del brazo.

—Noche —dijo.

Se llevó los dedos de una mano, juntos, hasta cerca de la boca. Los agitó allí hasta asegurarse de que ella entendía y luego reunió las palmas, apoyó una oreja en ellas y cerró los ojos.

—Sí —reconoció ella.

—Comer —pronunció él, y mostró nuevamente la boca y los dedos.

—Comeg —obedeció Berthe.

—Dormir —y unió las manos.

—Dogmig —dijo ella—. Francés.

—No. Dormir. Español.

—Misma cosa. Dogmig.

Les recibieron en uno de los ranchos y les sirvieron papas y carne cocidas y un tazón de caldo tibio. El pequeño Charles comió con ellos.

Cuando terminaron, Carlos, candil en mano, abrió camino hacia otro rancho, corrió la cortina de la entrada, se aseguró de que estuviese vacío y señaló el interior a Berthe.

Ella y el niño entraron. Había dos cueros de vaca y unas mantas en el suelo.

Antes de apagar la luz, Carlos completó la lección del día.

Con la boca abierta delante del candil, apoyó la lengua en la parte anterior del paladar y la hizo vibrar.

—...rrr...

Berthe remedó la experiencia.

—...rrr...

Se vio la alegría en los ojos del muchacho.

—Carrr... los —dijo.

—Carrr... los —alcanzó ella—. Berrr... the —añadió, con una mano sobre el busto.

—Carrr... los Escayola.

—Berrr... the Gardes.

—Berrr... ta —tradujo él.

Se levantaron al amanecer y siguieron viaje. Aún hubieron de pasar dos noches más en caseríos perdidos antes de llegar a Tacuarembó, a la hora de la siesta. Para entonces, Berthe Gardes conocía dos docenas de palabras castellanas. El resto habría de hacerse.

Carlos Escayola llevó a Berthe a la casa de Anaïs Beaux: tenía tres habitaciones, dos de ellas sobre la calle, y un patio con una letrina y un fogón techado.

Presentó a las dos mujeres con una sola palabra.

—Francesas —dijo.

Ellas se abrazaron sin énfasis, aunque con cierta remota ternura.

Había un hombre sentado a la mesa, con un paquete de cigarrillos, un mate y una pava delante. No se servía de nada de ello. Se estaba quieto, con las manos extendidas, considerándose las uñas, la mirada incierta y cansada. Levantó los ojos para ver llegar a sus visitantes, pero en seguida los devolvió a sus dedos.

—Él es Fortunato —mostró la llamada Anaïs, en francés.

Al oír su nombre, se incorporó con dificultad, callado, separándose del asiento por un instante, en un esbozo de saludo, y luego se dejó caer.

—Fortunato Muñiz —aclaró ella—. Nos vamos a casar. Pronto... Ven —indicó a Berthe—. Vamos a ver el sitio en que vas a trabajar. El coronel Escayola me pidió que te cuidara al chico...

—Charles.

—Charles. Carlos —tradujo Anaïs—. Tendrás que aprender español.

—He empezado. Carrr... los, Berrr... ta, candil, caballo, sí, no, frrrancés... —enumeró.

—Hombres —le recordó la otra.

—Hombrrres —aceptó Berthe.

—Puta.

—Puta.

Las dos rieron.

La calle estaba desierta bajo un sol tibio.

La Rosada era, según el coronel Escayola, un cabaret. Berthe lo vio por primera vez a su mejor hora, cuando de la noche sólo quedaba el olor agrio e inevitable de los líquidos derramados y fermentados en el piso de tierra, los taburetes, las mesas y los vasos sucios. A partir de las siete o las ocho, empezarían a llegar los clientes: los mejores, por generosos, eran los tratantes de ganado. Mujeres, había dos. Berthe sería la tercera. Cantaban como sabían o podían, escuchaban si a alguien se le ocurría hacerse cargo de la música, y estaban siempre a disposición de quien quisiera irse con ellas a la cama, en el fondo, cruzado el patio. Fueron hasta allí. Anaïs mostró a la recién llegada la que sería su pieza y abrió las puertas de las otras dos para revelar los rostros vencidos de las que allí dormían.

—Si te levantas temprano, podrás venir a mi casa para ver al niño cuantas veces lo desees —explicó.

Regresaron al salón.

—¿Quién es el muchacho, Carrrlos?

—Es hijo del coronel Escayola, el dueño de todo esto... Lo tengo a mi cargo casi desde que nació. Tiene once años y ya es un hombre. Igual cuidaré al tuyo, no te preocupes.

—¿No lo ve nunca su padre?

—Ni su madre...

—Lástima.

—No te apiades de él, que es fuerte. Debes pensar en ti.

—¿Qué tengo que hacer?

—¿No te lo han dicho?

—No.

—Acostarte con todos los que te lo pidan.

—¿Y ganaré algo con eso?

—Un peso de cada diez.

—No sé qué representa esa cantidad.

—Lo justo para pagar tu comida, tu ropa y tu alojamiento. Si algún cliente te da algo más, es cosa tuya. El precio es de un peso.

—Nunca voy a salir de aquí —comprendió Berthe.

—Por ahora, atiende a Charles. De lo demás, se ocupa el tiempo. Si hasta yo me voy a casar...

—¿Por qué dices eso?

—Yo fui famosa, querida. La puta más famosa de la región.

—Y conseguiste marido.

—No es gran cosa, pero es un marido. Ahora, es mejor que te pongas a fregar vasos, así están limpios para la noche. Los recibos los firmas más tarde.

—¿Qué recibos?

—Por los muebles de tu habitación, y por el vestido que te traerán luego. Ah... y no puedes comprar nada por tu cuenta... aquí hay de todo, y te fían si te hace falta.

Berthe pasó al otro lado del mostrador y se puso a lavar vasos, sin jabón, en un balde de agua helada.

—¿Así? —preguntó cuando hubo puesto a escurrir el segundo, sobre un paño grisáceo extendido en un estante, bajo la barra.

—Así —confirmó Anaïs Beaux—. Después, cámbiate... Ponte algo más ligero, ya me entiendes, ¿no?

Berthe Gardes no contestó.

29. El huésped

Aquello era un idilio seguramente...

Fray Mocho, *Viaje al país de los matreros*

Berthe le vio los ojos y pensó que eran demasiado limpios para mirar ese sitio. Sólo después se dio cuenta de que eran los ojos de un hombre.

Estela, su compañera de faenas, sentada a su lado, la golpeó con un codo, sobresaltada.

—¡El coronel Escayola! —murmuró.

—¿Cuál? —preguntó Berthe.

—¿Cuál va a ser? El gordo, el primero. Preparate...

La atención de Berthe se había fijado con tal intensidad en el más alto de los tres personajes, que sólo la advertencia de la otra la llevó a observar a los demás.

Estaban de pie en la puerta, como midiendo el salón. Escayola, unos pasos por delante, sonriendo, con barba de dos días y la camisa sudada. El alto, rubio, muy delgado, apoyado en el vano, con los brazos cruzados y un cigarrillo en los labios, parecía encontrarse lejos. El tercero era un tape casi tan ancho como alto, de facón al cinto, evidente cuidador del patrón.

Escayola hizo sonar las manos, como si llamara en el zaguán de una casa ajena. Estela corrió hacia él y le echó los brazos al cuello, llena de risas falsas.

—¡Traigan ginebra! —gritó el coronel, por encima del hombro de la mujer—. ¡Una mesa para mi amigo Germán Fis! —y se deshizo de Estela en un giro brusco: ya venía borracho—. ¿Y vos, quién eres? —preguntó a Berthe—. ¿La nueva? ¿La francesa? Ven, ven...

Cuando la tuvo cerca, le señaló un asiento.

—¿Cómo te llamas? —averiguó.

—Berthe —respondió ella, mirando a Frisch.

Escayola sorprendió su tendencia.

—¿Te gusta mi amigo? ¿Entiendes castellano?

—Poquito —dijo ella.

—Quedate con él. Es el nuevo dueño de mis campos de Ventura. De la estancia, vamos...

—Yo sólo represento a don Roque Díaz —le recordó Frisch.

—Es igual. ¿Vas a firmar vos? ¿Tienes vos la plata?

—Voy a firmar yo. Y la plata la tiene el Banco Español.

—En Montevideo. ¡Ah, qué gran ciudad! Lástima de Máximo Santos... ¿Te gusta la muchacha?

Frisch descubrió un pedido de amparo en los ojos de Berthe.

—Sí. Me voy a quedar con ella, si usted no tiene inconveniente.

—¿Cómo voy a tener? ¡Ginebra, carajo! —y golpeó la mesa.

Estela se apresuró a satisfacer al patrón. Frisch eligió sentarse entre Berthe y Escayola. Cuando trajeron la bebida, apenas si la probó.

Del patio entró Mercedes, la tercera pupila de La Rosada, una china gorda y perezosa que sonrió al ver a los visitantes.

—¿Por qué no tocas algo? —pidió Escayola a Frisch.

—¿Músico? —preguntó Berthe.

—Sí —le respondió él—. Pero no puedo tocar sin instrumento...

—Enseguida te traen una guitarra.

—Toco el bandoneón.

—No va a faltar en Tacuarembó un bandoneón... Y menos acá, en La Rosada... Lindor, andá a buscar un bandoneón... a la francesa se lo pides...

El bandoneón llegó cuando Escayola ya había bebido media botella de ginebra. Era un instrumento muy maltratado, pero sonaba. Frisch arrancó de él unas notas.

—¿Quiere irse? —susurró a Berthe en francés.

Ella no se sorprendió.

—No puedo más —susurró a su vez.

El alemán hizo oír una música triste, de un género que ninguno de los presentes hubiese podido nombrar, y la prolongó interminablemente. Todos entraron en una especie de sueño y guardaron silencio.

Frisch les quería serenos, desarmados, solos: les paseaba por unas notas graves, que se metían entre ellos como cuchillos, aislándoles, rompiendo sus lazos, y les sacaba luego a respirar por zonas más altas, indicándoles caminos divergentes. Dejó de tocar cuando comprendió que ya no estaban unidos, que dependían de él y de su bandoneón, que observaban sus manos, o clavaban la vista en el suelo, pero no buscaban complicidad ni consuelo.

Se detuvo de repente, al cabo de una lentísima sinuosidad que abría la esperanza de un compás diáfano, dejándoles con sed.

—¿Cuánto va a sacar este hombre de usted? —inquirió.

—Unos doscientos pesos al mes —calculó Berthe.

En aquel momento entró el abogado. Todos escuchaban a Frisch, que hablaba un idioma que sólo él y Berthe entendían. Únicamente él le vio.

—No voy a firmar —dijo, dirigiéndose al hombre, que se acercaba a la mesa.

—¿Qué carajo pasa? —preguntó entonces Escayola con dificultad. La ginebra le había puesto pesada la lengua. Buscó la solidaridad de sus siervos, pero únicamente encontró asombro.

—¿Cuánto quiere por esta mujer, coronel? —pidió Frisch.

—No sé... no la compré... no tiene precio.

—¿Quiere venderme esos campos?

—Claro, eso es lo que estamos festejando, ¿no?

—La escritura tiene que incluirla a ella.

El tape Lindor llevó la mano al facón.

—Quédese quieto —ordenó Frisch.

—¡Lindor! —reprochó Escayola—. El señor Fis es nuestro huésped.

—Hasta que firme, al menos —completó el alemán—. Berthe, vaya a buscar sus cosas.

—Tengo un hijo.

—¿Dónde?

—Acá, en casa de una amiga.

—¿Y qué está esperando? Vaya a buscarlo.

Berthe Gardes salió a la carrera.

—Usted, doctor, venga, escriba lo que haga falta en ese documento, incluyendo a la mujer y al chico, si es que su patrón quiere la plata.

—Me está chantajeando, Fis —dijo Escayola—. Escriba, doctor. Lo que él le diga.

El abogado se sentó y desplegó los papeles de la escritura sobre la mesa. De pronto, se dio una violenta palmada en la frente.

—¡Pluma y tinta! —reclamó—. Me olvidé...

—Usted —señaló Frisch a Estela—, el doctor le dará la llave del escritorio. Tráigale lo que necesita y no hable con nadie por el camino. Si viene la policía, no hay firma. Y Díaz no dará la orden de pago hasta que yo esté en Montevideo con la copia de la escritura.

—No hables con nadie, Estela —ratificó Escayola.

Las dos mujeres regresaron casi al mismo tiempo, Berthe con Charles, y Estela con la pluma y el tintero.

—Más o menos así: «En el acto de venta de los campos que certifica este documento, se incluye la de la mujer llamada Berthe Gardes y la de su hijo Charles, de cuya tranquilidad futura responde don Carlos Escayola, bajo pena de que se dé por nula toda la operación.» ¿Está claro?

—Sí, señor.

—Vine porque Díaz me lo pidió. Sabía que era usted un tipo inmundo y no me gustaba la idea de tratarlo, pero me alegro de haberlo hecho.

—Menos mal.

Estela se había vuelto a sentar y mantenía llena la copa de su amo. Escayola seguía bebiendo.

El abogado terminó de escribir cuando la muchacha acababa de abrir una nueva botella.

—¿Tiene un carro?

—No se lo va a llevar...

—Prestado. Podrá mandarlo buscar a Montevideo.

—Está bien. Estela, llamá a Carlos.

Nadie dijo una palabra hasta que el convocado se presentó.

—Es mi hijo —anunció, mostrando al muchacho—. Carlitos, al señor Fis hay que prestarle el carro.

—¿Y qué hago yo sin el carro?

—Nada. Ahora, dáselo.

—¿Quiere venir? —invitó el chico.

—Iremos todos —resolvió Frisch—. Usted no, coronel, me refiero a Berthe, su niño, Carlitos y yo. Los demás no hacen falta. Cuando tenga todo a punto, vendré a firmar.

Recorrieron los doscientos metros que les separaban de la cuadra en completo silencio. El muchacho de Escayola enganchó el caballo y lo sacó sujetando las riendas cerca del bocado.

—¿Se van? —el interrogante era para Berthe.

—Él nos lleva —afirmó ella.

El chico se volvió hacia Frisch y le sonrió. Una sonrisa perfecta, pensó el alemán, para que las mujeres no la olviden jamás. Una pena que él no las quiera: podría ser más feliz que otros.

—Lo jodió, al viejo —dijo.

—Eso espero.

—Necesita plata.

—Eso es una cosa. Que te toquen el culo es otra.

—Para él, no. Es una basura. No tiene orgullo.

Berthe se instaló en el pescante e hizo sentar a Charles en el piso de la caja. Los varones fueron andando. El más joven guiaba al animal.

—El blanco es mi caballo —dijo Frisch, señalando el palenque de La Rosada—. Atalo atrás mientras yo arreglo lo que falta.

—¿Sabe qué? —propuso Carlitos—. Mejor, usted va a caballo y yo llevo el carro. Así, después, lo traigo.

—Muy bien.

Frisch fue hasta la silla de su cabalgadura y hurgó en la alforja en procura de un revólver corto con el que solía viajar desde que Roque le confiaba sus negocios. Entró en el salón a paso vivo y con el arma en la mano.

La mantuvo amartillada en la izquierda mientras firmaba, y la pasó a la derecha cuando llegó el turno de Escayola. Recogió los papeles y fue retrocediendo hacia la salida, sin quitarle los ojos de encima al tape Lindor.

—Su hijo nos lleva a Montevideo, coronel —informó.

Montó a caballo y guardó la escritura de los campos, enrollada, en la camisa. La mujer, el niño, el joven Escayola, aguardaban su decisión.

—Vamos —dijo.

[30.

—Se non è vero, è bero trovato.

—*Es completamente cierto. Y lo es porque así me fue narrado en mi casa, de niño. Además, los datos coinciden: Berta Gardes estaba en La Rosada por esas fechas, que son las de la compra de los campos de Tacuarembó, donde yo nací, y ya puedes buscar y rebuscar en biografías de Gardel: no encontrarás una sola explicación coherente de su paso a Buenos Aires en el noventa y cuatro. Por otra parte, los documentos de aquella adquisición, en efecto, fueron firmados por Frisch en nombre de mi bisabuelo Roque. Desde entonces, ha habido dos sucesiones y la escritura original se ha perdido, pero existe un asiento en el registro de propiedades de Montevideo donde eso consta.*

—*¿Por qué crees que Frisch hizo eso? ¿Le atrajo mucho la mujer?*

—*Es lo que debe de haber pensado Escayola, pero yo dudo mucho que ésa haya sido la razón. Al menos, no era imprescindible. Él actuaba así porque era un hombre bondadoso y de sólida moral cristiana, como toda la gente de izquierdas de este mundo. Imagino que la vio desesperada y eso le bastó.*

—*Pero podía haberlo hecho con otras muchas mujeres...*

—*Veo que no me has entendido: Frisch no era Mishkin. Se conmovía ante el dolor ajeno, pero no se engañaba respecto del alma humana. Si sacó a Berta de allí, fue porque percibió algo en ella. A las otras dos, ni se molestó en mirarlas. No era un redentor de putas, sino un tío solidario.*

—*De modo que supones que no fueron amantes...*

—*No. Fueron amigos, eso sí. Y no descarto que hayan pasado alguna noche juntos. Pero nada más. Él se ocupó de Charles. No en la forma en que se había ocupado de Ramón, desde luego: ya no era tan joven, y su relación con Ramón fue realmente única en casi todos los sentidos: fue para él padre, madre, maestro y amigo. Con Charles hizo otras cosas. Mi abuelo sostenía que el niño había ido a la escuela gracias a Frisch. Hizo la primaria completa y con buenas notas. Hay pruebas de ello en el Colegio de San Estanislao, donde estuvo interno hasta mil novecientos cuatro.*

—*¿No vivió con la madre?*

—Al principio, apenas llegada a la ciudad, probablemente sí. En un conventillo de Uruguay y Piedad. Pero pronto se estableció en Buenos Aires su amiga Anaïs Beaux, ya señora de Muñiz, con un taller de planchado...

—¿Realmente?

—Esas denominaciones, taller de planchado, o de costura, solían disimular casas de prostitución. Circulaba una cuarteta alusiva: «La señora Rodríguez y sus hijas / comunican al público y al clero / que han abierto un taller de mamar pijas / en la calle Santiago del Estero». Es verdad. Pero también es verdad que alguien cosía y alguien planchaba en una ciudad con tantos hombres solos y con no pocas casas de clase media, llenas de hijos, en las que hacía falta alguna ayuda. No voy a decir lo que no sé. Lo que sí sé es que muy pronto Berta confió al pequeño al cuidado de una mujer llamada Rosa de Francini, que se encargó de él durante años. Después, vino la época del internado. Más tarde, ya en este siglo, parece ser que lo tuvo con ella un tiempo, en Corrientes y Paraná. Lo demás es absolutamente oscuro. En mil novecientos trece, Berta se presentó en una comisaría y denunció la desaparición de su hijo.

—Pero, en el trece, Gardel ya era muy conocido.

—Tanto como muy conocido, no. Había formado dúo con José Razzano y cantaban por ahí, en funciones de provincias o fiestas de comité. El dúo Gardel-Razzano no era ignorado por los entendidos, pero ni Berta tenía por qué saber nada de él, ni tenía por qué suponer que el apellido Gardel fuese una deformación del suyo propio, Gardes.

—¿Lo era?

—En cualquier caso, lo empleara quien lo empleara, lo era.

—¿Quién lo empleaba?

—Ya llegaremos a eso.]

31. Restos en la ardiente miseria

> Para nuestra Provincia ha llegado ya la época de modificar por completo el vicioso sistema.
>
> José Hernández, *Instrucción del estanciero*

Algunos llamaban Barrio de las Ranas a aquella extensa llanura cubierta de inmundicias que, en sus días de esplendor, había formado parte de la quinta de Navarro Viola, al suroeste de los Corrales Viejos, que no tardarían en convertirse en el Parque de los Patricios. El nombre popular, definitivo de la zona, derivó de su función: la Quema.

Aunque en sus tinieblas se refugiasen indigentes hostiles o ajenos a la asistencia pública y prófugos de la caridad que, entre padecer miseria en libertad y depender del Estado o de la beneficencia, elegían lo primero, era, en esencia, nido de escoria.

Su arquitectura de hojalata y cartón, erigida con latas de petróleo de la Standard Oil y cajas de azúcar de Tucumán, albergaba una masa heterogénea de negros, mulatos, mestizos, blancos e indios, dedicados en su mayor parte a la rufianería y la prostitución, el robo y el crimen, y que tomaban mate, vino y ginebra sentados en medio de inmensas montañas de basura, renovadas y aumentadas sin cesar por obra de los carros que la recogían en las calles y la depositaban allí.

Los desechos se quemaban con la misma constancia con que crecían. Un fuego perpetuo, diríase votivo, ardía con discreción bajo la capa más superficial de aquella cochambre, secándola y consumiéndola. De tanto en tanto, el viento lanzaba hacia la ciudad una marea de humo espeso y nauseabundo.

Había habido una época en que nadie pensaba en quemar la porquería urbana. Entonces, menesterosos de todo pelaje hurgaban entre los restos en busca de alimento: igual que los perros, de los que llegó a haber cuatro mil. Otros, más avisados, reunían lo necesario para cebar a unos cuantos cerdos. Luego, cuando se inició la callada hoguera, proliferaron los oficios sutiles: a los traperos de siempre se sumaron pronto los buscadores de oro perdido, los acopiadores de cobre y de plata, los pescadores de huesos. Todos eran cirujas, miembros de un estamento marginal que, antes de que el perseverante fuego lo engullera todo, sacaban del inconcebible montón, en el que tenían trazados seguros caminos de ceniza para no morir abrasados, lo suficiente para vivir y, en no escasas ocasiones, para acumular un capital que jamás emplearían.

En la Quema, los cirujas engendraron un universo, con sus códigos y sus sistemas de honra. Aquellos hombres que pasaban sus vidas respirando el humo del vertedero, durmiendo y comiendo sobre desperdicios, conocían el dolor y la pasión, el odio y la venganza. Ellos revelaron a la ciudad la existencia del asesino de niños.

En la tarde del 29 de abril de 1896, cuando revolvía una nueva pila de basura, un especialista en metales se topó con un torso infantil, ya chamuscado, y lo entregó a un basurero. Éste denunció el hallazgo en la Comisaría de Investigaciones. Al cabo de veinticuatro horas, otro minero encontró la correspondiente cabeza. Las piernas y los brazos aparecieron al cabo de una semana. Pertenecían a un bebé de días, de horas quizá.

En junio, también en la Quema y también descuartizado, se descubrió un segundo cuerpo.

Germán Frisch y Martí Oller tomaban café en la Esquina del Cisne, sentados junto a la ventana que daba a la acera de Artes. No eran amigos: simplemente, solían coincidir allí. A Frisch no le gustaba Oller. Le molestaban sus discursos sobre la muerte, su pesimismo y su renuencia ante la vida, la contradicción entre su interés por la técnica y su nula fe en el progreso.

Aquella mañana, Frisch contemplaba la calle y el inventor hablaba con entusiasmo del vitascope, el nuevo artefacto de proyección de Lumière, cuya exhibición en Buenos Aires estaba anunciada para fechas próximas.

—Vistas animadas —decía el catalán.

—La linterna mágica —desconfiaba el alemán.

—No, hombre, no. Mire: si usted fotografía a un hombre con la mano y el brazo extendidos así —e ilustraba la explicación con el ejemplo—, y luego le fotografía con la mano y el brazo, digamos, cinco centímetros más abajo, así —y hacía descender su propio brazo—, y luego le retrata otra vez con el brazo, por poner una cifra, otros cinco centímetros...

—Tengo una serie.

—Hasta ahí, muy bien: una serie de fotos de un hombre con un brazo y una mano extendidos, en las que nada cambia, de una a otra, salvo la postura de ese brazo y esa mano, el ángulo respecto del cuerpo...

—Ya, ya.

—¿Ya? ¿Por qué dice ya, si no sabe adónde pretendo llegar? ¿O lo sabe?

—No —confesaba Frisch.

—Entonces, escuche. Tiene las fotos, iguales pero distintas. Diez fotos, imaginemos, o quince. Mejor quince, que así las diferencias entre cada una y la siguiente son menores... Las pone juntas... una encima de otra, claro, en orden... ¿me sigue?

—Sí. En el orden en que fueron tomadas.

—Exactamente. Y las coge por un lado. Por el lado del cuerpo del hombre. Deja libre el lado del brazo, las coge por el otro, juntas, como si formasen un libro. Y las pasa como si hojeara un libro, con el pulgar de la mano que no tiene ocupada...

—... en sostenerlas, como si formasen un libro. Amigo Oller: no hace falta tanto detalle. Comprendo perfectamente lo que propone.

—Lo comprende, ¿no? Sabe, pues, lo que ocurre cuando las pasa como si hojease un libro. Mirándolas sin mover los ojos, por supuesto.

—No.

—Yo soy aburrido, Germán, pero usted es un ignorante.

—Puede. Pero siga, siga. ¿Qué ocurre si las paso así?

—Ocurre que ve al hombre mover el brazo. No lo ve, pero lo ve. Ése es el principio del vitascope —concluyó, triunfal, Oller.

—O sea...

—¿Sí?

—No entiendo.

Oller, desanimado, echó la cabeza hacia atrás y soltó un suspiro.

—No se preocupe —dijo—. Cuando lo vea funcionar, entenderá.

En ese momento entró Roque, con *La Nación* bajo el brazo.

—Buenos días —saludó, sentándose a la mesa.

Pidió café.

—Otro bebé —dijo, desplegando el periódico ante ellos.

—¡Coño! —se sorprendió Oller.

—¿En la Quema también? —averiguó Frisch.

—También. Y también descuartizado. Asesinado, descuartizado, y a la basura... —describió Roque.

—¿Quién será el hijo de puta? —se interrogó el alemán.

—O la hija de puta —le recordó Roque.

—A veces, las mujeres... —empezó Oller, pero se interrumpió.

Acababa de ver algo en la expresión de Frisch que le llevó a volver la cabeza en procura del objeto de su mirada.

Por Artes, desde el sur, se acercaba una joven a paso vivo. Al ver a Frisch, se detuvo y se giró. Una vez segura de encontrarse sola, retomó su camino sonriendo. Sonriéndole a él. Sin embargo, mantuvo el tono al pasar por su lado, sin alterar la marcha ni bajar el rostro. Frisch, en cambio, la siguió con la vista hasta que atravesó la calle y desapareció a la vuelta de la esquina.

—No tenía noticia de que te llamaran la atención las rubias —dijo Roque.

—No tenías por qué tenerla —confirmó Frisch—. Y ésta ni siquiera es linda, con esos ojos saltones...

—Pero te gusta.

—Le gusto. Y me gusta gustarle. Claro que como las negras...

—Ya tienes una —apuntó Roque.

—Querido gallego, te equivocás —se desperezó Frisch—. Tengo una mujer, eso sí, si es que la tengo, pero no una negra: Encarnación es mucho más que una negra: es cien, doscientas negras distintas, juntas...

—¿Y ya habla usted con esta muchacha? —intervino Oller.

—¿De dónde la has sacado? —Roque se sumó al acoso.

—Es del barrio. Vecina. Vive en Artes 65, al lado de casa. Con el padre y la madre, unos tanos flacos, muertos de hambre. El viejo debe de ser calabrés, siempre con cara de culo, mirando el suelo. No saludan, ni hablan con nadie. Ella tampoco, ni la hermana, que es igualita a ella pero mayor. Siempre van juntas.

—Lo cual equivale a decir que sus posibilidades son muy reducidas —calculó Oller.

—Sí, pero aunque no pase nada, me entretengo. ¿Sabe, don Martín, que ya tengo cuarenta y seis años? Eso me da derecho a perder el tiempo como se me antoje...

—Yo no quería... —intentó disculparse Oller.

—No haga caso, Martí —le interrumpió Roque—. Germán dice esas cosas porque está asustado. Encarnación le ha hablado de matrimonio...

—¿Y se va a casar con ella? —se asombró Oller.

Esta vez, Roque supo que el inventor había ido demasiado lejos. Tal vez él mismo, al tratar de disipar la irritación de Frisch, hubiese dado lugar al nuevo desliz.

—Sí. ¿Por qué? ¿Le parece mal? —la voz de Frisch sonó a navaja.

—No, no... —retrocedió Oller.

—Sí, le parece mal, no lo niegue —siguió el alemán—. Usted es de los que piensan que un hombre de bien no debe casarse nunca con una mujer como Encarnación, de su oficio. Mire, Oller, a lo mejor es cierto que yo soy un ignorante, aunque esté por demostrarse; lo que sí es seguro es que usted es un aburrido... Y que los tipos como usted nunca han podido acercarse siquiera a una hembra así, sin tener que rascarse el bolsillo. El resentimiento les cierra la garganta cuando se la imaginan en la cama de verdad, con un varón de verdad. Impotentes, eso es lo que son. Y envidiosos —se había puesto de pie, y señalaba a Oller con un índice terrible—. Yo me voy a casar con ella, y voy a vivir con ella. Vamos a vivir desnudos, abrazados. Y con todas las ventanas cerradas, para que no vengan a espiarnos. Nos vamos a casar en una iglesia, y ella va a ir de blanco. La gran ramera negra, de blanco. Hermosa como un sol negro, va a estar, inventor —Frisch, con los ojos húmedos, levantó la cara buscando el cielo—. Usted podrá verla desde la puerta, yo no lo voy a invitar. La va a ver y va a mirar a su mujer, esa franchuta helada y estéril, y se va a querer morir. ¡Le parece mal! ¡Qué lujos que se da!

De pronto, Frisch calló y se dejó caer en la silla. Parroquianos de mesas próximas le observaban con ansiedad, esperando que su estallido no se limitara a las palabras.

Roque llamó al camarero y le pagó.

Se puso de pie en silencio.

Frisch, inmóvil en su asiento, se miró las manos.

—Oller —nombró.

—¿Sí? —respondió el otro.

—¿Por qué no se va a la puta que lo parió? —dijo Frisch.

El inventor se levantó. Vacilante, desconcertado, apoyándose en la mesa, pidió el auxilio de Roque.

—Usted, Díaz, ¿está de acuerdo con su amigo?

Roque alzó las cejas, se rascó la barbilla y decidió darle aún otra oportunidad.

—Hoy, sí —dijo.

Oller no añadió una sola palabra. Se marchó con la cabeza gacha.

Roque volvió a sentarse y pidió dos ginebras.

—Me perturba mucho este asunto de los bebés —confió, señalando el periódico.

—¿Por qué? ¿Por qué eso y no otras cosas? Conocés la ciudad, viste de todo...

—Nada semejante a esto, creo. Si bien es posible que con los años el mundo me parezca peor.

—Es posible. Ya somos mayores.

—Tú no. Yo soy mayor, Germán.

—Tenemos la misma edad, si no recuerdo mal.

—Pero yo ya he vivido.

Levantó la copa e invitó a Frisch a hacer lo mismo.

—Por Encarnación —brindó.

—Gracias —aceptó Frisch.

32. La edad

> Aquella tarde, al aclarar definitivamente, se produjo en la ciudad un extraño fenómeno, sucedió como si cierta universal felicidad se respirara [...]
>
> Eduardo Mallea, *La ciudad junto al río inmóvil*

Pensaba Germán Frisch que había que detenerse para ver pasar el tiempo, y que Ramón no tenía motivo alguno para detenerse. Los acontecimientos de su vida no pertenecían por entero a su vida: eran hechos externos, producidos por otros, esperados, vividos y recordados de modo tal que se presentaban a la memoria como contemporáneos. La distancia o el olvido están reservados a la felicidad o al duelo, a las pasiones o a las heridas, a aquello cuyo lugar no puede ser compartido, y que sólo puede situarse en lo sucesivo; lo demás, sea cual fuere el momento en que haya ocurrido, próximo o remoto, aparece siempre en un mismo plano. Las marcas de lo intenso, de la elección, de la renuncia, componen la edad. El resto es transcurso, degradación.

Lo había pensado Frisch el 28 de julio de 1896, en el Teatro Odeón, al que asistiera en compañía de Roque, Piera, Encarnación, Ramón y Mildred, para ver la primera exhibición en Buenos Aires de *La llegada de un tren*, de los Lumière. En el vestíbulo, uno más en la multitud curiosa, habían encontrado a Martí Oller. El inventor saludó al grupo y se dirigió a Frisch, ignorando su desprecio.

—Ahora verá cómo funciona el aparatito —dijo.

—Yo soy un espectador, Oller —explicó Frisch con paciencia—, y vengo al teatro a que me engañen, no a averiguar cómo me engañan.

La conversación había sido interrumpida por la llamada al público.

La gente se había apresurado a ocupar sus asientos, con la sensación de estar ante la gran ocasión de su vida. Era así, pero la mayoría no se daría cuenta jamás.

En la penumbra de la sala, Frisch observó a los otros. Oller miraba al proyector; Mildred, Ramón, Piera y Encarnación, a la pantalla; Roque dividía su atención entre las imágenes y el perfil atento de Piera.

Oller está enfermo, pensó. Roque es un hombre cansado, pensó. Ramón tiene ya veintiún años, pero la serenidad de su existencia le hace mucho más joven. Las mujeres, que lo saben todo, son niñas, niñas pequeñas en el circo, deslumbradas. La paz, pensó, siempre es perecedera.

La locomotora de los hermanos Lumière había empezado a acercarse.

Había habido chillidos y risas, sin que ni los unos ni las otras detuvieran la marcha de la máquina. La más fuerte de las voces había sido la de un hombre, de pie en un palco.

—¡Se viene encima, carajo! —gritó—. ¡Rajemos!

Y, dando un salto, se arrojó a la platea. La cinta terminó y dieron las luces. El hombre había quedado tendido, en una postura inconcebible, con el cuello roto. Un vigilante, avisado por algún espectador, había entrado a la carrera en la sala.

Ahora, tres meses más tarde, volvía Frisch a considerar la figura de Ramón, un Ramón que no le había visto llegar y al cual contemplaba desde el zaguán de la casa de Alsina, descubriendo en él un aura nueva. Ignorante de la mirada del amigo, lavaba con agua de tabaco las hojas de una planta con moho. Algo hacía de él, en aquel instante, un ser distinto del adolescente fascinado por la película de los Lumière.

—Buenos días —dijo Frisch, revelando su presencia y saliendo al sol del patio.

—Germán —respondió Ramón, secándose las manos en los pantalones y sonriendo—, te esperaba. Lástima no tener un teléfono. Hay novedades.

—Si me vas a hablar de la luz eléctrica, ya sé que la van a poner el mes que viene. Me lo dijo tu viejo.

—También quería hablarte de eso, pero no es lo más importante.

—¿Puede haber algo más importante que la luz?

—La vida.

—¿Y eso?

—Germán: Mildred está embarazada.

—¡Carajo! ¡Eso sí que es una noticia! ¿Dónde está esa mujer, que quiero darle un abrazo? ¡Otro Díaz! Porque va a llevar tu apellido... te casarás, ¿no?

—Por supuesto: esta sociedad no da para más. Será Germán Díaz, si es varón.

—Debería llamarse Roque.

—Nada de eso: el abuelo aborrece su nombre.

—¿Y si es nena?

—Teresa.

—¿De dónde sale?

—De Piera. Se llama así, Teresa, aunque pocos lo sepan.

—Es un bonito nombre. ¿Y Mildred?

—Con ella, con Piera, de compras.

—¿Para cuándo se anuncia la criatura?

—Para primeros de junio. Vamos a tomar unos mates...

En la cocina, cebaron mate. Ramón echó un largo chorro de ginebra en el agua caliente de la pava.

—¿Matrimonio laico? —preguntó Frisch.

—¿Con una irlandesa? Son peores que las gallegas, Germán. Nacen en las sacristías, y no importa cuánto las aleje su vida de la iglesia, en los momentos trascendentales regresan siempre a ella. Tendrá que ser con cura.

—Hay que buscar uno.

—No hace falta. Ya tenemos. Nos casará aquí, en casa.

—¡Joder! Cobrará una barbaridad.

—Ni un centavo: es cliente de lo de Piera.

Les costó dejar de reír: la risa de Frisch se contagió a Ramón y, cuando uno cedía, era devuelto al círculo por la visión del otro.

—¿Cuándo pensás hacerlo? —averiguó finalmente Frisch.

—En el registro civil, tenemos hora para el 2 de noviembre, el día de mi cumpleaños.

—Que será...

—... el número veintidós.

—¿Y Mildred, qué edad tiene?

—Veintinueve.

—Es mayor que vos.

—Ahora, no. Fue mayor, pero ahora tenemos la misma edad.

—Dentro de veinte años, volverá a ser mayor.

—Para eso, Germán, faltan veinte años. Nuestro hijo será casi como yo en este momento.

—Tenés razón. Será un hombre. O una mujer.

Al separarse de Ramón, Frisch caminó hacia Miserere. Rodeó la plaza y enfiló hacia lo de Piera. Era temprano, apenas pasado mediodía, y la casa debía de estar tranquila.

Le abrió Juan Manuel.

—Vengo a ver a tu hermana —anunció Frisch.

—Está arriba. Me parece que todavía duerme.

Encarnación no dormía. Se había bañado y se arreglaba el pelo ante el espejo. Frisch entró sin llamar y ella le sonrió desde el azogue.

—Encarnación —dijo él, sentándose en un taburete junto al tocador y mirándola con ansiedad.

—¿Qué te pasa? ¿No pensás darme un beso? —reclamó ella.

Frisch no le hizo caso.

—¿Por qué no lo hacemos?

—¿Qué?

—Casarnos.

Encarnación se levantó, puso las manos sobre los hombros de Frisch y le miró a los ojos.

—Hasta ahora no lo hicimos porque vos no me lo pediste. Yo sí que te lo pedí a vos... ¿te acordás?

—¿Cómo no me voy a acordar? Creí que vos te habías olvidado. Pero no importa, te lo pido, ¿querés? —no había separado su mirada de la de ella.

La mujer dio un paso atrás y volvió a sentarse frente a él, las manos aún en sus hombros.

—¿Estás seguro, Germán? ¿Por qué justo hoy? En vos, no tendría que sorprenderme nada: tardaste como diez años en verme... Y ya sé que no te asusta casarte conmigo. La verdad, sé que te pone orgulloso...

—Eso es cierto, pero yo nunca te lo dije.

—Me lo dijo Roque. No te enojes con él..., me contó tu pelea con el inventor.

—¡Qué hijo de puta!

—Al contrario, al contrario. Me lo contó un día que yo estaba muy triste, y me hizo muy bien. Yo, a veces, pienso cosas, pero... quiero decir que me parece que si estás orgulloso es porque no te faltan razones: no se tiene porque sí a una mina como yo.

—¿Y entonces?

—Nada... ¿Por qué justo hoy?

—Ramón y Mildred van a tener un hijo... Es como si fuera a nacer un nieto mío, ¿te das cuenta?

—Lamentás no tener hijos, ¿no?

—Ramón es hijo mío también, no es eso...

—Son los años, Germán. Yo tampoco soy joven...

—Sí, deben ser los años... Pero, por lo que sea, es lo que deseo hacer, Encarnación. ¿Querés casarte conmigo?

—Claro que quiero, sonso.

—Vámonos, venite conmigo.

—Digamos... pasado mañana. Tengo que despedirme, preparar mi ropa, hacer cuentas con Piera... Junté bastante plata, ¿sabés? Entre esta noche y mañana, termino. ¿Vos no me vas a saludar hoy? —reclamó tomando a Frisch de las manos y obligándole a dejar su asiento.

Se abrazaron con fuerza. Encarnación sintió en el centro del cuerpo que el hombre que le lamía los labios y le separaba las nalgas con una unción y una delicadeza que ella había intuido desde el principio, hacía tantos años, al verle inclinado sobre el bandoneón —unción y delicadeza que aún le hacían dudar de que perteneciera a la misma especie que los clientes del burdel—, acababa de poner en sus manos el resto de su existencia. Lo sintió como un golpe de sangre. Había esperado aquello sin fe, y le llegaba como debe de llegarle el aire al que se ha estado ahogando en un sueño.

—Germán —pidió—, llevame a la cama.

Se desnudaron sin separarse, acariciándose y mordiéndose.

—Hace mucho —dijo ella— que en este cuarto no entra nadie más que vos.

Él le besó el cuello.

33. El Bruto

> Lo cotidiano, sin embargo, ¿no es una manifestación admirable y modesta de lo absurdo?
>
> Oliverio Girondo, *Carta abierta a «La Púa»*

La larga cuerda de la desgracia había empezado a enredarse antes de que Frisch propusiera matrimonio a Encarnación. Tres días antes. A las doce de la noche de un lunes, las puertas de la Penitenciaría Nacional de la calle Las Heras se abrieron para dejar en libertad a Celestino Expósito, El Bruto, al cabo de quince años de condena por un doble homicidio.

El Bruto era un hombre sin pasado: desde que se tenía memoria de su existencia, era protagonista de una única escena, repetida una y otra vez: la escena de la muerte. Era como si nunca hubiese tenido una edad anterior a la de la fuerza y la mala fe, y, sea que estuviese saciado, agazapado o golpeando, cada época de su existencia estaba ligada a un crimen. Saciado por un instante quince años atrás, había pasado todo ese tiempo agazapado. Salía decidido a golpear.

Celestino Expósito asesinaba por resentimiento, por rencor, porque sí, y por dinero. En ocasiones, había estado semanas y meses sin recibir un encargo. En esos periodos, había vivido de las mujeres, que no cedían a sus pretensiones por amor ni por contrato, sino por miedo. Algunas habían visto morir a sus rufianes, y no querían seguir su mismo camino.

Cuando el Bruto se encaprichó de ella, Encarnación Rosas era menor y pertenecía a un mulato oriental, Lindor Godoy, hombre duro y resuelto, que la había puesto en un quilombo del Parque. Expósito entró en su habitación una tarde y actuó como actuaba siempre y con cualquier mujer: la hizo poner sobre la cama con las piernas muy abiertas, se arrodilló en medio sin deshacerse de una sola prenda, se desabrochó el pantalón, sacó de él un miembro largo, fino y rosado, penetró en ella inclinándose apenas, se movió un par de veces, mientras Encarnación consideraba la cochambre de su sombrero, lanzó un suspiro ronco y saltó de la cama. Sólo que en aquella ocasión, aunque la perjudicada lo ignorara, lo que él entendía por satisfacción le había costado menos esfuerzos, menos flexiones que de costumbre: ella le gustaba de verdad.

Regresó al día siguiente. No le hizo falta subir a la cama ni hacer gesto alguno: tan pronto como la vio desnuda, se abrió la bragueta con mano rápida y mojó el suelo y un muslo de Encarnación. Mientras ella se limpiaba, él se abotonó la chaqueta, se echó la chalina al hombro y salió.

Se detuvo ante la garita del encargado.

—¿De quién es la negra de la pieza del fondo? —averiguó. El encargado le miró un instante, recordó su fama y respondió sin vacilar.

—Del señor Godoy.

—¿Godoy?

—Lindor Godoy.

—¿Adónde para ése?

—No sé. Acá, viene los viernes.

—Mañana es viernes.

—Sí, señor.

—Hasta mañana.

Al caer la noche de la tercera jornada, Expósito se presentó en el burdel y preguntó si había llegado Godoy.

—No. Todavía no —dijo el encargado.

El Bruto se sentó a esperar en el vestíbulo. Los clientes entraban y salían sin reparar en su persona. Él les miraba, miraba al sujeto de la garita y volvía a fumar una vez les descartaba.

A las diez llegó Godoy. Era más alto que Expósito, y nada lerdo con el cuchillo. Pero vivía demasiado confiado. Cuando apareció en la puerta, el encargado intentó advertirle que corría peligro: su esfuerzo se quedó en unas muecas. Godoy no le hizo caso.

Celestino Expósito, en cambio, comprendió que aquél era el hombre.

Se levantó y dio un paso hacia él.

—¡Godoy! —dijo.

—El mismo —acordó el otro.

—Por las buenas: quiero comprarle la negra del fondo.

—Ni por buenas ni por malas, amigo: no tiene precio y no la tengo en venta.

—Entonces, defiéndase.

Fue una salida retórica. El Bruto no daba a nadie, nunca, y no dio entonces a Godoy, oportunidad de defenderse. Soltó las palabras a la vez que lanzaba el acero. Godoy, el brazo derecho echado hacia atrás en vana procura de su facón, el izquierdo aún bajo, le ofreció el estómago. La hoja entró por encima del ombligo y se abrió camino hacia arriba hasta tocar el corazón. La velocidad del movimiento permitió a Expósito recobrar el arma antes de que su víctima empezara a caer.

—¿Y vos? —interrogó, volviéndose hacia el encargado—. ¿A quién le hacías caras, maricón?

—¿Caras, señor?

—Caras. Con esa cara. Con esa jeta que te voy a borrar.

Se la borró. La herida del pecho fue al final, cuando el rostro era ya una mancha roja.

Entonces fue a buscar a Encarnación.

Encima de ella bufaba un gordo sin afeitar con unas nalgas anchas y blancas, en una de las cuales entró el cuchillo sin dificultad. El Bruto lo retiró y mostró la punta ensangrentada.

—Demasiada mina para vos —dijo, señalando los pantalones del otro con la mano armada.

El gordo entendió lo que se le pedía: recogió la prenda y salió con la intención de ponérsela fuera.

—Vestite —ordenó Expósito a Encarnación.

—No tengo con qué —explicó ella—. Acá no nos dejan ropa... Godoy me compró un vestido, pero me lo tienen guardado para cuando él me saca.

—Entonces, vení así.

La levantó, sujetándola por la muñeca, y la empujó hacia la salida.

Tenía dos caballos en el palenque.

No esperó a que montara: la subió, tomándola por la cintura, y, al ver que alrededor, a la luz de los faroles de gas, la gente se detenía a contemplar el espectáculo de la espléndida negra desnuda, la cubrió con su chalina. Después, ocupó su silla y se puso en marcha al paso.

Pasó un largo cuarto de hora antes de que en la zona se dejara oír el silbato de un policía, y algo más antes de que dos hombres de uniforme entraran en el burdel y encontraran los cadáveres.

El gordo de la herida en el culo estaba echado, boca abajo, en el suelo del corredor: Expósito debía de haber cortado alguna arteria, porque había perdido sangre a chorros, ensuciando las paredes, y no podía moverse.

Llamaron a un médico.

—¿Qué pasó? —preguntó uno de los policías.

—Un hijo de puta —resumió el gordo—. Yo lo conozco.

Él acusó al Bruto y lo mandó a la cárcel. Pero eso fue más tarde.

Primero, Expósito tuvo a Encarnación en su rancho, más allá del Maldonado, durante cerca de un mes. Él tampoco le compró un vestido. Prefería verla moverse y a veces la acariciaba. En sólo dos ocasiones pudo pasar de eso, y fue a oscuras. A la luz, la belleza de la mujer lo arruinaba todo.

Un día, el Bruto se cansó de esa situación, que dejaba su virilidad en mal lugar y le obligaba a pasar demasiadas horas en espera de que se le secaran los pantalones. Había oído hablar de una recién llegada que había puesto un quilombo por su cuenta. La fue a ver una mañana.

Se quitó el sombrero para hablar con la dueña del nuevo prostíbulo.

Era un mujer hermosísima, que le recibió en un salón sin ventanas, donde no había otro mueble que el sillón en que ella misma se sentaba. Expósito no tuvo más remedio que hablar de pie, jugando con el chambergo: se sintió ridículo.

—Tengo una mujer —declaró.

—Ajá —dijo la patrona.

—Bonita.

—Ajá.

—Negra.

—Ajá.

—Quiero venderla.

—No compro.

—A lo mejor, si la ve, cambia de idea.

—¿Dónde está?

—En casa.

—Tráigala.

—No tiene ropa.

—¿Y cómo llegó hasta su casa?

—Desnuda. De noche.

—Ajá...

La mujer consideró las circunstancias. Tenía noticia de los hechos del Parque, pero le costaba creer que aquel individuo fuese tan torpe.

—¿Está lejos? —averiguó.

—Por el arroyo.

—Es lejos. ¿Sabe qué vamos a hacer? Voy a confiar en usted y darle un vestido. La viste y me la trae.

—Como quiera.

Expósito tardó tres horas. Volvió con Encarnación.

Les atendió una vieja, que les hizo pasar al mismo saloncito en que él había estado antes. Encarnación se sentó.

La dueña entró a los pocos minutos, sonriendo.

—Levantate —mandó el Bruto a Encarnación.

—No hace falta —la detuvo la mujer—. Déjenos solas, señor... No me dijo su nombre.

—Expósito.

—Expósito. Déjenos solas.

—¿Para qué?

—Para conversar un rato. Si no, ¿cómo voy a saber si me interesa?

—Pueden hablar delante mío.

—Así, no hay trato.

Se giró para marcharse. Expósito la detuvo cuando ya había puesto la mano en el pomo de la puerta.

—Está bien —cedió—. Hablen.

—Espere afuera.

El Bruto salió y la mujer fue a arrodillarse en el suelo, junto a Encarnación. Le tomó las manos.

—No tengas miedo —dijo—. Me llamo Piera y estoy de tu parte. Yo no compro mujeres —vio la desconfianza en los ojos de la otra—. No tenés por qué creerme —reconoció—. Pero peor de lo que estás no podés estar, ¿no?

—No.

—Entonces, decime la verdad.

—¿Qué?

—¿Éste es el que mató a Godoy en el Parque? ¿Vos eras de Godoy?

—Sí.

—Entonces, esperame.

—¿Qué va a hacer?

—Voy a acabar con él.

Un escalofrío recorrió la espalda de Encarnación.

—¿Lo va a matar?

—No hace falta.

En el vestíbulo, se acercó a Expósito y le pidió que aguardase aún un momento. Desapareció tras unas cortinas.

Fue a paso rápido hasta una habitación del fondo y llamó suavemente a la puerta.

—¿Quién carajo es? —protestó una voz ronca.

—Soy Piera. Vístase rápido y ábrame. Es cosa de vida o muerte.

El que abrió era un hombre corpulento, de grandes bigotes rubios y rojos mofletes. Estaba en calzoncillos. La muchacha que le acompañaba se había sentado en la cama.

—¿Qué pasa que no pueda esperar? —reclamó él.

—Comisario —respondió Piera—. ¿Le gustaría agarrar al asesino del Parque?

—¿A quién no? ¿Vos sabés algo de eso?

—Lo tengo ahí afuera.

—¡Mierda!

—Apúrese. ¿Tiene pistola?

—Tengo. Pero con ése, no sé si basta. Necesito gente.

—Vaya a buscarla.

—Tengo un vigilante en cada esquina.

—Salga por la puerta de atrás. Mientras, yo lo entretengo.

El Bruto se estaba poniendo nervioso, pero se serenó al ver a Piera con un montón de billetes en la mano.

—¿Cuánto quiere? —sonrió.

—¿Le gusta?

—Me gusta.

—Ochocientos pesos.

—Es demasiado.

El regateo no duró mucho. Terminó cuando en el lugar irrumpieron el comisario y dos policías de paisano.

Piera se quedó ahí, sin decir palabra, hasta que se lo llevaron.

Encarnación no se había movido y, al verla, suspiró.

—Ya está —dijo Piera.

—¿Qué está?

—Esa basura. Se lo llevaron preso.

—¿Y si lo sueltan? —se sobresaltó Encarnación.

—No lo van a soltar.

Piera observaba a la negra con interés. Se acercó a ella, le olió el pelo y le pasó los dedos por el cuello.

—Desnudate —dijo.

—¿Otra vez?

—Es sólo para verte. La ropa es tuya. Acá no se queda nadie que no quiera quedarse.

Encarnación obedeció.

—Sos linda de verdad —comprobó Piera—. Vestite. ¿Tenés familia?

—Un hermano —reveló la otra—. No sé dónde está.

—Lo vamos a buscar. ¿Cuántos años tenés?

—Dieciséis, me parece.

—¿Sabés leer?

—No.

—Hay que aprender a leer, nena. Y a escribir. Si no, siempre vas a estar jodida.

Habían pasado quince años desde aquella tarde.

Fuera de la cárcel, Celestino Expósito tardó tres días en dar con Encarnación. Durmió a ratos, en pensiones de mala muerte, y apenas si comió, en fondas en las que se entretuvo preguntando.

No buscaba a Encarnación, sino a Piera. Durante el juicio, le había llegado el nombre. En la cárcel, alguien le había explicado que era más fácil encontrarla a ella que a la negra. Anduvo por la Boca y por los piringundines del Temple, sin resultado. Finalmente, recaló en El Vasco, café de Barracas en el que más de una vez había tocado Frisch.

Fue un parroquiano con unas copas de más quien le habló de lo de Piera y le indicó cómo llegar. «Pero póngase elegante para ir», le dijo, «y lleve plata: es un sitio especial.»

Roque, que tenía algunos negocios en la zona, estuvo en El Vasco a la mañana siguiente.

—¿Se acuerda de un tipo al que le decían el Bruto, don Roque? —soltó de pronto el camarero al poner la copa en la mesa.

—Sí, me acuerdo —Roque conocía la historia—. ¿Por qué?

—Lo dejaron salir, se ve. Ayer anduvo por acá, haciendo preguntas.

Roque sintió que se le retorcía el estómago y tragó de un golpe la ginebra.

—¿Qué preguntó?

El camarero se inquietó al verle los ojos.

—Nada que ver con usted, don Roque... —pretendió serenarle—. Iba detrás de una mujer, no sé.

Roque llevaba caballo. Atravesó la ciudad al galope, con el corazón en la garganta. El animal se detuvo a la entrada de lo de Piera con los ijares en carne viva y el belfo lleno de espuma.

El portón estaba abierto de par en par, como la puerta de la casa.

Roque comprendió que había llegado tarde.

Piera estaba sentada en el vestíbulo, en compañía del mismo hombre rubicundo y bigotudo que mucho tiempo atrás había detenido a Expósito. Ahora era casi un viejo.

En la expresión de Roque, Piera leyó su conocimiento y su dolor.

—El comisario Marquina —presentó.

—Nos conocemos —dijo Roque.

—¿Sabe por qué pasó esto, don Roque? —confió el policía—. Porque yo soy un cagón. A ese tipo tenía que haberlo matado en cuanto lo vi.

—Tal vez —aceptó Roque—. ¿Dónde está ahora?

—Muerto —informó Piera—. Lo maté yo.

—Olvídelo, señora —recomendó el comisario—. Lo maté yo. Evítese complicaciones.

—Primero, que Roque lo sepa. Después lo olvidaré.

—¿Cómo fue?

—Vino. No dio tiempo a nada. Tita estaba en el salón, haciendo sus cuentas.

—Germán la llama Encarnación —apuntó Roque—. Además, ése es su nombre.

—Lo era —recordó Marquina.

—Estaba en el salón —siguió Piera—. La oí gritar. Gritó mucho... No pudo matarla enseguida. La persiguió y le fue dando puñaladas... No te podés imaginar lo que es eso, hay sangre por todas partes... Yo bajé con la pistola que vos me diste. Casi se me cae. Salí a la escalera y lo vi, lo vi degollarla, Roque, ¿te das cuenta?

Piera seguía sentada, pero había puesto sus manos en las de Roque y grandes lágrimas corrían por sus mejillas.

—¿Te das cuenta? —repitió.

—Me doy cuenta —accedió Roque.

—Entonces tiré —terminó, lacónica, Piera.

Roque la tomó por los hombros y la obligó a levantarse.

—Vamos adentro —dijo.

—No, ahora no —pidió ella.

—Vamos adentro —insistió Roque—. Ahora.

El espectáculo era peor de lo que había imaginado. Había muebles y cristales rotos y sangre por todas partes. Alguien, quizá Marquina, que ahora les seguía, callado y culpable, había arreglado los cuerpos. El de Expósito estaba tapado con una cortina roja. El de Encarnación, con una sábana blanca. De rodillas en el suelo, a su lado, Juan Manuel lloraba en silencio.

Piera se volvió y escondió el rostro en el hombro de Roque.

—No —rechazó él—. Quiero que mires bien este salón.

—¿Por qué? —suplicó ella con la cara húmeda.

—Míralo, por favor.

Piera dejó vagar la mirada por las mesas y las sillas caídas, los espejos y los tapices manchados.

—Es la última vez —dijo Roque—. Está cerrado. Para siempre.

—No puedo irme así.

—Puedes. Te vienes a vivir conmigo.

—Las chicas se quedan en la calle...

—Les regalas el local. Que lo vendan y se establezcan en otro.

—¿Y la plata?

—Yo tengo para los dos.

—Dame tiempo, Roque.

—Dos o tres horas. El rato que me lleve hablar con Germán.

—Don Roque tiene razón, señora —intervino Marquina—. Cuando la fatalidad llama a una puerta...

—Prepara tus cosas, Teresa —dijo Roque—. No tardaré. Esta noche duermes en casa.

Ella no discutió más. Roque la vio perderse escaleras arriba.

Marquina conocía el nombre de Piera porque le había extendido más de un documento, pero le desconcertó oírlo en boca de Roque.

—¿Teresa? —quiso asegurarse.

—Piera se acabó. Mi mujer se llama Teresa —dijo Roque.

Dejó al comisario rumiando viejos errores.

En camino hacia el centro, pensó en Tita, en Encarnación, en Piera, en Teresa, en la gente a la que la muerte devolvía el nombre.

34. El precio de las cosas

> Luego es ceniza y sórdida alborada,
> el derrotado sueño, el pozo herido
> de una sola cabeza en una almohada.
>
> Julio Cortázar, *El simulacro*

Frisch no estaba en Artes 63. Roque encontró brochas y potes de pintura y paredes a medio reparar, y el agua para el mate todavía caliente. Fue a buscarle a la Esquina del Cisne.

—¡Un corazón a la derecha! —anunciaba un parroquiano asombrado en el momento en que entró Roque.

—¿Dónde? —preguntó otro.

—Acá, viejo, acá —aclaró el primero—. Está en el diario. ¿Y sabe dónde lo encontraron? En el fiambre de un preso, el médico que hace las antosias en la cárcel de Las Heras.

—Las autopsias —corrigió un tercero.

—Eso.

De una mesa de junto a la pared se levantó Oller.

—Propongo un brindis —dijo, levantando su copa—. Por el corazón de la penitenciaría. Un país no es un país si no tiene un corazón a la derecha.

Roque fue hacia el mostrador sin hacer caso de nadie. Ahí estaba su amigo.

Le miró de lejos con ternura: Frisch, abstraído, los codos en la barra, los hombros alzados, un pie cruzado sobre el otro, un cigarrillo apagado entre los dedos, bebía. Con aquella ropa manchada de pintor, el pelo rubio rumbo al gris, parecía cansado y hasta viejo.

Roque le dio una palmada leve en la espalda.

—Buenas tardes —dijo.

—Buenas —respondió Frisch, sin volverse, estudiando el rostro de Roque, enmarcado por una botella de vino y una de *grappa*, en el espejo del otro lado del mostrador.

Habían pasado muchas horas conversando así, juntos, observándose en los espejos de los cafés.

Roque pidió ginebra. Dos copas.

—Germán —dijo—. Ha sucedido algo.

—¿Bueno o malo?

—Malo.

—¿Con muerte o sin muerte?

—Con muerte.

—¿A quién de los dos le toca?

—A ti.

Sólo entonces Germán Frisch se giró. Roque hizo lo mismo. Quedaron frente a frente, los ojos en los ojos.

Frisch puso las manos sobre los hombros de Roque.

—¿Encarnación?

Roque comprendió que, si bajaba la vista, el alemán se derrumbaría. Sostuvo la mirada.

—Sí —dijo.

Frisch volvió a pegarse a la barra. Tragó su ginebra y pidió otra. Roque esperó por él en el espejo durante el larguísimo rato en que permaneció callado. Finalmente, alzó la cabeza, regresó.

—Está bien —se sometió—. Cómo fue.

—La asesinaron.

—¿Un cliente?

—Hacía mucho que no recibía clientes, Germán. Tú deberías saberlo.

—Lo sé. Pregunté por preguntar.

—Fue el Bruto.

La mano de Frisch se descargó con furia sobre la mesada de estaño, haciendo saltar copas y jarras, e imponiendo silencio a los presentes.

—¡Hijo de puta! ¡Chupatintas hijo de puta! ¡Me aseguró que no iba a salir hasta el año que viene!

—¿Un abogado?

—Claro. ¿A quién iba a preguntárselo? Hace un siglo que espero la salida del Bruto para madrugarlo. ¡Me jodió!

Frisch cogió de encima del mostrador una botella de ginebra y dos copas y fue a sentarse a una mesa. Roque se acomodó delante de él.

—¿Escapó?

—También está muerto. Teresa le pegó un tiro.

—¿Teresa?

—Piera. Desde hoy, es Teresa. La casa está cerrada. Para siempre.

—Eso es bueno. Alguien tiene que casarse.

Pasó más de una hora sin que Frisch pronunciase una sola palabra. Roque aguardó sin alterarse. Podía haber estado así todo el día, pero no hizo falta: el alemán habló.

—¿Sabés, gallego? Hubo momentos verdaderos con Encarnación. Ningún amor es constante, pero éste fue más constante que la mayoría. Noches, muchas noches verdaderas, de las que pocos hombres gozan en este mundo. ¿Ves todos éstos? —hizo un gesto vago para indicar a quienes les rodeaban—. Se van a morir sin saber lo que es una mujer. Yo lo sé. La vida me dio eso. Ahora me cobra. Es el precio de las cosas.

—Quizá demasiado alto.

—Lo que recibí era muy valioso, Roque. Un privilegio. Encarnación era un privilegio para cualquier hombre. Como es un privilegio tener la amistad de un hombre como vos.

Roque alzó las cejas. Frisch le apretó el brazo.

—Es así, gallego —dijo—. Ahora, por favor, ayudame a enterrarla.

Marquina evitó el trámite de la morgue: el médico y el juez fueron a ver el cuerpo a lo de Piera.

Las mujeres cubrieron los espejos y los paneles de raso del salón con sábanas blancas. Se instaló el ataúd cerrado sobre la tarima de los músicos, donde los candelabros de plata de la funeraria Costa ocuparon el lugar de los atriles. A medianoche, el crimen y el cierre del burdel eran conocidos en todo Buenos Aires: al amanecer, habían desfilado por la casa más de quinientos hombres. Ramón sirvió ginebra y anís a cuanto visitante lo pidió. Mildred durmió en la habitación de Teresa.

El cortejo se puso en marcha hacia el cementerio de la Chacarita a las once de la mañana. El coche fúnebre, alto y techado, guiado por hieráticos cocheros sin bigote, como era norma, llevaba ocho caballos negros. Seguían seis carruajes contratados por Roque y una docena de particulares. Pasaron el Maldonado por el puente de Rivera antes de girar hacia el sur.

Se dijo un responso en la capilla del cementerio.

Cuando la caja bajó a la fosa, Germán Frisch echó el primer puñado de tierra. Dos grandes lágrimas resbalaron por su cara.

—Hermosa como un sol negro —murmuró. Sólo Roque le oyó.

Funcionarios municipales pusieron sobre la tumba una cruz de madera en la que se leía el nombre de Encarnación. Pasaría aún un par de meses antes de que fuese sustituida por la lápida de mármol encargada por Teresa.

Terminado el entierro, todos vieron alejarse a Juan Manuel Rosas.

Andaba a paso lento por el camino de salida. Roque le llamó, con la intención de invitarle a compartir su carroza en el retorno a la ciudad, pero Rosas no le hizo caso.

Nunca más se volvió a saber de él.

35. Los límites

> Y desde la noche, otra noche en su alma
> cayó bruscamente de seda [...]
>
> Fernando Gilardi, *La mañana*

Teresa se estableció en la casa de Alsina y Rioja, llenando de espejos y roperos y perfumes la habitación que Roque se había reservado diez o doce años atrás, y que nunca había ocupado realmente. Antes de la llegada de Mildred, dormía allí una o dos veces por semana. Después, se acostumbró a visitar a su hijo a mediodía, tras pasar la noche en lo de Piera.

Mildred y Ramón se casaron en la fecha prevista, pero, en homenaje al amigo y a su pena, la boda no se festejó más allá del brindis de los íntimos.

Germán Frisch siguió viviendo en Artes 63. Dedicaba buena parte del día a los negocios de Roque. Muerta Encarnación, volvió a trabajar por la causa del socialismo con fervor renovado: su actividad no se limitaba ya a los obreros alemanes: los militantes de *Vörwarts* se habían unido a los franceses de *Les Egaux* y a los italianos del *Fascio dei Lavoratori*, y habían acabado por sumarse a los argentinos, naturales de la tierra o nacionalizados, de la Agrupación Socialista y del Centro Socialista Universitario, para formar, en 1895, el Partido Socialista Obrero Argentino. Los diversos periódicos confluían ahora en uno solo, editado en castellano: *La Vanguardia*. Frisch colaboraba a su divulgación y a su realización, escribiendo artículos que firmaba con seudónimo. La verdad, decía él, no sin experimentar a regañadientes cierto orgullo patriótico, es que los alemanes fueron decisivos en tal avance: «Si hasta el local hubo que poner para el primer congreso.»

Mildred esperaba a su hijo para los primeros días de junio de 1897. Enero fue un mes terrible, de calor aplastante, en que parecía imposible moverse en el aire espeso de Buenos Aires. Las mujeres se abanicaban, en la sombra de las cocinas, con los mismos enormes paipáis con que, en el invierno, avivaban el fuego en las hornillas de carbón. Teresa y Mildred se sentaban bajo la parra a preparar batitas de lino y escarpines de *crochet*.

A finales de febrero, el bochorno cedió y se pudo salir de compras después de la siesta: la difusión del alumbrado eléctrico y el tardío ocaso del verano mantenían las tiendas abiertas hasta más allá de las seis. A veces, las mujeres iban solas. A veces, Ramón las acompañaba.

Hubo una tarde en que regresaron solas: los hombres habían viajado a Montevideo y dormían después de dos noches en blanco.

Abandonaron los paquetes apenas pasado el zaguán, y se dejaron caer sobre los sillones de mimbre del patio.

Mildred se soltó los botones de la blusa y los lazos del corpiño, y cerró los ojos para mejor gozar del placer de respirar hondo. Teresa se entregó a la contemplación del perfil de la joven: el pelo tirante, la nariz recta y los labios llenos, y el vientre que se iba haciendo notable. El silencio y la penumbra la amodorraron. Dormitó cinco, diez minutos. Como en un sueño, le llegó la imagen, primero imprecisa, poco creíble, luego nítida y urgente: abrió del todo los ojos, ya fijos en las baldosas, para mirar lo que temía: aquella mancha en el piso, debajo del asiento de Mildred, aquella mancha que crecía de un segundo a otro, era de sangre. Teresa se incorporó de un salto y fue a arrodillarse junto a la muchacha, a pasar un dedo por aquel líquido espeso y oscuro, a comprobar su color obsceno, a estudiar un instante la palidez creciente del rostro indefenso, cuya expresión era ahora infantil, extrañamente alejada de la serenidad madura de unas horas antes.

—¡Roque! —gritó Teresa—. ¡Ramón! —recordando que era Mildred, y no ella, quien necesitaba ayuda, y que convenía avisar a su marido.

La alarma feroz en su llamada despertó a todos. Germán Frisch, sin otra prenda que un pantalón de brin a medio abrochar, fue el primero en dejarse ver.

—¿Qué pasa? —preguntó, ansioso.

—Es Mildred, está perdiendo sangre —y señaló la prueba.

A Frisch le bastó un segundo para comprender.

—Voy a buscar un médico —anunció, también a Roque y a Ramón, que se habían levantado y ya estaban junto a él.

—Lleva el caballo negro —dijo Roque—. Es el más rápido... Y otro para el doctor. Melián, el que la atiende, ha de estar en el San Roque.

—Vamos a llevarla a la cama —dijo Ramón, convencido ya de que la ausencia de Mildred poco tenía que ver con el sueño.

La mancha en el suelo era intolerablemente grande. Tomó a la mujer, su mujer, por los hombros, mientras Roque la sujetaba por los tobillos. El camino del sillón a la cama quedó trazado con gotas de sangre, muy gruesas y muy juntas, casi una línea.

—Hay que desnudarla —recordó Teresa.

—No la muevas —pidió Ramón.

Fue en busca de unas tijeras y cortó con mano firme falda y enagua, calzones y corpiño a lo largo, las mangas desde las muñecas, las medias desde los muslos, y abrió cada una de las prendas hasta liberar por entero de toda atadura el cuerpo de Mildred. La cubrió con una sábana y se sentó a su lado a esperar al médico o al destino. La sangre empapó pronto el colchón y empezó a caer sobre las tablas del piso.

Ramón sujetaba una mano de Mildred y la sentía cada vez más fría.

Roque y Teresa guardaban absoluto silencio.

—Mildred, Mildred —susurraba Ramón.

Frisch trajo al médico al cabo de media hora.

—Por favor, caballeros, esperen afuera —pidió el doctor Melián—. La señora puede quedarse y ayudarme.

—Es grave, ¿no? —le apuró Ramón.

—Cuando la vea, lo sabré. Déjeme trabajar.

Los hombres abandonaron la habitación. El médico permaneció junto a Mildred hasta cerca de medianoche. Teresa entraba y salía constantemente a traer o vaciar palanganas, a improvisar paños rasgando sábanas de lino o a servirse copas de aguardiente y engullirlas de un trago. En todo ese tiempo, nadie habló.

El doctor Melián, con la frente brillante por el sudor, y las manos y la camisa sucias, abrió la puerta con la cabeza baja, eludiendo el encuentro con las miradas de quienes aguardaban su palabra como si la suya fuese la voz de un dios.

—Lo siento mucho —lamentó—. No he podido hacer más.

—¿Qué quiere decir? —dudó Frisch.

—Que está muerta —dijo Teresa.

Ramón se levantó y dio unos pasos hacia la habitación.

—No, por favor, no entre —rogó el médico—. Podrán verla dentro de unos minutos. La señora y yo vamos a limpiar un poco.

Ramón volvió a sentarse, vencido por el peso de la verdad.

—Padre —llamó en voz baja.

—Sí —respondió Roque.

—¿Qué haré ahora? He vivido siempre con ella.

—Ahora habrás de vivir siempre sin ella.

—Es difícil de imaginar.

—Aquí, nuestro amigo Germán, empleó una vez la palabra privilegio para referirse a una historia parecida, una historia de amor... Es de eso de lo que tú has gozado, Ramón: un privilegio: una mujer que te ha dado un cuerpo y un lugar a una edad en que otros hombres sólo conocen el miedo y la sordidez. No ha podido poner en el mundo un hijo tuyo, pero te ha puesto a ti. De ella y de tu vida con ella te heredarán otras mujeres.

—Vos, como tu padre y como yo —reflexionó Frisch—, tuviste una inmensa fortuna: la de ser amado. Por haber sido amado una vez, lo vas a ser muchas veces más: es como si llevaras una señal en la frente. Tu destino no es de soledad, Ramón. Será de dolor, quién sabe..., pero no de soledad. Pocos pueden decir lo mismo.

—Eso no me sirve en este momento, Germán —se quejó Ramón—. Ya sé que el viejo y vos sufrieron, por mamá, por Encarnación... Pero es que yo ni siquiera sufro: es sólo que no sé qué hacer, no sé qué va a pasar: esto se parece más a un nacimiento que a una muerte: se parece más a mi nacimiento que a la muerte de Mildred.

—Es tu nacimiento, Ramón —confirmó Roque—. Otro nacimiento. Aún no has empezado a sufrir, no es más que el instante inicial. Llorarás y llorarás. Al final del llanto, dentro de un tiempo, te sentirás distinto del que eras antes de hoy, no te reconocerás: serás mejor, más generoso y más fuerte.

El médico se acercó a ellos. Se había puesto la chaqueta y su aire de desamparo era menos evidente.

—Pueden pasar —dijo.

Ramón fue solo hacia la habitación.

—¿Cuánto le debo, doctor? —preguntó Roque.

—Nada, don Roque. ¿Cómo quiere que le cobre? ¿Tiene una copita de anís?

—Enseguida. Tengo una botella guardada.

—Voy con usted.

En la cocina, el médico se sentó a la mesa.

—Su hijo lo va llevando bien —dijo.

—Se vendrá abajo más tarde —afirmó Roque, sirviendo anís para los dos.

—Le voy a dar algo —el doctor Melián abrió su maletín y sacó un frasquito de cristal negro—. En grandes dosis, mata —explicó—, pero en pequeñas cantidades, salva de las penas mayores.

—¿Qué es? —quiso saber Roque.

—Belladona, beleño y láudano. Unas gotas le ayudarán a dormir y le evitarán trastornos físicos.

—Gracias.

El médico se marchó.

En el baño, Roque destapó el frasco y probó el sabor de la mezcla: a alcohol barato. Lo puso encima del botiquín, fuera de la vista.

Ramón seguía sentado en la cama, mirando a Mildred. Teresa estaba de pie detrás de él. Roque no entró: observó la escena desde la puerta.

—Voy a la cochería —advirtió Frisch—. ¿Hay que ver a alguien en particular?

—Sí —confirmó Roque—. Un tal Lemoine, en Costa.

—¿Qué le pido?

—Lo mismo que para Encarnación.

En el velorio y el entierro, se vio que Roque había adquirido una estatura patriarcal comparable a la de don Manuel Posse, quien visitó la casa aquella misma noche y abrazó a Ramón a la vista de todo el mundo en un alarde de igualdad.

Ramón no derramó una lágrima hasta su retorno del cementerio.

Entonces se encerró en la sala, convertida en biblioteca, donde no faltaba un sofá, y no salió hasta pasados tres meses.

Sólo Teresa entraba a verle y le llevaba algo de comer. Cada noche echaba dos gotas de la mezcla milagrosa del doctor Melián en la última copa de vino.

[36.

—En el noventa y seis, Escayola tenía quince años. Robó algo, no sé si dinero... Lo suficiente para ir a dar con sus huesos en un reformatorio, la mejor de todas las escuelas si un chico es rápido y duro, como parece que era él. Pero no te equivoques: nunca vivió de lo aprendido allí. Era demasiado perezoso para ser ladrón.

—¿Estuvo mucho tiempo preso?

—Tal vez un año, tal vez un año y medio. Digamos que cuando salió podía tener dieciséis o diecisiete años, pero aparentaba bastante más. Lo suficiente para que una mujer muy hecha y sin rufián se interesara por él. No sé el nombre, e imagino que nadie lo sabe a ciencia cierta, pero pongamos que se llamara Delia. De creer a mi abuelo Ramón, que decía que ella le doblaba en edad, debía de tener treinta y dos o treinta y cuatro años.

—¿Cómo se conocieron?

—Delia no estaba en un quilombo porque ése era territorio vedado a quienes no estuviesen ligados a alguna organización... Hacía la calle. Y un día se encontró con el chico y le escuchó su historia. Le dio dos pesos para que comiera y le compró tabaco. A la noche, durmió con él...

—Suena fácil.

—No le habrá sido difícil a Escayola. No decidía él. Le alcanzaba con dejarse querer. La mujer tiene que haber visto en él los rasgos esenciales del chulo criollo, descrito a Albert Londres, con desprecio, por los rufianes franceses. Escayola encajaba en el prototipo del «cafishio del café con leche».

—Un nombre sorprendente. ¿Cómo eran?

—Nombre no tan sorprendente si se tiene en cuenta que se empleaba también en La Habana y, con toda probabilidad, en Caracas. Eran tíos que pasaban el día entero en un bar, solos, sin consumir nada más que un café con leche. Gastaban poco y solían vivir de una única mujer. Atildados hasta la manía, les interesaba más la ropa que la comida y toleraban mal hasta el abrazo que pudiera arrugársela: con tal de no estropear la raya del pantalón, llegaban a pasar horas de pie. Y cuando se sentaban, no lo hacían sin limpiar antes, con un pañuelo inmaculado, el asiento.

—Locos casi inofensivos... ¿Por qué los franceses no les querían?

—Porque jamás compraban una mujer: las robaban. Esperaban turno en el quilombo como cualquier hijo de vecino. Visitaban a la misma dama una y otra vez. Un día, le llevaban pasteles, o flores.

—Las seducían...

—Y un día ellas se escapaban en su compañía... Rara vez lamentaban haberlo hecho, porque los criollos eran los mejores rufianes: económicos y divertidos: no exigían mucho dinero y jamás dejaban de sacarlas de paseo los domingos, con lo cual gastaban juntos buena parte de lo ganado en la semana.

—¿Y podían largarse con una mujer impunemente?

—Hubo muchos muertos en esa gesta, Clara. Los franceses no eran un modelo de caridad, y estaban exquisitamente organizados.

—Escayola tuvo suerte.

—No la necesitó: Delia le dio el problema resuelto. Más aún: ella misma resolvió su propio problema sin tragedia para nadie. Había reunido unos fondos: los usó para comprar otra mujer que trabajara y le dejara tiempo libre para su amante.

—Naturalmente, el comprador público ha de haber sido Escayola.

—Sin duda. Y fue entonces cuando hizo sus primeras relaciones en ese ambiente.

—¿Y cómo terminó esa parte del cuento?

—No sé si terminó. Delia habrá envejecido y la otra también. Y él, aun cuando tuvo cierto éxito propio, nunca pudo prescindir de las ayudas femeninas.

—Además, empezó a cantar tarde.

—No tan tarde como cabría pensar. En la época de Delia, encontró a Luis Vilarrubí, un payador de sus pagos, de Tacuarembó, y tomó clases con él en Montevideo. También tuvo cierta amistad con Arturo de Nava, al autor de una canción que Escayola popularizó enormemente muchos años más tarde: El carretero.

—Algo así como una formación académica...

—La que él necesitaba.]

37. Niños muertos

> Aborrecemos el pasado porque es la causa del presente; odiamos el presente porque no es otra cosa que la imitación, más intensa y más feroz, del pasado.
>
> *El Perseguido, voz de los explotados*, nº 1, 1898

En marzo, fueron hallados en la Quema los restos de una niña recién nacida. En la Esquina del Cisne, Frisch, a pesar suyo, escuchó el primer fragmento de otra vana discusión entre parroquianos. Aun cuando el asunto de los bebés fuese la comidilla de toda la ciudad, tuvo la impresión de que la polémica, irritante y absurda como era, le perseguía personalmente.

—¡Qué barbaridad! —dijo uno—. ¡Otra criatura en la Quema!

—¿Vio? —ratificó otro.

—Y la policía, durmiendo —se quejó un tercero.

—Yo no sería tan tajante, señores —intervino Oller.

—¿Con la policía? —preguntó el que acababa de hablar.

—Con nada —generoso y taxativo, el inventor.

—¿A qué se refiere? —quiso comprender el primero.

—A los crímenes mismos. ¿Quién puede asegurar que no sean obras de caridad? Yo no me atrevería a negarlo. A veces, la muerte es más piadosa que la miseria.

Es un boludo, pensó Frisch, y lo van a matar.

—Un padre desesperado... —pretendió proseguir Oller.

—¡Escuche! —le interrumpió un joven delgado con un acento catalán aún más rotundo que el suyo—. Está usted diciendo tonterías, y como es evidente que somos compatriotas y a mí me importa mucho el buen nombre de mi gente, nombre que sus afirmaciones dejan por los suelos, le pido que justifique sus palabras o se desdiga de ellas. Esos crímenes son monstruosos.

—No puedo desdecirme de lo que creo —opuso el inventor—. Por lo demás, mis palabras se fundan en la realidad: los miserables no pueden resistir eternamente las injurias de la existencia. Y si uno de ellos resuelve ahorrárselas a sus hijos, está en su derecho.

—He visto casos, señor —confirmó el joven—. Pero por eso mismo sé que los padres que matan a sus hijos en tal estado de ánimo, suelen suicidarse inmediatamente después; y que nunca se deshacen de sus cuerpos, ni los mutilan, ni los arrojan a la basura.

—¡Justo! ¡Muy bien! —corearon varios.

Frisch dejó el dinero de su café sobre el mostrador y salió.

Vio pasar por Cuyo, hacia el oeste, a la familia italiana que vivía en la casa contigua a la suya. Hacía mucho que no se encontraba con ellos. Iban, como de costumbre, callados. El padre, con la cabeza gacha. La madre, con los ojos perdidos en el vacío. La menor de las hijas, que tiempo atrás le había atraído, no reservó su mirada: Frisch la sintió en la columna vertebral y la sostuvo con firmeza. Le alegró enterarse de que la vida seguía fluyendo por su cuerpo y de que la codicia carnal no había muerto en él, ahogada por la hostilidad de las circunstancias. No conocía el nombre de la muchacha, pero le agradeció el gesto.

Los meses corrieron a partir de entonces sobre una rutina piadosa y saludable. Sin Encarnación. Sin Mildred. Con un Ramón encerrado y pálido primero, hosco y reacio a la conversación, más tarde, apagado, triste y amable al final. Con un Roque casado, que parecía vivir en una continua felicidad, sólo de tanto en tanto perturbada por el visible duelo de su hijo.

Agosto llegó como suele llegar en Buenos Aires: el cielo bajo, gris en el invierno, manifestaba los amaneceres en un espeso lila rojizo que, a lo largo del día, en series de chaparrones despiadados en los que el frío caía con el mismo rigor que el agua, iba virando hacia el azul y el negro.

A la hora del soterrado mediodía de una de esas penosas jornadas de resistencia a la primavera, alguien llamó con delicadeza a la puerta del piso de Frisch, quien, interrumpiendo la lectura en *La Montaña* de un artículo del joven José Ingenieros a propósito de la imprescindible revolución social, atendió.

No le sorprendió la presencia de la mujer rubia con la que tantas cosas se había dicho desde el silencio y la distancia: no la esperaba, no había soñado con ella, siempre la había creído imposible y, para no sufrir, la había apartado de sus ilusiones; pero al encontrarla allí, no dudó ni por un instante de la justa realización de un destino. Abrió, y ella entró.

Tampoco le desconcertó el hecho de que, apenas cerrada la puerta, la muchacha empezara a desabrocharse el vestido. No miró su cuerpo, ni sus manos: sólo sus ojos: el deseo le sofocó: tragó saliva y se quitó la camisa.

—No tengo tiempo —susurró ella—. No tengo tiempo.

Se despojaron de toda la ropa. Temblaban al abrazarse.

—Tu nombre —pidió Frisch.

—Catalina —concedió ella.

Hicieron el amor con prisa y rabia.

—No debo gritar —dijo Catalina—. Pueden oírme.

Él ofreció a su boca el canto de la mano y ella mordió, mordió su propia voz en la carne del hombre, hasta hacerle sangre.

Catalina se vistió. Frisch, desnudo, sentado en el suelo, con las rodillas en el arco de sus brazos, la contempló mientras lo hacía.

—Sos muy joven —dijo.

—Tengo veinte años —respondió Catalina, arreglándose el pelo.

Los dos sonrieron.

—Asomate y mirá si hay alguien en el pasillo —mandó ella.

Frisch obedeció.

—No hay nadie —prometió—. Podés salir.

Ella dio dos pasos y él la retuvo aún unos segundos.

—Me llamo Germán —le dijo.

Catalina regresó a las nueve de la mañana del día siguiente. Y al otro día, dos veces, por la tarde y por la noche. Y también al cuarto día, y al quinto. La escena se repetía sin cesar. Frisch dejó de salir. Bajaba al café en cuanto Catalina se iba, y volvía a subir en seguida para esperar. Roque le visitó al terminar la primera semana.

—Estoy atado, no soy capaz de pensar en otra cosa —explicó Frisch con tristeza.

—Mientras el cuerpo aguante —consideró Roque.

—El cuerpo, no sé. Pero lo que es... estoy caliente como un perro, acabo y sólo quiero empezar de nuevo. Entonces, ella se va.

—Ya se te pasará. Todo se cura, Germán. Hasta el amor.

Roque se marchó, decidido a no estorbar la obsesión del alemán.

Así como había aparecido, Catalina desapareció de pronto, dejó de visitar a Frisch. Un día no acudió. Ni al siguiente, ni al otro. Ni al cuarto día. Él aguardaba, con la garganta cerrada, sentado cerca de la puerta, atento a los sonidos del corredor, olfateando el paso de las horas en los humos de las cocinas próximas. Aguardaba también por la noche, hasta que el silencio más completo le devolvía a la realidad. Tenía que masturbarse para alcanzar cierta serenidad y dormir un rato, nunca más allá del alba.

Teresa se presentó una mañana. Le impresionó ver a Frisch: tenía la tez gris y unas profundas ojeras violeta. Se quedó como paralizado en la puerta, mirándola con ojos desorbitados, sin saludarla ni invitarla a entrar.

—Teresa —dijo finalmente, con asombro.

—Acá huele a gato viejo —señaló ella.

Con mano suave, apartó a Frisch y se dirigió a la ventana. El aire frío dio al hombre conciencia de su desnudez: se miró el vientre.

—No te preocupes —disculpó Teresa—. No sos el primer hombre que veo así. Vestite, pero no por mí: porque te vas a resfriar. De paso, podrías darte un baño. ¿Tenés agua caliente?

—Sí.

—Y afeitate. Parecés un ciruja.

Mientras Frisch se bañaba, Teresa barrió, lavó vasos y platos con moho, quitó colillas y planchó una camisa.

Él lo hizo todo con minuciosidad e indiferencia.

—Ahora, mientras esto se ventila, llevame a una confitería. Quiero tomar chocolate —dijo Teresa con ternura—. Y no te pongas esos botines sin lustrar...

Fueron a Godet, en Cangallo y Artes: las mesas de mármol juraban limpieza y el chocolate era célebre.

—¿Qué te pasa, Germán? —preguntó ella, alzando su taza.

—No sé, no sé qué me pasa.

—Algo sabés. Hay una mujer.

—Sí, eso sí. Roque te lo habrá contado.

—Me lo contó, pero quiero que me lo cuentes vos.

Frisch hizo un relato detallado de la historia.

—¿Y no podés ir a la casa y preguntar por ella?

—Me da miedo.

—¿A vos? ¿Miedo? No lo puedo creer.

—Ese tano, el padre...

—¿Es el padre? ¿Seguro?

—Siempre di por sentado que lo era...

—No importa... ¿Por qué te da miedo?

—¿Cómo carajo querés que lo sepa, Teresa? No es nada que tenga que ver con razones.

—Total: tres semanas de joda a todo trapo, y ahora no te atrevés a ir a buscarla... —provocó Teresa.

—De joda, no... Fue intenso, pero triste. Siempre triste. ¿Dijiste tres semanas?

—Sumale otra, que es el tiempo que hace que desapareció: un mes en total.

—¡Por Dios! Tengo la sensación de que ha pasado un siglo.

—No. ¿Te acordás de la fecha exacta en que empezó todo?

—El miércoles 25 de agosto. Me di cuenta hoy, porque vi el diario de aquel día, el último: ni lo leí, ni compré ninguno más.

—¿Querés que te diga el futuro?

—¡Claro!

—Esa chica va a tener un hijo. A lo mejor me equivoco... difícil, pero a lo mejor me equivoco... Roque me enseñó hace poco que en Francia hubo un emperador que hacía muchas guerras y llevaba a los soldados muy lejos a pelear. Cuando volvían, encontraban a sus mujeres embarazadas o recién paridas. Podían haber tardado seis meses, ocho meses, un año, dos años... Muchos sospechaban que había trampa, pero no tenían manera de probarlo. El emperador, que no era nada burro, fue y les preguntó a los médicos cuánto duraba un embarazo. Nueve meses, le dijeron. ¿Justo? Justo. ¿Están seguros? Sí. Muy bien: vamos a hacer una ley que diga que un embarazo dura nueve meses, y que se sepa que quien dice que le ha durado menos, o más, miente.

—Ése fue Napoleón. ¿Y?

—Eso mismo, Napoleón. ¿Y...? Y... que te acuerdes de que dura lo que dura. Del 25 de agosto, nueve meses... —contó con los dedos—, el 25 de mayo. Va a tratar de engañarte, Germán, de convencerte de que el embarazo es tuyo...

—¿Qué embarazo?

—Esa chica...

—Catalina.

—Catalina está embarazada.

—¿Cómo lo sabés?

—Porque soy mujer.

—Muy bien, pongamos que está embarazada.

—No, no pongamos nada: está embarazada. De otro, de cualquiera. A vos no te gustará, pero es la pura verdad, Germán: vino a acostarse con vos porque está embarazada y el padre de la criatura se hizo humo. No vino por tus lindos ojos azules. Y vos no engendraste nada en ella.

Frisch apretó las mandíbulas: tiritaba.

—Es duro, ya sé. Pero es así —siguió Teresa—. Mejor que tengas las cuentas claras. Va a parir mucho antes del 25 de mayo.

—Teresa, ¿todavía soy un hombre... presentable?

—¿Presentable? Sos un hombre lindo, Germán, muy lindo. Uno de los tres hombres más lindos que conocí en mi vida. Pero eso no tiene nada que ver con los intereses de las mujeres...

Teresa se marchó dejando a Frisch en plena zozobra. Había entendido algo por primera vez, pero era demasiado doloroso para aceptarlo. Tornó a su encierro. Permanecía inmóvil durante largos periodos, con la vista clavada en la puerta. Sólo de tanto en tanto bajaba a la calle a comprar tabaco y comía, con desgana, alguna fruta o un trozo de carne: tenía una bola de plomo en el estómago.

A finales de octubre, Ramón, firme y cordial, fue a verle. Para entonces, Frisch había perdido mucho peso. La casa estaba nuevamente llena de basura y su ropa necesitaba lavado.

—¿Para esto saliste del conventillo? —le espetó Ramón—. Vos, que me enseñaste que el hombre era su dignidad, viviendo como una fiera mal enjaulada... Lo mismo daría que durmieras sobre un mesa en lo de Cassoulet.

—Estoy enfermo, Ramón. Me siento muy mal... Me parece que me voy a morir.

—No estás enfermo, Germán: estás ridículo. Hay que terminar de una vez con esta situación: te venís a vivir con nosotros. No hay que estar solo en los momentos difíciles.

—Como quieras.

En la casa de la calle Alsina, Frisch volvió a sentarse a la mesa y a bañarse cada día. Recuperó algunos kilos y el color de su cara mejoró. Antes de Navidad, Roque necesitó que alguien fuese a Montevideo y Ramón cedió el sitio a su amigo. Pero la angustia le apretaba el pecho con una garra de acero.

Recibió el año noventa y ocho con una borrachera salvaje.

A las tres de la mañana se derrumbó sobre el sofá de la biblioteca.

Soñó con Ciriaco Maidana. El aparecido montaba un caballo blanco y se detenía en el corazón de una llanura ardiente, cubierta de vapor y de ceniza.

«¿Estás en el infierno?», preguntaba Frisch.

«No, esto no es el infierno», respondía Maidana. «Es el país de tu sueño. Vine a hablarte de lo que te dijo Teresa. Lo que dijo de Catalina y su hijo. Es verdad. Todo es verdad. Ese hijo no es tuyo. Es como si no fuera de nadie.»

«¿Qué tengo que hacer?»

«Nada. Nada.»

Frisch relató la experiencia a Roque.

—¿Cómo sabes que era Maidana? —dudó Roque—. Tú, que yo recuerde, no le has visto nunca...

—Lo sé porque lo sé.

—Maidana no miente. Y no se deja ver porque sí.

A mediados de enero, Frisch fue a su casa. Quizá hubiese cartas, o algún mensaje de alguien. Eran las seis de la tarde. La portera, un brazo en jarra y el otro apoyado en la escoba con la que había barrido el zaguán, observaba algo.

—Ahí van —dijo al ver a Frisch, señalando algo con la cabeza.

Frisch había llegado andando desde el sur, hundido en pensamientos fantásticos, y la mujer indicaba el norte.

Vio las espaldas de sus vecinos: Catalina, su hermana y sus padres. ¿O no eran los padres?

—Las dos están embarazadas de nuevo —delató la portera.

—¿Embarazadas?

—Las chicas.

Frisch corrió tras el grupo familiar: en la esquina, les llevaba un buen trecho de ventaja. Entonces se detuvo y se volvió, para corroborar la información. Lo hizo sin pudor ni disimulo, de frente: los miró a todos a la cara, miró los vientres de las dos mujeres jóvenes y miró los ojos de Catalina, que no revelaron el menor reconocimiento. Les dejó pasar por su lado y regresó junto a la portera.

—¿Por qué dijo que estaban embarazadas de nuevo? ¿Lo habían estado antes? ¿Tienen hijos?

—Hijos, yo no vi. Pero embarazos, sí. Los darán a criar...

—Puede ser.

Subió al piso. Abrió las ventanas y se puso a apartar libros. Iba a llevarse algunos a la casa de Roque. Se entretuvo leyendo periódicos que habría de tirar. A las nueve, llamaron a la puerta. Reconoció el tacto de Catalina. Le abrió y ella entró. Estaba llena de un furia fría.

Frisch había imaginado muchas veces aquel reencuentro, poniendo en su ensueño ternura, lágrimas, deseo, y odio, y mentiras. Aquella misma tarde, ante la ostensible preñez de Catalina, había añadido el asco a la paleta de lo verosímil. Pero no había previsto lo que sentía ahora: miedo animal, pánico, empapándole hasta el último rincón de la piel.

—¿Por qué hiciste eso? —preguntó ella.

—Me habían dicho... —esbozó él.

—¿Vos te creés todo lo que te dicen? —cortó Catalina.

—No. A vos te creí.

—Yo nunca te dije nada.

—Es cierto. Decir, nunca dijiste nada.

—¿Y entonces?

—Me equivoqué.

—Conmigo, te equivocás, seguro. Yo no pido ni prometo. Hubo lo que hubo, nada más.

—¿Y a qué viniste ahora?

—A sacarte de dudas. A que me toques la barriga y te convenzas.

—No hacía falta. Es igual.

—¿Ah, sí? ¿Es igual? ¿Y si es tuyo?

Nunca supo Frisch en qué profundidades de su ser había hallado las fuerzas necesarias para dar la respuesta que dio, pero sí supo que era la respuesta adecuada, la senda de la salvación.

—No es mío —dijo.

—No sabés. Yo no sé.

—Sabés que no es mío —insistió—. Va a nacer mucho antes del 25 de mayo. A lo mejor, en abril.

Calló. No hubiese podido pronunciar una sola palabra más: la voz le había abandonado.

—Sos un hijo de puta —casi murmuró Catalina—. Esto te va a costar caro.

Fue su despedida. Cuando se quedó solo, Frisch fue al ropero y sacó una botella de ginebra. La noche era intolerablemente cálida, pero él estaba helado hasta los huesos. Bebió un buen cuarto de litro de alcohol sin apartar el gollete de los labios y encendió un cigarrillo.

—Aaaaa... —dijo, para confirmar el poder de su garganta—. ¿Quién carajo será esta mujer que me deja mudo?

El tiempo le dio algunas explicaciones, pero jamás escuchó de nadie el nombre que temía. Él era un socialista, un positivista convencido, y no podía permitirse identificar al maligno: en vano esperó durante el resto de su vida que alguien lo hiciera por él.

El 6 de mayo, se recibió en la casa de Roque la inesperada visita del comisario Marquina.

—Quisiera conversar con usted en privado, Germán —dijo, después de saludar a todos.

—Vamos a la sala, comisario.

Teresa les llevó una botella de vino tinto.

—Tengo entre manos un asunto importantísimo. ¿Sabe, Germán, que me retiro a fin de año? Confío en que sea el general Roca en persona quien me condecore.

—Cada uno con sus ideales —sonrió Frisch.

—No ignoro que usted es socialista... Pero no se preocupe, no vine por eso. Nunca voy a venir por eso.

—¿Y por qué vino?

—¿Conoce los nombres de Catalina y Clara Nicola? ¿Le sugieren algo?

La mención de Catalina puso a Frisch alerta.

—No —mintió.

—La portera de su casa dice que las conoce. Dos hermanas, rubias, bastante lindas...

—¿Las vecinas, las de Artes 65?

—Justamente.

—No sabía cómo se llamaban.

—Pero las vio hace un tiempo.

—Sí, las veo cada tanto.

—¿Y no notó nada especial últimamente?

—Como no se refiera al hecho de que estuvieran embarazadas... Dos hermanas a la vez...

—No me diga más, Germán... Me basta con ese dato.

—¿Por qué?

—En confianza... No vaya a contarle esto a nadie, por favor...

—Se lo puedo jurar, comisario: no saldrá de estas cuatro paredes.

—¿Oyó hablar de los bebés de la Quema?

La garra de acero que desde hacía meses oprimía el pecho de Frisch bajó hasta su vientre y se movió en él, cortando, quemando, ahogando.

—Sí —roncó.

—Ayer encontraron otro. Sin cabeza. Salió en el diario de hoy. La portera lo leyó. Su portera. Y vino a vernos. Es una mujer observadora. Nos explicó que esas chicas estaban embarazadas. Y que dejaron de estar embarazadas hace unos días. Y que no hay ningún recién nacido que lo justifique.

Frisch sirvió vino con mano vacilante.

—Pero eso no es todo —siguió Marquina.

—¿No? —susurró Frisch.

—No. La mujer hizo sus cuentas. Hubo embarazos anteriores. Tampoco hubo bebés. Y las fechas, al parecer, coinciden con las de los hallazgos anteriores.

—¡Dios mío!

—Vamos a entrar en la casa esta tarde. ¿Le gustaría venir?

—Ni se le ocurra.

Frisch no soportó el protocolo de las despedidas: algo se revolvía en su interior: en el baño, vomitó el vino y una sustancia amarga y espesa que jamás había percibido en la composición de su cuerpo.

Roque esperó a que Marquina se fuera para auxiliarle. Le encontró de rodillas ante la taza, curvado por contracciones incontrolables.

La mezcla de belladona, beleño y láudano, proporcionada en su día por el doctor Melián como bálsamo para la pena, obró milagros.

—Todo aquello impidió a Roque, a Ramón y a Frisch participar, como lo habían hecho siempre, en las fiestas del progreso: el primer tranvía eléctrico, por ejemplo, llegó sin ellos a los Portones de Palermo el 22 de abril del noventa y siete, poco después de la muerte de Mildred, cuando Charles Gardes iba a primer grado. Lo único que conmovió a Roque en aquella época de desgracias con una intensidad excepcional fue el asesinato de Cánovas.

—No se desprendía de España.

—Jamás, jamás se desprendió. Felizmente: por eso estamos hablando de él en Barcelona y no en cualquier otro sitio. Él amaba profundamente este país, Clara. Tal vez Oller tuviese razón y Buenos Aires sólo sea un lugar de paso, una reunión de visitantes. O tal vez mi bisabuelo fuese dueño de una visión del mundo más generosa y abarcadora que la de sus contemporáneos y los nuestros. Cuando se enteró de las circunstancias de la muerte y leyó el nombre del asesino de Cánovas, dijo: «Michele Angiolillo, anarquista italiano. Habrá quien crea que hay que celebrar esto, pero yo pienso que es una fatalidad. Los socialistas tenemos un plan para el porvenir. Esta gente, no. Por eso ellos matan y nosotros no.» Siempre sintió aversión por los anarquistas: les veía atolondrados, violentos y débiles.

—¿Y Ramón?

—Tampoco los quiso nunca. Ni mi padre, aunque coqueteó lo suyo con la imagen del rebelde ligeramente intelectualizado. Mi madre ni siquiera contó nunca con su existencia.

—En algún momento, la familia ha de haber regresado a la política, a la actualidad. Si no, no se explicaría una educación como la tuya.

—Por supuesto. Aquél fue un momento de desconcierto, en que todos temieron por la vida de Frisch.

—¿Por qué?

—Después de la visita de Marquina, fue perdiendo salud. El golpe, si bien se mira, debe de haber sido enorme: la mujer era un auténtico monstruo.

—¿Conoces bien su historia?

—En la medida en que puede conocerla quien recurra a la prensa de la época. El protagonista de la tragedia, en todo caso, no fue

Catalina, sino el hombre al que Frisch, sirviéndose de la lógica corriente, supuso su padre: Gaetano Grossi. Ella contribuyó al destino y él lo sufrió. En todo caso, es una historia extraña.

—Espero oírla.

—Como había adelantado el comisario, la policía entró en la casa el día 6 de mayo, por la noche, cuando no faltaba nadie. Debajo de la cama en que dormían Grossi y su mujer, encontraron, en una palangana, el cadáver de otro niño, todavía no mutilado.

—¿Cuántos fueron en total?

—Cinco: tres los había parido Clara, que tenía veintidós años, y dos, Catalina. Ellas no eran hijas de Grossi, sino de la mujer, Rosa Ponce, viuda de un tal Nicola. En el juicio, las mujeres sostuvieron que Grossi «convivía íntimamente», en la jerga de los abogados, con todas ellas, que lo aceptaban porque no tenían más remedio, dado que él era un especie de bestia que las castigaba sin cesar, y que por idéntico expediente las había obligado a deshacerse de los niños. Ahora bien: la misma portera que resolvió el misterio de los crímenes, y de cuya enfermiza y sabia curiosidad no se puede dudar, negó siempre haber sentido ruidos o gritos que le sugirieran malos tratos. A eso hay que sumar el hecho de que el hombre no daba en absoluto el tipo: era un italiano enclenque, con unos bigotazos que le tapaban la cara y que no abrió la boca en todo el proceso. Y todavía un tercer elemento: en las declaraciones personales, cada una de las mujeres acusó a alguna de las otras de complicidad con el villano. Todos fueron condenados, pero las penas no guardan la menor proporción: a Grossi, le fusilaron; ellas pagaron con sólo tres años de prisión.

—Contradicciones flagrantes, poca investigación y más que probable injusticia.

—Mucho más que probable. Las dos veces que Grossi habló, fue para reclamar. Una, cuando el secretario del juez, que para mayor escarnio se llamaba Byron, Julián Byron, le leyó la sentencia y le pidió que la firmara: «No sé firmar», dijo. «Hagan conmigo lo que quieran, no entiendo nada de todo esto. Son unas cuantas moquieres», así lo registra el periodista, moquieres y no mujeres... «Son unas cuantas moquieres que dicen mal de mí, yo soy inocente.» La segunda, cuando le ofrecieron los servicios de un sacerdote, antes del fusilamiento: «No quiero curas, no temo a la muerte, soy inocente», dijo. Los militantes anarquistas vieron la ocasión, y la aprovecharon, para hacer campaña contra la pena de muerte. Entre otros, Alberto Ghiraldo, un escritor notable que en 1916 se exilió en Madrid.

—¿Qué hubieses hecho tú, Vero, de haber podido?

—Fusilar a los cuatro.]

39. Mano santa

> Ignoro cómo se verificó aquel singular proceso, mas de pronto, una ruda mano descorrió los pesados cortinajes del Tiempo y el Espacio, y «vi».
>
> Roberto Arlt, *Las ciencias ocultas en la ciudad de Buenos Aires*

Cuando la prensa publicó los escabrosos detalles de la historia de Gaetano Grossi y sus tres mujeres, Germán Frisch empezó a desmedrar. Volvió a perder las escasas carnes que había recobrado en los meses pasados en casa de Roque y su respiración se hizo difícil y rasposa: no podía comer ni inspirar profundamente: era como si llevara a perpetuidad un corsé de metal caliente: sólo tomaba mate con ginebra, y fumaba sin cesar. Las noches eran de terror: únicamente la luz del amanecer le tranquilizaba y le concedía unas horas de duermevela sobresaltada y mezquina. Se apartó de las cosas y de las ideas que siempre le habían conmovido. La imaginación del suicidio se asentó en su ánimo, pero no tenía fuerzas para llevar a cabo ninguna de sus detalladas figuraciones, que requerían la búsqueda de un arma o de un lugar que no comprometieran a nadie que no fuera él mismo, y aun la redacción de una nota en que se explicara lo que era eminentemente inexplicable: ni siquiera la ficción de un accidente libraría por entero de culpa a quienes le querían. Se acusaba de desamor, argumentando que, de haber vivido con verdadera fe su idilio con Encarnación Rosas, no se hubiese dejado llevar, tras su muerte, por la falsa autoridad de su deseo, cayendo en los brazos malignos de Catalina Nicola. En ella, había conocido el mal.

—Ni siquiera sabés qué te pasa, Germán —le dijo Teresa una tarde, viéndole ahogarse—. ¿Por qué no me dejás ayudarte?

—No te lo voy a impedir. Lo que pasa es que no vas a poder. Ahora, estoy del lado de la muerte.

—Si no te sentís capaz de volver vos, yo voy a hacer todo lo que esté a mi alcance por traerte. Te quiero mucho, pero, aunque no te quisiera, me jodería estar de brazos cruzados mirando cómo te derrumbás.

Tras una serie de consultas, Teresa trajo al doctor Ramos Mejía, a quien muchos consideraban el mayor experto en desórdenes de la emoción con que contaba la ciudad: era un sólido científico positivista, de reconocido magisterio entre los jóvenes más avanzados.

El médico, con quevedos y enormes bigotes, visitó a Frisch en casa. Le reconoció en detalle y conversó con él durante dos horas. Después, salió al patio y convocó a Teresa, en cuyas manos habían dejado aquella batalla, como tantas otras, Roque y Ramón.

Los tres se sentaron a la mesa de la cocina. Ramos Mejía aceptó una copa de anís e impulsó a su paciente a tomar otra.

—Usted, señora —dijo—, me fue a buscar porque suponía que yo era la persona adecuada para curar a su amigo.

—Eso me dijeron, doctor —respondió Teresa—. Que si usted no podía, no iba a poder nadie...

—No diré que le mintieran, señora, pero sí que eso no es cierto.

—¿Quiere decir que no puede?

—Y que tal vez haya quien pueda... ¿Oyó hablar de Pancho Sierra?

—¿El manosanta? Claro... Pero está muerto.

—Yo creía... —empezó Frisch.

—¿Que yo tenía otra visión de las cosas? —se le adelantó Ramos Mejía.

—Creía que usted era socialista, doctor.

—Su enfermedad no lo es, amigo mío. Y no lo es la ciencia, que no toma partido.

—Pero usted no me está hablando de ciencia... —tan pronto como terminó de decirlo, el recuerdo de Ciriaco Maidana le hizo sentir avergonzado.

—¡Quién sabe! —se resignó el médico.

—A mí no me preocupan esos detalles —intervino Teresa—. ¿Hay alguien con poder bastante para curarlo? A vos, Germán, es lo único que te tiene que interesar.

—Quizá sí, señora —arriesgó Ramos Mejía.

—Dígame a quién hay que ver —urgió ella.

—No se apure tanto. Vamos por partes. Como comprenderán, yo no puedo andar por ahí recomendando curanderos. Mi prestigio se vería gravemente comprometido. De modo que tendré que rogarles que mantengan en secreto esta conversación... Es verdad que, hoy por hoy, y tal como están las cosas, si la contaran, nadie les creería. Pero, por si acaso, es mejor que no lo hagan.

—No se preocupe, doctor. Nadie tiene por qué enterarse de nada de esto —aseguró Teresa.

—Pero es que no sólo no hay que divulgar mi postura frente a... lo que cabría llamar ciencias ocultas, sino tampoco mi visita a esta casa. Debo reconocer que el estado del señor Frisch es desconcertante, y que no tengo remedio a mano para él. Eso tampoco debe saberse.

—Quédese tranquilo. Dígame adónde hay que ir.

—Acá nomás, a cinco cuadras. Rioja siete, siete, uno.

—¿Qué hay ahí?

—Una mujer. Algunos le dicen hermana, otros le dicen madre. María. Ése es su nombre.

María Salomé Loredo Otaola tenía ya, para las fechas en que la visitaron Teresa y Frisch, más de cuarenta años. Había llegado al Plata, desde Castilla la Vieja, cuando contaba catorce. A los veinte, se había casado con José Antonio Demaría, un estanciero rico, del que había enviudado. Había insistido a los veinticinco, con Aniceto Subiza, tan estanciero y tan rico como su predecesor; y, al cabo de un par de años, tan muerto como él.

Había llegado a Pancho Sierra con un tumor que la medicina clásica había dejado por incurable, y él la había sanado. El viejo brujo también le había dejado una herencia: su propio lugar.

Ahora, cerca del final del siglo, su casa se había convertido en un santuario al que enfermos, humillados y miserables acudían en busca de salud, estima o dinero. Teresa y Frisch se sentaron en las duras sillas de la sala, decorada con estampas e ingenuas imágenes de cerámica, un sitio más semejante a una sacristía abarrotada que a un templo, entre injuriados, tullidos, abandonados e indigentes, gentes de los conventillos unidas a la vida apenas si por ligerísimos lazos y pequeñas esperanzas. Alguien en el grupo les indicó quién les precedía en el orden de la visita.

A los diez minutos, salió una mujer con un niño en brazos.

Después, apareció la Madre María. Se detuvo en la puerta de la sala y echó una mirada a su alrededor. Un viejo se puso de pie y ella le contuvo con un gesto de la mano izquierda. Con la derecha, se cubrió los ojos para ver lo que nadie veía. Se hizo un completo silencio. Frisch observó la túnica blanca que cubría su cuerpo ancho y robusto, y sus dedos regordetes. Finalmente, la mujer reveló su mirada, clavada en él.

—Ven —dijo; Frisch obedeció—. También tú —agregó, dirigiéndose a Teresa.

No era su turno, pero nadie protestó.

Entraron en una suerte de celda, una habitación de dos por dos con paredes caleadas y limpia de todo ornato, salvo por un crucifijo de madera colgado muy alto.

—Siéntate —señaló a Frisch una silla en el centro del cuarto—. Y tú —a Teresa—, allí —en un rincón.

De pie detrás de la silla, la Madre María puso las puntas de los dedos sobre los hombros de Frisch.

—Una mujer —dijo— te enfermó.

No era una pregunta.

—¿Eres artista? —prosiguió.

—Músico —respondió Frisch.

Los dedos de la curandera bajaban muy lentamente por la espalda del hombre, dejando huella en la camisa.

—Pero no tocas ahora —aseguró.

—Hace meses —completó él.

—Volverás a tocar.

Los dedos bajaban por el pecho.

—Y no duermes por la noche.

—No.

—Tienes que estar despierto en la oscuridad para que no te hagan daño.

—Duermo un poco cuando sale el sol.

—Volverás a dormir de noche.

—Sí —aceptó Frisch.

La mujer metió los dedos en el pelo, pasando las yemas por el cuero cabelludo, con fuerza. Él sintió que se le erizaba el vello de los brazos. La sanadora calló.

Una mano en la espalda y otra en el pecho: Frisch sintió un calor intenso en la boca del estómago.

Teresa estaba atenta a la ceremonia.

Hubo un largo silencio, en el que la Madre María cerró los ojos y permaneció quieta, sujetando el torso del enfermo.

En aquel instante, Teresa vio elevarse una sombra. Se desprendía de Frisch y se perdía en algún punto próximo al techo. Cuando la sombra desapareció, en el cuerpo del hombre se produjo un cambio: no se movió, pero su actitud se hizo distinta, como si sus músculos hubiesen recobrado de pronto un olvidado vigor, alentados por un golpe de sangre. Entonces empezó a derramar gruesas lágrimas. La sanadora suspiró profundamente y dejó caer los brazos.

Teresa se levantó, temblando. Frisch respiraba con una libertad que había perdido hacía mucho, sin dejar de llorar silenciosamente.

—Ya está. Puede irse tranquila —dijo la Madre María—. Él tiene que descansar.

—Habrá que pagar... —ofreció Teresa.

—Yo no cobro a nadie, no necesito dinero... pero, si quieres dar algo, no me opondré. Siempre le hará falta a alguien.

—¿Usted da dinero? —se asombró Frisch, somnoliento.

—No todos los males son del alma, hijo mío.

Teresa sacó unos cuantos billetes de su cartera y los entregó a la Madre María. Era más dinero del que les hubiese costado la atención de Ramos Mejía, pero ella estaba segura de haber dado con la solución.

Ya en la casa, Frisch cayó en la cama y durmió más de veinte horas.

—¿Cómo ha ido? —preguntó Roque.

—Volvió —dijo Teresa.

Al día siguiente, Frisch descubrió que el color, el olor, el sabor, el sonido y el tacto de las cosas le habían estado vedados desde alguna fecha remota, seguramente cercana a la irrupción de Catalina en su gris existencia de viudo blanco. Ahora le eran restituidos.

Se sentó a cenar. Teresa, Roque y Ramón estaban pendientes de él. Sonrió con timidez antes de llevarse el vaso de vino a los labios.

—Tengo una partitura desde el año pasado —dijo—. Podríamos ver a qué suena.

40. La criada

> Entonces empezó la niebla. O se fue insinuando. Ganando terreno.
>
> David Viñas, *Cuerpo a cuerpo*

A finales del noventa y ocho, el año del desastre español, Germán Frisch regresó a la casa de Artes 63. Se sentía el hombre más fuerte del mundo, dueño no sólo de sí mismo, sino también de sus deseos.

La obra reparadora concebida para iniciar una vida con Encarnación Rosas había sido abandonada por tristeza: cubos de pintura y de engrudo, brochas y papeles, ahora en desuso, aguardaban destino en los rincones. Frisch se deshizo de los muebles, metió en cajas libros y revistas, contrató pintores y albañiles, les dio instrucciones precisas y les dejó trabajar. Roque poseía parte de una mueblería, en sociedad con Espartaco Boecio, un ebanista italiano que se empeñó en construir con sus propias manos la mesa, la cama, el ropero, el armario, la biblioteca y las sillas necesarias para convertir el piso en un sitio habitable: en un alarde de modernidad, lo llenó de maderas claras y ángulos rectos.

Hubo fiesta de inauguración: Teresa, Roque y Ramón acudieron con su mejor ropa, y el anfitrión preparó *sauerkraut* y coció brazuelo de cerdo. Los invitados llevaron vino: tres botellas de tinto de Cuyo y una de ribeiro blanco comprada a precio de oro a un paisano.

—Lacón y repollo en vinagre —resumió Roque, entusiasmado con el plato—. ¿Cómo no se te ocurrió guisar este plato en los años que hace que nos conocemos? Es una prueba de la proximidad de nuestros orígenes. Ha de haber habido algún inmigrante gallego en Alemania. Lo que os falta es el vino.

—Puede —aceptó Frisch—. También es posible que los gallegos sean callados por miedo a que se les note el acento alemán. Esta hermandad en el chancho es llamativa.

La *ricotta* con nueces y miel servida como postre abrió la puerta al Mediterráneo. Frisch debía la sencillísima receta a Roque, que la había aprendido en Cataluña.

—Este sitio no se va a mantener limpio más de tres días —auguró Teresa—. Te vendría bien tener a alguien que lo acomodara, una o dos veces por semana.

—Es cierto. Buscaré.

—Poné un anuncio en el diario.

—Basta con un cartelito por acá, en la panadería o en el café.

—Como quieras.

—Tengo *grappa* fría —anunció Frisch.

—Orujo gallego hecho por italianos —comentó Roque—. Otra prueba de nuestra universalidad.

—O de la unidad de Europa —apuntó Frisch.

—Que incluye a Buenos Aires.

—Y a Montevideo.

—Es lo mismo.

Terminaron tomando café en la Esquina del Cisne.

En enero, Frisch escribió unas líneas con su dirección, pidiendo una mujer para la limpieza. Repitió el texto en cuatro hojas de papel y las hizo poner en los escaparates de tiendas cercanas.

Rosina Parisi apareció una semana más tarde.

Era baja, muy morena y de curvas rotundas. El leve vello que cubría su labio superior y las uñas descuidadas conmovieron a Frisch casi tanto como la pobreza de su ropa, que no alcanzaba a ocultar su hermosura.

—Cuatro pesos por día —ofreció.

—Es poco —respondió ella, con marcado acento italiano.

—¿Poco? Es una barbaridad.

—Es poco.

—¿Dónde vivís? —averiguó él.

—En la calle Salta. En un conventillo.

—¿Tenés familia?

—No. Vine sola.

—¿Sola?

—Tengo un novio en Calabria. Va a venir.

—¿Hace mucho que llegaste?

—Seis meses. Ya no tengo más plata.

—¿Cuánto pagás por la pieza?

—Ocho pesos. Ya no tengo más plata.

—¿Comés todos los días?

—Todos, no. Ya no tengo más plata.

—No vuelvas a decirlo. Ya entendí que necesitás plata. No te vas a ir con las manos vacías. Con lo que pagás, me imagino que no tenés baño.

—No. Baño tampoco tengo.

—Podés bañarte acá. Hay agua caliente. La próxima vez, te traés la ropa limpia y te bañás.

—No tengo ropa limpia. No tengo ropa. La que llevo puesta. Ni ropa ni nada. No tengo nada.

—Está bien —concluyó Frisch, metiendo la mano en el bolsillo—. Andá a comprarte ropa, comida, jabón... lo que te haga falta.

Le dio treinta pesos.

—Usted está loco —dijo ella, cogiendo el dinero—. No me conoce y me da todo esto... Después me va a hacer trabajar un año seguido.

—No te preocupes. Del trabajo vamos a hablar luego.

—Cuatro pesos es poco.

—Vamos a hablar luego.

Cuando volvió, encontró a Frisch tocando el bandoneón: la puerta y la ventana abiertas y él sentado en medio, la camisa abierta. El calor era intolerable.

Él se detuvo al verla con los brazos llenos de paquetes.

—No me dijiste tu nombre —dijo.

—Usted tampoco.

—Me llamo Germán Frisch.

—Germán. Yo soy Rosina. Rosina Parisi.

—Entrá. ¿Te compraste todo lo que necesitabas?

Rosina depositó sobre la mesa lo que había traído y empezó a rasgar los envoltorios. Primero, sacó un vestido de algodón y un par de zapatos planos.

—¿Le gustan?

—No están mal.

—Esto le va a gustar más.

Mostró otro par de zapatos, cerrados y con algo de tacón.

—Hmm —comentó Frisch.

Después, aparecieron los calzones, blancos, de seda.

—Eso sí —reconoció Frisch.

—Es lo más caro. Ya no tengo más plata.

—¿Y corpiños?

—No uso.

—¿Qué hay en ese paquete?

—Otro vestido. Ya no tengo más plata.

—Entendí. No tenés más plata. Ahora, si querés, podés bañarte.

Le enseñó el baño y retornó al bandoneón.

Ella salió media hora más tarde, envuelta en una toalla. Cogió una silla, la colocó delante de él y se sentó. Tenía el pelo mojado y la frente brillante.

Frisch dejó de tocar y le miró las manos y los pies. Puso a un lado el bandoneón y se levantó. En un cajón del armario encontró unas tijeras y una lima.

Rosina entendió y le dejó hacer. Cuando terminó de arreglarle las uñas de las manos, alejó unos centímetros la silla, le hizo levantar una pierna y la acomodó sobre sus muslos para recortar las de los pies.

—Usted quiere acostarse conmigo —dijo entonces Rosina.

—Sí —reconoció Frisch.

—Me prepara como un pavo para Navidad.

—No. Te preparo para la vida.

—Pero buscaba una sirvienta.

—Hay muchas.

—Yo le voy a limpiar la casa. Le debo un montón de plata. Pero no me obligue a acostarme con usted. No soy una puta. Y tengo un novio en Calabria que va a venir.

—Dame el otro pie. Yo no te voy a obligar a nada. No me debés nada y no tenés por qué limpiar la casa.

—Pero quiere acostarse conmigo.

—Eso no tiene la menor importancia. Por mucho que yo quiera, si no querés vos...

—¿Y me va a regalar treinta pesos?

—Puedo.

—Es rico.

—No. Pero puedo regalarte treinta pesos... Ya está —dijo, alzando la vista de su labor.

Antes de soltar el pie de Rosina, lo acarició, dibujó el tobillo con el índice y se inclinó a besar las puntas de los dedos. Después, la miró a los ojos.

—Yo también quiero acostarme con usted —confió ella—. Nadie me había hecho..., nadie me había cortado las uñas, ni me había besado los pies, ni me había regalado treinta pesos, ni nada. Pero no puedo.

Frisch se levantó y se sacudió el pantalón. Su erección era por demás evidente.

Rosina también dejó su asiento. Fue hacia la puerta entornada del piso y la cerró.

—No puedo —repitió, soltando la toalla que la cubría y dejándola caer al suelo—. Tengo un novio en Calabria que va a venir.

—Entonces, vestite —contestó Frisch, bajando la vista.

—Nadie me cortó las uñas. Nunca.

—Vestite.

Rosina se llevó una mano al sexo.

—Si no me acuesto con usted, me muero —dijo.

Mantuvo los ojos cerrados cuando Frisch la besó.

Al día siguiente, Frisch visitó a Teresa y le contó lo sucedido. Ella le escuchó en silencio.

—Se abre la puerta y aparece una mujer —dijo finalmente—. Es la segunda vez que te pasa. Como en los sueños. Como en las pesadillas. La primera no fue muy buena.

—Por eso me da miedo —respondió Frisch.

—Pero vos, a pesar de todo, no sos capaz de vivir solo. Sin mujer, quiero decir. Y ésta te gusta.

—Mucho.

—¿La vas a llevar a vivir con vos?

—Pasó la noche conmigo. Y va a pasar la de hoy.

—En el peor de los casos, Germán, volvemos a ver a la Madre María —sonrió Teresa.

—Ya contaba con eso.

[*41.*

—El último año del siglo.

—Ya se pensaba en el cine: en el noventa y siete, Eugenio Py, un francés ilustrado y de espíritu industrial, había salido de la Casa Lepage, en Bolívar y Belgrano, con una cámara Elgé, de las de Leon Gaumont, idéntica a la de Lumière, la había llevado hasta la Plaza de Mayo y, plantándola frente al mástil, había filmado diecisiete metros de celuloide con la imagen de la bandera ondeando en lo alto. Poco después, el comisario Álvarez, Fray Mocho, asociado con el catalán Pellicer, había publicado Caras y Caretas.

—Pocos catalanes en esa historia.

—Lo lamento. Los que hubo.

—Y la figura de Oller no nos deja bien parados.

—¿Qué puedo hacer? Cuento lo que se recordaba en mi casa, y que me contaron a mí. Oller no era hombre agradable. Pero yo elegí vivir en Barcelona, y contigo. Y mi bisabuela murió aquí, y yo he tenido hijos aquí...

—No me hagas caso, por favor, Vero. Sigue con el cine.

—Prehistoria. No hubo una segunda película hasta la vuelta exacta del siglo: el 31 de diciembre de 1899, visitó Buenos Aires el presidente del Brasil, Manuel Campos Salles: Roca encargó la filmación de su llegada, y la revelaron y la proyectaron en la casa de gobierno por la noche, como parte del agasajo oficial: Viaje del Doctor Campos Salles a Buenos Aires. *Roca sabía mucho, pero cine de verdad no hubo hasta pasados unos años. Lo que contaba entonces era el varieté.*

—¿Con tango?

—Claro. La hagiografía dice que el primer tango cantado, Mi noche triste, *fue idea y obra de Gardel. Pero se cantaban tangos desde mucho antes: con letras que nadie parece querer recordar. Te diré más: no sólo se cantaban, sino que había mujeres que los cantaban.*

—Eso suena lógico.

—En los quilombos, sí. En los teatros, no tanto. La que rompió el fuego fue Pepita Avellaneda, que llegó al Armenonville y al Palais de Glace, pero que empezó en tablados muy del montón, como el Variedades

de Rivadavia y Salta, un café concert con camareras de delantal y mesas, en que sólo se admitían hombres. Villoldo le dedicó una cuarteta que fue muy popular:

A mí me llaman Pepita, jai, jai
de apellido Avellaneda, jai, jai,
famosa por la milonga, jai, jai,
y conmigo no hay quien pueda.

—Siempre mujeres fuertes.

—Nadie recuerda otras. La Avellaneda, que en realidad se llamaba Josefa Calatti, era, además, muy seductora. La leyenda dice que disputó a Gardel el corazón de Madame Jeanne.

—¿Quién era Madame Jeanne?

—Eso está en la novela. Ya lo leerás.

—De paso, Vero..., si no me equivoco, es la primera vez que hablas de un amor heterodoxo. ¿Es que no hubo homosexuales en tu familia?

—Claro que los hubo. En otra época.

—¿Cuándo?

—No me metas prisa. Todavía no alcanzamos el novecientos, cuando se fijó la velocidad máxima para los vehículos que circularan por Buenos Aires en catorce kilómetros por hora. Además, habrá más libros.]

42. El intruso

> Te dejas ganar por las palabras, pero es imposible que puedan servirte para algo, ni siquiera para escribir. Eres tú quien depende de ellas, yo no, yo no.
>
> Pablo Armando Fernández, *Los niños se despiden*

La primera carta de Salvatore Petrella se recibió en mayo.

Rosina la ocultó al principio. Durante la mañana, cuando la portera se la entregó, y aun a la hora de la comida.

Por la noche, no pudo contenerse más. No tenía con quién compartir secretos, como no fuera con Frisch. Teresa había sido amable con ella, pero no había alcanzado a ganar su confianza.

Frisch se estaba vistiendo, anudándose la corbata de lazo ante el espejo, para ir a tocar a un café de mala fama de la Boca. Rosina le observaba, sentada en la cama.

—Tengo un novio en Italia —dijo.

Empleaba siempre las mismas frases cuando estaba segura de que eran correctas.

—Que va a venir —completó Frisch—. No lo creo. No hay noticias de él.

—Sí, hay —se opuso Rosina, tendiéndole la carta.

—¿Cuándo llegó? —preguntó él, volviéndose, sin cogerla.

—Hoy.

—¿Y qué dice? Sabés que no me gusta leer cosas de los demás...

—Que viene.

—¿Pone fecha?

—Pronto.

—Eso no es una fecha.

—No, no es.

—¿Y vos, qué sentís? ¿Querés que venga?

—No sé. Tengo una culpa grande. Si no me hubiera acostado con vos, podía querer que viniera. Ahora me parece que no quiero.

Frisch se puso la chaqueta.

—Una carta en... ¿diez meses?

—Sí, diez meses.

—Una carta en ese tiempo no es mucho para un novio en serio.

—Pero es mi novio. Él va a venir, y yo le prometí esperarlo, y no lo esperé.

—Cuando tenga pasaje, avisará... Mientras, viví tranquila. Y si no te da la gana verlo, escribile vos y decile que te casaste con otro.

Cogió el bandoneón, besó a Rosina en los labios y se marchó con el corazón en un puño. Ella lloró hasta que se quedó dormida. Ninguno de los dos volvió a mencionar el tema hasta la llegada de la segunda carta, en diciembre.

Aquel día, Frisch encontró a Rosina compungida, con el papel sobre la mesa y un pañuelo apretado entre los dedos.

—Salvatore —dijo Rosina, señalando la hoja.

Aunque ella nunca le había nombrado, Frisch entendió que se trataba del novio de Italia.

—Que viene.

—El 4 de febrero.

—¡Mierda! ¿Qué vas a hacer?

—Matarme.

—¡Qué estupidez!

—No puedo vivir así.

—¿Así? ¿Cómo carajo es así?

—Con esta culpa. Si no me acuesto con vos, me muero. Todo el día. Soy una puta. No puedo vivir en la cama con un hombre que no es nadie, y ya no puedo casarme con mi novio. Me voy a matar.

Frisch se sentó delante de ella.

—Es bueno saber que no soy nadie...

—No sos mi novio, ni mi marido, ni mi hermano...

—¿Sería mejor si fuera tu hermano?

—Serías alguien. Tendrías derecho...

—¡Qué campesina bruta! Ni siquiera se te ocurre que las cosas puedan cambiar... Casate conmigo: seré tu marido.

—Una se casa con el novio.

Frisch la miró a los ojos mientras sacaba cigarrillos y cerillas del bolsillo de la camisa.

—No lo puedo creer... —dijo, encendiendo uno—. Hace un año que estás en esta casa. Pensé que me querías.

—En la cama. Te quiero en la cama. Una señora de verdad no quiere a su marido en la cama.

—¡Dios mío! ¡La ignorancia va a acabar con vos!

—Yo voy a acabar.

—Si preferís eso —se rindió Frisch—. De todos modos...

—Ayudame, Germán.

—¿Cómo? Si no hay nada que te parezca bien...

—Desnudate. Desnudame.

—Eso no resuelve nada.

—Sí. Después, puedo pensar un poco. Ahora no puedo pensar.

—Mejor que no pienses.

Iniciaron entonces una celebración que sólo se interrumpió por las navidades. Frisch intuía en aquello una despedida, pero eligió no hacerse preguntas inútiles, y dar al cuerpo lo que era del cuerpo y al tiempo lo que era del tiempo.

43. Fin de siglo

> La muñeca está fría, la he tocado, la he tocado yo y sé que está fría, sé que está muriéndose.
>
> Cristina Peri Rossi, *El libro de mis primos*

La obra del nunca bien ponderado intendente Alvear había sido coronada, en el noventa y seis, con la apertura de la Avenida de Mayo, una senda ancha, entre Rivadavia y Victoria, laterales de la Casa de Gobierno, extendida a lo largo de un kilómetro y medio, desde la Plaza de Mayo hasta Entre Ríos. Apenas inaugurada, hubo de iniciarse su reforma, ya que, en el noventa y siete, el arquitecto Meano reclamó la liquidación de las manzanas laterales en los últimos trescientos metros para que el Palacio de los Congresos, cuya construcción acababa de comenzar, tuviese una bien merecida perspectiva.

En 1858, el recién fundado Café Tortoni tenía entrada por la calle Rivadavia. Treinta años después, la demolición de la parte sur de la manzana, destinada a dar paso a la nueva avenida, afectó a sus fondos. Cuando las obras terminaron, el Tortoni se encontró con dos puertas: la primitiva, sobre Rivadavia, y otra, ahora principal, sobre la vía del lujo y el progreso. Nada ha variado desde entonces. Los dueños pusieron mesas y sillas en la acera: pese al buen gusto del interior, en los meses más cálidos, los parroquianos prefieren permanecer en esa terraza.

Allí esperaron Roque, Ramón, Frisch, Teresa y Rosina el último fin de año del siglo.

El 31 de diciembre de 1899 fue domingo, tal vez el más caluroso que recordaban los habitantes más antiguos de la ciudad. El viento del noroeste, cálido y cargado de humedad, había contribuido a ello. Al caer el sol, todo el mundo se echó a la calle.

Merced a una antigua amistad con el jefe de camareros, Roque había conseguido una mesa en el exterior del café. Todos bebían grandes jarras de cerveza, pero alrededor de las once cambiaron por la sidra, con la que pensaban brindar a medianoche.

A las once y media, ya con mucho alcohol encima, Frisch propuso un brindis por el progreso.

—El siglo veinte —dijo, retórico— verá la felicidad universal.

—Así lo quieran los dioses —replicó Ramón, alzando su copa.

El segundo brindis, considerablemente más modesto, corrió a cargo de Teresa.

—Por los que no están con nosotros —explicó con dulzura.

Roque intentó recitar su parte, decir que sí, que era por ellos que tomaba un sorbo más, pero no pudo: la copa pesaba demasiado, no logró levantarla: la volcó sobre la mesa, quebrándola, y, al apoyarse sobre ella para evitar caer, se clavó un trozo de cristal en la mano: sonrió, o torció la boca, y se deslizó hacia el suelo, sin fuerzas, soltando un suspiro ronco. Los otros le miraron hundirse sin saber actuar, tal vez con una vaga conciencia de que toda acción sería inútil.

—Ayúdenme —pidió Ramón, dejando su bebida y precipitándose hacia su padre. Frisch fue más rápido que él. Entre los dos, cogiéndole cada uno por un brazo, le acomodaron en la silla. Teresa le aflojó la corbata y desabotonó la camisa.

—¡Una victoria! —gritó alguien.

Como si hubiese estado esperando esa orden, la muchedumbre reunida en torno del enfermo se apartó para permitir que se aproximara un coche de caballos.

—¿Hay algún médico presente? —preguntó Frisch.

—Llévenlo a la Asistencia Pública —sugirió una mujer.

—No hace falta —dijo un hombre mayor, acercándose—. Soy médico.

Se detuvo junto a Roque, le levantó una manga y le tomó el pulso.

—¿Pueden subirlo al coche? —dudó.

—Sí —dijo Ramón.

No era un muchacho fuerte: hacía poco ejercicio y fumaba: no cabía esperar que fuese capaz de cargar solo con el peso muerto del cuerpo de un hombre. Pero ese hombre era su padre, de modo que pasó un brazo bajo sus rodillas y otro bajo sus hombros, y le alzó como si se tratara de un niño: dio tres pasos, puso un pie en el estribo de la victoria y le depositó en uno de los asientos, sintiéndole pequeño y ligero.

—Ya está —anunció.

—A su casa —dictaminó el médico—. Los acompaño.

Las mujeres les siguieron. Frisch se instaló en el pescante, con el cochero.

—Reviente los caballos y le daré diez pesos —negoció.

—No hay por qué reventarlos. Son rápidos —aseguró el hombre.

Dieron las doce en todas las campanas de Buenos Aires en el momento en que tomaron por la calle Alsina hacia el oeste. Ya nadie atendía a otra cosa que a sus propios dolores o sus propias felicidades. Estaban solos.

El 1 de enero de 1900, Roque descubrió que tenía medio cuerpo paralizado y que ni siquiera podía ponerse de lado sin ayuda.

—¿Quién es usted? —preguntó al hombre que estaba junto a la cama.

—Soy el doctor Fraga. Usted no me conoce, pero yo sí lo conozco a usted. Atiendo en el Centro Gallego.

—Pero usted es argentino.

—Hijo de gallegos. Estudié medicina en Compostela.

—Dígame qué ha pasado.

—Tuvo un ataque anoche, en la Avenida de Mayo.

—¿Anoche? ¿Qué hora es?

—Las ocho de la mañana.

Por entre las cortinas corridas de la habitación, Roque vio luz.

—¿Cuándo ha venido, doctor Fraga?

—Vine con usted. A las doce y media.

—¿Ha pasado la noche conmigo? —se asombró Roque.

—Puedo permitírmelo. No tengo familia. Nadie me espera.

—¿Soltero?

—Viudo, sin hijos.

—Yo tengo uno...

—Lo sé. Lo mandé a descansar.

—¿Y Teresa? ¿Y Germán?

—Ella prepara café en la cocina. Él duerme. Estaban extenuados. Lo quieren mucho, ¿sabe? La emoción fue muy intensa...

—Así que podemos hablar un momento tranquilos...

—¿Qué quiere saber? ¿Si se va a morir?

—Veo que no tendré que arrancarle una confesión...

—Sé que es usted un hombre de carácter, señor Díaz.

—Gracias, doctor. Además de carácter, tengo dinero. Debo arreglar papeles. ¿Ha visto? Uno no suele pensar en la muerte.

He sido afortunado al sobrevivir... Ahora, dígame cómo son las cosas.

—Su presión sanguínea se elevó de golpe y le dañó el cerebro. Si no quiere quedarse postrado para el resto de su vida, tendrá que apelar a la voluntad.

—¿Cuánto es ese resto de mi vida?

—Un día, un año, cuarenta años..., ¿quién sabe? Puede tener otro ataque en cualquier momento y morirse.

—¿Seguro?

—O quedarse paralítico del todo. Esta vez fue sólo la mitad.

—¿Y lo demás?

—¿La cabeza? Le diré la verdad: puede quedarse tonto.

—En ese caso, ¿me hará el favor de matarme?

—Ese favor no se lo va a hacer nadie, amigo mío.

Roque sintió que su sonrisa era ahora una mueca de media cara.

—No crea, doctor —dijo—. No crea.

—Prefiero creerlo.

—Entiendo. Hágame el bien, doctor Fraga: llame a mi hijo.

—No le conviene hacer esfuerzos.

—Es lo único que sé hacer. Llame a Ramón.

—De acuerdo.

El médico salió de la habitación. Roque oyó su voz y la de Teresa, y movimientos en otras partes de la casa. Ramón no tardó en aparecer.

—Ven, siéntate —pidió Roque.

—Padre, tal vez fuese mejor que no hablaras ahora.

—Tengo que conversar contigo antes de que esto vaya a peor... Ven, ponme unas almohadas bajo los hombros. No puedo decirte lo que necesito decirte echado como un muerto.

—Como quieras —cedió Ramón, esponjando unos cojines.

Finalmente, se sentó donde antes había estado el doctor Fraga.

—Te escucho —dijo.

—Nunca te he contado por qué decidí venir a América, por qué nos marchamos del pueblo tu madre y yo..., pueblo es mucho decir: una aldea. Eso es Traba: una aldea. Allí nací yo. En la provincia de Pontevedra, a pocas leguas del mar. En el cincuenta. Hace cincuenta. Mi madre, tu abuela, se llamaba Brígida. Murió cuando yo tenía dieciocho años. Cuando eso ocurrió, me fui a Madrid.

—¿Y tu padre?

—No había padre. Ése fue uno de los problemas.

—¿Qué problemas?

—Los que surgieron después. Si me dejas continuar, te enterarás de todo.

—Muy bien. Pero algún padre tenía que haber...

—Un hombre que me engendrara, quieres decir. Eso, sí. Pero eso no es un padre.

—¿Y quién fue? El señor Ouro, supongo.

—No, no. Díaz Ouro, mis dos apellidos, me vienen de mi madre. No hubo señor Ouro. Hubo un cura joven, de paso hacia o desde Santiago... Preñó a la moza y se largó. Y el padre de la moza la repudió, la echó de su casa, al camino, hala, como una verdadera puta, que es lo que era para él. Sólo que el destino tiene muchas vueltas, Ramón.

—¿Cuál fue aquella vez?

—Rosende Lema.

—Es la primera vez que oigo el nombre.

—Era un hombre rico, poco mayor que Brígida, y estaba enamorado de ella.

—Le ofreció matrimonio.

—Sí, pero Brígida no aceptó. No le quería lo suficiente como para vivir con él. Era una mujer muy independiente, y muy fuerte. De modo que él, más enamorado que nunca, la tomó bajo su protección: le dio una casa con alguna tierras para cultivar y la ayudó en todo hasta el día de su muerte. Y me ayudó a mí. Si vive, debe de tener ahora unos setenta y cinco años.

—¿No lo sabés?

—No. Nos despedimos para siempre... y, cuando uno se despide para siempre, no se escribe. Eso fue en el setenta y tres.

—Después de Madrid. ¿Qué hiciste en Madrid?

—Trabajar mucho, leer un poco...

—¿Cómo habías aprendido a leer?

—Me había enseñado mi madre... En Madrid, también conocí gente... Obreros con ideas...

—¿Anarquistas?

—Imagino que sí, aunque por entonces las cosas no eran tan claras, tan definidas.

—¿Volviste a la aldea con algún propósito?

—A decir verdad, únicamente a visitar a Rosende. Pero un mes antes había llegado de Cuba el viejo Besteiro, tu abuelo.

Era heredero de unas cuantas tierras, pero eso era lo de menos. Lo importante era lo que había traído como producto de un cuarto de siglo en La Habana: mucho, muchísimo dinero, y una hija: Fernanda. Fernanda Besteiro Lema. La madre de tu madre era la hermana mayor de Rosende.

—Lo cual, si no me equivoco, lo convierte en tío abuelo mío.

—Precisamente. Tío de Fernanda. Tú eres un Lema.

—Creo que nunca me voy a acostumbrar a esos líos de parentesco.

—Si vives toda tu vida en Buenos Aires, donde no hay más que hijos y padres, cuando los hay, no te acostumbrarás. Pero si algún día vas a Galicia, sí.

—¿Vos querés que vaya?

—Yo ya no podré...

—Hablame de mi madre.

—La vi un día desde el camino. Yo iba a caballo hacia mi casa, al paso: no llevaba prisa. La vi y no lo pude creer: era una señorita de La Habana, que era decir más que una señorita de Madrid: paseaba por el campo, leve y diáfana, envuelta en un vestido blanco con volantes de tul, como si paseara por un sueño. Era perfecta, Ramón. No sé cuánto tiempo estuve mirándola. Ella me vio y sonrió. Salí al galope a buscar a Rosende. «Encontré una mujer», le dije. «Fernanda», dio por supuesto él. Me preguntó si me interesaba. Mi respuesta debió de ser... demasiado vehemente, porque él se echó a reír. Me dijo que iba a ser difícil. El viejo Besteiro...

—¿Cómo se llamaba? Besteiro, digo.

—Tu abuelo, Manuel. Según Rosende, no aceptaría nunca una boda de su hija con un bastardo. Y era cierto. No la aceptó.

—Se escaparon.

—Primero tuve que escapar yo. Pasé un mes en el monte. Me buscaron con perros, decididos a matarme.

—¿Quién?

—Tu abuelo. Y hombres de los alrededores.

—Lo de él lo comprendo. Lo de los otros...

—Por dinero, Ramón. Tuve que cargarme yo a uno de ellos.

—Pero no te encontraron.

—No. Enterré al hombre y seguí andando. Batieron el monte ocho o diez días. No sé cómo, pero los eludí. Pasado un mes, bajé a la aldea, de noche, y trepé a la ventana de Fernanda.

Me esperaba. Acordé una cita para el día siguiente y dormí en mi casa. Rosende nos dio dinero y nos acompañó hasta Compostela. Allí nos despedimos. Fernanda y yo fuimos a Madrid. Pero no podíamos parar mucho tiempo en ninguna parte. Compañeros obreros nos daban su apoyo: siempre tuve trabajo y comida. Pero debíamos huir constantemente. Nos casamos en Cádiz, en el setenta y cuatro. Fui aprendiendo un oficio.

—¿Qué oficio?

—El de tipógrafo.

—Nunca me lo dijiste... Y nunca trabajaste en eso.

—No tiene importancia.

—¿Cuándo llegaste a Sevilla?

—En septiembre del setenta y cinco. Tú naciste allí. Es una ciudad magnífica, pero tampoco en ella pudimos quedarnos. Un amigo nos llevó a Francia. Los dos años siguientes los pasamos en Marsella, con alguna tranquilidad. Después, me ofrecieron empleo en una tipografía de Barcelona. Tu madre ya estaba enferma, y lo necesitábamos.

—¿De qué?

Roque sonrió.

—De tuberculosis. De injusticia. No de hambre, no. Como te he dicho, comida teníamos. Lo que no teníamos era una vida. ¡Era tan hermosa! Pero la miseria no perdona.

Ramón cogió la mano de su padre.

—Yo voy a ir —prometió.

—¿Sabes qué era lo que más deseaba cuando murió tu madre? Dinero. No lo que más deseaba: lo único que deseaba. Me odié por no ser capaz de robar: cuando pensaba en lo que ocurriría contigo si me cogían, se me aflojaban las piernas y retrocedía. Desde el momento en que la enterré, me entregué a un único propósito: ganar dinero, porque con dinero se puede todo. Quería comprar mi vida y la tuya, mi libertad y la tuya, y regresar para vengarme, empezando por tu abuelo..., estaba decidido a convertirme en un completo hijo de puta. Ciriaco Maidana me lo puso todo más fácil. Ahora soy rico y libre, y tú eres adulto, rico y libre, pero ya es tarde para la mayor parte de las cosas...

—Yo voy a ir —repitió Ramón.

—Es inútil. No se puede cambiar una aldea sin cambiar el mundo.

—Y el mundo...

—No vale la pena. Trae a Teresa y a Germán.

Ramón se incorporó y fue hacia la puerta. Se detuvo junto a ella y se giró.

—¿Cómo encontraste a Posse? —preguntó.

—Era amigo de Rosende.

—Todo va a parar al mismo lugar, por lo que veo.

—Así es.

Ramón salió al patio.

44. El sol sobre la ciudad

> Una parte de la casa se había terminado de derrumbar, pero quedaba en pie otra buena parte.
>
> Haroldo Conti, *Sudeste*

Al comenzar el nuevo año, la crueldad de clima se hizo aún más feroz. La humedad aumentó. Durante todo el mes de enero y gran parte de febrero, la temperatura se mantuvo constantemente por encima de los cuarenta grados. La sombra, en el interior de las casas, era tibia y pegajosa. El agua sabía a caldo soso. Un marinero portugués llegado del Paraguay murió en Rosario de peste bubónica, sembrando el terror: quienes tenían la edad suficiente para recordar las epidemias de fiebre amarilla y de cólera, empezaron a consumir hidralgina. Pero no se llegó al desastre: era un caso aislado. La gente, sin embargo, caía muerta en las calles: los cadáveres eran ya cuatrocientos cuando el casi eterno presidente Roca visitó la Asistencia Pública: la mitad correspondía a trabajadores del empedrado público. No había enfermedad: era el sol. Se suspendieron todas las actividades entre las once y las cuatro, y se recomendó higiene y ropa holgada.

A mediados de enero, los obreros portuarios hicieron, con éxito, su primera huelga, mientras el ex oficial británico Somerwell, radicado de antiguo en Villaguay, preocupado por el curso de los acontecimientos, armaba un grupo de veinticinco hombres y partía con ellos hacia África, en un barco ganadero, resuelto a aplastar la revuelta bóer en el Transvaal. Lo primero alegró el corazón de Frisch; lo segundo le sumió en el desconcierto y en la duda respecto de la inteligencia humana. Del militar, nunca más se supo. De los obreros, se sigue hablando.

Una mañana, Martí Oller propuso a Ramón una excursión a Palermo.

—Verá —explicó—: se trata de ir a ver a un gran amigo, paisano de usted, gallego, y colega mío. Inventor, quiero decir.

—¿Y por qué hay que ir a verlo en un día como éste, y a Palermo?

—Precisamente porque ésas son las condiciones óptimas para probar su nueva creación: un día como éste y en Palermo...

—No despierta mi curiosidad, pero como usted está esperando que se lo pregunte, se lo pregunto: ¿cuál es su nueva creación?

—Gracias, joven Díaz. José María López, que tal es el nombre de mi par, ha inventado la sombrilla para bicicleta. Y se propone demostrar su eficacia a la vista de todo el mundo.

—Yo no soy todo el mundo.

—Es persona calificada. Para él, será un honor contarle entre los testigos de excepción de su triunfo.

Finalmente, Ramón cedió.

Mientras Ramón y el inventor viajaban hacia Palermo en el único coche de alquiler que aceptó llevarles, Frisch leía *La Nación* en la sala de la casa de la calle Alsina. Roque dormitaba en una mecedora y Teresa echaba agua en el patio para refrescarlo.

La noticia, aunque no de primera plana, era destacada: «Un caso de fiebre amarilla a bordo de un barco argentino», titulaba el periódico. «Un inmigrante italiano con destino a Buenos Aires murió hace dos días, víctima de la fiebre amarilla, a bordo del vapor argentino *Los Andes*. La nave atracó ayer en la isla de Martín García, en el centro del río de la Plata, donde deberá pasar cuarentena. El cuerpo del fallecido, llamado Salvador Petrella, fue cremado, sin ceremonia alguna, en el horno del lazareto de la isla...», leyó Frisch.

—Me voy —anunció, saliendo de la habitación.

—¿Qué pasa? —quiso saber Teresa.

—El novio. El novio italiano...

—Sí... ¿qué?

—Está muerto.

Se marchó sin más comentarios. Teresa se persignó al verle salir.

El número de espectadores congregados para presenciar la experiencia de José María López era muy reducido. Buenos Aires parecía ser el lugar más adecuado del mundo para toda clase de demostraciones extravagantes y, en tan adversa situación meteorológica, ninguna podía resultar lo bastante novedosa o emocionante como para llamar la atención de muchos. Ramón contó doce personas, de las cuales dos, mujeres, habían llegado hasta allí acompañando al protagonista. Seis, tal vez siete, se interesaban de verdad por lo que Oller llamaba el evento. Las razones por las que las demás se habían hecho presentes, constituirían un misterio definitivo.

El inventor, callado y rígido, en mangas de camisa, aunque con lazo negro ajustando el blanco cuello de celuloide, y cubierto con sombrero de Panamá, pasaba una y otra vez, de arriba abajo y de abajo arriba, un trozo de franela por el mango cromado y reluciente de su sombrilla. El utensilio no formaba parte de la bicicleta, como había imaginado Ramón: se insertaba en un aro soldado en la mitad del travesaño que unía el manubrio con la rueda trasera, muy pequeña, del vehículo, y se ajustaba a él mediante un tornillo y una tuerca de mariposa.

Oller se disculpó ante Ramón por no presentarle al genio, en nombre de la sacra concentración y la inspiración de los elegidos.

A las doce y media, cuando el aire ardía y el sol golpeaba como una maza de verdugo, López apretó la tuerca que sujetaba un invento a otro para generar el suyo, se puso el chaleco y lo abotonó entero. La bicicleta descansaba contra el tronco de un árbol pelado y debía de estar al rojo. Él se movía con absoluta indiferencia en aquel fuego, aunque la calina desvaneciera por momentos el perfil de sus piernas. Despegó la bicicleta de su apoyo, abrió la sombrilla, que se veía tan enorme como inútil en su blancura enfermiza, y se encaramó en el asiento al tiempo que hacía girar los pedales.

Le vieron recorrer dos metros, tres, cuatro, recto, orgulloso, loco y lleno de porvenir. El sudor del rostro se evaporaba sin hacerse evidente. Diez metros, doce. Fueron veinte en total los que consiguió avanzar antes de caer como fulminado por un rayo.

Ramón había pedido al cochero que les esperara. El hombre observaba los acontecimientos sentado debajo de su victoria. La derrota de López le sacó de su refugio, elevándole al pescante recalentado y hostil.

—No sé si los caballos van a poder moverse... —dijo, echando una mirada triste y cargada de reproches al cuerpo vencido de López.

—Pruebe —pidió Ramón.

Los caballos, al paso, con los belfos bañados en densa espuma, se pusieron en marcha rumbo a la Asistencia Pública.

López sobrevivió. Reseco, con los labios quebrados y los ojos perdidos, le tendieron en un catre y le cubrieron de paños empapados en agua, alcohol y vinagre. Oller se quedó junto a él.

A las tres de la tarde, Ramón salió a la calle para descubrir que la ciudad había cambiado: por primera vez en un tiempo que se sentía incapaz de medir, una capa de nubes había ocultado el sol. Eran nubes grises y rojizas, y pasaban lentas, muy bajas, a apenas unos metros del suelo. De tanto en tanto, las recorrían silenciosos relámpagos.

Ramón echó a andar hacia el oeste por Victoria. Ya había atravesado Entre Ríos cuando se oyeron los primeros truenos. La lluvia empezó a caer poco después, en gruesas gotas tibias que imprimían círculos enormes en el suelo polvoriento y le arrancaban hondos aromas rurales.

Una transversal solitaria le llevó hasta Alsina. Al girar, vio la espalda encorvada de Germán Frisch, que caminaba con las manos en los bolsillos, sin atender a nada de lo que ocurría a su alrededor.

—¡Germán! —llamó.

No tuvo respuesta. Apretó el paso. No le costó alcanzarle.

—Germán —dijo, ya al lado del amigo.

Frisch volvió el rostro hacia él, sin una palabra. Estaba llorando.

—¿Qué? —preguntó Ramón, pasando un brazo sobre los hombros del alemán.

—¿Qué? Que se acabó. Que me equivoqué. Que siempre me equivoco.

—¿Rosina?

Frisch lo confirmó con un gesto.

—¡Esa tana ignorante! —dijo—. En su puta vida leyó un diario, y el día que lo lee, la caga. Yo ni siquiera estaba seguro de que supiera leer... Mejor si no hubiera sabido.

—Vamos a tomar algo y me contás —propuso Ramón.

Entraron en un almacén y se acodaron en el mostrador de estaño.

—Dos ginebras y dos cervezas —pidió Ramón.

Frisch encendió un cigarrillo y miró a un punto remoto al otro lado de la pared.

—Está muerta —dijo—. Muerta, ¿entendés? Fría, fría. Con los ojos abiertos —fijó la vista en Ramón—. Con los ojos abiertos, dormida y ridícula. La gente muere por cosas raras, cosas que ni vos ni yo vamos a entender nunca.

—¿Por qué murió ella?

—Por una promesa, creo. Por una costumbre del sur. Por atraso. Por nada. Por dormir conmigo. Por impaciencia. Por una noticia... Resulta que el famoso novio venía... Reventó en el medio del río. En *La Nación* dicen que de fiebre amarilla, pero quién sabe... un inmigrante..., a lo mejor se murió de hambre.

—¿Está en *La Nación*?

—Es un acontecimiento. Pararon el barco en Martín García... Tenía que entrar mañana, pero lo pusieron en cuarentena.

—¿Sabías que llegaba?

—Claro. Íbamos a ver cuando estuviera acá... Eso, justo. Ella debe de haber mirado el diario por eso, por el barco... Y encontró la noticia. Como yo. ¿Y sabés qué? En el fondo, me puse contento. Se acabó la rabia, pensé. Fui corriendo a decírselo. Con cuidado se lo iba a decir, que no se me notara la alegría. No se me ocurrió que podía saberlo. Por lo mismo que lo sabía yo. ¡Qué gil! Siempre fui un gil con las mujeres... ¿Pero quién se iba a imaginar que leyera nada? Un día nombré a Roca y me preguntó quién era... Es que ellas leen de otra forma, Ramón. Al bies, o desde abajo, y se enteran de lo que a vos te parece insignificante. Con eso construyen, o destruyen, no sé...

—¿Cómo lo hizo?

Frisch tragó su copa de ginebra y un sorbo de cerveza.

—Más ginebra —pidió—. Deje la botella.

Repitió la operación y se secó la boca con la mano. Se entretuvo un momento aún, jugando con un cigarrillo, antes de seguir. Afuera, la lluvia se había hecho más abundante. Ramón no repitió su pregunta.

—¡Qué barbaridad! —continuó Frisch—. Hay que ser muy bestia, muy duro, para hacer lo que hizo. A mí, la idea de matarme me dio vueltas por la cabeza un millón de veces. ¿Sabés cuántas maneras hay? ¿No? Todas las que quieras. Infinitas maneras. Pero el dolor asusta más que la muerte. Supongamos que te vas a cortar las venas..., ¿cómo hacés?

—Una navaja, agua caliente...

—Lo que menos duela, ¿verdad? Ella no, ella... No puedo, no puedo contarlo, perdoname.

—Contalo. Contalo como si yo no estuviera.

Frisch bebió más ginebra.

—Roque se metió en muchos negocios —dijo.

—¿Y eso qué tiene que ver?

—Tiene que ver, porque un día se le puso entre ceja y ceja abrir una carnicería. Tenía un socio, por supuesto. El socio se arrepintió y tu viejo tuvo que meterse en el culo todo lo que había comprado para el trabajo: una caja importante, con dos serruchos, quince o veinte cuchillos y varias hachas de mango corto y hoja cuadrada. La caja quedó en casa.

—¡Mierda!

—Vos, para cortarte las venas, afilás una navaja, calentás agua y hasta lavás la palangana. Ella no. Ella pone el brazo izquierdo sobre la mesa, la mano abierta, la palma arriba, y con la derecha se da un hachazo..., ¡carajo! ¡Qué barbaridad! ¡Sangre hasta en el techo!

Ahora fue Ramón quien se abalanzó sobre la ginebra.

La lluvia caía con furia. En unos minutos, la calle se convirtió en un arroyo.

—El hacha quedó clavada en la mesa —completó Frisch.

—Va a haber inundaciones —dijo un parroquiano.

Ignoraron el comentario.

—Decime, Germán, ¿es este país? —dudó Ramón—. Tanta muerte...

—No. La muerte cae sobre el mundo como el sol sobre la ciudad. Hay momentos como éste, en que no se ve, pero es porque está cayendo en otra parte. En París, vi degollar veinte mil hombres de una sola sentada. No sé cómo, pero yo me salvé. Cuando la Comuna. Los de Versalles degollaron veinte mil..., se dice fácil, ¿eh? No, no es este país. Acá no muere casi nadie. Lo que pasa es que a nosotros... No, mejor dejalo así.

—Como quieras.

Estaban a menos de quinientos metros de la casa. Fueron andando por el centro de la calzada, donde el agua barrosa, que corría con fuerza hacia el este, les llegaba a los tobillos. No hicieron caso de la lluvia que les enceguecía: necesitaban limpiarse.

El patio, la cocina y la sala se habían inundado. Teresa, sentada en la penumbra junto al fogón, levantó los ojos cuando entraron. Tiraba de las puntas del pelo mojado, las enredaba. Miró a Ramón con ternura.

La muerte, pensó él. Otra vez.

—Tu padre —dijo Teresa.

Mi padre. Aquel gigante que me tomaba de la mano y me llevaba hasta el fin del mundo. Cogido de su mano crucé el océano. Cogido de su mano vi el cortejo de un rey negro. Cogido de su mano encontré a Germán. Cogido de su mano. Cogido. ¡Dios santo! Lo pienso en su lengua.

Teresa era una niña abandonada.

Los dos hombres se acercaron a ella y la ayudaron a incorporarse.

—Está en la cama. No sé cuándo fue. Estaba dormido.

—No importa. No importa cuándo fue. Pasó con serenidad.

Mi padre. Él trajo a Mildred. Trajo los libros. ¿O fue Germán? Los dos. Entre los dos, trajeron los libros. Él compró para mí una vida de hombre libre. Amaba a mi madre. Tal vez a Sara. Y amó a Teresa, qué duda cabe.

Roque se veía pequeño sobre la cama, él, un hombre tan alto. Y pálido, como jamás lo había sido.

Ramón se arrodilló junto a la cama y le acarició el pelo, el frío.

—No se afeitó esta mañana —observó.

—Quise afeitarlo, pero no me dejó —dijo Teresa—. Estaba cansado.

—Lo voy a afeitar —resolvió Ramón.

Frisch se hizo cargo de la decisión. Salió y regresó con la navaja, la crema, la brocha, la correa. Teresa trajo agua tibia.

Mientras Ramón enjabonaba el rostro de Roque, Frisch asentó la hoja con rigor.

Una mejilla cuidada, piel suave, blanca. La casa de Posse, la casa de Pichincha y Garay: el primer baño caliente en Buenos Aires. ¡Qué bien olía Roque! Siempre olía bien. La nariz ya no es la misma. Hay que pasar por aquí con delicadeza, no se vaya a deshacer la sonrisa. ¿O no es una sonrisa? Leve, como la que tenía el día de la boda de Manolo de Garay. Una sonrisa. Aquel día mató a un hombre. Mi padre mató a un hombre. Por amistad. No, por amor: por el amor de otro. No fueron sólo las mujeres. También amó a los hombres. Y fue amado. Nosotros tres, en este cuarto, lo amamos. El filo de la patilla tiene que ser perfecto. ¿Vivirá Rosende?

Teresa extendió una mano y la pasó por el rostro de Roque.

Una mano larga, la de Teresa, de dedos largos. Roque debe de haber deseado esos dedos. Y ese perfume, que pertenece a la casa como el olor noble de él. Los dedos de Teresa, suavemente, sobre la frente de Roque. ¿Y Germán? Sentado en la orilla de la cama, sosteniendo entre las suyas una mano de Roque. Un amigo. Otra mano. Se habían dado la mano aquel primer día. Germán había dado la mano a Roque. Antes, a Ramón. Nadie había saludado así a Ramón en su vida, en sus cinco años. Se querían. Desde el principio. Se quisieron siempre, los tres. Teresa aún no había llegado. Ni Mildred. Ni Encarnación Rosas.

Ramón limpió con una toalla restos de jabón. Germán se queda solo. Y Teresa. Tienen la edad de Roque y ahora él está muerto. Ellos podrían ser mis padres, pero están en la edad de la muerte. Son mis hijos. Hasta el final.

Ramón colocó todo sobre la mesilla de noche y se puso de pie.

Jugó un instante con el pelo de Teresa, que no se había apartado de su lado. La tomó por los hombros.

—Madre —dijo—. Tenemos mucho que hacer.

Ella le abrazó con fuerza. Después, recogió los avíos de afeitar y dejó la habitación.

Ramón miró a Frisch, todavía sentado.

—Germán —dijo.

—Hacés bien en llamarme Germán. Yo soy tu amigo. Y lo voy a ser, te guste o no, hasta el último día. Pero también soy amigo de Roque. No soy tu padre.

—¿Vos sabés qué se hace en estos casos?

—Sí, claro. Te lo voy a explicar. Esta vez, no puedo hacerlo yo... Si no encuentro al comisario, voy a tener problemas: hay que enterrar a tu padre, pero también hay que enterrar a Rosina.

Ramón sacudió la cabeza.

—¿No te sentís capaz? —preguntó Frisch.

—Sí, sí, quedate tranquilo.

—¿Y ese gesto, entonces?

—Me estaba preguntando qué clase de hijos de puta sin alma somos. O qué clase de farsantes. Cualquier otro se hubiera entregado, hubiera pedido auxilio, estaría llorando. Nosotros, no. Somos duros.

—¿Duros? Fuertes, puede ser. Inteligentes. Buenos jugadores. ¿Por qué nos vamos a entregar? Roque no se entregó jamás.

—Es verdad —aceptó Ramón.

—Tenemos mucho que hacer —recordó Frisch.

Los dos besaron la frente de Roque antes de volver a la lluvia, que ahora caía sobre la ciudad como el sol, como la muerte.

Tercera parte

[45.

—Germán Frisch se fue a vivir a la calle Alsina.

—¿Con Teresa?

—Nunca formaron una pareja. Lo cual no nos impide suponer que haya habido algo entre los dos. Más aún: yo apostaría a que lo hubo. Pero jamás en forma pública.

—¿Por qué?

—Tal vez por Roque. Ambos le quisieron mucho.

—Justamente. Y Roque a ellos. Él hubiese visto con buenos ojos su unión.

—Es posible... También es posible que la presencia de Ramón haya sido decisiva.

—Por lo que sé, a él tampoco le hubiese parecido mal. No era nada tonto.

—No, evidentemente. Y era hombre generoso. Pero el caso es que no se valieron de esa comprensión ni de esa generosidad.]

46. El cantor

Los zorzales cantan. ¡Cómo cantan!

Enrique Wernicke, *La ribera*

En el comedor del Hotel Español de Tacuarembó, el silencio era completo. El bochorno de la siesta, en aquella tarde de enero de mil novecientos dos, había paralizado el mundo. El hombre de blanco sentado junto al ventanal observaba a Ramón Díaz y a Germán Frisch. Aunque les conocía, no conseguía asociarles con ninguna circunstancia particular. Tenían que ser de Buenos Aires, pero eso ya no tenía importancia. Ahora estaba a salvo.

Había sido un error matar a aquel pituco. Porque no era más que un pituco, por mucho que se hiciera el fuerte y la emprendiera a tiros con la orquesta. Tipos así siempre se dejaban caer por los andurriales, en busca de mujer. Y el almacén de Aquiles Giardini, en el bajo de Palermo, no era de los peores. Se encontraba en el descampado, pero en zona a la que alcanzaba la ley, muy cerca del antiguo Paseo de las Palmeras, al que nadie se acostumbraba a llamar avenida Sarmiento.

Frisch también le miraba. De pronto, se levantó y fue hacia él. En aquel momento, vinculó el rostro del alemán con la muerte del muchacho.

—Buenos días —dijo Frisch.

—Buenos días —respondió el hombre.

—Usted no se acordará de mí...

—Sí, me acuerdo. Usted estaba ahí. No sé qué hacía, pero estaba.

—Tocaba el bandoneón. ¿Sabe que ese chico, Argerich, el Vidalita, le decían, iba siempre por el almacén? Y parecía tranquilo.

—Hasta que se reviró.

—Si no llega a ser por usted, no deja un músico vivo. Quiero que sepa que se lo agradezco.

—No es que sirva de gran cosa, pero tranquiliza saber que no todo el mundo lo persigue a uno... ¿Usted es de por acá?

—No. Vine con un amigo que tiene unos campos cerca. Permítame que lo invite a tomar una ginebra.

—Cómo no.

Fueron a reunirse con Ramón.

—No puedo presentarte al señor, porque todavía no sé cómo se llama —explicó Frisch—. Pero fue el que nos salvó en lo de Giardini...

—Me llamo Traverso —informó el otro—. Me dicen Cielito.

—Encantado —Ramón le tendió la mano—. Siéntese, por favor. ¿Vive en Tacuarembó?

—No. Estoy de paso. Lo de aquella noche fue bravo. Ese pibe era un niño bien, de familia importante. Me buscan.

—¿La policía? —preguntó Ramón.

—¿Quién quiere que me busque?

—Claro. Disculpe.

—Voy para Santa Ana do Livramento. Ahí hay unos amigos.

—¿Cree que va a poder volver? —averiguó Frisch.

—Difícil. Hay muertos y muertos. Y aquél era de los duros.

—¿Y qué va a hacer en Santa Ana?

—Vivir. Mis hermanos me van a ayudar..., tengo tres hermanos. En el Abasto.

—Si necesita algo para Buenos Aires, nos vamos mañana —ofreció el alemán.

—Gracias. Voy a mandar unas cosas, pero ya tengo mensajero. Y es un mensajero que no se puede reemplazar...

—No hay nadie que no se pueda reemplazar —objetó Frisch.

—Sí, hay —insistió Traverso—. Éste. Hace de mensajero y de carta a la vez.

—¿Un condenado?

—No, no, nada de eso. Si tengo que liquidar a alguno, lo liquido. Y usted lo sabe mejor que nadie. A éste lo mando de regalo a mi hermano Constancio, que tiene un café...

—¡Claro! —evocó Frisch—. Constancio Traverso... ¡Cómo no me di cuenta antes! Es el dueño de O'Rondeman, en la calle Laprida, detrás del mercado...

—¡Justo!

—Toqué ahí un montón de veces...

—Entonces, sabe que se hace música.

—También sé que se hace para los conservadores.

—Alguien tiene que pagar, ¿no?

—¿Es músico su hombre? —interrumpió Ramón.

—Cantor. El mejor que oí en mi vida. Un fenómeno. Acá, perdido... Un muchacho que tiene que ir a Buenos Aires, a que lo escuche la gente.

—¿Joven?

—Veinte años. ¿Ustedes vienen por acá a menudo?

—Yo tengo campo. En Ventura. Sí, venimos bastante.

—A lo mejor lo conocen al Zorzalito. Carlos Escayola.

—Lo conocemos —confirmó Ramón—. Mi padre le compró el campo a su padre.

—Sí, el viejo tenía plata. Pero quedó poca cosa... Éste vive como puede: medio cantor, medio cafishio. Las hembras también se le dan bien. Mi hermano le va a ayudar a hacer carrera.

—¿En las dos cosas?

—Si le da el cuero...

Siguieron conversando, sobre música y músicos, sobre los políticos y la política, sobre rufianes, caftenes y policías, hasta que cayó el sol.

Aquella noche, Ramón y Frisch oyeron cantar a Carlos Escayola por primera vez.

Escayola se presentó en la casa de la calle Alsina a principios de junio de aquel año dos, año de la promulgación de la aciaga ley de residencia, para la expulsión de extranjeros politizados; año, también, del estreno en Buenos Aires del *Viaje a la Luna* de Méliès, y de la filmación de *Escenas callejeras*, primera película de argumento hecha en la Argentina. A Ramón le asombró la modestia de su indumentaria: en esos días de frío extremo, no llevaba abrigo. Le hizo pasar a la sala y le ofreció ginebra.

—Me imaginé que con los Traverso las cosas iban a irte mejor —le dijo, con ánimo de picar al muchacho—. Veo que no prosperaste mucho.

—Todavía no empecé con ellos —respondió Escayola—. Por eso vengo a verlo.

—Tratame de vos. No soy un caudillo conservador para que me hables de usted... ¿Qué estuviste haciendo hasta ahora? Porque viniste a Buenos Aires en enero, si no me equivoco.

—Trabajé un poco...

—¿Trabajaste? ¿Vos?

—Aunque no lo crea.

—No encontraste mujer... .

—No, no es eso... Es que quería estar tranquilo para estudiar.

—¿Canto?

—Sí. Me pagué un maestro.

—Italiano, supongo.

—Sí.

—¿Y en qué trabajaste, si se puede saber?

—Hice de todo. Primero, vendí diarios. Casi todos los días pasaba, vendiendo, por el stud de una gente bien, la familia Baldassarre. Ya sabés, profesionales, con plata. Les caí bien y me tomaron a sueldo para llevar los chicos a la escuela. En una volanta, de cochero... Después, entré en el Teatro de la Victoria...

—Pero no de artista.

—En la tramoya. Pero fue lo mejor que hice en mi vida. Conocí a un muchacho, Alippi, Elías Alippi, que me ayudó como nadie. Él fue el que consiguió que Titta Ruffo me escuchara. Ahora sé que sirvo. Él me lo dijo.

—¿No te bastaba con las opiniones que ya tenías?

—No. Tenía que saber qué pensaba un grande. Un grande de veras, y no un cualquiera. Yo seré todo lo que se te ocurra... Sé que no me tenés mucho respeto... Pero en eso, en lo de ser cantor, voy en serio.

—Para ser bueno en arte no hace falta ser buena persona... Ahora, decime: ¿por qué viniste a verme? ¿Qué tengo que ver yo con tu canto?

—Mucho. Voy a ir a ver a Constancio Traverso. Ya sé que me va a oír y me va a dar un sitio, pero yo no quiero que me haga un favor por lástima. Sé muy bien que es un animal, la música le importa un carajo... Sin embargo, tiene que ser por eso que me tome... Y no puedo ir así, sin un sobretodo ni un sombrero decente, porque entonces ni me va a escuchar ni nada... ¿Cantás?, va a decir. ¿Sí? Bueno, vení a la fiesta del sábado o a la del domingo. Y eso, no. ¿Me podés prestar un sobretodo?

—Mi ropa seguro que te queda chica. Mejor te doy plata.

—¿Y si no te la puedo devolver?

—No dije que te la prestaba. Dije que te la daba.

—Bueno —aceptó Escayola.

—¿Mejoraste con el maestro?

—Claro. Si no, no le pagaba.

—Quiero oírte. Cantá algo.

—¿Así? ¿Sin guitarra?

—Así.

Escayola se aclaró la garganta y soltó la primera cuarteta de un aire campero en que se hablaba del corazón, del cielo y de los pastos. A Ramón no le interesó la letra. Las modulaciones de la voz, en cambio, le conmovieron como, más de veinte años atrás, le habían conmovido, en una calle de Montevideo, las notas del bandoneón de Germán Frisch. No necesitó pedir a Escayola que siguiera. A la primera canción siguieron otras dos.

Cuando Escayola se detuvo, sonriente, mirando hacia la entrada de la sala, Ramón descubrió allí a Teresa, atenta, con los brazos cruzados y un hombro apoyado en el vano, el pelo, aún negro, suelto, la bata ceñida sobre las caderas. Magnífica, pensó Ramón.

—Sos muy bueno —diagnosticó Teresa, dirigiéndose al cantor.

—¿Le parece, señora? —coqueteó él, con esperanza de recibir otro halago.

—No necesitás que yo te lo diga —concluyó ella.

—Voy a ser cantor. Profesional, ¿sabe?

—Cantor ya sos. Lo demás, está por verse... O yo no conozco a la gente, o no te va a resultar fácil. La voz que tenés no es de las que se perdonan... A veces, de muerto.

—¿Usted cree? —Escayola había abierto mucho los ojos, pidiendo el auxilio de aquella mujer segura—. ¿Qué tengo que hacer? —consultó, lleno de fe.

—Cantá bajito. Desde un rincón. Esperá tu momento.

No añadió nada más. Se giró y les dejó solos.

—¿Quién es? —preguntó Escayola.

—Teresa.

—¿Tu vieja?

—Sí. Hacele caso. Ella sabe.

Escayola se marchó con dinero en el bolsillo y dudas en el alma.

—¿De dónde lo sacaste? —averiguó Teresa cuando se hubo marchado, mientras preparaba la cena en la cocina.

—Lo encontró Cielito Traverso en Tacuarembó. El que mató al loco Argerich cuando se puso a tirar sobre los músicos...

—El destino te va a buscar a lugares más raros que Tacuarembó. Si quiere. Si no quiere, podés pasarte la vida llamando y reclamando sin que te haga caso.

—Pero no te veo muy convencida de que a éste lo favorezca.

—A la larga, sí. Si tiene paciencia.

47. La libertad de prensa

La patria tiene intermitencias.

José Ingenieros, *El hombre mediocre*

En los primeros años del siglo, Buenos Aires vivía sin sobresaltos. Era noticia comentada el enfrentamiento, en 1903, en los carnavales de Avellaneda, de la comparsa de «Los Leales» con la de «Los Pampeanos», en la que formaban José Razzano, quien con el tiempo haría dúo con Gardel, y el que muy pronto sería intendente municipal de su ciudad, don Alberto Barceló, en compañía de sus sobrinos y de su futuro secretario, Nicanor Salas Chaves. Conmovía a la opinión el hallazgo, por un ciudadano apellidado Meilillo, de una ballena de treinta metros y —se aseguraba— más de doscientas toneladas, moribunda, en la desembocadura del arroyo Maldonado: cuando el animal pereció, Meilillo, propietario de la barca *Destino del cielo*, lo remolcó hasta Berazategui, donde se hizo fotografiar en su compañía, luciendo bombín negro. Menos conversadas fueron la ley de vacunación obligatoria y la inauguración de un horno crematorio en el cementerio de La Chacarita, sendas pruebas del avance de la ilustración en el Río de la Plata.

En 1904, mientras Charles Gardes terminaba sus estudios primarios y llegaba al país, con el siempre aplaudido transformista Frégoli, Atilio Lipizzi, futuro director de cine, el poder decidía el fusilamiento del soldado Dolores Frías en el Regimiento de Infantería 4, y la población enviaba al Congreso, por primera vez en América, un diputado socialista: Alfredo Palacios.

Estos sucesos, y otros menos trascendentes, eran objeto de debate cada mañana en la cocina de la casa de Ramón, donde se leía un número importante de periódicos de diversas tendencias: tanto él como Germán eran devotos de la información.

La primera carrera de automóviles se corrió en otoño. El ganador, que conducía un Rochester, cubrió cien metros en cincuenta segundos.

—Pero el tipo tuvo que salir rajando, porque el coche se incendió antes de que pudiera frenarlo —explicó Ramón.

—¿Cómo dijiste que se llamaba? —preguntó Frisch.

—No lo dije. Esperá..., debe ser un bacán..., acá está: Cassoulet... ¡Carajo!

—Ya me parecía. Cassoulet, lo de Cassoulet. ¿Vos creés que será el mismo?

—Un hijo o un nieto del primero. Ya sabés cómo se hace la guita... El abuelo es un miserable hijo de puta; el padre, un digno comerciante, o profesional, o estanciero; el hijo, un verdadero señor, un aristócrata de raza.

—Pero yo no puedo ser el único que asocie aquel antro infame con el noble apellido.

—Eso no importa. Media ciudad conocía al señor Esnaola en su peor aspecto, pero hoy no hay quien se acuerde: el tiempo lo convirtió en el inocente arreglador del himno nacional.

—¿Quieren más café? —ofreció Teresa.

—Sí, yo quiero —aceptó Frisch.

—¿De España no hay nada? —preguntó ella.

—Importante, no. Desde que Alfonso XII es mayor de edad, todo está tranquilo. O lo parece desde acá —dijo Ramón.

—A lo mejor es buena época para hacer una visita —propuso Teresa.

—¿Vos creés? —se admiró Ramón.

—Claro que creo. Y sería bueno que te lo fueras pensando... No te vas a morir sin moverte de Buenos Aires, como si no tuvieras pasado o te faltara plata para viajar.

—Ahora estoy muy ocupado. Mi padre dejó mucho dinero, pero también muchas complicaciones. Hay almacenes, sastrerías, casas de foto, puestos en mercados, mueblerías... Y hay que controlarlo todo constantemente, si no queremos que nos dejen en pelotas en cualquier momento. Mi padre...

—Tu padre quería volver. Siempre quiso volver. Y vos le prometiste ir. A fin de cuentas, debés tener parientes vivos.

—¿Mi abuelo? ¿El viejo Besteiro? No sé si quiero conocerlo. Ni si él quiere conocerme. Si vive, tendrá cerca de ochenta años.

—¿Y Rosende? ¿No pensaste en Rosende? También será mayor, pero a él vale la pena ir a verlo.

—¿Y vos, Teresa? —intervino Frisch—. ¿No tenés familia en España?

—¿Yo? —se asombró ella.

—Sí, vos —urgió Ramón.

—Puede ser.

Teresa se ensombreció. Sirvió café y se sentó entre los dos hombres con la mirada perdida y las manos cruzadas sobre la mesa.

—Aunque quede alguien —dijo—, no puedo ir.

—¿Por qué?

—Por la forma en que me fui... Detrás de un hombre... De puta.

—Volvería una señora, viuda, con un hijo mayor —razonó Frisch—. Una persona más respetable que el señor Cassoulet. Además, si no fueras más respetable que él, igual serías rica. ¿O te olvidás de que sos rica? Los ricos no tienen historia. O tienen la que quieren.

Dos lágrimas corrieron por las mejillas de Teresa.

—¿A vos te parece que podría ir? —consultó, sin dirigirse a nadie en particular.

—A comprarle el alma a todo el mundo —prometió Ramón.

Se levantó de su asiento y fue a pararse detrás de Teresa. Apoyó las manos en sus hombros y le besó el pelo.

—Pero no es cierto que yo sea viuda —objetó ella—: nunca me casé con Roque. Y tampoco es cierto que seas mi hijo.

—¿No? ¿Quién dice eso? ¿Vos querés que lo sea?

—Claro —reconoció con ternura, ladeando el rostro para besar una mano a Ramón—. ¿Viajarías conmigo?

—Dentro de un tiempo.

—Cuando se te ocurra —dijo Frisch—. Yo puedo encargarme de los negocios. No sería la primera vez.

Se puso de pie y plegó el periódico que había estado leyendo.

—Sos raro, Germán —consideró Teresa—. Te preocupás por nosotros, me empujás a mí a pensar en España después de tanto, pero no hablás de tus cosas. Vos tampoco naciste acá. ¿No te entran a veces ganas de ver tu pueblo? Alemania tiene que ser hermosa.

—Pero yo no tengo nada en Alemania —afirmó él—. Ni familia, ni amigos. Tenía meses cuando murió mi madre. Mi padre fue un desgraciado, pero hubiera ido a verlo si viviera: lo enterré antes de largarme.

—Yo me había imaginado... —interrumpió Teresa.

—Nunca me preguntaste. Roque conocía mi historia, como la conoce Ramón. Hubo un hombre importante, ¿sabés?

Un maestro. El maestro del pueblo. De no haber sido por él, todavía estaría allá, y quién sabe qué clase de persona sería... Él me enseñó tres cosas, hace cincuenta años: la palabra socialismo, a tocar el bandoneón y a apreciar la libertad por encima de todo. ¡Casi nada!

—Y él... ¿también murió?

—En la cárcel. Si alguna vez tuve eso que los nacionalistas llaman patria, él fue mi patria. Después, mi patria fue Roque. Y Ramón. Y vos. Y Encarnación. Y la música. La música siempre fue mi patria.

—¿Y Buenos Aires?

—Buenos Aires es un lugar. Un lugar no es nada. O es la gente que uno quiere. O que odia. Ustedes tienen que ir a Europa por eso: porque hay personas a las que deberían ver.

Frisch se acomodó los pantalones y salió de la cocina.

Ramón regresó a su silla. Tomó las manos de Teresa entre las suyas y la miró a los ojos.

—Yo te voy a llevar a Galicia —dijo—. No sé cuándo, pero te voy a llevar.

—Nos vamos a llevar —precisó Teresa, acariciándole el pelo—. El pobre Germán... —sonrió—. No le dejamos leer el diario en paz.

—Es una carga de familia.

Pasó mucho tiempo antes de que viajaran.

48. La familia de Liske Rosen

> En la sórdida ciudad de Tulchin, perpetuamente cubierta de nieve, ciudad de rabinos gloriosos y de sinagogas seculares, las noticias de América llenaban de fantasía el alma de los judíos.
>
> Alberto Gerchunoff, *Los gauchos judíos*

El año cinco pasó a la Historia por ser el del fracaso de la primera revolución rusa. Eso se suele recordar. Menos memoria hay de los grandes pogromos que por las mismas fechas asolaron las Europas oriental y central. Algunos, enormes y sangrientos como infiernos, se reiteran en la literatura, y su evocación suele ensombrecer la de otros, menos notorios aunque, a veces, más brutales. En todas las ciudades del imperio granruso fueron atacados, asesinados, despojados los judíos; pero también en las pequeñas aldeas, y allí con más saña: gentes que nada poseían conocieron en carne propia la aversión maníaca de vecinos codiciosos y cobardes. En Odessa, en Hamburgo, en Marsella, los que lograban huir a la violencia, tras durísimas marchas a través de campos resecos y ajenos, marchas a las que no todos sobrevivían, trataban de embarcar hacia América. La mayoría lo ignoraba casi todo acerca de su lugar de destino: unos pocos decían que estaba al otro lado del mar y que era sitio en que permitían vivir. La extensión del territorio, las distancias y las diferencias entre puertos de los que jamás habían oído hablar, la disparidad de idiomas y actitudes, les eran ajenas. Eran contados los que entendían que no podía ser igual llegar a Nueva York, a La Habana o a Buenos Aires, y más contados todavía los que conocían el verdadero alcance de esa diversidad.

Liske Rosen sabía. De no haber sido hombre de cultura, habituado a los libros e interesado en variedad de asuntos, hubiese aprendido geografía leyendo en la vida de su mujer y en las largas y coloridas cartas que un pariente lejano, músico, al igual que él, le enviaba desde Brasil.

Liske Rosen había nacido cerca de Lublín, en una aldea judía por la que, de tanto en tanto, pasaba un mercader que, entre ollas y sábanas, hojas de bacalao salado y zuecos de madera, mantones para las novias y sacos de especias, acostumbraba llevar algún que otro libro viejo en ruso, en hebreo o en alemán. En el poblado se hablaba yídish, pero el rabí conocía el ruso y el hebreo, y el *lerer*, el maestro laico, se había criado en Alemania: Liske preguntaba siempre y, con esfuerzo e intuición, había llegado a descifrar las tres lenguas.

Se había casado con Rebeca por amor, sin la consabida mediación de la casamentera. Él no tenía dinero y ella no tenía familia: padres, tíos, hermanos mayores, habían sido asesinados en Ucrania, junto a los demás habitantes de su pueblo, cuando la niña contaba tres años. Advertida de la inminencia de un ataque, su gente la había confiado a una compañía de cómicos de la legua en la que convivían gitanos húngaros y judíos sefardíes. El apellido Saúl le había sido dado a Rebeca por la bailarina y el violinista que la habían adoptado: de ellos le venía el habla judeoespañola, pronto asimilada por Liske, que acabó por contratar con sus pocos recursos a una vieja de oscuro pasado, que había vivido en Algeciras, para que le enseñase el castellano de su tiempo, el que le podía servir en la realidad.

Habían puesto en el mundo cinco hijos: el primero, un varón, David, nacido en 1880; la última, una niña, Raquel, siete años más tarde. Con todos ellos y con Abraham, hermano de Liske, salieron de Polonia a principios del año seis, convencidos de la conveniencia de establecerse en Buenos Aires.

—Es una buena ciudad, grande. Todavía no hay muchos judíos, pero nadie molesta a los que viven en ella. Y se habla español —explicó Liske, justificando su elección—. Además, ahí está Ezra Furman, un primo de mi padre que nos podrá ayudar.

Ezra Furman, llegado hacía ya un cuarto de siglo, no había dejado de lado sus ideales socialistas, pero estaba lejos de ser el agitador acosado al que Frisch y Ramón habían ido a recibir al puerto: ahora era dueño de una imprenta en la calle Piedras en la que tanto se hacían tarjetas de visita y participaciones de boda, como carteles de propaganda, panfletos o folletos para la divulgación de las ideas de quien las tuviese y pagase por publicarlas. Ayudó a Liske y a los suyos como supo: pagándoles el alquiler de una pieza de conventillo y enviándoles a ver a Germán Frisch.

Una mañana, Liske Rosen fue a la casa de la calle Alsina. Llevó a toda su familia. Sus palmadas de anuncio llegaron al patio junto a un coro de murmullos. Ramón se asomó al zaguán. Pudo haberle llamado la atención la figura encorvada de aquel hombre de pelo blanco, muy largo y desordenado, con el estuche de su violín bajo el brazo. Pudo haberse fijado en el otro, que llevaba la manga izquierda de la chaqueta vacía, plegada y sujeta con un imperdible. Pudo haberle sorprendido la mirada triste de la mujer corpulenta, la de las gruesas trenzas recogidas sobre la cabeza en un moño ridículo. Pudo haberse sentido desconcertado por el número de visitantes o por la singularidad de su aspecto. Pero, después de una rápida inspección interrogativa, sus ojos se detuvieron en la figura más discreta, la de la muchacha que pretendía pasar desapercibida tras el grupo: Raquel Rosen tenía diecinueve años, una larga, espesa, lacia cabellera negra derramada sobre los hombros, y esa transparencia en la tez morena que sólo el dolor y el hambre procuran. Ramón iba a cumplir los treinta poco más tarde: nunca, desde la muerte de Mildred, había experimentado conmoción semejante. Era ésta una mujer en nada semejante a aquella a la que había amado desde la infancia: delgada, sí, pero alta y de piel en todo extraña al rojo. Ella, sintiéndose de pronto desnuda, bajó la vista.

—Buenos días —dijo Ramón.

—Buenos días —respondió Liske—. Busco al señor Frisch.

—Sí, claro. Pasen, pasen —invitó Ramón, señalando la puerta que, del corredor inmediato al zaguán, se abría a la sala—. Voy a avisar al señor Frisch..., ¿quién pregunta por él?

—Eh..., bueno, él no me conoce. Me envía..., nos envía Furman, Ezra Furman, un amigo común.

—También es amigo mío.

Los Rosen entraron en la sala. Había tres asientos en el sofá, y un par de sillones. Abraham, Rebeca y Raquel se sentaron juntos, muy tiesos y en el filo del sofá. Liske se acomodó en uno de los sillones. Los cuatro muchachos se quedaron de pie: el quinto lugar disponible era para Frisch.

Ramón fue a la cocina.

—¡Germán! —casi gritó—. Es para vos...

—¿Qué pasa? —preguntó Teresa.

—¿Quién es? —quiso saber Frisch.

—Una... tribu. No sé qué tribu: gente que viene de Europa, eso sí. Los manda Furman. Una familia, supongo. El padre trae un violín.

—¿El padre?

—Creo, imagino: el que lleva la voz cantante.

—¿Y qué más? —indagó Teresa.

—Una mujer. Impresionante.

—Impresionante quiere decir que te impresiona a vos —concluyó ella.

—Mucho. No sé qué quieren, pero hay que dárselo: no puedo dejarla escapar.

—No te preocupes. Ningún hombre se pone así por una mujer sin que a ella le pase nada. No se te va a escapar —le tranquilizó Teresa—. Vayan los dos, a ver qué necesita esa gente.

El protocolo de la reunión era claro: Frisch se sentó en el sofá libre y Ramón se quedó de pie detrás de él, escuchando y sin intervenir. Hizo lo imposible por seguir la conversación sin mirar a Raquel, pero su deslumbramiento y su deseo eran más fuertes que su educación. Así, le fueron reveladas las manos de la muchacha, abandonadas sobre sus muslos.

—Soy músico —aseguró Liske, señalando el violín—. Ezra Furman me ha dicho que usted podría ayudarme a encontrar empleo. Llegamos hace tres días, y necesito trabajar. Necesitamos trabajar.

—Usted, como músico —dijo Frisch—. ¿Y los demás?

—Si consiguiéramos un carro... No muy grande. Para llevar cosas... Mi hermano y mis hijos —señaló— están acostumbrados a vender. Comprar y vender. O vender cosas de otros, porque para comprar no tenemos dinero, y tampoco tenemos a quien pedírselo. Claro, si yo toco en algún sitio y voy cobrando...

—¿Es buen músico? —dudó Frisch.

—¿Quiere oír?

—Sí.

Del violín de Liske surgió una melodía diáfana: una frase extensa y delgada y lenta, que se fue repitiendo con escasas variaciones: en cada nueva reiteración, la frase se hacía más rápida: Ramón la veía reflejada en el leve movimiento de los dedos de Raquel. De pronto, Frisch detuvo a Rosen con un gesto.

—Espere —dijo—. Ramón, por favor, traeme el bandoneón.

Ramón hizo lo que se le pedía.

—Escuche —ordenó Frisch una vez tuvo su instrumento—. Un tango. Se llama *El choclo*.

Tocó durante un par de minutos.

—Esa música se oye en Galitzia —reconoció Abraham—. Es música de nuestra gente.

—¿Son ustedes polacos? —inquirió Frisch.

—Judíos polacos —especificó Liske—. Ésa es música judía de allá, de Galitzia.

—Es música judía —apoyó Rebeca—. Pero de Sefarad —objetó.

—¿Española? —quiso precisar Ramón.

—Sí, sí, española —confirmó la mujer.

—¿Usted también sabe música, señora? —insistió Ramón.

—Canto un poco.

—¿Puede cantar algo de eso?

—Le voy a mostrar —ofreció ella. Tensa, con las uñas clavadas en la tela de la falda, cantó con voz pastosa y cargada de triste ternura:

Adio querido
la vida ya no la quiero
que me la amargaste tú.

—Judía —dijo—. De España.

Liske Rosen, apartándose del debate, pidió a Frisch que volviera a tocar. *El choclo* sonó nuevamente en la sala. Cuando el orden de la música recomenzó, el violín siguió al bandoneón sin vacilar. Frisch miró a Liske con admiración y le sonrió.

—Podríamos tocar juntos —propuso.

La experiencia se prolongó durante una hora: los tangos pasaban del bandoneón al violín a través de Liske.

—Se quedan a almorzar —decidió Ramón.

Teresa y él prepararon la comida: puchero y sopa de pasta. Hacía calor: pusieron la mesa en el patio, bajo la parra: dos largas tablas montadas sobre unos soportes, que siempre habían aguardado una ocasión como aquélla para estrenarse. Sacaron sillas de la cocina y del comedor: eran once. Liske presidió en una de la cabeceras; Ramón, en la otra. Teresa se las arregló para que el muchacho tuviese a Raquel a su derecha, y ella misma se sentó a la izquierda. Cuando se hubieron bebido diez botellas de vino, los dos jóvenes tuvieron ocasión de conversar.

—Es una suerte ser judío —dijo Ramón.

—Un castigo —corrigió Raquel.

—No, no. Aunque también, sí. Pero es que nacer perseguido es nacer grande...

—Me interesa más la felicidad que la grandeza.

—¿Y qué te hace falta para ser feliz?

—Todo. Una casa para mi familia, trabajo...

—¿Nada más?

—Amor. Hasta el más desgraciado de los amores me haría feliz. Pero ¿quien va a fijarse en una muchacha como yo? No tengo dote, ni esperanza de tenerla. Y los hombres ricos sólo piensan en ser más ricos. No desean perder nada al casarse.

Lo dijo sin mirar a Ramón. Cuando sintió los dedos de él cerrándose sobre su codo, se sobresaltó y levantó la vista.

—Yo... —empezó él, con los ojos en los ojos de ella.

—Habla con mi padre.

—¿Lo quieres? ¿Quieres que hable con tu padre?

—Lo quiero. Quiero que hables con él.

—De acuerdo.

Se puso de pie, dejando la servilleta sobre la mesa.

—Señor Rosen... —llamó.

Liske alzó la cabeza.

—¿Podría acompañarme un momento a la sala? —pidió Ramón—. Tengo que tratar un asunto con usted. Traiga su copa.

Se sentaron en los sillones, frente a frente.

—Escúcheme con atención, señor Rosen —dijo el muchacho—. Yo voy a ayudarlo. En todo. Porque usted es un buen músico, porque su familia me cae bien, porque son amigos de Ezra Furman, porque a Germán Frisch se le metió en la cabeza tocar con usted, y porque disfruto de una buena situación. Tengo una casa vacía en la calle Artes: pueden vivir ahí desde hoy. Le voy a dar plata, la que le parezca, para que su hermano y sus hijos hagan sus negocios. Dígame la cantidad: quinientos pesos, mil, dos mil, tres mil...

—Mi hija no tiene dote, señor —interrumpió Liske.

—A eso iba. Todo, absolutamente todo lo que le voy a dar, me lo va a deber usted siempre. No me importa que tarde veinte años, treinta, en devolvérmelo. No se firmará ningún papel. Me basta con su palabra de que me va a pagar algún día. Pienso ayudarlo, pero no regalarle nada. Además, señor Rosen, quiero a su hija. No mezcle una cosa con la otra. Lo que acabo de prometerle, lo tendrá de todos modos, decida lo que decida respecto de Raquel. Yo no comercio en seres humanos. Si usted lo aprueba y ella lo desea, nos casaremos. Entonces Raquel será rica, porque yo soy rico. También debo informarle que si usted no lo aprueba, pero ella lo desea, nos casaremos sin su bendición. Estamos en la Argentina, no en el sur de Polonia. Eso es todo.

Liske Rosen no había perdido palabra. Se aclaró la garganta antes de responder.

—¿Siempre toma decisiones así, en un minuto? —preguntó.

—Por lo general, sí —confirmó Ramón.

—Somos judíos, ¿sabe?

—¿Tiene prejuicios?

—Ninguno.

—Yo tampoco.

—Entonces, no me deja elegir —dijo Liske—. Como amigo y como hombre que quiere a los suyos, ¿puedo negarme a su ayuda? No. Se la agradezco y le doy mi palabra de que le pagaré. Como padre, tampoco me puedo oponer. A fin de cuentas, usted cree que tiene que ser Raquel la que decida.

—Así es. Sólo que ella se sentirá mejor si es con su acuerdo.

—Muy bien. Si es por eso, lo tiene. Ahora, usted debe saber algo.

—¿Sí? —desconfió Ramón.

—Sí. No hay lugar para el engaño entre nosotros. Su salud, la de Raquel, digo, no es buena. Más: es mala, muy mala. Vimos médicos, buenos médicos judíos, y ninguno le dio vida larga. Tal vez por eso es tan hermosa. Los débiles casi siempre son hermosos.

—¿Cuál es su enfermedad?

—No puede tener hijos porque moriría. Quizá muriera también si se hiciera un corte profundo. Su sangre no se coagula...

—¡No! —rechazó Ramón.

Otra vez la sangre, injusta, derramándose, impregnando o empañando su existencia.

—¿No? —quiso asegurarse Liske—. ¿Es mucho para usted?

—No, no; no me refería a eso. Una enfermedad no es obstáculo para los sentimientos. Es que yo tuve una mujer, señor Rosen. La amaba, ¿sabe? Y se murió así, de una hemorragia... Estaba embarazada.

—El destino...

—No siga, por favor. Lo que me cuenta no cambia nada.

—Está bien. Haga lo que quiera con Raquel.

—Gracias. Volvamos a la mesa, si le parece.

Cuando Ramón y Liske marcharon a la sala, Teresa fue a sentarse junto a Raquel. Los demás hablaban a gritos, de música, de política. Sólo Rebeca seguía con atención los movimientos en aquel extremo de la mesa. Teresa le sonrió; ella devolvió la sonrisa. Las dos conocían el presente y el porvenir.

—Le gustás —dijo Teresa—. ¿Te gusta él?

—Usted es su madre. Él no haría nada sin su permiso —respondió la muchacha.

—¿Ramón? ¡Qué bobada! Él hace lo que quiere... No me contestaste.

—Me gusta.

—¿Mucho?

—Mucho.

—Entonces vas a ser su mujer.

—Si mi padre está de acuerdo, sí.

—No entendés. Vas a ser su mujer, diga lo que diga tu padre. Ramón ya lo decidió.

—¿Tan fuerte es?

—Más de lo que vos puedas imaginarte.

—Pero hay cosas que son demasiado duras para cualquier hombre.

—¿Por ejemplo?

—Yo no puedo tener hijos.

—Le interesás vos, no tus hijos.

—Estoy enferma.

—¿De qué?

—Se llama hemofilia. Si me corto, no hay modo de parar la sangre.

—Ramón te va a cuidar.

Teresa se levantó y fue hasta donde se encontraba Rebeca. Le puso las manos sobre los hombros y se inclinó para hablarle al oído.

—No se preocupe —dijo—. Van a estar bien.

Rebeca cubrió las manos de Teresa con las suyas y giró la cabeza.

—Lo sé —dijo.

En aquel momento regresaron Liske Rosen y Ramón Díaz.

En su lado de la mesa, Ramón alzó la copa y brindó.

—Por el porvenir —propuso.

—Por la vida —respondió Liske.

49. El que se hundió en las sombras

> Durante cinco años, este conflicto
> no dejó de ser un constante peligro.
>
> W. H. Hudson, *Marta Riquelme*

John Oswald Hall había llegado de Inglaterra a Buenos Aires en 1865, con veinticinco años. Aunque vivió muchos más, cerca de cien, era ya mayor cuando Ramón visitó su quinta, en Villa Devoto. Hall cultivaba orquídeas de todas clases.

—En ningún otro sitio, en toda América del Sur, hay tal variedad de especies —afirmó, solemne—. ¿Qué es exactamente lo que usted busca?

—Una orquídea para una mujer triste —pidió Ramón.

Pasearon entre vainillas, chapines y flores de abeja, nacidas en el interior de las selvas de Colombia, de México o de Venezuela, y cuidadas tiernamente por el inglés en cálido y seco invernáculo.

—Usted es español —dijo Hall.

—¿Cómo lo sabe? —preguntó Ramón—. No sospechaba que se notara. Vine de muy chico.

—Eso se huele, amigo mío... Puesto que es español, le recomendaré una flor de su tierra.

Se detuvo delante de unas orquídeas blancas, a cuyo alrededor el aroma era aún más dulce que en el resto del recinto.

—Satirión —nombró—. De su tierra.

El presente fue dispuesto en una caja redonda, de una celulosa algo menos rígida que la que se empleaba en la fabricación de cuellos para camisas, con tapa de celofán celeste. Ramón, en la victoria que le había llevado a Villa Devoto, y a la que había hecho esperar, la colocó sobre sus muslos, temeroso de que, abandonada en un asiento, perdiese su virtud de melancólica lozanía.

Dejó el coche en la Esquina del Cisne; le esperaba Frisch para ir a comer en la que ahora era casa de los Rosen. Ramón se sentó frente a él y pidió un vermú. Dejó la orquídea sobre una silla.

—¿Te acordás de Berta Gardes? —comprobó el alemán.

—Claro. La mujer que trajiste de Tacuarembó. ¿La seguís viendo?

—Siempre.

—Otra protegida, supongo.

—No ella, que se las arregla bastante bien. Pero sí su hijo.

—¿Estudia?

—Estudiaba. Terminó la primaria hace dos años. Buen alumno, buenas notas.

—¿Y?

—Desapareció.

—¿Cómo va a desaparecer? —se sorprendió Ramón.

—Hay mucha gente que desaparece, Ramón. Un día salen de su casa, y nunca más se supo —reflexionó Frisch.

—¿Avisaste a la policía?

—¿Para qué? No vale la pena. Hablé con un conocido, eso sí, pero no conviene hacer una denuncia formal porque todos los documentos que ella tiene son falsos. Los franceses, los originales, se los sacaron cuando llegó. Cosa de rufianes, ya sabés.

—No sé tanto como imagino.

—Además, denuncias hay a montones: nadie les hace caso.

—No estarás pensando en buscarlo vos.

—Ya lo busqué.

—¿Conseguiste algo?

—Se fue para el norte... Misiones, el Paraguay..., quién sabe. Sólo tiene dieciséis años.

—¿Y la madre? ¿Qué quiere?

—Me parece que no quiere nada. Tampoco problemas. Eso es lo que la tiene preocupada. El chico siempre le resultó una carga. Creo que me importa más a mí que a ella.

—Entonces dejalo vivir. Andará por ahí buscando amor. A su edad, hace mucha falta.

—Y a la tuya. Y a la mía.

Ramón señaló la caja, en la que Frisch ni siquiera se había fijado.

—Mirá —dijo.

Frisch estiró el cuello para observar lo que su amigo señalaba, sin tocarlo.

—¡Fantástica! Fuiste a ver al inglés...

—Sí. ¿Le gustará?

—¿A Raquel? Claro que le va a gustar... Es una flor difícil, como ella.

—Me gusta que cumpla años en invierno. Así, un regalo como éste es heroico.

—¿Cuándo te casás? Primero iba a ser en tres días, después... y ya van cuatro meses.

—Cuando Raquel quiera. Tiene miedo. Dice que así estamos bien, que casarse trae mala suerte, y que ella no nació para novia ni para esposa, sino para amante: es su destino de mujer morena.

—Es perfecta para vos.

Ramón metió la mano en el bolsillo de la chaqueta y extrajo de él un librito forrado en papel azul.

—Escuchá —dijo, y leyó—. «Amar únicamente lo que te sucede y lo que trama el destino. ¿Acaso hay algo que te vaya mejor?» Y ésta: «Todo lo que ves será destruido muy pronto, y quienes hayan visto la destrucción serán también destruidos muy pronto; y el que muera en la vejez extrema terminará igual que el que haya muerto prematuramente.»

Frisch le atendió, distante.

—*Soliloquios* del emperador Marco Aurelio —explicó Ramón—. ¿No es completamente adecuado?

—Si a vos te parece... Las grandes frases sirven para todo.

—Es verdad —reconoció Ramón.

—Vamos a comer. Tu familia política te espera.

—Y la otra. Teresa ya debe haber llegado.

—Hoy vas a escuchar algo extraordinario. Un tango nuevo —advirtió Frisch, llamando al camarero.

—¿Tuyo?

—No. De un chico que se llama Arolas. Un chico de veras, no tendrá más de catorce años... Toca como los dioses. Y compone. Lo conocí ayer, en una fiesta.

—¿Lo vas a meter en la orquesta?

—Imposible. Es de los ariscos: se corta solo.

Para salir del café, Ramón tuvo que levantar la caja de la orquídea por encima de su cabeza: había demasiada gente y se podía estropear.

Así, con los brazos en alto, sosteniendo la flor, recordó al joven Gardes.

—Ese muchacho, Gardes —dijo—, ¿querés que hagamos algo?

—No. Por el momento, mejor dejarlo así.

50. La indolencia de Fausto

> —Aquí estoy a su mandao,
> Cuente con un servidor—
> Le dijo el Diablo al dotor,
> Que estaba medio asonsao.
>
> Estanislao del Campo, *Fausto*

Eduardo de Santiago se había encolerizado con razón, reconoció Escayola. Pero él no podía evitar que las cosas fueran así. Era cierto que debía cuidarse más: un nuevo nombre era un regalo del cielo. Ahora podía ser realmente otro: la gente acabaría por olvidarse de él y de sus pecados. Y también de la mujer. Nadie le acusaría de un crimen cuando no había cadáver, pero si se mantenía lejos, además, nadie haría preguntas incómodas.

—¿Para qué carajo volviste a Tacuarembó? —le había preguntado con rabia De Santiago—. A vos, no sólo hay que protegerte de los demás, sino, encima, de tu propia estupidez. Andate. Ya. A Buenos Aires. Y no por Montevideo. Cruzá el río por arriba. Ya sabés dónde encontrar al barquero... ¿Te vio alguien?

—Me parece que no. ¿Vos creés que será bueno salir de noche?

—¡Qué pelotudo! ¿Vas a esperar a que amanezca? ¿Querés que te vean la carita? No estás lindo. Estás gordo como un chancho. Mejor que te escondas. Ni la voz te va a salvar si seguís así.

—Está bien.

Hacía dos horas que cabalgaba hacia el oeste, sin prisas. Tardaría no menos de tres días en alcanzar el río Uruguay, al sur de Salto. ¿Para qué preocuparse? Nadie le estaría esperando en el lado argentino. Y hasta Buenos Aires faltaba mucho, aunque fuera en tren. La temperatura iría bajando según se acercara el alba: se ajustó el pañuelo al cuello, se caló bien el sombrero y se acomodó el poncho. La luz de la luna llena le ayudaba a seguir despierto, a pesar del trote lento del caballo. Poco antes, había creído percibir una presencia extraña en el camino, pero no se oían cascos de ningún otro animal, ni se movían más sombras que la suya. Debió de amodorrarse: la sensación de estar cayendo de la montura le devolvió de golpe a la plena vigilia. A veces, le pasaba en la cama. El corazón le latía desaforadamente. Sujetó las riendas, angustiado.

—Tranquilícese, amigo —dijo el que marchaba a su lado: un jinete elegante, de botas impecables y poncho rojo, con largos bigotes negros y una perilla prepotente.

—¿Y usted? ¿Quién es? ¿De dónde salió?—se agitó Escayola.

—¿Qué quiere que le conteste primero? —sonrió el acompañante.

—De dónde salió.

—De por acá —y señaló vagamente alrededor.

—No lo sentí venir.

—Ni falta que hacía. ¿Algo más?

—Yo me llamo Escayola, y soy de Tacuarembó. ¿Quién es usted?

—Los papeles que lleva en el cinturón no dicen que se llame así...

—¿Me revisó? —se sobresaltó Escayola—. ¿Tan dormido estaba?

—Yo no necesito revisar a nadie. Para algo soy Mandinga.

—¿Mandinga? —rió Escayola, aterrorizado—. ¡Va a ser el diablo, usted, con esa pinta de niño bien! ¡Y criollo!

—¿No te lo crees? —se asombró el otro, iniciando un tuteo lleno de desprecio—. ¿Te lo voy a tener que demostrar?

—Si puede...

—¿Cómo no voy a poder? Mirá...

Señaló el horizonte con un índice de uña afilada.

—¿Qué? ¿Qué quiere que mire?

—El día —anunció el que decía ser el diablo.

El sol resplandeció de pronto en lo alto del cielo.

—¡Mierda! —gritó Escayola, cubriéndose los ojos deslumbrados.

—¿Lo apago?

—Sí, sí, apague.

Volvió a cubrirles la serena luz lunar.

—¿Y ahora? —indagó Mandinga.

—¿Y si es un truco? —tornó a desconfiar Escayola.

—Si yo no fuera el diablo, no sabría lo que sé... Por ejemplo, que mataste a Robustiana Peralta y la llevaste a enterrar al campo de Ventura. Ni De Santiago sabe qué hiciste con ella.

—Se lo merecía.

—¿Cómo no se lo iba a merecer, si trabajaba para mí? Pero no estás haciendo caso...

—Sí, le hago caso. Está bien. Usted es Mandinga. ¿A qué vino? ¿Por mi alma?

—¿Tu alma? Hace rato que la tengo... Y, para serte franco, te diré que no es ninguna maravilla. ¡El alma, el alma! ¡Todo el mundo está preocupado por su alma! ¡Cómo si las almas fueran tan valiosas! ¡Harto estoy de almas! Las almas, por mí, pueden metérselas en el culo. Lo que quiero es jugar un poco, intervenir en el destino, esas cosas...

—¿Sólo eso? —dudó Escayola.

—Sólo eso.

Escayola levantó las cejas, descreído, y detuvo su caballo.

—Y decime —avanzó, deteniéndose luego un instante para asegurarse de que el tuteo le era aceptado—, ¿sos de estos pagos?

—Hoy, sí —dijo Mandinga, altivo.

—Hmmm... ¿Y sabés lo que va a pasar?

—¿Lo que te va a pasar a vos?

—Ajá...

El diablo trazó un signo en la noche y Escayola se vio alzado de su silla y depositado en el suelo. Se encontró raro: el pañuelo del cuello, blanco, le colgaba demasiado bajo, y las botas le brillaban demasiado, y el sombrero...

Otro gesto de Mandinga le puso un espejo delante. Escayola dio un paso atrás para apreciarse mejor.

—¡Qué flaco! —admiró—. ¡Pero con qué ropa! ¿Quién se viste así?

—Vos. Y mucha gente. En el teatro. Si en el campo se pusieran esas majaderías, no trabajaría nadie... ¿Querés saber más?

—Esto no es saber nada, viejo.

—Tenés razón —admitió el diablo, chascando los dedos.

El hombre que ahora vio Escayola en el espejo, pese a asemejarse al anterior en sus rasgos, era bien distinto: de esmoquin y zapatos de charol, el pelo apelmazado por la brillantina, éste tenía mejor aspecto.

—Me gusta más —dijo—. ¿Voy a ser así?

—Vas a ser ése.

—No, no puede ser... ¿Qué va a decir la gente? ¿Que Escayola es un niño bien? ¿Primero, gaucho; después, niño bien? No.

—De Escayola nadie va a decir nada. Escayola se murió. ¿Todavía no te diste cuenta?

—Y si no soy Carlos Escayola, ¿quién carajo soy, me querés decir?

—Gardel. Carlos Gardel.

—¡Ah, sí! ¡El de los documentos! No es Gardel, es Gardes. Charles Gardes. Pero estos documentos no me van a servir... ¿A vos te parece que alguien se va a tragar que soy un francesito de quince años? ¿Con este físico?

—¿Terminaste? —comprobó Mandinga, aburrido.

—Sí.

—Bueno. Entonces, escuchá: eso, lo que dicen los papeles, se lo va a tragar hasta el más pintado. Y sí, ahí dice Gardes. Pero vos vas a ser Gardel. Nombre artístico.

—¿Por qué?

—Porque a mí me da la gana. Y no soy cualquiera.

—Está bien, está bien, no te enojes... ¿Y cuándo va a pasar?

—Ya está pasando. Por ahora, hacete llamar Gardes. Gordito y medio sonso. Y con buena voz, eso sí. Un día, sin que se sepa cómo, todos van a reconocer que sos Gardel. Ahora, volvé a montar.

No tuvo que hacerlo: Mandinga dio la orden y él apareció montado. Y gordo, y con su vieja vestimenta.

—Vas a Buenos Aires, ¿no?

—Si no lo sabés vos... —desafió el nuevo Gardes.

—Sí, lo sé. Te acompaño un par de leguas. ¿No estás cansado?

—Un poco.

—Cerrá los ojos.

Cuando volvió a abrirlos, descubrió una mañana nublada y unas casas a lo lejos. No recordaba ningún poblado en aquella zona, ni un camino tan ancho. Por delante, a los tumbos, iba una carreta. Espoleó al caballo y se puso a la altura del pescante. El que guiaba era un viejo encorvado con un poncho lleno de manchas.

—Buenas —dijo.

—Buenas —replicó el viejo—. Lindo, Buenos Aires... —y miró las casas como con nostalgia.

—¿Buenos Aires?

—¿No sabe por dónde anda?

—Sí, sí que lo sé. En Buenos Aires.

—¡Ah! —aceptó el de la carreta.

Recorrió aún un trecho junto al vehículo. Después, se le adelantó.

[51.

—No llegaron a casarse. Raquel fue dando largas. Se reunía con Ramón en Alsina un día sí y otro también. Los Rosen nunca pusieron reparos.

—¿Prosperaron?

—Hasta cierto punto. Un día, Abraham fue a ver a Ramón: le entregó todo el dinero que les había dejado.

—¿Había pasado mucho tiempo?

—Un par de años, tal vez.

—¿Y cómo lo habían hecho?

—De kuenteniks.

—¿Qué es eso?

—Un kuentenik *es un vendedor ambulante. Va de casa en casa, con un carro cargado de distintos géneros: toallas, paraguas, baldes, platos, chancletas, palanganas, cuchillos, tenedores, vasos, sábanas, manteles, planchas, camisetas... De todo. Fue una institución perdurable, de modo que llegaron a llevar licuadoras, radios y otros artilugios modernos.*

—Por los barrios.

—Por los barrios más pobres. Los Rosen salían de a dos y visitaban conventillos, chabolas y ranchos de extramuros. Cuanto más pobre el cliente, más seguro el negocio del kuentenik. *Vende cosas que el pobre resueltamente pobre rara vez puede comprar, porque cuando tiene el dinero para un cuchillo descubre que necesita más un balde, y las toallas se usan hasta que se rompen porque antes están los vasos. Cosas que el pobre absolutamente pobre se llevaría a su casa si en la tienda le fiaran... El* kuentenik *le fía. Unas maravillosas sábanas nuevas, que cuestan cuatro pesos... Lástima, dice la mujer, muerta de codicia: sólo tengo un peso. Pues muy bien, deme un peso y quédese con las sábanas: el mes que viene vuelvo a pasar por aquí y me da el resto. Si al cabo de un mes no hay más que otro peso, bienvenido sea... Crédito minúsculo. Claro que en uno o dos pagos el* kuentenik *cubre el coste de la mercancía, y que el resto es ganancia, pero vale la pena comprarle, porque trae lo que de otro modo no se compraría jamás.*

—¡Extraordinario! ¿Cómo se lo montaron los Rosen?

—Habían aprendido a hacerlo en Polonia, donde eran compradores. En Buenos Aires, poca gente se lanzaba al negocio. Hacía falta un pequeño capital y una paciencia de santo. Empezaron con un carro. Compraron otro y le pagaron a Ramón. En cinco años, pusieron una tienda para que el tío Abraham, el manco, no anduviera por las calles. En diez, compraron una vivienda en Villa Crespo, un barrio de judíos pobres, a mitad de camino entre el centro y el cementerio de la Chacarita.

—¿Tú has sabido algo de su destino posterior?

—Desde luego. Rigurosamente trágico. Únicamente David, el mayor de los hermanos, tuvo un hijo y, de ese hijo, un nieto. El nieto, Jaime Rosen, desapareció en el setenta y seis, en los primeros días de Videla. Fin de la estirpe.

—¿Y lo cuentas así?

—¿En tono tan distante, quieres decir? Lo he contado cientos de veces, Clara, y ha habido miles de casos iguales. Ya he llorado lo mío.

—Entiendo.

—Es posible. De todos modos, antes de ese final pasaron muchas más cosas.

—Siempre han pasado cosas en tu familia, Vero.

—En todas. Aunque la gente no suele darse cuenta, ni recordar... Y yo sí. Estoy enamorado de la memoria familiar. La he reconstruido una y otra vez, sobre los distintos paisajes, en los dos países. No sólo las partes que cuento en la novela, sino también situaciones muy anteriores y muy posteriores. Estamos al borde del dos mil, y he logrado retroceder hasta cerca del ochocientos: poseo doscientos años de mi propia historia, cuya trama se prolongará cuando yo muera, en mis hijos y en mis nietos... Hemos ido cambiando con el mundo, o el mundo ha ido cambiando con nosotros. Roque, mi bisabuelo, murió sin saber quién era Lenin. Cuando yo muera, Lenin no será más que un vago recuerdo. En este siglo, todo ha ocurrido muy rápido... Cuando los Rosen emigraron, el descanso dominical era novedad y Buenos Aires tenía un millón de habitantes. Ahora, tiene quince millones, pero ellos han sido borrados de la faz de la tierra. Por eso escribo sus nombres y dejo noticia de su paso por el mundo: mi abuelo amó a Raquel Rosen, y Liske, Rebeca, David, Abraham, José, Ilia, Isaac, Nathan, Jaime, padecieron en este valle de lágrimas, fueron su gente, su vida, y los sujetos de la Historia con mayúscula. No han pasado tantas cosas en mi familia, Clara.]

52. Los tiempos nuevos

¡Qué viento aquél tan caprichoso!

Julián Martel, *La Bolsa*

Eugene Gladstone O'Neill, quien, con el correr del tiempo, haría fortuna en el teatro, llegó a Buenos Aires en mil novecientos nueve, sirviendo en un barco noruego. Contaba veintiún años y, antes de embarcarse, había sido buscador de oro en Honduras. Vagó un tiempo por el bajo, mientras tuvo algún dinero, y luego fue a trabajar a un frigorífico. Tan pronto como le fue posible, continuó viaje. Tal vez hubiese imaginado otro país.

A principios del año ocho, que entraría en la historia por ser el de la filmación de la película patriótica *La creación del Himno*, del italiano Mario Gallo, el presidente Figueroa Alcorta, sucesor del fallecido Manuel Quintana, había clausurado el Congreso, enviando a la policía a desalojar el edificio, vista la manifiesta obstinación de algunos representantes. Alcorta no era un enemigo del pensamiento, como lo prueba la generosa subvención que otorgó al doctor Ricardo Rojas para que pudiese concluir sin angustias su obra *La restauración nacionalista*, pero ello no impidió que, a partir de entonces, se sucedieran los atentados, todos sin éxito, contra el prohombre, contra sus colaboradores inmediatos y aun contra su esposa. La suspensión del poder legislativo, sin embargo, no desembocó en dictadura abierta: hubo elecciones en el plazo indicado por la constitución y el poder fue transmitido en la fecha de rigor. Esa atención a la legalidad, si bien no estricta, permitió la realización de comicios municipales, y el consecuente ascenso a la intendencia de la ciudad de Avellaneda, contigua a Buenos Aires y ya por entonces asiento de la mayor concentración obrera de la Argentina, de don Alberto Barceló, hijo de un mayoral de diligencias y hombre duro donde los hubiese.

Modelo de caudillo populista, Barceló gobernó Avellaneda con mano de hierro durante más de veinte años. Hizo pavimentar calles y construir hospitales, cambió alimentos por lealtad y, sin reparar en los costes, estableció en su territorio una legalidad muy distinta de la que imperaba en el resto de la república.

Ramón Falcón, el jefe de policía, era tan amigo de Alcorta como de Barceló. Los dos le lloraron —es un decir— cuando, con mano certera, el militante anarquista Simón Radowitzky, montado en una bicicleta, lanzó una bomba al coche en que viajaba. Falcón murió y Radowitzky pasó en prisión más de medio siglo. La exitosa agresión tuvo lugar el 14 de noviembre de mil novecientos nueve.

El 15, los ánimos estaban alterados. Aquel día, Gabino Ezeiza, en la cumbre de su celebridad, escuchó cantar al mozo a quien todos, en la zona del mercado de Abasto, conocían con el nombre de Carlitos: el ilustre mulato dictaminó que su voz era afeminada y recomendó el olvido.

Ramón y Frisch habían estado bebiendo en cafés de los alrededores de la Casa de Gobierno, hablando con unos y con otros, en busca de información. Subieron andando por Victoria: evitaban la Avenida de Mayo, de difícil tránsito a causa de las excavaciones destinadas a la construcción del primer tren subterráneo de la ciudad. De pronto, un muchacho de pelo rojizo salió a la carrera de una calle transversal y fue a dar en los brazos de Ramón.

—Disculpe, señor —dijo el chico.

—Está bien, no te preocupes —respondió Ramón.

Le ayudó a recobrarse y se dispuso a seguir su camino.

Pero, antes de que pudiera hacerlo, aparecieron otros tres, armados con palos, en obvia persecución del primero. Y un cuarto, de pelo negro, inerme pero desafiante, que se echó encima de uno de los anteriores, mucho mayor y más fuerte que él.

—Basta —dijo Frisch, que conocía a dos de los más grandes.

—¡Don Germán! —se sorprendió uno de ellos.

No eran socialistas, sino anarquistas, pero habían colaborado en la campaña de Alfredo Palacios para el congreso. Llevaban mucho conversado con Frisch, y le respetaban. Su presencia allí cambiaba por entero la situación.

—Estaban pegando carteles de los conservadores, don Germán —contó el muchacho.

—¿Y...? Yo creía que eran los conservadores los que nos atacaban a nosotros, y no al revés...

—Algún día, eso tiene que cambiar.

—Sí, claro, como cambió para Radowitzky, ¿no? Al gobierno no se le movió un pelo, te lo aseguro. Hay más candidatos a jefe de policía que a héroe proletario.

—Yo no soy conservador, señor —explicó el último de los jóvenes perseguidos, casi un niño—. Pego carteles porque me pagan.

—Ya —intervino Ramón, impacientándose—. Terminemos con esto, por favor. Ustedes pueden irse —se dirigía a los anarquistas—. Estos chicos se quedan con nosotros.

El grupo consultó a Frisch con la mirada.

—Hagan lo que dice mi amigo —pidió el alemán.

Los tres se marcharon juntos hacia el lado del río.

—Gracias, señores —dijo el que se había tropezado con Ramón—. Si podemos ayudarlos en algo...

—¿Vos? —sonrió Ramón.

—Y yo —se acercó el segundo.

Ramón volvió a mirarlos: eran dos salvajes muy valientes, y tal vez valiera la pena tomárselos en serio.

—¿Sabe? —dijo el primero—, la vida es muy extraña... —descubrió los ojos de Ramón y se atrevió a más—. Me llamo Juan Ruggiero —tendió una mano fuerte—, y éste es mi amigo, Julio Valea. El Gallego Julio.

—Mucho gusto —Frisch estrechó las manos de los dos.

—Mucho gusto —le imitó Ramón—. ¿De veras sos gallego?

—No, soy de la Isla Maciel, como éste, pero me llaman así. El que es gallego es mi viejo.

—¿Y vos? —le preguntó a Ruggiero.

—Mi viejo es tano. Mi vieja es de acá, pero el viejo de ella vino de Alemania.

—¿Quieren tomar algo? —invitó Frisch.

—Bueno —Ruggiero aceptó por los dos.

Entraron en un despacho de bebidas, cerca de Entre Ríos. Ramón y Frisch sentían idéntica curiosidad por las vidas de los otros.

—Yo no soy conservador —insistió Julio Valea ante el mostrador de estaño—. Soy radical —confió en voz baja.

—Pero trabajás para los conservadores —objetó Frisch.

—Hay que comer —se defendió el muchacho.

—¿Ustedes estuvieron alguna vez en la Isla? —inquirió Ruggiero.

—No —reconoció Ramón.

—Ni en el Dock Sud —siguió Ruggiero.

—Tampoco.

—No, la gente como ustedes no llega nunca hasta allá. Nunca pasan de la Boca, del Farol Colorado. Como mucho, toman la lancha para ir un rato al Pasatiempo. La Isla y el Dock dan miedo. La miseria da miedo. Y allá hay una miseria grande, ¿sabe? Mire: yo tengo doce hermanos. Éramos dieciséis, pero dos se murieron ahogados: salieron en bote, y eran muy pibes... Y otro se pegó un tiro por una mina. Somos trece. Mi viejo es carpintero y no gana bastante, así que hay que rebuscárselas, y no va a ser en la Isla, que está llena de rusos borrachos y hay fiambres todos los días... Hay que salir. Por eso soy conservador.

—No te entiendo —dijo Frisch.

—Yo voy a Avellaneda, a la municipalidad, y vuelvo a casa lleno de comida: el doctor Barceló reparte fideos, papas, yerba, tomates... y, a veces, da trabajo y paga. Como hoy. Yo llegué sólo a cuarto grado. No se podía más.

—¿Te hubiera gustado estudiar? —preguntó Ramón.

—Para ser militar —aseguró Ruggiero.

—¿Y vos por qué sos radical, Julio? —quiso saber Frisch.

—Conservador no voy a ser... No voy a ser pobre y estar del lado de los ricos. Y socialista no se puede. Yrigoyen parece buena persona... Juan se cree cualquier cosa. Mirá si Barceló va a dar algo gratis. Lo que da, lo da para tener contentos a los tipos como vos —señaló a Ruggiero—, tipos con pelotas, que es mejor que sean amigos... Hay un comisario por el Dock que, cada vez que hay espantada, entra a repartir rebencazos: ése también es hombre de Barceló. Además, la comida no se la dan a cualquiera: hay que llevar el vale del comité, votarlos...

—Pero hoy pegabas carteles de ellos.

—Por diez pesos.

—No es mucho. Te podían haber matado de una paliza.

—Los diez pesos son para vivir. Si te matan, ya no te hacen falta.

—¿Te gustaría hacer otra cosa? —propuso Ramón.

—No sé —dudó Julio.

—Yo sí sé —afirmó Ruggiero—. Prefiero hacer esto. De carpintero, nunca voy a salir de pobre. Así, puede saltar algo. Y yo tengo carácter para lo que se necesite.

Ramón pagó las copas y entregó una tarjeta con sus señas a cada uno de los muchachos.

—Nunca se sabe —dijo.

Se despidieron con cordialidad.

—Me cae bien el gallego —dijo Frisch, ya en la calle.

—A mí también, pero el otro tiene más porvenir —adivinó Ramón.

Después, volvieron a hablar de la situación.

53. Los dones

> Como de costumbre, él tuvo la certeza de que la huida o el retroceso no son sino postergación de las derrotas.
>
> Guillermo Cantore, *Para un tiempo de fábula*

Los festejos del centenario de la revolución independentista de 1810 fueron recordados durante largo tiempo: las muchedumbres aclamaron a la Infanta Isabel de Borbón y al presidente de Chile, don Pedro Montt, invitados de honor en tan favorable acontecimiento. Un censo escolar reveló que uno de cada dos habitantes de la Argentina no sabía leer ni escribir. Lorenzo Arola, nacido en Perpignan en 1892, admirado por Germán Frisch, habiendo introducido una ligera variación en su nombre, se presentaba a un público devoto como Eduardo Arolas, el Tigre del Bandoneón. Los hijos de Liske Rosen entraron a formar parte del Centro Juventud Israelita, de reciente fundación. En noviembre, en la más absoluta miseria y con la única compañía de su amigo Alejandro Davic, murió en Milán, en el Fate Bene Fratelli, Florencio Sánchez: le enterraron en el mismo cementerio, el Musocco, en que luego descansarían, temporalmente, como él, Benito Mussolini y Eva Perón. Algunos de estos hechos fueron conocidos por Ramón, pero no modificaron en nada su biografía. Tampoco la alteró, aunque por un instante haya parecido probable, la visita que David Rosen le hizo a mediados de octubre.

—Mi madre está enferma, Ramón —le dijo el muchacho.

—¿Qué tiene?

—Tuberculosis.

—Ya. Me temía algo así. Tose mucho. ¿Cómo es que Raquel no me dijo nada?

—Mamá se lo prohibió. Necesito ayuda.

—Sabés que podés contar conmigo.

—Es muy delicado. Mamá piensa que la tuberculosis es un mal que se tiene que ocultar, una enfermedad vergonzosa. Ni siquiera podemos hablar de eso en casa. Pero a vos te quiere mucho, y te respeta más que a mí, y más que a papá. A lo mejor, te lo dice.

—Me lo va a decir. ¿Y entonces?

—Hay un médico, un doctor Tornú, que hace tiempo empezó a hacer experimentos en Córdoba, en las sierras. Dice que el aire de ahí, cura. A mí me gustaría mandarla.

—Sí, tengo oído algo de eso. Parece que a algunos les hace bien. Y probar nunca está de más.

—Y si no sana, al menos va a estar lejos de Raquel... Cuando tose, a veces, saca sangre. A mi hermana, una cosa así...

—No tenés que explicármelo. ¿Cuándo querés que vaya a verla?

—Vení a cenar el sábado. Voy a contar que nos encontramos por la calle y te invité. Papá va a salir enseguida, porque tiene que tocar con Germán, y el tío Abraham se queda dormido temprano.

Durante la semana, Ramón rumió su discurso. Vio a Raquel cada día, como era costumbre, pero no mencionó la entrevista. Sus razones para hacer lo que David le había pedido excedían en mucho su preocupación por Rebeca, y le hubiese resultado demasiado incómodo exponerlas. Comentó el problema con Teresa y acordaron ir juntos a la cena.

Iban a salir cuando llegó la policía: un vigilante de uniforme y un inspector de paisano, conocido de Ramón.

—Señor Díaz —dijo el inspector—, lo siento mucho. Creo que le voy a dar malas noticias.

—Hable, hombre, no dé vueltas... —urgió Ramón.

—Mire, resulta que en la Asistencia Pública, en la nueva, la de la calle Esmeralda, hay dos mujeres..., la más joven murió en el acto...

El hombre vaciló al ver la repentina palidez de Ramón. Teresa había oído su anuncio: se acercó y esperó el resto del relato junto al que todos, empezando por él mismo, consideraban su hijo.

—¿Qué les pasó? —preguntó con voz firme.

—El tranvía. El tranvía eléctrico. Parece que la mayor se desmayó cuando cruzaban la calle, y el hombre no alcanzó a frenar.

—Vamos —decidió Ramón.

Fueron en el coche de caballos de la policía.

Liske Rosen estaba sentado en un banco de madera, la cabeza entre las manos, en un corredor sombrío y helado. Germán Frisch estaba a su lado, en silencio, observándole. Cuando vio a Teresa y a Ramón, fue hacia ellos.

—¿Vive Rebeca? —inquirió Ramón.

Frisch negó con la cabeza.

—Quedate con él —ordenó de pronto Teresa—. Debe haber trámites y cosas que hacer. Esta vez me toca a mí.

Ramón se reunió con Liske.

—Estaremos solos otra vez —murmuró el viejo.

No, pensó él. Solos, no. Se sentía vacío, insensible, incapaz de ir más allá, pero sabía que finalmente se movería, volvería a sentir, vería todo lo que le quedaba por ver. Sabía que los hombres debían seguir viviendo.

Teresa habló con gente de bata, sin atender a jerarquías, hasta que alguien la orientó hacia la morgue, en el sótano.

—Sí —confirmó el individuo mal encarado que le había abierto la puerta del depósito—. Las del tranvía están acá. ¿Usted es pariente?

—Amiga —respondió Teresa.

—¿Muy amiga?

—Bastante.

—No le va a gustar verlas. Están muy golpeadas.

—Nunca gusta ver a un muerto, aunque no esté golpeado.

—Venga conmigo.

Teresa le siguió a lo largo de un pasillo. Los cadáveres estaban en una habitación pequeña, sobre mesas acanaladas, sin cubrir.

—¿No tenían unas sábanas para taparlas? —protestó Teresa.

—Puede traer, si quiere —resolvió el hombre.

Ella no respondió. La de Rebeca era una carne vencida desde antes de la muerte, con pechos como pellejos morados y unos huesos prominentes que llevaban la marca de un hambre antigua. Teresa le echó una mirada distante y siguió hacia donde descansaba Raquel, en su espléndida palidez: la piel del rostro, intacta, se había tensado y resplandecía en la penumbra.

—¿Qué tengo que hacer para llevármelas? Hay que enterrarlas.

—Sólo se entregan restos a los familiares.

—Están arriba. Firmarán lo que sea.

—Entonces, le van a dar un certificado de reconocimiento.

—¿Quién hace ese certificado?

—El doctor. Mañana. Cuesta diez pesos.

—No voy a esperar hasta mañana.

—Para hoy, cuesta diez pesos más.

Teresa sacó unos billetes de la cartera y se los dio al hombre sin contarlos.

—Ahí hay más de veinte pesos —dijo—. Prepare los papeles, que yo me ocupo del resto.

Subió. Había llegado David.

—Ustedes, los judíos, ¿hacen algo especial? —preguntó Teresa—. Me refiero al velorio y al entierro, ceremonias y esas cosas.

—Sí. Mi tío Abraham es el que sabe de eso. Va a venir enseguida...

—Muy bien, lo dejo en tus manos.

Ramón pasó por todo sin decir una sola palabra. Raquel no estaba, y no volvería a estar nunca: eso era todo. Podía haberse marchado mucho antes. Recordó lo que Frisch le había dicho unos años atrás, al morir Mildred: que su destino no era de soledad, que volvería a ser amado, que aquello, en todo caso, habría sido un privilegio. Maravillado al ver que el cuerpo de Raquel, que él recordaría siempre en otra forma, era entregado a la tierra sin caja, juzgó que su retorno a lo elemental sería rápido y perfecto. Allí, en el cementerio, oyó a un anciano judío decir una frase que le acompañaría en lo que le quedase de vida: «Que el espíritu que el Señor le concedió regrese junto a Él.»

En el coche que les llevó de regreso a la casa de Alsina, lloró en silencio, no por lo que había perdido, sino por el dolor que traería lo que aún debía ganar.

Teresa pensó volver a hablarle del viaje a Europa, pero comprendió que aún no era tiempo.

54. Discreción

> Al ver el vecindario de Buenos Aires cumplido este plan de depuración de la cultura, de su pasado reciente, la salud civil se restableció por sí sola.
>
> Macedonio Fernández, *Museo de la novela de la eterna*

Germán Frisch cerró el diario y lo plegó en cuatro antes de abandonarlo. Las noticias de Europa no eran alentadoras. Pensó en el viejo Jaurés: ya hacía cerca de dos años de su visita a Buenos Aires —había sido en el once—, pero él le recordaba como si acabara de verle. De tanto en tanto, conseguía algún número de *L'Humanité*. Siempre le maravillaba leer a ese viejo.

El hombre al que ya había visto dos veces aquella mañana, estaba en ese momento acodado en el mostrador, observándole. Frisch le hizo un gesto, invitándole a su mesa.

Se acercó y se detuvo delante del alemán.

—No se quede ahí —dijo Frisch—. Siéntese.

—Soy Eduardo de Santiago —anunció el otro, tendiéndole la mano.

Frisch la aceptó y repitió su oferta. De Santiago no le hizo caso.

—Soy policía —explicó.

—¿Por eso no se sienta? ¿Tiene miedo de que lo eche?

—Puede ser.

—No, no. No se preocupe.

De Santiago apartó la silla, aceptando finalmente el convite.

—¿Quiere tomar algo?

—Ginebra, gracias.

Frisch esperó a que les sirvieran, jugando con un palillo.

—¿Por qué me sigue? —preguntó.

—Usted conoce a Berta Gardes, ¿no?

—Ah... Pasa algo con el chico.

—¿Cómo lo sabe?

—Tengo más de sesenta años, amigo. Y la historia del muchacho es vieja. Ya no es un chico.

—Ya no es nada.

—¿Está muerto?

De Santiago asintió con la cabeza.

—¿Lo sabe ella?

—Se lo huele. Fue a la Dirección de Investigaciones y presentó una denuncia, diciendo que su hijo había salido el domingo para ir a las carreras y no había vuelto. Usted y yo sabemos que el hijo desapareció hace mucho.

—Yo no tenía noticias de que hubiera muerto.

—Ella tampoco... Le dieron una puñalada, en el norte, en Misiones, el verano pasado.

—¿Y usted cómo se enteró? No creo que la policía de Misiones tenga la obligación de comunicarle todo lo que pasa por allá.

—Hay un amigo, y sabía que yo tenía interés...

—¿Por qué? No era amigo suyo... ¿o lo era ella?

—No.

—Los papeles, ¿verdad?

—No se lo voy a negar...

—¿Qué tengo yo que ver con todo esto, señor De Santiago?

—Cuidó a esa gente, estoy informado...

—¿Y?

—Los papeles de Gardes los tiene un hombre al que también conoce, un joven de talento que cometió algunos errores... Para él, esos papeles son una especie de pasaporte a la tranquilidad.

—No conozco muchos jóvenes de talento.

—A éste, sí... Cuando lo encontró, se llamaba Escayola.

Frisch sonrió.

—Vueltas que da la vida, ¿no? —concedió—. Ahora, dígame: ¿qué se espera de mí?

—Si ella no retira esa denuncia, alguien va a encontrar al otro Gardes, y va a haber lío...

—¿Y espera que la retire porque sí, porque voy yo y se lo pido?

—Algo así.

—No. Mire, De Santiago: mejor, va y habla con los que lo mandan, y les cuenta que Germán Frisch les promete la paz si ellos le arreglan la vida a Berta Gardes. Unos cuantos miles de pesos... Ese joven de talento los vale, ¿no le parece?

Eduardo De Santiago no necesitó considerar la propuesta. Se levantó con expresión satisfecha.

—No es difícil entenderse con usted —dijo.

Cuando se dirigía a la puerta del café, se volvió como para añadir algo.

—Seré discreto —se le adelantó Frisch.

—Gracias —contestó el otro, llevando un dedo al ala del sombrero.

El policía se marchó. Frisch pagó y se fue andando. La mujer vivía en la calle Corrientes.

Ella misma abrió la puerta.

—Germán, qué sorpresa —dijo.

—¿Sí?

—Claro.

—Dejame entrar y servime una copa. Tenemos que hablar.

—¿Qué pasa?

—Vos debieras saberlo mejor que nadie.

Frisch dio dos pasos hacia el interior y Berta cerró la puerta.

—¿Para qué me preocuparé por vos? —se preguntó el hombre—. Nunca me decís la verdad.

—Es que...

—¿Por qué presentaste esa denuncia? Yo no sabía que Carlos hubiese muerto, pero vos sí. No me lo dijiste, pero lo sabías.

Ella bajó la cabeza.

—¿Ves? —siguió Frisch—. Igual me entero.

—Yo no sabía...

—Sabías, Berta: alguien te sopló que había un tipo con los papeles de tu hijo. Por eso fuiste a la policía, ¿no?

—Sí.

—Y yo, como soy un boludo, te ayudo... ¿No te das cuenta de que es gente que puede matarte? Tuviste suerte: vinieron a hablar conmigo.

—¿Y vos, qué hiciste?

—Les pedí plata.

—¡Germán! —se emocionó Berta, echándole los brazos al cuello.

Él se separó de la mujer, molesto.

—No tenés que pagarme. No hace falta.

—Entonces...

—Cuando ellos den señales de vida, vas a retirar la denuncia. Era eso lo que querías, ¿no?

—No lo había pensado así.

—¿No? ¿Qué esperabas? ¿Que trataran con vos, como caballeros? No, ésos trabajan de otra forma...

—Pero salió bien, Germán.

—Por ahora. Ya veremos.

Frisch fue hacia la puerta.

—¿Te vas así?

—Necesito un poco de aire, Berta.

—¿Tan idiota te parezco?

—Tan mala. Estás comerciando con el cadáver de tu hijo y no se te mueve un pelo.

—Se fue hace tiempo. Y está muerto hace tiempo —se disculpó ella.

—Vos también —dijo Frisch.

No dio un portazo: cerró con cuidado.

55. Madame Jeanne

> Pero ésa, esa que viene allí, con un vestido
> que manifiesta y vela su cuerpo inquieto,
> le pone adentro como un presagio.
>
> Antonio Di Benedetto, *Cuentos claros*

Giovanna Ritana había llegado a Buenos Aires en uno de los primeros años del siglo, con la compañía de Enrico Caruso. Cantaba, pero su voz no le prometía más de lo que le prometió el corso Juan Garresio, propietario de burdeles en el bajo y en la Boca, que se enamoró perdidamente de ella. Hombre brutal, Garresio se convertía ante esa mujer en un perro manso. Se casaron. Hubo un tiempo casi perfecto, de lujo y lujuria, violentamente clausurado en una reyerta de malevos en que un tiro de revólver, dirigido a otro, borró entero el sexo del tratante. No murió, lo cual, tal vez, hubiese sido preferible, porque a ella siguieron gustándole los hombres, la mayor parte de los hombres, no con la desesperación suficiente para perderse, pero sí con una persistencia que irritaba al marido. El largo tiempo que llevó la curación del herido, puso en manos de la esposa muchas de las claves del comercio con que él había hecho su fortuna. Eso le bastó para asegurarse un generoso espacio de libertad.

La Ritana no había nacido para alcahueta, pero aprendió a servirse de las dotes de otras mujeres para ampliar el territorio conquistado por Juan Garresio. Lo suyo no podía ser el prostíbulo popular, de hembra con precio fijo y reloj: administraba, pues, casas de citas sin pupilas, procuraba compañía amable a señores y señoras solventes, y organizaba fiestas para hombres solos con mucho dinero y poco encanto en su casa de la calle Viamonte. Cambió de nombre: llamarse Madame Jeanne parecía imprescindible en un mundo donde las putas francesas eran las más caras, las más perfumadas y las más hábiles.

La juerga de aquella noche corría a cargo del estanciero don Pancho Taurel, metido en política, quien agasajaba a Cristino Benavides, jefe de la policía de la provincia. Madame Jeanne, atenta al buen éxito de la reunión, había invitado a un músico, el chileno Osmán Pérez Freire, autor de ese *Ay, ay, ay* que aún se canta en todas partes, y hombre culto y de buenas maneras. No contaba con que los visitantes llevaran a su casa a un par de cantores con sus guitarras. No contaba, tampoco, con que uno de esos cantores llegase a atraerla con tal intensidad.

Había más mujeres que hombres: Taurel, Benavides, un doctor Bozzi, médico de señoras, según dijo, y los músicos: seis para ocho damas y un número mucho mayor de botellas de champán. En un lado del salón, el fonógrafo se mantuvo en silencio. Pérez Freire animó desde el piano la primera hora.

—Pancho —pidió Madame Jeanne, acercándose al hacendado, que reía las gracias tontas de una muchacha rubia de pecho abundante—, ¿quién es ese morocho?

Taurel miró al que señalaba la mujer.

—¿Ése? Carlos Gardel, un cantor. El otro es José Razzano: hace dúo con él. ¿Por qué lo preguntás? No son nadie... Los traje porque cantan bien. ¿Querés oírlos?

—Sí... No te molestes, yo misma les voy a decir, quedate con ella.

La rubia bajó la vista.

Madame Jeanne se acercó a Gardel de frente, dándole ocasión de ver en su cuerpo todo lo que se pudiera ver. No le dejó indiferente.

—¿Vas a cantar? —preguntó.

—Si alguien me quiere escuchar...

—Yo quiero.

—Entonces, hacé callar al señor del piano.

Madame Jeanne fue a conversar con Pérez Freire.

—Descansá un rato —le dijo—. Acá da lo mismo que toques o que no toques. Vení a tomar una copa. Ésos pueden cantar un poco.

El otro, tentado por el champán, abandonó el taburete y siguió a la anfitriona hacia el lado del salón en que se encontraba Gardel.

—¿Qué va a ser, mi amigo? —averiguó, sentándose cerca del cantor.

—¿Un estilo? —sugirió Gardel

—A ver...

Y entonó el muchacho, acompañándose en la guitarra:

Anoche mientras dormía,
de cansancio fatigado,

no sé qué sueño adorado
pasó por la mente mía:
soñé que yo te veía
y que vos me acariciabas,
que muchos besos me dabas
llenos de intenso cariño
y que otra vez, cual un niño,
llorando me despertaba...

Hizo un breve silencio y, sin aviso, cambió el rasgueo y cantó:

El amor mío se muere,
¡ay, ay, ay!,
y se me muere de frío...

—¿Qué? ¿Le gusta? —sonrió Gardel.

—¡Fantástico! —elogió Pérez Freire—. Así que sabía quién era yo.

—Es mi oficio...

—En la otra sala está servida la cena —les advirtió una camarera.

—¿Usted cena con nosotros? —preguntó Gardel a la muchacha.

—Yo soy la que cena con ustedes —interrumpió Madame Jeanne—. Y pienso cenar a su lado.

Después de la cena, volvieron a cantar. Los hombres prestaron mayor atención. Benavides estaba deslumbrado por lo que oía.

—Barceló ya me había hablado de vos —le dijo a Gardel— y de tu socio, pero no esperaba tanto.

Madame Jeanne no le quitaba los ojos de encima al cantor.

En algún momento, se resolvió seguir la fiesta en el Armenonville. La urbanización del Bajo Palermo había puesto de moda el lugar, lo mismo que el local de Hansen, convertido ahora, de paradero de rufianes, en punto de reunión de niños bien con ganas de baile y mujer.

Madame Jeanne y sus amigas se quedaban en la casa.

Ella no esperó hasta el último instante para asegurarse el regreso del muchacho. Fue hasta él antes de que todos empezaran a pedir sus abrigos.

—No vas a llevar la guitarra —le dijo—. Vas a divertirte, no a cantar.

—Cantar me divierte —objetó él.

—Pero es tu trabajo. Mejor, dejás la guitarra acá, y mañana volvés a buscarla.

—¿Pregunto por vos?

—Voy a estar sola.

Cogió la guitarra de las manos del mozo, y el estuche de encima de un sofá.

—Vení —ordenó.

Él fue tras ella. Atravesaron dos habitaciones y un corredor. Allí, Madame Jeanne encendió la luz y abrió una puerta.

—Entrá —dijo, y él obedeció.

Era una suerte de cámara encantada, con una gran cama, cubierta de raso negro, en el centro, y biombos y espejos todo alrededor.

—La voy a dejar acá —anunció Madame Jeanne, abriendo el estuche sobre la cama y poniendo la guitarra dentro.

—No quiero compromisos —dijo él.

—Yo tampoco. Compromisos, no quiero. Te quiero a vos.

Fue un beso suave, lleno de prisa.

Al mediodía siguiente, él fue a recoger su guitarra.

56. El adiós

Me fui, como quien se desangra.
Ricardo Guiraldes, *Don Segundo Sombra*

Barracas al Sur, la Boca, Avellaneda: los músicos de tango debían pasar por esos barrios: en ellos se acumulaban los cafés, los prostíbulos, los locales indefinibles: aunque ya había iniciado su ascenso en la escala social, ese cantar lánguido seguía creciendo, sobre todo, en las orillas de la ciudad. En La Buseca, de Pedro Codebó, solían actuar Arolas, en trío con el violinista Monelos y el guitarrista Emilio Fernández, y «el alemán» Arturo Bernstein, nacido en Brasil. En el Café de Ferro, de la Avenida Mitre, sonaban el bandoneón de Carlos Marcucci y la guitarra de Riverol. También quien quisiera oír debía ir a esos sitios, o a Montes de Oca y Saavedra, o al Bar Tropezón, antros humosos con habitaciones en la trasera o en la planta alta, o con damas cordiales dispuestas a marcharse con el primero que se lo pidiera y pudiera pagarle. Germán Frisch hacía dúo con Liske Rosen, en homenaje a la fidelidad y la atención de los espectadores, en un café de Avellaneda, bautizado por sus parroquianos con el peregrino nombre de El Odio.

Ninguno de los músicos de categoría que animaban esos escenarios dependía de esa actividad para su subsistencia. Arolas, quien, a sus muy brillantes dieciocho años, encontrándose en la cumbre de su celebridad, vivía del cuerpo de unas cuantas esclavas, sostenía la romántica idea de que «con el arte no se gana plata: para eso, hay que tener un oficio». En cuanto a Frisch, hacía décadas que no necesitaba para nada los pocos pesos que podía darle el bandoneón.

En El Odio había mesas, una tarima para los oficiantes, unas pocas mujeres, de función imprecisa, y una pista de baile que rara vez se utilizaba. Una cortina roja raída, en un extremo del mostrador, separaba esa zona visible de otra, invisible, en que ejercía un par de pupilas y se alquilaban camas a quien prefiriera entrar acompañado. Era un lugar triste, pero los músicos se sentían bien recibidos: el público sabía guardar un respetuoso silencio.

A mediados del año trece, Juan Ruggiero dio un paso decisivo en su camino hacia las alturas. Era uno, el menos importante, de los tres hombres que acompañaban a Enrique Barceló, hermano del caudillo, en su ronda semanal por los burdeles de los que era propietario. Nadie le había tenido en cuenta hasta la noche en que alguien intentó asesinar al familiar del prócer. Los otros, los verdaderos guardaespaldas, los profesionales reconocidos, se echaron al suelo tan pronto como sonaron los primeros disparos. Él, no. Él cubrió con su cuerpo el cuerpo de su jefe, le empujó hacia un zaguán y, cuando le supo protegido, regresó a la acera y, de pie, de frente, abrió fuego contra los atacantes: mató a uno y los demás escaparon. Un mes más tarde, don Alberto, el patrón, le confió el manejo de un comité.

Ruggierito se dejaba caer de tanto en tanto por El Odio. Tenía por costumbre citarse allí con el Gallego Julio, que seguía siendo su amigo, pero recorría una ruta diferente, al servicio de los radicales. Las circunstancias aún no les habían apartado del todo.

Había pasado mucho tiempo desde que el azar les reuniera con ellos en la calle Victoria, pero ni Ramón ni Frisch habían olvidado a los dos muchachos. Periódicamente, recibían su visita, o alguna noticia de sus singulares hazañas. Habiéndose reencontrado en El Odio, conocieron por su protagonista los pormenores del gran momento de Juan Ruggiero.

Una noche de primavera, el pescador italiano Venancio Giglio entró, por primera y única vez, en el local. Quienes supieron lo que allí ocurrió, coincidieron en que el final hubiese sido peor, aún más triste, sin la presencia del Gallego Julio.

Frisch y Rosen estaban en el escenario cuando Giglio pasó como alma que lleva el diablo hacia el mostrador. Nadie le conocía, y la prisa con que se lanzó sobre la cortina roja que resguardaba la intimidad del comercio de trastienda llamó la atención. Al cabo de unos segundos, se oyeron gritos femeninos y voces de varones contrariados en el interior: el recién llegado había abierto las puertas de las cuatro habitaciones, para dar sólo en la última con la persona a la que buscaba: Lucila Pla, negra, espléndida, deseada: una mujer que no podía tener dueño. Había un hombre con ella: al ver el revólver del italiano, buscó refugio detrás de la cama.

—Tapate y vení —conminó Giglio a la mujer, que alargó una mano en procura de su vestido—; con la sábana.

—Esperá —dijo ella—. Eso es salir desnuda.

—Qué importa si te ven unos cuantos más. Después, no vas a poder, así que...

La tomó de la mano y empezó a tirar de ella. Lucila Pla se resistió al principio, pero no tardó en ceder. Siguió a Giglio a la carrera hasta el exterior. Allí, todas las miradas confluyeron sobre ella y sintió vergüenza: no por su desnudez, que era capaz de exhibir con orgullo, sino por la humillación que implicaba el someterse así a la voluntad de un macho. Se aferró primero a la cortina, pero el italiano no la soltaba y tuvo que dar otro paso. Cerró las manos y las uñas en torno a la barra de madera que rodeaba el mostrador de estaño. Giglio le golpeó los dedos con la culata del arma. Entonces, Lucila se dejó caer al suelo, junto al estrado de los músicos.

Los parroquianos retrocedieron, disponiéndose en semicírculo, tan cobardes como curiosos.

El Gallego Julio se había puesto de pie y observaba el desarrollo de los acontecimientos en primera fila, con la mano derecha dentro de la chaqueta, dispuesto a sacar su propia arma. Liske Rosen, desconcertado, aguardaba, sin soltar su violín. Germán Frisch había dejado el bandoneón en el suelo, junto a la silla baja en que se sentaba: la pareja avanzaba hacia él. En el suelo, Lucila Pla intentó zafarse de Giglio moviéndose a gatas. El hombre se echó sobre ella cuando se encontraba a dos pasos de Frisch. Tal vez, de haber sido blanca la mujer, el alemán hubiese medido mejor su actuación: pero allí, sobre el piso de baldosas sucias, entre restos inmundos y colillas, vio tendida a Encarnación Rosas en toda su miseria. Al sujetar a Giglio por el pelo, obligándole a abandonar a su víctima y volverse hacia él, se enfrentó a la reencarnación de Celestino Expósito, el Bruto.

Venancio Giglio soltó su presa y, con una mueca fiera, alzó la mano armada y apuntó a Frisch. El disparo de Julio Valea, el Gallego Julio, hubiese podido ser providencial: acabó con la existencia de Giglio, pero no logró impedir que el italiano apretase el gatillo.

Lucila Pla, desnuda y llorosa, quedó atrapada bajo los cuerpos sin vida de los dos hombres. Julio se metió el revólver en el cinturón y fue hacia el montón: desplazó los cadáveres para que la mujer pudiese salir.

Ella corrió hacia la rebotica, cubriéndose los pechos. Pasó al otro lado de la cortina y desapareció para siempre.

Liske Rosen se había sentado en el borde de la tarima y lloraba.

En El Odio sólo quedaban dos parroquianos y el mozo que servía las mesas. El Gallego Julio los miró y sacó unos billetes del bolsillo.

—Necesito gente... —dijo—. Cinco pesos para cada uno si sacan a este hombre de aquí y lo ponen en mi coche, que está en la puerta.

El dependiente se quedó detrás del mostrador. Los otros levantaron el cuerpo de Frisch y lo llevaron fuera.

Julio y Rosen les siguieron.

—¿Y el otro? —preguntó el mozo entonces, señalando a Giglio.

Julio Valea se volvió a medias y miró con desprecio el cadáver del italiano.

—Llamá al basurero —dijo, y siguió andando.

Los que cargaban a Frisch se encontraban ya junto al automóvil, un Ford negro, el único que había a la vista.

—¿Dónde lo ponemos?

—Sentado, atrás. Usted —dirigiéndose a Rosen—, póngase adelante.

Rodeó el vehículo para instalarse ante el volante.

—Vos —convocó a uno de los que habían ayudado—, tomá, un peso... Poné el motor en marcha.

—¿Y la manija?

—Está puesta. Hacelo arrancar y dámela.

Fueron por Avenida Mitre en dirección al norte.

—¿Qué piensa hacer? —averiguó Rosen.

—Llevarlo a su casa —dijo Julio—. A la calle Alsina.

Hicieron todo el camino sin cambiar una palabra.

Era tarde. La puerta estaba cerrada. Julio Valea paró el motor y se bajó del coche. Los golpes del llamador fueron oídos desde muy lejos.

Abrió Ramón, pero detrás de él estaba Teresa, cerrándose la bata.

El Gallego Julio no era hombre de preámbulos.

—Tengo a Germán en el coche —dijo—. Le pegaron un tiro.

—¿Está...? —esbozó Ramón.

—Sí, está muerto. Ayudame.

Lo pusieron en su cama, boca arriba. Teresa terminó de cerrarle los ojos, apenas entornados.

—¿Quién fue? —preguntó Ramón, quitándole el único zapato que, en la muerte, había conservado.

—No sé cómo se llamaba, y tampoco me interesa —respondió Julio—. Lo liquidé, si es eso lo que querés saber. Si lo hubiera liquidado un segundo antes, Germán estaría vivo. Pero así fueron las cosas... Ahora, sacale la ropa y limpiale la sangre. De los trámites me voy a ocupar yo, con la colaboración del señor Rosen. Acordate: se murió en la cama, del corazón.

—De acuerdo.

El Gallego Julio y Liske Rosen se marcharon.

Teresa estaba a los pies de la cama, mirando a Frisch.

—¡Qué hombre tan lindo! —dijo, cuando se quedaron a solas—. Uno de los tres hombres más lindos que conocí. ¡Y mirá que conocí hombres! ¡Lástima..!

—¿Por qué no te casaste con él cuando murió papá?

Teresa no contestó.

—Esto lo cambia todo, ¿no? —sugirió, en cambio, contemplando con ternura a Ramón—. ¿Qué vas a hacer ahora? —fue hasta él, que se había sentado en una silla, junto a la cama, y le acarició la cabeza. Nunca le había mirado así.

—¿Cuántos años tenés, Teresa? —quiso saber él.

—¡Muchos! Calculá: hace treinta y dos que conocí a Roque, y ya era una señora de más de veinticinco... Cerca de los sesenta —estimó, con coquetería—. Pero estoy de buen ver —sonrió—. ¿Y vos?

—Hace treinta y nueve que conocí a Roque. Y hace treinta y tres, a Germán —dijo, señalando la cama.

—Somos grandes los dos —apuntó Teresa.

—Y estamos solos.

Ella le cogió la mano.

—Vení —dijo: lo mismo que había dicho treinta y dos años atrás al padre del hombre que ahora la acompañaría hacia el desorden cálido de su habitación.

Ramón la siguió.

Teresa cerró la puerta del dormitorio y se quitó la bata.

No llevaba otra cosa que una fina cadena con un crucifijo.

—Estoy de buen ver —repitió, esta vez sin sonreír.

Ramón asintió.

—Desnudate, por favor —pidió Teresa—. Estamos solos... Necesito hacer el amor, y no podría hacerlo con ningún otro hombre. Es... una cuestión de familia —las lágrimas resbalaban por su rostro: no vio cómo Ramón se deshacía de la ropa, observando las mismas ceremonias para conjurar el ridículo que, treinta y dos años atrás, había observado su padre—. Estamos solos, Ramón, querido. No tenemos cuentas pendientes con nadie...

Tembló al sentir las manos de Ramón en su cintura, la lengua que limpiaba de llanto sus mejillas. Fuera de aquel recinto, fuera de aquel abrazo, estaba la muerte. Él también lo sabía.

Se separaron al oír a Julio Valea y a Liske Rosen moviéndose por la casa, dos horas más tarde.

—Te conozco, Ramón —dijo Teresa, pasando los dedos dulcemente por los labios de él—. Vas a llorar y a morirte cuando volvamos del cementerio. Yo también. Es mejor que estemos juntos... Pero yo sé que no podés ser mi amante por mucho tiempo. Vas a encontrar a alguien. Tenés que tener hijos. Contá conmigo para...

—Teresa —la interrumpió él—. No digas nada más ahora... Vamos a hacer lo que hay que hacer. Después...

—¿Después qué?

—Nos vamos a España.

Ella se quitó la cadena y la cruz del cuello, y se las puso a él.

—Era de Ciriaco Maidana —dijo—. Es tuya.

[57.

—¿Incesto?

—Eso depende de ti, Clara. Hay casos mucho más definidos en casi todas las familias, comenzando por las de la Biblia.

—Y continuando por las de la tragedia clásica... Lo cierto es que Teresa había sido la mujer del padre de Ramón.

—Y que, en su madurez, seguía siendo una mujer bellísima, con todo lo necesario para disponer del hombre que deseara. Eso es todo. Además, el amor es siempre una demanda contra la muerte, aunque viole tabúes.

—Aceptado. Lo que cuenta es que, finalmente, según se desprende de lo que llevo leído, viajaron.

—En noviembre del año trece.]

58. La noche a bordo

> Siempre, pensé, interpreto la conducta ajena de una manera despreciable y busco pretextos para no reconocer mis deudas.
>
> José Bianco, *Las ratas*

En los primeros días de la travesía, Teresa y Ramón se entretuvieron en conversaciones intrascendentes con unos y con otros, estableciendo afinidades y rechazos, conscientes de la necesidad de pasar un tiempo, siempre demasiado largo, en la obligada compañía de gentes no elegidas. Alguien, una señora de edad, desde luego, dio por sentado que Ramón era hijo de Teresa, y ellos no se ocuparon de desmentirlo.

Se habían marchado sin grandes preparativos: los negocios, que a lo largo de varios años habían servido de excusa para una indefinida postergación del viaje, quedaron en manos de socios y representantes. En el peor de los casos, concluyó Ramón, no faltaría quien les estafara, pero nadie podría vender las propiedades, y pocos desearían asesinar a la gallina de los huevos de oro: quizás al regreso, para el que no habían fijado fecha, fuesen menos ricos, pero en modo alguno serían pobres.

Los Rosen, Manolo de Garay y el Gallego Julio fueron a despedirles. En el puerto de Buenos Aires, uno de los pasajeros saludó a Liske, quien no ocultó cierto disgusto.

—¿Qué pasa? —le preguntó Ramón—. ¿No te cae bien?

—Es de la Migdal —argumentó Rosen.

Ramón hubiese querido saber más, pero la agitación y la muchedumbre le impidieron averiguar.

El hombre no se acercó a él hasta que hubieron dejado atrás Brasil. De tanto en tanto, le dedicaba una ligera reverencia o un gesto cordial, pero sólo le habló en alta mar. La curiosidad no acababa de imponerse a la aversión que la vestimenta abigarrada del personaje, y el perfume excesivo y dulzón que señalaba su paso por esta o aquella zona del barco, suscitaban en el ánimo de Ramón.

No faltaban a bordo figuras llamativas o inquietantes, pero ninguna lo era tanto como el extraño conocido de Rosen o como el joven rubio y engominado, enteramente vestido de negro, que solía aparecer una y otra vez tras sus pasos, tal una sombra. No les unía ningún vínculo evidente, pero rara vez se les veía a más de diez metros. Estaba allí, oculto entre unas sombras que el rumor constante del mar hacía más profundas, la noche en que el individuo de chaqueta escocesa, pantalones verdosos y polainas blancas sobre zapatos marrones, se detuvo junto a Ramón, quien, solo y ausente, fumaba acodado en la borda, y le habló.

—Buenas noches —dijo.

—Buenas noches —por un instante, Ramón se sintió desconcertado.

—¿Interrumpo una meditación? —preguntó el otro.

—Nada trascendente —le disculpó Ramón.

—Nadie nos presentó, pero yo miré la lista de pasajeros, y sé que usted es Ramón Díaz.

—Yo no investigo tanto. No sé quién es usted.

—Isaac Levy —tendió la mano y Ramón la estrechó.

—Mucho gusto —dijo.

Pasaba gente por aquella zona de la cubierta. Isaac Levy encendió un cigarrillo. Echó la cerilla al agua y se quedó observando cómo caía.

—Es bonito —comentó.

A su lado, Ramón volvió a apoyar los codos en la borda. Conversaron así, sin mirarse, con los ojos perdidos en el oscuro vacío.

—¿Viaja mucho? —indagó Levy—. Usted es de los que no se marean.

—Es la primera vez... La segunda, en realidad, pero de la primera me acuerdo poco. Tenía cinco años cuando mi padre me llevó a Buenos Aires.

—¿Y nunca viajó? —Levy se giró a medias, incrédulo, sonriendo al perfil de Ramón—. A lo mejor me equivoqué con usted —reflexionó—, y no es un hombre decente. Los hombres decentes viajan siempre..., siempre tienen que irse de alguna parte... Para que no los maten, quiero decir. O cosas peores, que también hay.

—¿Por eso viaja usted? —sugirió Ramón.

—Algo así... pero no haga caso... ¿Dónde nació?

—En Sevilla... Disculpe que insista: ¿está usted escapando? A lo mejor, puedo ayudarlo.

—No puede ayudarme. ¿Va a Cádiz?

—Sí, ¿y usted?

—Yo dejo el barco en Tánger. Voy a Jerusalén.

—¿Para ponerse a salvo?

—Ya no estoy a salvo en ninguna parte. Pero si es en Jerusalén, no me importa que me maten. Allá tengo una hermana, ¿sabe? Ella me va a enterrar bien. En el monte de los Olivos o por ahí... Quiero ser de los primeros.

—¿De los primeros qué?

—Ah, es cierto, usted no es judío. Yo sí. Cuando venga el Mesías, los primeros en levantarse van a ser esos muertos, los del monte de los Olivos...

—¿Por qué lo buscan, Levy?

—Por desertor. Me arrepentí. Y, en mi negocio, eso es algo que no se puede hacer.

—¿Dejó la Migdal?

—Veo que sabe sumar dos más dos.

—No. Un amigo que fue a despedirme me lo dijo... Me dijo que usted era de la Migdal.

—¿Rosen?

—Sí. Pero no sé mucho sobre el asunto.

—¿De veras?

—Se lo juro.

—¿Le interesa?

—Claro que me interesa.

Levy echó una mirada alrededor. Por lo que parecía, estaban solos.

—Sígame. Mejor hablamos en mi camarote. Tengo una botella de vodka y vamos a estar más tranquilos.

Levy cerró la puerta y sirvió dos grandes vasos de alcohol hasta el borde. Se sentó en la litera y ofreció a Ramón el único, pequeño taburete.

—¿Sabe de dónde me conoce Rosen? —preguntó, retórico.

—La noche, supongo... —arriesgó Ramón.

—Somos de la misma aldea. Él es mucho mayor, no hace falta que lo diga. Yo me fui a Lublín muy joven, casi un chico. Debía de ser muy lindo, porque las mujeres se me dieron bien. Me hubiera quedado ahí... Pero en Lublín fue a verme un tipo... Y, la verdad, me lo pintó de unos colores, que sólo un gil completo podía decir que no. En ese tiempo, tenía dos muchachas que habían empezado por mí. Me las compraron y me mandaron con ellas y con otras cuatro a Buenos Aires, para que fuera conociendo los detalles de la industria.

—¿Cuándo?

—En el noventa. Yo no llegaba a los veinte años, pero me hicieron un pasaporte que me daba más, y con un nombre distinto. Todo el lote que llevaba era de pesos falsos, menores, me refiero, y yo también.

Sonreía al contarlo, con un orgullo triste.

—Aquello todavía no era la Migdal. No era más que un grupo polaco, de caftenes polacos, pero ya había unas cuantas cosas establecidas.

—¿Por ejemplo?

—La ruta... De El Havre, o de Marsella, o de Bilbao, a Montevideo. De Montevideo a Paysandú, para cruzar el río sin problemas hasta Colón, y de ahí a Buenos Aires. Al principio, era en carreta. Después hubo coches. Y, al final, Mihanovich puso los barcos.

—¿Qué más?

—La policía. Comprada. Los remates.

—De eso tengo noticias. ¿Qué hizo en Buenos Aires?

—Me pagaron el servicio. Pasé seis meses aprendiendo el idioma y después los fui a ver. Me propusieron que me hiciera cazador y acepté.

—¿Cazador?

—Mire: Varsovia, Cracovia, Lwow, Lublín, están rodeadas de aldeas. Aldeas judías. Ahí me mandaron a mí, a aldeas iguales a la mía, con sus mismas costumbres, su misma gente y su misma miseria. ¿Vio esos que dicen que los judíos siempre tienen plata? Ésos no saben nada de nada. No vieron nunca esos lugares. Verdaderas cárceles de Israel. Hay hambre, amigo Díaz, mucha hambre. Más de la que se puede aguantar. Y lo más caro de todo, lo más inútil, son las hijas. Hay que librarse de ellas: casarlas o venderlas, que viene a ser lo mismo. Los grupos de caftenes estaban bien organizados: tenían ojeadoras en todas partes, viejas que recomendaban familias y daban informes sobre su salud y sobre el carácter de las hijas.

—¿El carácter?

—Sí: si eran trabajadoras o sumisas o rebeldes... Yo iba a comprar sobre seguro, sabiendo qué había en la casa.

—¿Por qué usted? ¿Por qué un judío? ¿Eran todos judíos?

—No, no. Todos no. Los cazadores de Varsovia, fuera del gueto, no lo eran casi nunca: ellos reclutaban mujeres, no negociaban con las familias. Algunos de los peces gordos sí eran judíos, pero no todos los peces gordos: la mayoría, polacos católicos. En las aldeas, convenía que los cazadores fueran judíos, que estuvieran al tanto del ritual. Yo nunca llegué a saber si esos viejos que vendían a las hijas creían o no en lo que hacían, pero lo hacían, y había que seguirles la corriente.

—Cuénteme cómo era, por favor.

—Se lo voy a contar, y usted va a pensar que soy un hijo de puta, y, lo peor de todo, va a tener razón. Pero no me vuelva la espalda, no me rechace, porque estoy arrepentido. Yo sabía lo que les esperaba a las muchachas, conocía el camino. Eran jóvenes hermosas, criadas con miedo a Dios y obediencia absoluta al padre que las vendía. Ruth, digamos, por ponerle un nombre, respetuosa, humilde, delgada... La metían en un barco con un tipo como yo, la bajaban en Buenos Aires, la encerraban en un sitio inmundo, para que el quilombo, después, le pareciera el cielo, y a la semana o a los quince días la mandaban a la Boca: una pieza, o dos, o las que fueran, y el patio, con veinte, treinta hombres esperando a la luz de unas velas, cualquier hombre, los más horrorosos, carreros o cirujas..., cirujas también. Yo lo sabía, pero pensaba en la guita y tragaba saliva; y repetía la escena.

—La escena... ¿Cómo era esa escena, Levy?

—Una pieza sucia, maloliente, sin ventilación. En un pueblito de mierda, de cuatro casas, o en un gueto. A veces, iba a un gueto. El de Varsovia o cualquier otro. Yo me sentaba a la mesa, con el padre y la madre. La chica, Ruth, por ejemplo, se quedaba de pie un paso detrás del viejo. Ruth tenía entre quince y veinte años, y yo podía juzgar su belleza sin tropiezos. Muchas veces estaban también los hermanos y las hermanas menores de Ruth: primero se vendía a la mayor. Esos pibes escuchaban todo. Y, si eran hembras, tenían que poner las barbas en remojo. «Mire, mírela bien, señor Levy. Está sana y es fuerte, eso ya se lo habrán dicho. Yo creo... estará de acuerdo en que vale, bien, bien, ciento cincuenta zlotis.» Ése no era el precio total, no crea, Díaz: se trataba siempre sobre una mensualidad: ciento cincuenta zlotis al mes, durante, pongamos, tres años.

—¿Era mucho?

—Un poco de comida. Diez clientes en Buenos Aires. La inversión era baja, pero para ellos era bastante. Lo que pasa es que esa plata no se podía soltar así nomás. El viejo pedía y yo tenía que regatear. Era lo que había que hacer. «Cien zlotis», decía yo. Entonces él se hacía el ofendido y mostraba a la hija de cerca. «Vení, Ruth, hija, vení a mi lado para que el señor te vea bien», decía. Era el peor momento, con la muchacha ahí, oliéndola casi. Entonces yo tenía que preguntar si era virgen, y lo preguntaba. Y el viejo cabrón iba a buscar un libro, una Biblia, cualquier cosa con tapas, lo dejaba en la mesa y juraba sobre él con los ojos en blanco. «Pura, pura como ninguna otra, y muy joven, señor Levy, muy joven... La pureza y la juventud no tienen precio... ¿Cómo no me va a dar ciento cincuenta zlotis?» Y firmábamos...

—¿Firmaban?

—Un contrato con todos los detalles. «Firmo por vos», le decía el padre a Ruth. «Si faltás a este contrato, se cubrirá de vergüenza el nombre de esta familia honrada. Tenés que obedecer a este hombre en todo, ir a donde él diga.» Era muy solemne ese momento, ¿sabe? Y muy falso. Con las madres era distinto. Desgarrador.

—Pero usted se las llevaba.

—Siempre. A veces, el contrato era de matrimonio. Lo que se pagaba era una especie de dote al revés. Yo me casé con unas cuantas, para no defraudarlas. ¿Se da cuenta, Díaz, de que era un desalmado?

—¿Fue cazador mucho tiempo?

—Quince años.

—¡Carajo!

—¿Ve? ¿Ve lo que yo le decía? Le doy asco, ¿no?

—Olvídese de eso. Quiero saber más. Cuénteme la historia de su arrepentimiento. Me va a costar creerle, pero quiero oírla. ¿Cómo dejó el trabajo de cazador?

—Fue en el seis, cuando se fundó la organización que hay ahora, la Varsovia, la verdadera Migdal. Yo estaba en Buenos Aires, y me quedé con un cargo. Ya tenía unas cuantas mujeres propias, así que me aceptaron de entrada. Y como me conocían...

—¿Y si no hubiera tenido mujeres?

—La Varsovia era una sociedad de rufianes... Lo único que se pedía para ser socio era eso. Valía la pena, era buen negocio. Agrupados, podíamos defender nuestros intereses, porque hay mucha competencia: franceses, italianos... Los polacos hicimos una sociedad de socorros mutuos. Legal cien por cien. Con comisión directiva elegida y todo. A mí me eligieron los colegas. No era pesado, la verdad, y se ganaba plata.

—¿Qué hacía exactamente?

—Vigilar y hacer cumplir las decisiones del juez.

—¿El juez?

—Cierto, usted no sabe... Y el juez no figura en los estatutos. Es la autoridad. Mantiene el equilibrio, es muy importante... Controla las compras y las ventas en los remates, para que nadie haga trampa. Evita la violencia: si una mujer quiere cambiar de rufián, porque se enamora o porque piensa que con el otro va a trabajar menos, el juez fija un pago, una indemnización, para que el perjudicado pueda comprarse otra, y todo arreglado. El juez cobra las cuotas sociales. Él da las coimas, arregla con la policía..., así todos viven sin problemas. Y si una mujer se muere o se queda incapaz, enferma, o loca, él le da plata al rufián para que se consiga una nueva. ¿Se da cuenta?

—Me doy cuenta.

—Bueno.

—Sírvame otra copa.

Levy llenó los vasos de los dos. La atmósfera del camarote, lleno de humo de tabaco y perfume, era casi irrespirable, pero Ramón necesitaba conocer el final.

—Todo esto se supo —continuó Levy.

—Yo no lo supe —objetó Ramón—. Y leo bien los diarios.

—Lo supo la colectividad judía. Los judíos siempre se preocuparon mucho por la moral. Y por las apariencias. Había un comité de protección de las mujeres y los niños judíos. Hablaron con el rabino. Con el rabino en serio, porque nosotros teníamos uno, y una sinagoga nuestra en la calle Rivera, pero no era algo auténtico. Yo mismo me casé tres veces ahí con chicas polacas. El comité lo contó todo. Y el rabino nos prohibió entrar al templo. Y después prohibió que nos enterraran como Dios manda. El juez de la Migdal de Buenos Aires le pidió a Barceló una parcela para hacer un cementerio en Avellaneda, y Barceló se la dio. Entonces el rabino nos expulsó de la colectividad, y a mí la situación empezó a molestarme. Él nos expulsaba porque la gente, los que no eran judíos, claro, se imaginaba que todos los judíos eran rufianes. A mí, al principio, me pareció que no era para tanto: la gente también creía que todos los polacos eran rufianes, y todos los franceses. Pero usted ya sabe, con nosotros es distinto. Empecé a pensar el asunto, a darle vueltas, y al final saqué una conclusión, o comprendí, vi la luz: yo no soy un hombre cualquiera, porque mis acciones, buenas o malas, no son sólo mías: yo soy todos los judíos. ¡Mi madre! ¡Cuando me avivé de eso! ¡Me volví loco! Tenía ocho mujeres. Me senté en un café a hacer cuentas. Calculé cuánto había rendido cada una.

—Muchos miles.

—Muchísimos. Una cantidad que yo no iba a tener nunca. La saqué de la caja de la Migdal. Fui a verlas en los quilombos. A todas les devolví lo suyo. A todas les dije lo mismo: esta plata te pertenece, sos libre.

—¿Y ellas? ¿Qué dijeron?

—Nada inteligente, amigo Díaz. Cosas como qué suerte o estás loco.

—¿Ninguna se fue con usted?

—Ninguna amagó siquiera salir de la pieza. Una me dio las gracias y me dijo que me apurara, que había muchos hombres esperando. Le pregunté si era eso lo que quería, seguir ahí, ahora que tenía plata. Le expliqué que podía poner un negocio, por ejemplo. Me contestó que de puta se ganaba más y que sin rufián lo iba a hacer con más ganas. Era rica, esa mujer era rica... ¡Por Dios! ¡Menos mal que yo no iba a redimirla!

—Pero actuó como un cristiano...

—No, no... No lo hice por caridad, sino para reparar mis crímenes, en nombre de todos los judíos. Porque yo soy todos los judíos, como cada judío es todos los judíos. Pero ése es un camino que se recorre casi siempre en una sola dirección: mis actos repercuten en los demás sin necesidad de que los actos de los demás repercutan en mí. Devolví lo que pude a las mujeres que habían trabajado para mí. Era algo personal. Un cristiano hubiera procurado repartir toda la riqueza de la Migdal entre todas las putas de Buenos Aires.

—Creo que lo comprendo.

—Que no lo comprenda es lo de menos...

—¿Entonces por qué me lo contó?

—Porque a lo mejor llego a Jerusalén, pero a lo mejor no llego... Robé de la caja de la organización, me cagué en los principios de la organización cuando solté a las mujeres, y me fui. Me siguen.

—El rubio del traje negro.

—Justo.

—¿Puedo hacer algo por usted?

—Tengo escrita una carta para mi hermana. Guárdela. Si atracamos en Tánger sin novedad, me la devuelve. Si no, la envía desde el puerto.

Ramón metió la carta en el bolsillo de la chaqueta.

—Me voy a dormir —anunció.

—Espere —le pidió Levy.

Sacó papel y lápiz de un maletín que tenía sobre la litera. Apuntó algo, dobló la hoja y se la dio a Ramón.

—Es la dirección de un amigo en Tánger —dijo—. Un buen amigo. En una época fuimos colegas. Se casó con una mujer que trabajaba para él y la retiró. Tienen un café. También le puse ahí el nombre del rubio, el que subió al barco conmigo. Haga lo que quiera, o lo que pueda.

Ramón se levantó y abrió la puerta del camarote.

—Díaz —nombró Levy: Ramón se giró hacia él—. Todo el mundo cree que la señora que viaja con usted es su mamá. Yo no. Lo felicito: tiene buen gusto. Le lleva unos años, pero es muy linda.

—Gracias.

Ésa fue la despedida.

Teresa dormía. Ramón no dio la luz: sólo se quitó los zapatos y la camisa antes de echarse en la litera y caer en un sueño profundo.

59. Crimen y castigo

> El mar tranquilo arrastra con pereza sus olas pequeñas y numerosas; los horizontes se ensanchan bajo un cielo sereno.
>
> Miguel Cané, *En viaje*

En los dos días que siguieron, Ramón no vio a Isaac Levy. Su mesa en el comedor permaneció vacía. En cambio, León Berkiewicz, que así se llamaba el rubio perseguidor del rufián arrepentido, acudió con buen apetito a desayunos, almuerzos y cenas. En la mañana de la tercera jornada, el capitán Grossi pidió a Ramón que fuese a tomar café con él.

Grossi era un valenciano rubicundo, un descendiente de inmigrantes italianos en Levante, de gruesos bigotes y con unas manos en las que las tazas siempre parecían pequeñas.

—Hace unos días —comenzó—, según un miembro de la tripulación, estuvo usted conversando con Isaac Levy.

—A quien, por cierto, no volví a ver.

—Ni usted ni nadie, don Ramón. Por eso le he llamado.

—Lo dejé muy tarde, casi de madrugada, en su camarote.

—Y durmió allí, de eso no hay duda. Anteayer hubo que hacer su cama. Ése es su último rastro. Hemos registrado el barco entero, de punta a cabo, más de una vez. Lamento decirlo: Levy ha desaparecido. Desde luego, nadie se pierde en el aire. Con ganas o sin ellas, ha de haber caído al agua. Dos días es mucho tiempo; sin embargo, hemos virado y regresamos al punto en que nos encontrábamos al principio. Revisaremos la ruta. Llegaremos con algún retraso, pero no puedo dejar de hacerlo. ¿Lo comprende, verdad?

—¿Por qué dice que con ganas o sin ellas?

—Suicidio o asesinato.

—Me inclino por el suicidio —mintió Ramón—. Por lo que conversé con él, y no fue poco, sé que era un hombre angustiado.

—¿Sabe a qué se dedicaba? —preguntó el capitán.

—Claro. Su oficio era poco honesto. Habló conmigo porque teníamos un amigo común, una persona que lo vio en el puerto de Buenos Aires, al despedirme a mí, y que me informó en dos palabras.

—Era rufián. Eso es algo más, y algo menos, tal vez, que un oficio poco honesto —consideró Grossi.

—Estaba arrepentido. No le gustaba su vida.

—¿Eso le contó?

—Eso.

—Quizá fuese cierto. Aunque iba a Tánger.

—Iba a Jerusalén.

—¡Coño! ¿A Jerusalén?

—Tenía familia ahí. Una hermana. Estaba inquieto, triste... No se quería.

—Yo siento mucho respeto por los suicidas, don Ramón —confió el capitán—. Buscaré a Levy, porque es mi deber y porque nunca sabremos la verdad, pero me apenaría mucho interrumpir su descanso si es lo que él deseaba.

—Me parece probable. Si puedo ayudar...

—En un asunto, sí... ¿Le mencionó Levy alguna relación con alguien de a bordo? Porque hay un tío raro... Yo soy perro viejo, y el olfato me engaña poco: juraría que se conocieron.

—No mencionó a nadie. Al contrario. Me habló de su soledad. ¿Quién es ese tío?

—León Berkiewicz. Un polaco, como Levy. Pero no me haga caso, ha de ser imaginación mía.

El mar no reveló nada a los vigías. El cuerpo de Levy le pertenecía por entero.

—Mejor así —comentó Ramón a Teresa.

—¿Por qué?

—Los cadáveres son muy callados. Ni siquiera reclaman justicia. Al tal Berkiewicz le da lo mismo que lo encuentren. Si está en mis manos, lo resolveré. Si no, todo quedará igual.

—¿Qué tontería piensas hacer?

Ramón no respondió. Se quedó pensando en la forma de la pregunta de Teresa, en la transformación de su habla, obrada tan pronto como se hubo decidido el viaje: había tornado a emplear el tú y el aquí, a conjugar con auxiliares, y a precisar las eses, aun cuando prescindiera del leísmo, un tanto achulado, de Roque. No hay por qué parecer extranjero cuando no se lo es, decía, y no veo razón alguna para pasar por argentina en España, que es donde nací: tú deberías hacer lo mismo. Y Ramón intentaba por momentos acordar tono y construcción con el diapasón paterno, devolviéndole el gobierno de su oído.

Llegaron a Tánger con tres días de retraso. Aun así, y puesto que había prevista una larga escala, permanecerían setenta y dos horas en la ciudad.

A los ojos de quienes llegaban de Buenos Aires, de su cielo a veces de hierro, a veces de piedra, y del resquebrajado amarillo colonial de sus barrios viejos, Tánger, a un tiempo acosada y acariciada por el sol, poseía una insólita diafanidad.

El café de Miro y Lena Orkovsky estaba en una calleja muy próxima al puerto. Teresa y Ramón fueron a verles tan pronto como pudieron bajar del barco y despachar la carta de Levy para su hermana. Era temprano y no había clientes en el local.

—Quiero hablar con el patrón —pidió Ramón al camarero cuando les puso el anís.

El muchacho se retiró y, antes de un minuto, salió de la trastienda un hombrón calvo, musculoso, pletórico y sonriente.

—¿Miro Orkovsky? —quiso confirmar Ramón.

—Sí —aceptó el otro, ya sin sonreír.

—Éramos amigos de Isaac Levy —explicó Ramón.

—Yo también —apremió Orkovsky.

—Ha muerto. ¿Por qué no se sienta con nosotros un momento? Yo soy Ramón Díaz. Ella es mi madre.

Orkovsky, sin hacer caso de Teresa, acercó una silla.

—¿Cómo fue?

—En el barco. Lo han tirado al agua, no sé si vivo o muerto.

—¿Vienen de Buenos Aires?

—Sí.

—¿Saben quién lo hizo?

—¿Oyó hablar de León Berkiewicz?

—¿Lo hizo él?

—Sí.

—¿Y está en Tánger?

—A menos que se haya quedado a bordo.

Orkovsky se puso de pie, se acomodó los pantalones y se metió tras el mostrador.

—¡Lena! —gritó, pasando por la misma puerta, demasiado estrecha para su humanidad, por la que había aparecido—. León ha matado a Isaac. Está en Tánger —le oyeron decir.

Regresó inmediatamente, con una chaqueta ligera echada sobre los hombros.

—Tome —dijo, entregando a Ramón un revólver de pequeño calibre—. Vamos —ordenó.

Le siguieron. Entraron en tres lugares, dos cafés semejantes al del hombre que les guiaba y un salón con orquestina y pereza. En ninguno de ellos permanecieron el tiempo suficiente para beber nada. Orkovsky hacía unas preguntas y continuaba su camino de acuerdo con las respuestas. En el cuarto, se quedaron. El cartel sobre la puerta ponía La Luz.

Orkovsky hizo servir té y anís.

—Puede tardar —explicó—, pero va a venir.

—¿Por qué está tan seguro? —inquirió Teresa. Por primera vez, el gigantón reparó realmente en su presencia.

—Porque éste es el único sitio en Tánger en que hoy se subastarán mujeres.

Ramón sintió una repentina presión en la boca del estómago, pero no pronunció una sola palabra.

En un ángulo del salón, sobre una tarima circular, una bailarina, morena y salpicada de oros, ondeaba en una suerte de ensueño apenas sostenido por una frase musical reiterada hasta el empalago en los agudos de un instrumento de viento.

—¿Será aquí? —preguntó Teresa.

Orkovsky la miró ahora con seria atención.

—¿Ha estado antes en algo así? —averiguó a su vez.

—He estado —confirmó ella.

—Será abajo. Nos avisarán —informó Orkovsky, considerándola con cierto respeto.

Esperaron unas tres horas. De tanto en tanto, el propietario de La Luz guiaba a algún recién llegado hacia un rincón, en la parte trasera del local, y apartaba una pesada cortina roja para darle paso. Finalmente, vieron a Berkiewicz. Orkovsky se adelantó a recibirle con un abrazo.

—¡León! —dijo, con calor, palmeándole la espalda.

Teresa cogió la mano de Ramón para serenarle.

—Estoy con unos amigos —explicó Orkovsky al rufián rubio—. Ramón Díaz y su mujer.

—Nos conocemos de vista —dijo Berkiewicz, sin sonreír—. No sabía que venían a Tánger.

—Es una escala. Seguimos a Cádiz. Pero no podíamos dejar de hacer una visita a Miro —Ramón sí sonrió.

—¿Y algún negocio, de paso?

—Podría ser. Veremos.

El dueño de la casa se acercó.

—Señor León —dijo—. Tanto tiempo. ¿Le traigo té, o prefiere que se lo sirva abajo?

—¿Ya empieza?

—Enseguida.

—Entonces, abajo.

Tras la cortina, se abría un corredor con puertas a los lados y una escalera al final. Bajaron, atravesaron otro pasaje, en sentido inverso, y desembocaron en un salón de las mismas dimensiones del superior. Allí, la tarima se encontraba en el centro, rodeada de sillas, cada una con una mesita delante, provista con vasos de té. Se sentaron en la fila más alejada del estrado.

El encargado de la subasta era un sujeto casi tan ancho como alto, mal encarado, de gruesos brazos peludos, vestido con pantalón y camiseta blancos. En la mano llevaba una fusta, con la que subrayaba las etapas de su tarea.

Las mujeres aguardaban de pie junto a la pared del fondo, envueltas en grandes mantones negros, inmóviles y remotas.

Ramón observó a aquellas gentes.

Había hombres curtidos y brutales, sudorosos y sin afeites, y otros amanerados y pulidos, blindados con fijapelo y polvos. La codicia era en ellos más evidente que su desinterés por el destino ajeno.

Había mujeres en cuyos rasgos se había grabado ya lo irreparable, y otras en que, contra toda lógica, perduraba la esperanza. Eran todas muy jóvenes. La más joven era también la más hermosa, pese a la huella de una violencia insensata: la luz, dirigida a la escena principal, impidió a Ramón precisar, en un primer momento, qué era lo que ocultaba el párpado entornado de la muchacha, si una herida o la falta del ojo. Pero el orgullo y la cólera que alentaban en el otro, estruendosamente abierto, impresionaron el ánimo de Ramón y le llenaron del convencimiento de que aquel rostro debía formar parte de su vida.

—La tercera de la izquierda —dijo en voz muy baja, apretando el brazo a Teresa.

—La he visto —respondió ella—. ¿Quieres comprarla?

—Si no hay otro modo de llevársela, sí.

—De acuerdo.

El encargado de la subasta, con un movimiento de la fusta, indicó a la primera de las mujeres que subiera a escena. Él mismo le arrancó el mantón, dejándola desnuda a la vista de todos.

—Denia —anunció—. De Tánger. Diecisiete años. Dos en una casa de aquí. Dócil y muy resistente. Carne firme.

Un hombre delgado, de pelo claro y ojos helados, subió al estrado y se acercó. El otro se apartó, las manos bajas y la fusta pegada a la pantorrilla. Esperó a que el potencial comprador pasara los dedos por el pelo de la muchacha y comprobara la elasticidad de sus pechos. Esperó, también, sin un gesto, a que un segundo cliente, un gordo de cara grasienta, metiera una mano entre las piernas de la joven y se asegurara de su aroma.

—Veinticinco libras —ofreció el gordo cuando hubo regresado a su silla.

—Treinta —arriesgó el primero.

—Treinta y cinco —dijo otro, desde el lado opuesto del salón.

El gordo cerró el trato por cuarenta. El dueño de La Luz le echó el mantón sobre los hombros y se marchó con ella. El rufián que la acababa de comprar se desentendió.

—¿Adónde la llevan? —preguntó Ramón, en un murmullo, al oído de Miro Orkovsky.

—A una de las habitaciones del corredor —explicó el polaco, en un tono igualmente inaudible—. Las tienen para eso, para esperar.

—¿Si yo compro una, ocurrirá lo mismo?

—Sí. ¿Va a comprar?

—Sí.

—Eso puede resolver muchos problemas.

Dos mujeres más fueron vendidas, antes de que el hombre de la fusta hiciera subir al estrado a aquella a la que Ramón esperaba.

Si el rostro de la muchacha había puesto en su alma una irreparable inquietud, la visión de aquel cuerpo desnudo, con sus largas piernas, de tobillos finísimos, y sus pechos breves, de aquellas manos blancas, de náufraga del amor, le unió definitivamente a ella. Teresa consideró con tristeza y generosidad la respiración agitada de su hijo, su marido, su amante, quizá su último amante.

—Alina —dijo el individuo del escenario—. Española. Doce o trece años. Tres meses en una casa de Melilla. Buen pelo.

Acotó lo último alzando con la fusta las puntas de la crin negra de Alina, que caía hasta su cintura. La muchacha le miró con desprecio y le escupió a la cara. Nadie rió.

—Rebelde —continuó el vendedor, secándose con un pañuelo—. Esa rebeldía le ha costado un ojo —lo señaló, sin arriesgarse a tocarla nuevamente.

Tres meses en una casa, pensó Ramón, trescientos, quinientos, quizá mil hombres.

—Cincuenta libras —propuso Teresa.

Berkiewicz se volvió hacia ella.

—Usted no compraría porque sí —calculó—. Pago cincuenta y cinco.

—Sesenta —pujó Teresa.

—Sesenta y cinco.

—Setenta.

—Setenta y cinco.

—Ya está bien —intervino Miro Orkovsky—. Compre usted, Teresa, a ochenta. Haremos un pacto más tarde, a solas. Yo seré el árbitro.

—Tienes razón —aceptó Berkiewicz—. No hay por qué regalar un céntimo a nadie.

—¿No hay otro interesado? —averiguó Orkovsky.

Nadie respondió.

Alina se envolvió en el mantón y bajó del estrado tras los pasos de las que le habían precedido. Se detuvo un instante al pasar junto a Teresa y la interrogó con los ojos. Teresa le sonrió y miró a Ramón. La muchacha siguió su camino.

—Gracias —dijo Ramón.

Berkiewicz se puso de pie.

—Vamos a negociar —dijo—. No pienso comprar nada de lo que hay.

Se levantaron y fueron hacia la salida. La subasta continuó a sus espaldas.

—¿Dónde está la última? —preguntó Orkovsky al dueño de La Luz, ya en el corredor.

Le siguieron hasta una habitación de la planta superior.

Alina estaba acurrucada junto a la pared, sobre la cama. Allí, toda su debilidad quedaba a la vista. Teresa se sentó a su lado y le cogió una mano.

Orkovsky atrancó la puerta y Ramón sacó el revólver.

—Siéntate, León —indicó el corpulento polaco.

El otro obedeció, con una mueca, acomodándose en la única silla del lugar.

—¿Vas a robarme la mujer? —dijo con sorna.

—La mujer y algo más. ¿Qué pasó con Isaac?

—Se está bañando.

—¿Por qué lo hiciste? —preguntó Orkovsky.

—Fue una orden de la Migdal. Había robado.

—¿A ti? —Orkovsky dio unos pasos alrededor de la silla.

—A todos. Yo soy socio.

—¿Eso es más importante que la amistad?

—Sí. La ley conserva la amistad.

Orkovsky se detuvo detrás de Berkiewicz.

—¿Murió antes de caer al mar?

—Lo tiré vivo.

Orkovsky no dudó un instante.

—Murió ahogado —dijo, cerrando sus enormes manos en torno del cuello del rufián de la Migdal.

Berkiewicz intentó en vano apartarle, sujetándole las muñecas y afirmando los pies en el suelo. Resistió un par de minutos, pero el gigante no soltó su presa hasta mucho después, cuando estuvo seguro de que el hombre había muerto.

—Nos vamos —decidió—. Usted, Teresa, levántese y hágase cargo de la chica. Necesito la colcha.

Echó el cadáver de Berkiewicz sobre la cama, lo envolvió en aquel paño percudido por las injurias de la vida y lo cargó al hombro.

—Abra, Ramón. No tenga miedo. No nos detendrán.

Ganaron la calle por una salida trasera.

60. El estrecho

> El célebre anticiclón de las Azores, subiendo bruscamente de latitud y orientando su eje en el sentido N-S, empuja hacia la zona del Estrecho los frentes fríos que discurren más al norte y que os alcanzan por su extremo meridional
>
> Juan Goytisolo, *Reivindicación del Conde don Julián*

Orkovsky no recorrió más de treinta metros con el cuerpo de Berkiewicz al hombro: entró con él en una casa, y salió de ella libre de su carga. Los demás le esperaron en la calle, perdidos en las sombras.

No pensaron en separarse: fueron al café de Orkovsky: tenían unas cuantas cosas que arreglar y necesitarían la colaboración de su nuevo amigo. Teresa guió a Alina, protegiéndola del mundo con un brazo maternal sobre sus hombros.

Ramón no se asombró de encontrar al capitán Grossi acodado en la barra, bebiendo coñac y hablando de bueyes perdidos con Lena Orkovsky. Teresa y Ramón no habían visto a la mujer en su breve visita de la tarde: comprobaron que era hermosa.

Lena y Teresa desaparecieron con Alina en la trastienda.

—Capitán... —quiso empezar Ramón cuando ellas se retiraron.

—Capitán es lo que soy a bordo. En tierra, soy Emilio Grossi; y me tiene de su lado si ha hecho lo que imagino que ha hecho. Vamos a sentarnos a una mesa.

—Él no lo ha hecho —confió Orkovsky—. A Berkiewicz lo he matado yo. Lo he estrangulado. Debí haber dado el paso hace años. Es probable que Isaac estuviese vivo. Se lo puedo decir porque dentro de una hora no habrá ningún cadáver en Tánger.

—No he oído nada —resumió el capitán.

—Cadáver no habrá, pero tampoco habrá pasajero. Berkiewicz será el segundo ausente en su lista —calculó Ramón.

—Berkiewicz bajó en la escala y no regresó al barco. Eso es todo.

—¿Y si embarcara a alguien? —propuso Orkovsky.

—¿La muchacha?

—Sí.

—¿Es menor?

—Por supuesto.

—Y no tiene pasaporte, supongo.

—Ni siquiera tiene apellido —expuso Ramón.

—¿Tiene dinero? —preguntó Grossi.

—Tengo.

—En ese caso, será mejor que olvide Cádiz... También usted faltará en la lista, pero será baja voluntaria. La decisión de quedarse en Tánger y seguir viaje más tarde es bastante corriente. Mañana por la noche, si le parece bien, cruzarán el estrecho en barca. Hasta Tarifa. Yo me encargaré de todo. No le costará demasiado. Podrá recoger su equipaje en el puerto de destino. Una vez en la península, nadie le preguntará cómo ha entrado. Pasar aduana es otra historia.

Les interrumpió Teresa.

—Ramón —llamó.

De común acuerdo, Teresa y Lena habían empezado a preparar a Alina para una existencia nueva: llevaba una camisa de noche blanca y sandalias, y le acababan de lavar el pelo.

—Alina nos cuenta cosas de su vida —expuso Teresa—. Imagino que te interesa.

—¿Hablas español? —preguntó Ramón, poniéndose en cuclillas ante el taburete que ocupaba la muchacha.

—Soy española —respondió Alina.

—¿De dónde?

—Me parieron en Málaga, creo. O cerca de allí.

—¿Y tu madre?

—Murió hace mucho.

—¿La conociste?

—Un tiempo.

—¿Y después?

—¿Después de qué?

—De que ella muriera.

—Una tía, hermana suya. Me dio de comer.

—Pero acabó por venderte.

—Sí.

Ramón cogió entre las suyas las manos de Alina y la miró a los ojos como tal vez nunca hubiese mirado a nadie, ni siquiera a Mildred, veinte años atrás, cuando sus deseos eran, seguramente, más acuciantes, pero menos precisos.

—¿Qué quieres, Alina? ¿Qué esperas? ¿Qué necesitas? Eres libre, no tienes dueño.

—Espera, espera —pidió ella—. Así, no. Despacio. Yo tengo dueño, has pagado por mí.

—Por ti, para ti. Eres libre.

—Ya he sido libre, como tú dices, y no sirve de nada. Prefiero ser de alguien, tuya... ¿O me echarás a la calle otra vez? He oído a muchos hombres hablar de eso, de ser libres..., pero ellos no tenían hambre. Con hambre, nadie es libre, es una basura. No quiero volver a la calle...

—Alina...

—Me pusieron ese nombre en Melilla, en esa casa donde me tuvieron. Pero antes me llamaba Gloria.

—¿Estás bautizada? —preguntó Lena Orkovsky.

—No sé, no puedo recordarlo...

Ramón apretó con ternura los dedos de Gloria.

—¿Querrías venir conmigo? —rogó.

—¿No me dejarás aquí?

—¡No! ¿Cómo iba a dejarte? Vendrás, si es eso lo que quieres.

—Sí.

Ramón se incorporó y fue hacia la puerta. Se detuvo un instante en el vano, sujetando la cortina.

—Cerraré trato con unos conocidos del capitán —dijo—. Mañana por la noche pasaremos a España.

Gloria le miró salir.

—¡Qué muchacho tan tonto! —se quejó Teresa, provocando, cuando se quedaron solas—. Te tiene ahí, puede hacer contigo lo que se le ocurra, y, sin embargo, te consulta...

—A mí me gusta —dijo Gloria—. Nadie me había hablado así, nunca, ni me había acariciado las manos así... Pero me da miedo: me pregunta cosas que no sé... Yo no sé qué quiero, ni qué necesito. Comer, vivir en un sitio que no huela mal, no sé...

Teresa sonrió. De pie detrás de Gloria, le acarició el cuello.

—¿Crees que podrás quererlo? Es mucho mayor que tú, tiene cerca de cuarenta años...

—No sé cómo se quiere a alguien.

—Él te enseñará. Te enseñará a querer, a necesitar... Pero no es un hombre fácil de contentar. No le basta con el cuerpo de una mujer: quiere su alma también. Y quiere que se la den sólo por ser como es...

—¿Tú eres su madre?

Teresa no contestó enseguida a la pregunta, formulada por Gloria y ansiada por Lena Orkovsky, que aún no había tenido ocasión de conversar íntimamente con ella.

Teresa vaciló, antes de coger un taburete de junto a la cama e ir a sentarse delante de Gloria.

—Escúchame bien —dijo—, y mírame a la cara —Gloria no hubiese podido hacer otra cosa en ese instante, fascinada por la intensidad del tono—. Yo fui la mujer de Roque Díaz, el padre de Ramón. Y ahora soy la amante del hijo.

Lena se recostó en la cama, admirada y dispuesta a oír todo lo que de la boca de aquella mujer saliera.

—Le llevo más de veinte años —siguió Teresa—. Y lo amo, lo amo con locura. Moriría por él, y quisiera morir con él. Pero eso sería muy sencillo. Voy a recorrer el camino más duro: voy a vivir sin él. Siempre supe que llegaría este momento. El momento en que te encontrara, en que encontrara a alguien, una mujer joven. Yo no puedo darle hijos, y la de los Díaz es una estirpe que merece continuar. He visto varios centenares de machos desnudos: cuando conocí al padre de Ramón, yo era una puta famosa: descubrí que era el único hombre que había visto que, en un dormitorio, con una mujer, no parecía un miserable. Éste —y señaló el exterior con un gesto vago— es igual. He querido al padre y quiero al hijo. Pude haber querido a Germán, que era algo así como el espíritu santo de la familia, pero nunca me acosté con él. A vosotras os hubiese gustado..., a cualquiera, supongo... —las lágrimas, leves, humedecieron las mejillas de Teresa sin alterarla—. Enciende un cigarrillo para mí, por favor, Lena... Ramón te ha elegido, niña, o tú le has elegido a él, lo sepas o no, lo mismo da... Y yo te lo entrego porque así lo establecí al principio.

Teresa dejó su asiento, se secó la cara y se acercó a Gloria para besarla en la frente.

Lena se levantó y se reunió con ellas.

Ramón apartó apenas la cortina y asomó la cabeza.

—Gloria —dijo—, ¿sabes leer?

—No —respondió ella.

—Aprenderás —aseguró Teresa.

[61.

—Wilson Mitre me había hablado ya de tu abuela, de Gloria.

—¿Y qué fue lo que te contó?

—Que tenía un ojo de cristal...

—Especialmente pulido para ella en Madrid... Dice mi madre que por un descendiente de Spinoza... No estoy muy seguro de que Spinoza haya dejado descendencia.

—También me explicó que las monjas, en Sevilla, le habían enseñado a leer, que Ramón la había hecho bautizar y que se había casado con ella en La Coruña.

—Ah, no, no... De todo eso, lo único verdadero es que se casaron en La Coruña. También fue bautizada, pero por exigencia de la Iglesia, que era la que por entonces decidía en materia de matrimonios... Ramón quiso que fuese en España, y tuvo que transigir con los curas: o había bautismo o no había boda. No se trataba, desde luego, de que la hiciera bautizar... En cuanto a lo de las monjas, nada de eso... A saber de dónde lo sacó Mitre. En los meses que pasaron en Sevilla, Ramón contrató a un maestro laico, don Rómulo Bernárdez, de ideas socialistas y demasiado mayor para comportarse como Julian Sorel. Don Rómulo tenía una pensión de corte, pero Ramón le pagó una fortuna para que se pusiera a su servicio durante las veinticuatro horas.

—Al menos, sí fue en Sevilla donde aprendió a leer.

—¿A leer? Y todo lo demás... Gloria poseía una inteligencia y una memoria envidiables, y en cuanto tuvo a mano lo necesario, estudió de lleno, inclusive idiomas. Recuerdo que leía sin tropiezos el francés y el inglés, aunque a eso ha de haber llegado luego.

—¿Cuánto tiempo pasaron allí?

—El 30 o 31 de julio del catorce asesinaron a Jaurès. De hecho, la Gran Guerra había comenzado. Hacía dos días del atentado de Sarajevo. No sé si ellos se encontraban ya en Madrid, pero sé que Ramón asistió poco después a reuniones en el Ateneo en las que Manuel Azaña argumentaba en favor de la participación española...

—¿En la guerra?

—Frente al desgraciado neutralismo imperante, don Manuel defendía la necesidad de tomar partido. Mi abuelo sentía una gran admiración por aquel hombre, y cuando llegó a Galicia era un auténtico propagandista de sus ideas.

—¿Y en Buenos Aires, qué se decía de eso?

—Las mismas tonterías que aquí. Los argentinos estaban, como los españoles, orgullosos de ser neutrales. Los hechos más recordados, aún hoy, del año catorce, nada tienen que ver con la guerra. Todavía se habla del crimen de Livingston y de la detención de Santos Godino. Livingston, dicho sea de paso, no cometió ningún crimen: al contrario, fue apuñalado por dos pescadores italianos contratados por su mujer...

—¿Y el otro?

—¿Godino? El Petiso Orejudo... Era un monstruo: torturó y mató más de media docena de niños de entre seis meses y diez años. Los ataba y les quemaba los párpados con cigarrillos o les perforaba la sien con clavo y martillo. Todo un antecedente.

—¡Joder!

—Además, el catorce fue el año en que Casimiro Aín, un vasco con vocación porteña, viajó al Vaticano para bailar el tango en presencia de Benedicto XV. Consiguió que el papa levantara la prohibición impuesta por su predecesor a danza tan lasciva... ¿Qué coño será la Historia, Clara?

—La tuya, la mía, ese cuento de tus antepasados que estás tratando de escribir...

—No es un cuento. Es un legado... Trato de escribirlo para ahorrar trabajo a los que vengan detrás de mí, y para que se convierta de una buena vez en literatura. Si no fuera por la literatura, ¿a quién podría importarle la vida de Roque o la muerte de Teresa?]

62. Mañana

—Luisa, iré cuando me dé la gana. ¡Cuando me dé la real gana!
Juan García Hortelano, *Sábado, comida*

Las molestias se habían iniciado en el Sur, pero sólo en Madrid, cuando el dolor le pareció excesivo, decidió Teresa hacer caso a Ramón y ver a un médico. Al principio, habían sido náuseas y algún espasmo en el estómago. Empezó a comer menos y perdió peso. Lo atribuyó al calor y siguió sin quejarse. Un día, vomitó sangre. No dijo nada. Faltaba menos de una semana para marcharse de Sevilla. En el tren, hubo de hacer esfuerzos terribles para disimular su malestar.

Se registraron en un hotel de la Gran Vía como lo que probablemente fuesen en realidad: un matrimonio con una hija. Sin embargo, de las dos habitaciones, Teresa ocupó una, y Gloria y Ramón la otra.

En Sevilla, don Rómulo, el maestro, les había hablado de un médico que merecía toda su admiración. Teresa fue a verle en cuanto Ramón y Gloria, empeñados en visitar el Prado, accedieron a dejarla sola.

El doctor Gabriel Moner, que resultó ser un mallorquín solemne, con toda la rigidez que cabía esperar de quien lucía en la antesala un diploma de la Universidad de Berlín, atendía en la calle de Fuencarral. Escuchó con interés el relato clínico de la paciente, tomó notas, hizo preguntas y revisó minuciosamente cada milímetro de su cuerpo, no solamente con ojos, oídos y hasta nariz, sino también con el concurso de los rayos X, en cuyo empleo era un precursor.

—Vístase usted —ordenó finalmente—, y venga al despacho. Vamos a conversar.

Teresa obedeció.

—Sucede... —comenzó Moner cuando la tuvo delante.

Ella no le dejó seguir.

—Mire, doctor —dijo, sentándose—. Por lo que acabo de ver, usted ha estudiado en Alemania. Eso me permite creerle por encima del atraso y la tontería de este país, y hablarle como deseo hablar. Yo soy una mujer fuerte y sola. Si tengo la enfermedad que creo tener, debe decírmelo. Si realmente he de morir en un plazo breve, me ahorrará sufrimientos. Yo no dependo de nadie, pero hay quien, en cierto sentido, depende de mí...

—¿Qué espera que le diga, señora?

—La verdad. En detalle. ¿Es un mal incurable?

—Lo es —confirmó Moner.

—¿Cuánto tiempo me queda?

—La medicina puede hacer poco en su caso... Supongamos que entre seis meses y un año.

—¿Con dolor?

—La morfina la ayudará en una primera etapa. Después, será inútil.

—Entiendo. También entiendo que usted no me ayudará a morir...

—¿A qué se refiere?

—A darme algo, un veneno eficaz, indoloro...

—Lo siento, señora. He hecho un juramento.

—Muy bien, de acuerdo. Me dará morfina, ¿no?

—Eso sí. Dos ampollas, para dos días. Tendrá que venir a buscarla cada dos días. ¿Sabrá inyectársela? —la miró a los ojos—. Claro que sabrá..., ¿qué no sabe usted?

—Muchas cosas. Por ejemplo, aunque imagino el motivo, no sé por qué he de venir cada dos días... Me marcho a Galicia este fin de semana. Voy a una aldea, donde no hay morfina ni nada que se le parezca.

—La morfina sólo se entrega así porque... —Moner vaciló.

—Dígalo: porque no se puede entregar a nadie una dosis mortal, ¿no es así? La tiene que dar poco a poco.

—Sí.

—Yo lamento de verdad, doctor, verme obligada... —Teresa se quitó la blusa y se desabrochó la falda—. ¿Se da cuenta de lo que ocurrirá cuando termine de desnudarme y salga a la escalera gritando?

—¡Oh, vamos, no hará eso! —protestó el médico.

—Puedo ser muy mala, doctor —dijo ella, bajándose las medias—. ¿Y quién no va a asombrarse de que haga quitar las medias a una mujer que padece del estómago?

—Hay argumentos —se defendió Moner.

—Y terminará de explicarlos cuando toda la policía de Madrid haya pasado por aquí... —se deshizo de los calzones.

—Por favor, póngase las medias, señora.

—Ni una prenda interior. Sólo me pondré la blusa y la falda... ¿Me dará la morfina?

—Se la daré.

—¿Cuánta?

—Ocho dosis. Podrá quitarse de en medio varias veces.

Teresa guardó su ropa íntima en el bolso y se echó el abrigo sobre los hombros.

—Los calzones los llevaré en la mano. Si intenta usted algo, sabrá en qué poco tiempo se desviste una mujer cuando quiere. Diez dosis.

Mientras el médico abría una vitrina y sacaba de ella las ampollas, Teresa recogió del escritorio las hojas en que constaban su nombre y sus señas.

En la calle, se sintió aliviada. No le gustaba hacer esas cosas.

Entró en una farmacia de la Gran Vía y compró una jeringa, la más grande de todas, y una aguja.

En el hotel, encontró a Ramón. Leía el periódico en el vestíbulo. Gloria había subido a descansar.

—Voy a pedirte algo —le dijo, cogiéndole una mano.

—¿Sí?

—Sí. Dentro de unos días, viajaremos a Galicia. Tú te casarás y yo tal vez me quede en mi pueblo, no lo sé..., iremos a lugares distintos... Quizá no nos veamos en mucho tiempo, o no nos volvamos a ver nunca. Quiero que engañes a tu mujer conmigo. Quiero que te acuestes conmigo una vez más.

—¡Teresa! —se conmovió Ramón.

—¿Sí? ¿Lo harás?

—¡Claro que lo haré! ¿Crees que he dejado de desearte?

—No. Fue demasiado perfecto. No se puede apagar tan pronto.

—Si es que se apaga alguna vez.

—Todo se apaga alguna vez, querido mío.

Se amaron, Ramón lo pensó después, con la misma furiosa intensidad con que lo habían hecho la noche de la muerte de Frisch.

—Tenemos que hacer los preparativos para ir a Galicia —dijo Ramón más tarde, tendido en la cama, desnudo, fumando.

—Mañana —postergó Teresa.

Cuando él se marchó, ella escribió una nota.

«Ramón, amor:

Encontrarás estas líneas junto a unas páginas con las notas de un médico. Esas notas son mi sentencia.

Está bien. Éste es el fin del viaje para mí. Me repugna el dolor, y no hay razón para que vaya a morirme a una aldea de mierda. Prefiero que me entierres en Madrid.

Gracias por el último encuentro. Mi vida tuvo sentido por ti, por tu padre y por Germán. Os he querido mucho.

T.»

Ramón encontró el cuerpo a mediodía.

Lloró como no había llorado nunca, y como nunca volvería a llorar: Gloria, al cabo de los años, le sobrevivió, y también los hijos que tuvo con ella.

[63.

—La nota de Teresa está entre las cosas de tu abuelo...

—Lo sé, lo recuerdo, se conserva en la caja taraceada de La Coruña, con los papeles de Rosende, y con todos los documentos falsos que Ramón compró para poder casarse con Gloria.

—¿Cuándo fue eso, exactamente?

—Tan pronto como enterraron a Teresa y marcharon a La Coruña. Él debe de haber sentido que se quedaba solo y apresuró los trámites para asegurarse una familia... Tuvo que sobornar a medio mundo, curas, policías y civiles, pero lo consiguió en menos de quince días.

—¿Llegaron a Traba casados?

—Sí.]

64. Orígenes

> Hoy, cuando a tu tierra ya no necesitas,
> Aún en estos libros te es querida y necesaria,
> [...]
>
> Luis Cernuda, *Díptico español*

Llegaron a Traba en un coche de caballos alquilado en La Coruña por un precio exorbitante. No encontraron sitio en ninguna de las casas de la aldea: nadie conocía a los recién llegados y, aunque ellos ofrecieran buen dinero, la desconfianza se imponía a la codicia.

La iglesia estaba algo apartada del poblado. Hacia allí fue Ramón, en busca del cura. Antes de llamar a las puertas del edificio de piedra, dio una vuelta por el cementerio: Díaz, Ouros, Besteiros y Lemas se mezclaban en el sueño con gentes de otros apellidos, con las que tal vez también guardase él algún parentesco, pero que en ese lugar no eran más que indicaciones de un pasado ajeno.

El cura era un mozo bien parecido, de pelo negro y brillante, y con una sonrisa cálida. Les hizo pasar a la sacristía y les sirvió vino de Oporto.

—Busco a algún pariente —le dijo Ramón—. Mis padres salieron de esta aldea hace cuarenta años.

—Y yo llegué a ella hace ocho días... Apenas si me he enterado de algunos nombres.

Ramón le miró de arriba abajo y sonrió con toda la cara.

—¿Qué sucede? —preguntó el cura—. ¿Qué es lo que le hace gracia?

—Estaba pensando en mi abuelo. Mi abuelo paterno. Era sacerdote, como usted. Jamás supe su nombre. Así como vino, sedujo a mi abuela y se esfumó. Llevo en las venas sangre de santo.

—No se burle, por favor, ni me confunda. Conozco esa historia. Fue lo primero que me contaron. Pasaron más de sesenta años.

—Pero se recuerda.

—Esas cosas se recuerdan siempre.

—¿Sabe si queda algún testigo?

—No lo sé. ¿Quiere que pregunte?

—Ya preguntaré yo.

Cuando salieron al camino, había un muchacho sentado en uno de los estribos del coche. Era alto y fuerte, pero no debía de tener mucha más edad que Gloria.

—¿Se llama usted Díaz? —averiguó el chico.

—Sí.

—¿Díaz Besteiro?

—Sí.

—Me han mandado a recogerle.

—¿Quién?

—Don Rosende.

—¡Coño! ¿Es tu amo?

—Yo no tengo amo. Suba, que llevaré los caballos.

—Gloria, cariño, ponte en tu asiento —pidió Ramón—. Yo haré el viaje delante, con este hombre.

El otro se acomodó en su puesto al ver reconocida su condición. Ya en el pescante, Ramón le tendió la mano.

—Me llamo Ramón —dijo—. El apellido ya lo conoces. Será mejor tratarse de tú.

El jovencito aceptó la mano y la propuesta, y se puso en marcha.

—Yo soy Antonio Reyles —se presentó.

—¿Trabajas con Rosende?

—A veces. No soy de Traba. Vengo de más arriba, del Carballal, una aldea aún más ruin que ésta. Pero siempre visito al viejo: me deja leer sus libros. Por aquí no hay muchos.

—¿Qué edad tiene Rosende?

—Va por los noventa.

—¿Y tú?

—Un poco menos.

El anciano que esperaba en la estrecha galería de la casa avistó el coche en una curva del camino y salió a su encuentro.

Era muy delgado y firme, y andaba sin bastón. Cuando los caballos y él se detuvieron, miró a Antonio y a su acompañante.

—Bajad, por favor —dijo.

Ramón obedeció. No hubiese sabido hacer otra cosa delante de aquel hombre, su tío abuelo, que sacó del bolsillo superior del chaleco unos quevedos y los sostuvo a un centímetro de las gafas que ya llevaba, para estudiar sus rasgos y asegurarse de algo que sólo él conocía.

—Si no fuese imposible —concluyó Rosende, bajando los quevedos—, juraría que eres tu padre. Pero de esos años, y tan parecido, sólo puedes ser su hijo. Abrázame, quiero saber cómo abrazas.

La fuerza de las manos de Rosende, que sintió en los hombros y en la espalda, no llegaron tan hondo en Ramón como el olor de su piel y de sus ropas, un olor que debía de haber sido el de la piel de Fernanda, y que se había conservado a su alrededor, por encima de los intensos perfumes de Teresa, metido en sábanas y alimentos, en costumbres y jabones, durante toda la vida de Roque. Un olor que era incapaz de reconocer en su propia persona, pero que sabía suyo. Lo volvería a encontrar, más penetrante todavía, en la mesa de la cena y en la cama en que dormiría aquella noche, imponiéndose al penetrante aroma de Gloria, que tanto amaba.

—¿Sabes que yo quise a tu abuela Brígida? —averiguó Rosende—. Hubiese podido ser tu abuelo, y tu padre hubiese llevado mi apellido... Pero eres un Lema, de todos modos, por tu madre.

—Y un Besteiro.

—Ah, eso no cuenta. Ese indiano era un cabrón, y en buena hora se lo llevó el diablo.

—¿Hace mucho de eso?

—Bastante. Pero no vayas a creer, llegó a viejo y Satanás sudó su parte para arrancarlo de este mundo... Ahora, preséntame a tu mujer. Así vamos a la casa como una verdadera familia. Antonio, que es mi amigo, se cuidará del coche y de los animales.

La conversación se prolongó durante meses.

—Serás un librepensador, como Roque —investigaba Rosende.

—Mi padre fue más allá. En Buenos Aires, llegó a ser socialista.

—¿Socialista? Eso está muy bien, pero que muy bien... Y tú, ¿has leído a Jovellanos?

Y, estando en lo esencial de acuerdo, se sumían en un interminable debate sobre el progreso agrícola, las industrias y las sociedades de amigos del país.

—Háblame de mi madre —rogaba Ramón otro día.

—¡Fernanda! La mujer más hermosa que pisó esta tierra. Roque no se hubiese metido en aquel fregado de haberlo sido menos... ¿Sabes que mató a un hombre?

—Y lo enterró en el bosque.

—Sí. Yo sé dónde, pero nadie pudo encontrar la tumba. Tu madre lo merecía, merecía que mataran por ella, pero sólo Roque lo entendió... Es una lástima que Brígida no me aceptara, y no sólo por ella y por mí: es que tu padre era cosa fina, y hubiese sido un orgullo que llevara mi apellido.

—Él te quiso mucho, Rosende. No sé si más que a un padre.

—Me alegra saberlo.

Antonio Reyles comía con ellos cada domingo. Se marchaba con media docena de libros y regresaba al cabo de la semana para devolverlos y recoger otros.

—¿Qué ha sido esta vez, Antonio? —examinaba Rosende en la mesa.

—Séneca, Kempis...

—¿Kempis?

—Sí. No me interesó. Estoy harto de curas, aunque sean distintos.

—¡Pero es un clásico!

—¿Para quién, don Rosende? También lo es Quevedo, y a mí me irrita con esa manía suya contra los judíos, que mejor estaríamos todos si no los hubiesen echado de España.

—Hmmm... Tienes razón, cada cual se arma con lo que le va.

—¿Qué piensas hacer, Antonio?—intervino un día Ramón.

—¿Hacer con qué?

—Con tu vida.

—Marcharme de aquí en cuanto tenga la edad.

—¿Adónde piensas ir?

—La Habana, Buenos Aires..., quién sabe.

—En Buenos Aires, podrías darle una mano tú —propuso Rosende.

Ramón no solía pensar en el regreso. La ciudad, la casa de la calle Alsina, parecían pertenecer a otra vida, una vida habitada por Roque, por Germán, por Teresa, por Mildred, por Raquel. Era el mundo de Julio Valea y de Juan Ruggiero. Era el mundo de la Zwi Migdal y de Carlos Escayola, o Gardel. Aún no era capaz de imaginarlo de otro modo.

—¿Buenos Aires? —dijo, como quien recobra algo olvidado de muy antiguo.

—Sí, Buenos Aires —afirmó Rosende—. Porque no pensarás quedarte aquí para siempre. Es cierto que eres el dueño de todo esto, pero ésa no es justificación suficiente.

—¿A qué te refieres cuando dices todo esto?

—Esto. La aldea, los campos, parte de esta casa. Era de tu abuelo. Ahora es tuyo. Pero no te sirve de nada, no eres un campesino. En la Argentina, tienes negocios, plata, que decís allí...

—Es verdad.

—Además, tendrás hijos con esta muchacha. ¿Querrás que les enseñe el cura? En Buenos Aires hay escuelas laicas. Y hospitales para parir. Aquí, no hay más que recuerdos y comadronas improvisadas con las manos sucias.

—Yo quiero ir a Buenos Aires —dijo Gloria.

—Está bien, está bien, iremos —se defendió Ramón.

Pero todavía pasó un tiempo. Hasta febrero, cuando llegaron, de la peor manera posible, noticias de la epidemia de gripe: Rosende cayó enfermo.

Con todos los músculos agarrotados, envuelto en mantas y respirando con enormes dificultades, llamó a Ramón.

—No te acerques —dijo, desde la cama—. Ni pienses en despedirte. Llévate a Gloria. Ni maletas, ni nada. Llévatela ahora mismo. Por la mañana estarás en La Coruña. Ya encontrarás algún barco.

—Yo... —intentó resistirse Ramón.

—No lo digas. No digas una sola palabra. Márchate.

Fuera, en las escaleras, encontró a Antonio Reyles.

—No pierdas el tiempo, Ramón —dijo el muchacho—. Vete, vete ya. Tú y yo nos veremos en Buenos Aires. Rosende... es muy viejo, no saldrá de ésta. Cuida de Gloria.

Lo que ocurrió durante la noche, lo contó Reyles al cabo de años.

Rosende roncaba. El muchacho fue a verle y le encontró con los ojos fijos en el techo, atrapando bocados de aire cada vez más pequeños.

—Don Rosende —dijo—. ¿Quiere una taza de caldo?

—No, hijo mío —rechazó el hombre—. ¿No ves? ¿No ves que me estoy muriendo?

—¿Llamo al cura?

—Que le den por saco al cura.

Fue lo último que dijo. Dejó de respirar una hora más tarde.

Gloria y Ramón iban ya camino de La Coruña.

Llegaron al amanecer. Buscaron una fonda y desayunaron. El patrón les envió a un agente de transportes.

—¿Adónde quiere ir? —preguntó el hombre.

—A Buenos Aires.

—Puede que salga algún barco, pero hay problemas. La guerra, como usted sabrá... Los alemanes hunden buques, tienen un arma nueva.

—Pagaré lo que haga falta.

—Veré qué se puede hacer.

Tomaron una habitación y se dispusieron a aguardar.

El agente les fue a ver por la noche.

—Pasado mañana sale un carguero brasileño —ofreció—. No pasa de Montevideo. Puede tomar seis pasajeros.

—De acuerdo —se comprometió Ramón sin dudarlo.

Tardaron cerca de dos meses en alcanzar la costa uruguaya.

65. Volver

> Desde entonces busqué por los desvanes, entresacando sin orden ni concierto, la explicación de mis desvelos.
>
> Campos Reina, *Un desierto de seda*

El regreso al que había sido escenario de más de treinta años de su vida enfrentó a Ramón con la magnitud de sus pérdidas. Durante largos días no hizo otra cosa que hurgar en las habitaciones de la casa de la calle Alsina, en busca de huellas de sus antiguos habitantes. Cada uno de sus hallazgos, desde el retrato de Fernanda hasta la participación de boda de Manolo de Garay, desde el bastón que Roque había utilizado en su última época hasta un viejo vestido de Mildred, desde el bandoneón de Germán Frisch hasta una bata de raso de Teresa, desde la colección de *La Vanguardia* hasta una carta de Raquel Rosen, bastaba para justificar el relato a Gloria de un trozo del irrecuperable pasado, al que ella permanecería por siempre ajena, aunque el instinto sentimental de Ramón la vinculase indisolublemente a las mujeres que la habían precedido.

Sin embargo, no eran los objetos de aquella inmensa y, al parecer, inagotable fuente de evocaciones los que llenaban de desasosiego a Ramón, sino los fugacísimos instantes de conciencia en que se veía a sí mismo, después de decir algo, aguardando una respuesta que nunca llegaría, una voz que nunca volvería a sonar allí: faltaban entre aquellas paredes las presencias, los gestos, los movimientos que siempre habían reflejado y completado los suyos, dándoles un sentido.

Gloria comprendió pronto que no tendría que imponerse a lo que allí había, sino a lo que allí faltaba, para que Ramón viviese realmente con ella: debía adelantarse siempre a los ausentes, pronunciar la palabra esperada antes de que el silencio materializara el mal. Sus quince años de gata escaldada le habían proporcionado los recursos suficientes para esa tarea, habida cuenta de que los cuarenta cómodos años de Ramón habían hecho de él un hombre temeroso del dolor y de la soledad.

Llevaban ya un mes en la ciudad, saliendo de la casa muy rara vez y sólo en procura de cosas imprescindibles, cuando recibieron una visita. Gloria consideró una bendición la llegada de Julio Valea. Ramón le hizo pasar a la cocina. Ella, prudente, no se presentó de inmediato.

—¿Por qué no avisaste que estabas acá, Ramón? —reprochó Valea.

—No sé, no tenía ganas de ver gente. Discúlpame, Julio, ya sé que estoy en deuda contigo desde la muerte de Germán...

—¿Discúlpame? ¿Qué es eso, Ramón? Hablás como mi viejo, viniste de veras hecho un gallego. ¿Te fue bien? ¿Y Teresa?

—La dejé enterrada en Madrid.

—¡Mierda!

—Estaba enferma, muy enferma... El dolor y la degradación le daban asco. Acabó por su propia mano.

—Te quedaste solo, entonces.

—No. Me casé.

—¿Con una gallega?

—Nació en Andalucía. A saber de dónde eran los padres. La encontré sin familia... Es muy joven, Julio —se le oía acobardado, vacilante.

—¿Y?

—Yo ya no lo soy.

—¿A los cuarenta? Porque tenés cuarenta, ¿no? Lo que me parece es que estás medio boludo. ¿Qué querías? ¿Casarte con una vieja?

—No, no es eso. Es que no termino de encontrarme en esta casa... A ratos, es como si no hubiera vuelto del todo; a ratos, como si no me hubiera ido. Y pasé un año y medio lejos.

—¿Cómo te vas a encontrar en esta casa, que parece una funeraria? Pintá, tirá las cosas viejas, dales la ropa y los muebles a los pobres. O dejá todo como está y rajá, mudate, comprá algo, alquilá.

En ese momento, Gloria apareció en la puerta de la cocina. Vestía de negro y llevaba el pelo suelto. Al verla, Julio Valea se puso de pie.

—¡Madre mía! —dijo—. ¡Qué linda es!

—Siéntese, por favor —invitó ella.

—Ella es Gloria, mi mujer —explicó, inútilmente, Ramón—. Éste es mi amigo Julio Valea.

—¿Qué le gustaría beber? —ofreció Gloria.

—Una ginebra vendría bien, señora. Gracias.

El Gallego Julio se quedó callado, pensativo, con los ojos bajos.

Gloria le devolvió al mundo.

—Aquí tienen —dijo, poniendo delante de los hombres unos vasos y la botella.

Julio sirvió bebida para todos y brindó.

—Por ustedes.

Él mismo se encargó de romper el silencio que entonces se instaló entre ellos, espeso, intolerable.

—¿Usted cree en brujas, señora? —preguntó.

—Yo sí —replicó Gloria, sin vacilar—. ¿Y usted?

—En mi oficio, se llegan a creer muchas cosas.

—¿A que se dedica usted?

—Soy pistolero, señora.

—Ah —admitió Gloria con naturalidad.

—Lo digo, lo de las brujas, porque estoy seguro de que algo va mal en esta casa. Lo huelo. Germán Frisch, un amigo de su marido y mío...

—Sé quién era.

—Bueno... él, Germán, una vez, anduvo muy jodido y fue a ver a una curandera. Famosa. La Madre María, que estaba por acá, a unas cuadras... Ahora atiende afuera, en Turdera.

—No es el caso, Julio, no es el caso —opuso Ramón, levantándose y saliendo de la cocina—. Vuelvo enseguida —añadió, yendo hacia el baño.

Gloria puso una mano en el hombro de Julio Valea.

—Por favor, vaya a hablar con esa mujer, por nosotros... ¿Podrá? Él no irá jamás, y nos hace falta. Sé que nos hace falta.

—Quédese tranquila. Yo me encargo. Mañana mismo.

Ramón regresó a su silla. Aparentemente, había dado por zanjado el asunto. Nadie intentó retomar el tema.

Hablaron de Juan Ruggiero, de sus progresos a la sombra de Barceló y de sus diferencias con Julio, que ahora habían derivado en una franca y definitiva enemistad.

El visitante se retiró muy tarde, después de cenar.

Gloria volvió a ver a Julio Valea cinco días después, sentado en un coche estacionado a pocos metros de la puerta de su casa, esperando para hablar con ella sin testigos. Estaba dispuesto a pasar allí, vigilando, el tiempo que fuese necesario, pero su buena voluntad no tardó en verse recompensada: Ramón salió solo, cabizbajo y a paso lento, al caer la tarde. Julio aguardó a que girara en la esquina, hacia Rivadavia, para abandonar su puesto y cruzar la calle. Gloria estaba en el zaguán, con la puerta entreabierta.

—Dése prisa —pidió—. No sabe cuánto le agradezco su paciencia... Desde la mañana... Ramón volverá en seguida.

—¿No se dio cuenta? —preguntó Julio, sacando un tosco envoltorio del bolsillo de la chaqueta y deshaciéndolo.

—No se da cuenta de nada. Por eso me preocupa. Está muy triste.

—Mejorará. Mire: este paquetito es un amuleto para usted y para la casa. Guárdelo donde Ramón no lo encuentre. Basta con que esté ahí. Lo de la botellita es para él. Hay que dárselo. No tiene gusto a nada. Póngalo en el vino, en el agua, donde le parezca, pero que se lo tome. Es milagroso, se lo juro.

—¿Usted probó?

—Sí.

—Gracias, Julio. Ahora, márchese. Será mejor que él no le vea.

Valea se metió en el coche y, en menos de un minuto, desapareció.

Al cabo de una semana, todo empezó a cambiar.

Ramón se puso a vaciar armarios y a clasificar reliquias, metódico y callado. Salía por las mañanas y regresaba a mediodía, comía y reanudaba su tarea. En el patio se acumularon pilas de ropa: prendas femeninas de otro tiempo: calzas, enaguas y vestidos, corsés y corpiños con lazos, batas y camisones; y también botines de hombre y de mujer, pantalones y trajes, camisetas de frisa y camisas de hilo para cuellos de celuloide de medidas distintas de la suya, fajas de trabajo y alpargatas. En tres enormes baúles que dos hombres fuertes descargaron de un carro bajo su mirada resuelta, se fueron separando las materias de la memoria: en uno, los soportes de las grandes escenas: el facón que don Manuel Posse regalara a Roque fue a dormir junto a una liga de Teresa, testimonio del paso por la tierra de una mujer llamada Piera, y a una peineta caída del pelo de Mildred en la noche del primer abrazo, junto a un pañuelo de encaje que había apagado la tos de Raquel Rosen, a una edición alemana del *Manifiesto comunista*, ajada, cubierta de subrayados y de esfuerzos, que había cruzado el mar en un bolsillo de Germán Frisch, y a un collar que Encarnación Rosas no había llegado a ponerse; en otro, se reunieron papeles:

las breves cartas de Sara a Roque quedaron cubiertas por esquelas y recortes de prensa del caso Grossi, anuncios de teatro y de las primeras funciones cinematográficas, invitaciones a actos en el Centro Gallego, una nota de puño y letra de Alfredo Palacios a Frisch, agradeciendo su labor en *La Vanguardia*, unos cuantos versos solemnes pergeñados por Ramón en la adolescencia a imitación de Andrade, y un paquete de pruebas de galera de panfletos compuestos en francés, en Marsella, por el tipógrafo español Díaz Ouro; al último cofre fueron a dar esos objetos que, sin estar ligados a circunstancia especial alguna, sea por lo constante de su presencia, sea porque su probada inutilidad induce en la imaginación de su dueño la posibilidad de un indefinido y siempre remoto empleo futuro, se resisten a ser abandonados: un par de pantuflas sin estrenar, una cartera de piel demasiado grande para el dinero y las tarjetas de visita y demasiado pequeña para cualquier otra cosa, el frasco vacío, de cristal tallado, de unas sales de baño francesas...

Cuando terminó el saqueo, cuando todo aquello quedó guardado bajo llave, Ramón apartó los documentos imprescindibles para su vida civil: partidas de nacimiento, de matrimonio y de defunción, títulos de propiedad, actas de sociedades comerciales y contratos de alquiler.

Bartolo, que a principios de la década del ochenta había recibido a Frisch en involuntaria representación de la ciudad, tenía ahora más de cincuenta años. Aquel encuentro de pícaro, sólo a medias providencial, con el alemán explicaba su destino: con su perseverancia y su sentido de las medidas, que le impedía hacer más trampas que las toleradas, había ganado la confianza de Roque, amigo de su amigo: del reñidero inicial, Bartolo había pasado a servir a los Díaz en las más diversas empresas. Ramón le mandó llamar y él acudió.

—He alquilado un sitio en el centro —le dijo, y Bartolo eligió no hacer comentario alguno acerca de los matices que sorprendía en su habla, adquiridos o recobrados en España—. Un departamento. Nos iremos a vivir allí un tiempo. Quiero que te hagas cargo de esta casa. Hay que dar toda esta ropa, deshacerse de la basura, empapelar las paredes, traer un carpintero para que convierta la habitación del fondo en una biblioteca... yo te iré diciendo. Sólo conservaré esos tres baúles y los libros. Cuando todo esté terminado, pondremos muebles nuevos y volveremos.

—Como vos quieras.

No iba a ser una mudanza. Empezarían de nuevo en otra parte, en una habitación propia, en la que no importunaran las sombras de Mildred, de Raquel o de Teresa. Cuando regresaran, pensaba Ramón, ocuparían la del centro, la que había pertenecido a Roque.

Hubo una última noche.

Los golpes del llamador y la figura de Julio Valea en el zaguán, con la carga de un hombre herido, devolvieron a Ramón por un instante a la ya remota madrugada de la muerte de Germán Frisch.

—Éste necesita una cama, Ramón —dijo Julio.

—¿Me hace un lugarcito, don Ramón? —coreó, jadeante, el otro.

No parecía el mismo, ojeroso y sudado como estaba, pero la voz no ofrecía dudas.

—¡Escayola! —dijo Ramón.

—Ése se murió. Ahora me llamo Gardel. Carlos, igual que antes, eso sí, pero Gardel. Acuérdese, por favor, no vaya a meter la pata. O mejor, olvídese...

—¿Te vas a pasar la noche contando pavadas acá parado? —protestó el Gallego Julio—. Entrá, que no aguanto más.

Gardel echó a andar a la pata coja, aferrándose al amigo. Al ver cuánto le costaba avanzar, Ramón se apresuró a sostenerle del otro lado. Le llevaron a la cama que había sido de Frisch.

—Voy a buscar a un médico amigo —dijo Julio, alisándose el pelo y tratando de borrar de sus ropas las huellas del esfuerzo—. ¿Ves cómo son las cosas? Éste se pasa la vida con los conservadores, en el comité de tu amigo Ruggiero, pero cuando las papas queman me llama a mí... No, si no hay justicia. Vengo enseguida. No toqués nada. Tiene la bala dentro, pero no sangra...

Gloria se levantó a ver qué ocurría. Julio se cruzó con ella en el patio.

—Váyase a dormir, señora, que no pasa nada —le aconsejó. Ella no le hizo caso. Le dejó marchar y fue a donde estaba Ramón.

Se hicieron las presentaciones de rigor.

—¿Quién lo ha hecho? —preguntó Ramón.

—Es una historia muy larga —se resistió Gardel.

—La historia no me interesa. Lo que quiero saber es quién ha sido, si es que tú lo sabes.

—Juan Garresio. ¿Le suena?

—No.

—No es de su cuerda, don Ramón. Es un cafishio.

—¿Hay una mujer de por medio?

—Sí.

—¿Y usted sabía que le podía pasar esto...? —intervino Gloria—. Quiero decir... ¿no le parece un precio muy alto?

—No, señora. Esa mujer vale mucho más que yo.

—¡Coño! —exclamó Ramón—. Que tú puedas decir una cosa así...

—Uno tiene su corazoncito, no se vaya a creer.

—Me alegro, me alegro. ¿Necesitas algo, además de un refugio?

—No, don Ramón... Eso sí: voy a tener que pasar un tiempo fuera de la circulación.

—El que quieras. Te quedarás solo, porque nosotros nos mudamos hoy mismo, pero si hace falta, vendremos. Me encargaré de que nadie te moleste ni te vea.

Nadie había oído entrar a la mujer que ahora, de pie en el umbral de la habitación, les observaba. Era alta, y su pelo azabache se derramaba sobre sus hombros cubiertos de piel de armiño. Llevaba en una mano el sombrero con velo de tul que acababa de quitarse.

—No se va a quedar solo. Yo voy a estar con él —dijo.

—¿Qué hacés acá? ¿Quién te dijo dónde estaba?

—Julio, que ya viene.

—¡Menos mal!

En aquel momento, entró el Gallego Julio con el médico y pidieron a todos que esperasen fuera, en el patio. Ramón propuso cebar unos mates y conversar en la cocina.

—¿Usted...? —Gloria, sentada frente a aquella mujer, con la que, intuía, la unía un oscuro lazo, no sabía cómo formular su pregunta.

—Sí, yo soy ésa —se adelantó la otra—. Y no es cierto que valga más que él.

—¿Estaba escuchando? —averiguó Ramón.

—Hay que saber qué dicen los demás de una, ¿no?

—¿No sabía que él la quería?

—Sí, eso sí; pero no estaba segura de que quererme le diera valor. No es hombre de mucho coraje...

—Supongo que estará contenta.

—Le seré sincera, don Ramón: me alegra, pero me da miedo.

—Veo que me conoce...

—Carlos me habló de usted y de su finado amigo Germán. Me dijo que lo habían ayudado en tiempos difíciles. Y Julio le tiene un gran respeto.

—Gracias. Ella es mi mujer, Gloria.

La otra la miró con aprecio.

—Yo soy Juana —dijo, dirigiéndose a la muchacha—. Para vos, soy Juana —le cogió una mano—. Contá con una amiga.

—Usted también —respondió Gloria.

Hablaron de España, de Gardel, de Juan Garresio y de la venganza en general hasta que Julio se reunió con ellos y el médico les indicó lo que debían hacer con la herida.

Juana, Giovanna, Madame Jeanne, se quedó a pasar la noche junto a su amante.

Amanecía cuando Gloria y Ramón entraron en su dormitorio.

—Esto sí —dijo Ramón, sonriendo y con cierto asombro, sentado en la cama—. Esto sí que es Buenos Aires. Ahora sí, hoy sí, sé que he vuelto.

[66.

—No, es cierto, Liske Rosen no estuvo presente en esa segunda noche. Ni había razón alguna para que estuviese. Él no tenía nada que ver con el Gallego Julio, aunque, para ganar algún dinero, fuese todavía a tocar en las fiestas de los radicales. Frisch había sido su único lazo real con el mundo de la política. Abrigaba simpatías socialistas, pero la desgracia, la desaparición de Berta y de Raquel, le había convertido en un hombre triste, apartado de toda pasión. Sin embargo, la historia de su tiempo acabó por subrayar su destino: si una maldición colectiva le había llevado hasta Buenos Aires, otra iba a poner fin a sus días.

—Explícame eso.

—Enero del diecinueve. La semana trágica. ¿Dónde no hay una semana trágica? ¿Dónde no se recuerda un momento culminante en la represión del movimiento obrero? En Buenos Aires tocó entonces, cuando la huelga de los obreros de los talleres Vasena, en pleno gobierno de Yrigoyen, que había asumido la presidencia en el dieciséis, el día 12 de octubre, el mismo en que murió Gabino Ezeiza. Año notable aquél, el del centenario de la declaración de independencia, que se festejó por todo lo alto: el viejo Ortega y Munilla estuvo en las celebraciones, en representación de España, claro. Fue con su hijo, Ortega y Gasset, y con Eduardo Marquina. Gardel, obediente a su partido, cantó para ellos...

—No te desvíes, Vero. Estábamos en lo de Liske Rosen, en la semana trágica del diecinueve.

—Tienes razón... Se recuerda siempre la participación del teniente Juan Perón en los sucesos, pero eso es secundario. En uno de esos días, se desató la caza del ruso. Así lo llamó la prensa. Eso del ruso... es un término muy amplio, que alude al judío, el polaco, el húngaro, al que se supone comerciante, o bolchevique, o terrorista, no importa lo incongruentes que parezcan esos términos... Hacía poco más de un año de la revolución en Rusia. Los jóvenes que habían secundado a los militares represores, los jóvenes que poco después serían organizados en la Liga Patriótica, armados, tomaron al asalto el barrio de Once, el barrio judío, identificándose con un brazalete celeste y blanco, ape-

dreando tiendas y deteniendo a cuanto peatón con barba se les pusiera a tiro. Les hacían levantar las manos, claro. El tío Abraham, el manco Abraham Rosen, se había dejado barba. Le dieron el alto, le ordenaron levantar las manos, y él sólo pudo obedecer a medias. El que le apuntaba se puso nervioso, quizá pensara que el hombre preparaba una respuesta violenta con el brazo que escondía, y le disparó. Liske tuvo un ataque cardiaco al saber la noticia, y siguió a su hermano al otro mundo a las tres horas...

—¡Qué muerte!

—¡Qué vida! ¡Qué vida de mierda! Lees la historia de la época y ves que nada tenía sentido, que los patrones estaban asustados sin fundamento, por mucho que la izquierda posterior haya glorificado al movimiento obrero. Los magnates argentinos debían de parecerse bastante a los que describe Scott Fitzgerald, que esperaban y temían el triunfo del comunismo en los Estados Unidos. Los anarquistas siguieron intentando sin éxito el magnicidio. El único cambio notorio que resultó de la semana trágica fue la prohibición de los burdeles de muchas putas: se limitó el ejercicio del santo comercio a casas con una sola mujer, que tenía derecho a emplear a una criada, obigatoriamente mayor de cuarenta años.

—Tus temas recurrentes: crímenes políticos absurdos, prostitución, inutilidad y vacío de la épica popular...

—Los que hay.

—Los que tú ves, Vero. Los que alimentan tus obsesiones.

—No creas. Mis obsesiones no salen de la nada. Lo de la épica, por ejemplo...

—Ahí está Gardel, ¿no?

—Que, por lo que habrás leído, no era precisamente un gran hombre. Sí era un gran artista, ¿quién puede dudarlo? Pero el reconocimiento de sus contemporáneos no fue tan completo como se hubiese podido esperar, o como el reconocimiento de la posteridad inclina a imaginar. Los triunfos de Gardel en los años diez y veinte no fueron precisamente asombrosos: apareció en una película, Flor de durazno, *gordo y un poco ridículo, con un disfraz infantil de marinero, y grabó algún disco con Razzano. Aunque se le suele atribuir, no fue el primero en cantar un tango en escenario, digamos, legal:* Mi noche triste *ya había sido estrenado poco antes, por Manolita Poli, en la representación del sainete* Los dientes del perro. *En el veintitrés, aquí, en Barcelona, adonde había llegado después de actuar en el Apolo de Madrid con la compañía de Enrique de Rosas, se alquilaba a las seño-*

ras en un local que el pudor de la época denominaba «tango-the», en Consejo de Ciento y Bruch.

—Tu padre ya estaba en Buenos Aires.

—Desde el veintidós. La que iba a ser su mujer, mi madre, aún no había nacido.]

Cuarta parte

67. Desde allá

> Este relato podría empezar con alguna leyenda celta que nos hablara del viaje de un héroe a un país que está del otro lado de una fuente [...]
>
> Adolfo Bioy Casares, *La trama celeste*

El joven Antonio Reyles, apenas si mayor de edad, que desembarcó en el puerto de Buenos Aires en enero, era ya, en lo esencial, el mismo hombre que, dos décadas más tarde, llegaría a Ventura, en las inmediaciones de Tacuarembó, como si surgiera de la nada: idénticos trajes blancos en verano, negros en invierno, idénticos ojos claros, calmos y sin esperanza. La que sería su mujer aún no había nacido.

Los Díaz vivían en el número 1020 de la calle Cangallo, cerca de la esquina de Artes, en la acera opuesta a la del Mercado del Plata, establecido en la manzana siguiente, la del 900. No habían regresado a la casa de Alsina, pese a estar desde hacía tiempo arreglada y habitable. Se habían ido quedando en aquel piso alquilado, en el corazón de la ciudad. Ramón pagaba a una mujer para que fuese a limpiar cada semana su antiguo hogar, y de tanto en tanto iba a releer sus viejos libros, ordenados ahora por Bartolo en una enorme biblioteca con puertas vidrieras. En primavera y en otoño, enviaba un jardinero para que se cuidase de la parra: cualquier día podía ser el primero de una nueva etapa.

Reyles dejó su única maleta en una pensión del bajo y salió a andar sin prisas. En la librería de Jacobo Peuser, en la calle Florida, compró un enorme plano de la ciudad. Fue a desplegarlo en una mesa de acera del Café Tortoni, en busca de la dirección de Ramón. No se habían escrito con regularidad, pero Reyles había dado noticias desde Madrid, a la casa de Alsina, y Ramón le había enviado sus nuevas señas. De eso hacía ya un año, pero estaba seguro de encontrarle.

Era muy tarde cuando llamó a la puerta.

Fue Gloria quien atendió.

—Buenas noches —dijo Reyles, recorriendo a la mujer con la vista, sorprendido por su vientre prominente.

—¡Antonio! —le reconoció ella enseguida—. ¡Esa voz! Si hubieses cambiado mucho, que no has cambiado, te reconocería por la voz.

Tras un momento de indecisión, se abrazaron levemente. Ramón también se mostró cordial.

—Has hecho lo que prometías hacer —dijo.

—Hace mucho. Marché a Madrid tan pronto como murió Rosende. Él era lo único que me retenía en Galicia.

—¿Y tu familia?

—Prefiero no tocar el tema.

—No nos quedemos aquí —invitó Gloria—. Pasa, estamos cenando con unos amigos.

—¿Y tu equipaje? —inquirió Ramón.

—Ya tengo habitación. Lo he dejado allí.

—¿Un conventillo?

—Una pensión.

Presentaron a Giovanna Ritana, Juana, y a Julio Valea.

Gloria intentó poner un cubierto para Reyles.

—Gracias —se opuso él—. Ya he tomado algo. Les acompañaré con un sorbo de vino.

Reyles habló de Alfonso XIII y de la guerra de Marruecos. Explicó con lujo de detalles el estado de cosas en España y su decisión de desertar: había pasado a Francia con papeles falsos y venía de El Havre. Explicó su rechazo de la idea de patria y del proyecto colonial. No puede ser mayor que Gloria, pensó Ramón, tampoco podía serlo cuando nos conocimos, y sin embargo... nadie podría decir su edad, deben de ser sus ojos, o su manera de referirse al pasado, a cualquier pasado, por remoto que sea, como si realmente le perteneciera.

—¿Vino a quedarse? —preguntó el Gallego Julio.

—Si encuentro qué hacer —respondió Reyles.

—Depende de lo que quiera hacer, o de lo que sepa hacer...

—Todo y nada.

—¿Qué quiere decir eso?

—Que sé hacer unas cuantas cosas, pero no tengo ganas de hacerlas. De todos modos, terminaré metido en alguna.

—Dígame cuáles son sus... habilidades.

—He leído bastante, pero eso es de poca utilidad. Sé cómo se lleva una imprenta, he aprendido en Madrid. Entiendo lo mío de armas...

—Eso es importante.

—Conozco bastante de motores, de automóviles.

—Entonces, ya tiene empleo.

—¿Sí? ¿Con quién?

—Con una gente amiga. Después le digo lo que tiene que hacer...

Reyles percibió la inquietud con que Ramón atendía al diálogo.

—No sólo lo que tengo que hacer. También debe decirme cuáles son las condiciones. Si no me convinieran, estoy seguro de que Ramón sabría resolver mi problema.

—No lo dudes. Desde que murió Germán, busco a alguien de confianza que me ayude. Está Bartolo, pero no es lo mismo. Tú... no nos hemos tratado demasiado, pero eres como de la familia.

—Tú escucha y elige —recomendó Gloria.

Juana contemplaba la escena sin decir una palabra.

La reunión recayó enseguida en la situación política argentina, en las elecciones, ya cercanas, y en la figura de Yrigoyen. Ramón se extendió en detalles sobre la corrupción de la vida pública, el fraude, la violencia y los delincuentes al servicio de los caudillos. Julio Valea escuchó con la cabeza gacha, sin intentar defenderse.

Pasadas las once, Reyles y Valea se retiraron juntos.

—Me gusta —concluyó Juana, abriendo la boca por primera vez en la noche.

—A mí también —apoyó Gloria.

—¿Qué crees que hará? —preguntó Ramón, dirigiéndose a Juana.

—Va a trabajar con vos.

—Julio le hará una buena oferta.

—También va a trabajar con él.

—¿Con los dos?

—Si no es boludo, sí... No hay nada que lo impida. Encima, le va a sobrar tiempo. Y no es boludo.

—¿Por qué te gusta? —quiso saber Ramón.

—Porque es un hombre. En serio. Muy solo. Muy duro. Muy limpio, en el fondo. Tiene pelotas.

—¿Y a ti, Gloria?

—Hay algo que sé de él desde que le conocí, en Galicia... ¿Sabes qué hubiese hecho Antonio Reyles, de haberme encontrado en Tánger, donde me encontraste tú? Hubiese hecho lo mismo que hiciste tú, y hubiese vivido conmigo como vives tú. Pero jamás me hubiese querido como tú. Es generoso, muy generoso, pero es frío. Justo, pero sin pasión.

—El desamor es una fuerza tan grande como el amor, Gloria —enseñó Juana—. A lo mejor, más grande. Es la fuerza dominante en esta época, y Reyles es un hombre de esta época: le gustan los libros, las armas, los coches. Como a mi paisano D'Annunzio. Podría ser un cafishio de primera, pero lo mata el buen gusto.

Ramón sonrió.

En la calle, Julio Valea invitó a Reyles a tomar una copa.

—¿Dónde está parando? —preguntó.

—En la calle Chile, abajo —dijo Reyles.

—Entonces, vamos para aquel lado. ¿Le molesta caminar?

Echaron a andar por Artes hacia el sur.

Fueron a dar en un café de la calle Venezuela, cerca de la iglesia de Santo Domingo.

—Ramón no es el único que necesita un hombre de confianza —dijo Julio—. Yo tuve un amigo, ¿sabe? Cuando pase unos días acá, va a sentir hablar de él. Se llama Juan Ruggiero, pero todo el mundo le dice Ruggierito. Nos fuimos alejando, y ahora estamos enfrentados. Él está con Barceló.

—¿El caudillo del que hablaba Ramón?

—Ése.

—¿Y qué hace con él?

—Atiende un comité. Claro, usted viene de España y no sabe lo que es un comité.

—Dígame usted qué es...

—Es un local. De un partido. La gente va al comité a pedir cosas. Cosas de todas clases: comida, trabajo, un médico, ayuda para sacar a un hijo de la cárcel..., de todo. Y el encargado del comité, que no es nadie pero tiene al caudillo detrás, va y lo hace. Entonces, cuando vienen las elecciones, esa gente va y lleva la libreta al comité. Y nosotros las llevamos a la mesa y las hacemos sellar. Cada libreta, un voto. Cada tantos votos, o cada tantas libretas, un diputado, o un concejal, o un intendente. O un presidente.

—¿Por qué dice nosotros? ¿No es Ruggiero el que hace todo eso?

—Yo hago lo mismo. Pero para los radicales... Para el Peludo, para Yrigoyen —lo dijo con un resto de orgullo.

—¿Es menos malo?

—¿Qué le parece?

—Igual. Basura.

—Espere, espere. No le estoy diciendo que venga a trabajar en eso.

—¿No?

—No. Hay otras cosas... Negocios que no tienen nada que ver con la política.

—¿Por ejemplo?

—Mujeres.

—No me interesa. A mí me gustan mucho las mujeres.

—Juego.

—Por ahí vamos mejor.

—Siempre hace falta un buen chofer, y un hombre que sepa tirar...

—No nos estamos entendiendo, Julio. Usted es muy joven, pero está claro que ha vivido y sabe hacer su trabajo. ¿Por qué se le ha ocurrido que yo tengo que saber menos? No me ofrezca hacer de sirviente.

—No quise ofenderlo...

—No me ofende. Es usted el que queda mal.

—¿Entonces?

—Conversemos sobre algo sólido. Por ejemplo, protección para una casa de juego, a cambio de una parte de las ganancias.

—¿Una sociedad?

—Sólo en las ganancias. No en la propiedad. Un veinte por ciento, digamos.

—¿Tiene tanta plata?

—Yo no. La tiene Ramón. Él sí participaría en la propiedad.

—No lo va a aceptar.

—¿Cómo lo sabe?

—Ramón es muy derecho, no se mete en estas cosas.

—¿Se lo ha propuesto alguna vez?

—No.

—Se lo propondré yo. Ahora, le dejo. Estoy muy cansado.

Reyles pagó y salió del café.

El Gallego Julio se quedó sentado, pensando.

68. La socia

> «Necesito hablar con usted: tenga a bien pasar por mi casa hoy a las cuatro»
>
> Eugenio Cambaceres, *En la sangre*

Antonio Reyles visitó a Ramón Díaz a la mañana siguiente.

Cuando Reyles se marchó, Ramón evocó para Gloria una conversación que, algo más de cuarenta años atrás, habían sostenido, ante sus oídos infantiles, el finado don Manuel Posse y su padre, Roque. Los términos del diálogo habían sido muy parecidos a los del que acababa de tener lugar en la sala de su casa, sólo que ahora era él quien proporcionaba apoyo a un recién llegado, y que lo hacía con todo lo que había recibido y acumulado a partir de aquel primer día, de aquel primer gesto de comprensión y amistad: el trabajo de Roque, de Germán Frisch y de Teresa, pero también el amor de Sara, de Encarnación, de Mildred, de Raquel, y la mano, invisible para los más, de Ciriaco Maidana.

Ramón entregó a Reyles las llaves de la calle Artes, llamada ahora Carlos Pellegrini, 63, sin ocultar que había sido lugar de dolor y de espanto para Frisch. Hubiese faltado a la lealtad más elemental reservándose esa parte de la historia.

—Yo sé qué hacer —aseguró Reyles—. Me he criado entre meigas.

Llegaron a un acuerdo en cuanto al proyecto de la casa de juego. La despedida fue efusiva.

Reyles fue a buscar su maleta a la pensión de la calle Chile. En el camino hacia su nuevo domicilio, compró sal gorda, miel, una docena de platos de café y otra de velas. Hubo de volver a la calle para hacerse con escoba, recogedor, balde y lejía. Nada de lo que quedaba en el piso servía ya para limpiar. Dedicó toda la tarde y las primeras horas de la noche a poner el sitio en condiciones. Antes de bajar a cenar, llenó seis platos con sal y otros seis con miel, y los puso en los rincones menos visibles, sobre el ropero, bajo la cama, encima de la cisterna del baño y del botiquín, tras una pila de periódicos antiguos que dormían en un estante y que se prometió mirar en algún momento. Cuando regresó, se desnudó y encendió una vela junto a la ventana. Al despertar, la encontró apagada y derretida por completo. El ritual requería una cada día, hasta nueve.

Necesitaba descansar. No se había detenido a tomar aliento en mucho tiempo. Primero, lo de Madrid: el dinero necesario para comprar papeles de identidad y billetes, para mantenerse durante el larguísimo trayecto y para llegar con algo a Buenos Aires: no quiso recordar la aventura del banco, ni el coche, ni el robo de la caja del obispado: quizá vea el día en que lo devuelva todo, pensó sin ironía. Después, la frontera, el viaje, las dudas y los temores respecto de la posibilidad de un fracaso que le obligara a dejar también Buenos Aires para empezar de nuevo en otro lugar. Fue a buscar café, azúcar, galletas, jamón, queso y unas botellas de vino. También entró en una ferretería y pidió clavos pequeños y un martillo. Desayunó y clavó en una pared, la más desnuda de la sala, el plano de Buenos Aires. Con uno de los lápices de colores que siempre llevaba en la chaqueta, marcó el punto en que se encontraba, la dirección de Ramón y la pensión en que había pasado la noche anterior. Entonces, volvió a dormir. Sólo dejó la cama, cuando ya estaba oscuro, para ir a orinar, mordisquear una galleta, beber un vaso de agua y encender la segunda vela.

A las nueve de la mañana, cuando llamaron, estaba desperezándose.

Había en la puerta un chico moreno, de unos diez años. Le tendió un sobre.

—Tengo que esperarlo —dijo.

Leyó la nota que le estaba dirigida: «El muchacho que te lleva este papel tiene que sentarse ahí hasta que estés vestido, y guiarte hasta mi casa. Necesito hablar con vos. De negocios. Juana. P.S.: para el chico, soy Madame Jeanne (él dice madanyán).»

—Muy bien —aceptó Reyles—. Pasa, siéntate, toma café conmigo. No tardaré en vestirme.

Mientras preparaba el café, hizo algunas preguntas.

—¿Conoces bien a la señora que te ha enviado?

—¿Madanyán? Claro, trabajo en la casa.

—¿La casa? ¿Qué clase de casa?

—¿Usted va a ir y no lo sabe?

—No, no lo sé. Será la primera vez que vaya.

—Es... como un quilombo, pero fino, para viejos con plata.

—Ya. ¿Y te pagan bien?

—Sí. Y conozco gente importante: comisarios, políticos y eso...

—Entiendo. Ya está.

Reyles puso una taza de café sobre la mesa.

—Toma. Me voy a bañar... ¿Cómo te llamas?

—Pancho.

—¿Sólo Pancho? ¿No tienes apellido?

—García.

Reyles no quiso ir más allá. Se bañó, se afeitó y se vistió. Pancho le miró con cierta sorpresa: no era habitual para él aquella indumentaria: todo de blanco, con sólo la corbata, el cinturón y los zapatos negros, y el sombrero de Panamá, y un cuello del mismo material de la camisa.

—¿Sabes adónde vamos?

—A la calle Viamonte.

Reyles se paró ante el plano y sacó un lápiz rojo de la chaqueta.

—¿Viamonte y qué?

—Suipacha. Es acá nomás.

—Ya lo veo —y señaló el lugar.

En la casa de Madame Jeanne reinaba la agitación. Dos criadas se afanaban para dejar el parquet inmaculado. Habían recogido las alfombras y cerrado el piano. Escobas, bayetas y plumeros decoraban cada metro cuadrado. A pesar de las ventanas abiertas, el tufo del tabaco habano frío no había desaparecido: haría falta mucho aire y mucha colonia para acabar de ahuyentarlo. Juana esperaba a su visitante en una habitación interior, una salita con sólo un sofá y una mesa baja con botellas y copas. Iba ligera de ropas, con un peinador de tul encima de un camisón negro de raso, muy ajustado. Reyles no se sentó.

—¿Sorprendido? —preguntó ella.

—Hasta cierto punto. Tengo por costumbre esperar sorpresas. Y ésta lo es. Como la otra noche, en casa de Ramón, apenas si te oí dos frases...

—Yo, primero, escucho.

—Y, por lo que parece, has oído algo interesante. En tu nota dices que quieres hablar. De negocios. Así: hablar, y de negocios. Separado.

—Hablemos. ¿Querés una copa?

—Coñac, gracias. De negocios. Te toca a ti.

—Estuve con Ramón. Y con Julio —empezó Juana—. Me gusta lo que pensás hacer. Y me alegra que entiendas cómo hay que hacerlo. Pero te olvidaste de un detalle... No importa, tengo la solución.

—¿Cuál es el detalle? —preguntó Reyles.

—Juan Ruggiero. Ruggierito. El pibe de Barceló, nada menos... El patrón de Avellaneda. Pero yo lo tengo controlado. Viene por acá. Y es amigo de Gardel.

—¿Es importante ser amigo del tal Gardel?

—En este caso, sí. Porque Gardel es mi amante. Y tiene influencias en el partido conservador. Canta para ellos.

—Ya.

—Julio te pidió un veinte por ciento. Ramón no quiere ser socio, y te presta la plata, ¿no?

—Hmmm.

—Yo sí que quiero ser socia. Pongo quince mil pesos, y me encargo de Ruggierito. Vas a estar seguro por los dos lados: los radicales y los conservadores.

—Ya.

—¿Qué me decís de mi propuesta?

—¿Quieres acostarte conmigo? —respondió Reyles.

Juana le miró, desconcertada, antes de echarse a reír.

—¿Es condición para el trato? —averiguó, aún risueña.

—No. Aparte.

—Podría ser. ¿Por qué no?

—Te espero en mi casa esta noche. A las nueve. Así, tendremos todo el tiempo necesario para responder. Tú me respondes a mí, y yo a ti.

—No, no. Yo no puedo salir de acá por la noche, dejar la casa sola y mandarme mudar cuando vienen los clientes...

—A las nueve —repitió Reyles—. En mi casa.

—Antonio...

Él no se dejó atrapar por la voz de la mujer.

Encontró a Pancho en el salón principal, derrumbado en un sofá, con la mirada perdida.

—¿Tú sabes dónde está el comité de Ruggierito? —le espetó Reyles.

—Sí —se sobresaltó el muchacho—. Todo el mundo lo sabe...

—Yo no.

—En la calle Pavón, en Avellaneda.

—¿Y dónde puedo encontrar un coche?

—¿Un automóvil?

Reyles lo consideró un instante.

—No. Mejor, una victoria.

—Acá enfrente, en la placita...

Aún oyó a Juana llamarle por su nombre cuando bajaba las escaleras.

Había dos vehículos esperando pasaje. Los cocheros, viejos ambos, dormitaban en los pescantes.

—¿Quién me lleva a Avellaneda? —dijo.

—Él está primero —señaló uno.

—¿Está apurado? —interrogó el que debía llevarle.

—No, al contrario, preferiría ir paseando. No conozco la ciudad, y quisiera ver un poco.

—¿Quiere subir acá, al lado mío?

Durante el viaje, el hombre le mostró la Avenida de Mayo, que él ya había recorrido, las iglesias, los cambios de barrio.

—Todavía no me dijo adónde va en Avellaneda.

—A la calle Pavón.

—¿A qué número?

—¿Ha oído hablar alguna vez de Ruggierito?

El cochero comentó la pregunta con una sonrisa.

—¿Usted no? Bueno, recién llega...

—Me han dicho que la casa en que me esperan está junto al comité de Ruggierito. Que basta con decir eso, que todos los cocheros saben ir.

—Todos. No se preocupe.

Después de aquello, el hombre no volvió a despegar los labios hasta el final del recorrido.

—Aquél es el comité, y aquélla es la casa de al lado —se limitó a decir entonces.

—Gracias —dijo Reyles.

Pagó al cochero, bajó de la victoria, cruzó la calle y entró en el comité.

69. Casino Madrid

> —¿Quién dice que usted es loco?
> —La gente del pueblo.
> —Bueno, ¿y es o no es?
>
> Osvaldo Soriano, *Cuarteles de invierno*

El número era el 252. Antonio Reyles lo vio, pintado en la pared con un pincel gordo, a la derecha de la puerta. Después vio el patio, la gente que esperaba con los ojos bajos, para no mirarse, en sillas de madera y mimbre. Y los matones: cuatro tipos malcarados, con escarbadientes o cigarros en la boca, una mano en un bolsillo, la otra dentro de la chaqueta, para sacar rápido el arma: uno era zurdo.

No eran pistoleros famosos como Potranca, o Tamayo Gavilán, o Tulio Monferrer: ésos no se dejaban caer por ahí tan temprano: ésos iban por la noche, y salían a cenar con Gardel, con Magaldi, con Teófilo Ibáñez o con el Pibe Ernesto Poncio, que era como ellos, violento, basto y venal, pero tocaba el bandoneón. No. Los hombres del mediodía eran guardaespaldas sin nombre, pero más fieros y numerosos de lo que Reyles hubiera deseado.

Echó una ojeada a los clientes. Una mujer, que debía de haber sido muy hermosa y aún conservaba cierto aire fatal, se apretaba a un chico de doce, trece años: los dos temblaban, a pesar del calor de marzo. Había un viejo descalzo, con largas uñas combadas en los dedos de los pies: las manos, metidas bajo los sobacos, no se le veían. Una mulata de grandes tetas daba de mamar a su niño. También un vigilante de uniforme aguardaba a ser recibido: era fama que Barceló les dejaba dinero en casos de apuro, o cuando su propio gobierno se atrasaba en el pago de los sueldos. Algunos hablaban entre ellos, en voz muy alta, nadie fuera a desconfiar, a creer que tenían secretos. Cuando dos de los pistoleros avanzaron hacia Reyles, no cejaron en su parloteo.

El movimiento de los matones había sido espontáneo. Cualquier otro, hubiese entrado y hubiese buscado un asiento. Reyles no. Dio dos pasos y se quedó en medio del patio, estudiándolo todo. Además, aquella ropa. El hombre no era, evidentemente, uno más.

—¿Qué quiere? —preguntó uno de los matones, un tipo achinado y de largos bigotes caídos.

—Quiero ver a Juan Ruggiero —lo dijo fuerte y claro, para que se le oyese.

—¿Sí? —sonrió el otro, blanco y empolvado.

—Dígale que vengo de parte del Gallego Julio.

El silencio que siguió fue unánime. Todos conocían aquel nombre, y ninguno de los presentes se hubiese atrevido a pronunciarlo allí.

Durante un largo minuto, nadie respiró.

El de los bigotes sacó la mano de la chaqueta y clavó la punta de un revólver en el estómago de Reyles.

—¿Venís armado? —averiguó en un murmullo.

—No —dijo Reyles con firmeza, sin retroceder—. He venido a ver a Juan Ruggiero. A hablar con él. No a matarle.

De pronto, se abrió una puerta en el fondo del patio y un hombre de pelo negro, con chaqueta de pana y una camisa que parecía pequeña, a la vista del grosor de su cuello, asomó con expresión sorprendida.

—¿Qué carajo pasa —preguntó—, que se callaron todos?

—Un loco, patrón —quiso informarle un pistolero.

—¿Señor Ruggiero? —dijo Reyles desde donde estaba.

—Sí, soy yo.

—Vengo a hablar con usted y su gente no me deja pasar.

—Espere, como los demás —ordenó Ruggierito.

—Vengo de parte del Gallego Julio —arriesgó Reyles.

Juan Ruggiero se fue acercando a él lentamente, observando sus ojos y el sombrero que llevaba en la mano, la corbata de seda negra y el brillo de los zapatos.

—¿Por qué? —dijo cuando se encontró a su lado.

—Negocios —refirió Reyles.

—No me interesan los negocios de Julio.

—Negocios míos. Con él y con usted.

—Debe estar piantado, presentarse así. Entre. Déjenlo pasar, che.

Reyles siguió a Ruggierito hasta la puerta del fondo.

Dentro, había otro hombre. Podía tener la misma edad que Ruggiero, pero parecía más joven: la delicadeza de sus rasgos contrastaba con la tosquedad de los del amo del comité, de cabeza notable y con picaduras de viruela. Ocupaba una silla en el lado del escritorio más próximo al exterior. A su lado había otra, vacía. La de Ruggiero, junto a la pared, era giratoria y con posabrazos.

—Siéntese —invitó Ruggierito—. Puede hablar, el señor Behety es un amigo.

—Tiene suerte —dijo Reyles, sentándose—. Amigos no hay muchos.

—¿Sabés cómo se anunció este tipo? —Ruggiero quería asombrar a su compinche—. Dijo que venía de parte de Julio.

Behety soltó un silbido admirativo.

—De no haberlo hecho así, ¿me hubiese recibido?

—Estaría haciendo amansadora, como todo el mundo.

—Pues por eso... No quiero hacerle perder el tiempo. Sé que está ocupado.

—Cuénteme cuál es su asunto.

—Pienso poner una casa de juego. Julio Valea me ofreció protección y me propongo aceptarla. Pero si me limito a eso, usted me jode. No me parece sensato, cuando hay dos bandos, ponerse del lado de uno.

—Depende. Eso depende. De la zona. Si se instala en la zona de él, en el Dock, por ejemplo, puede estar tranquilo.

—Hasta que haya una batalla en su zona y usted busque venganza. En esos casos, el más débil es el que sale peor parado. Ellos atacan este comité, por ejemplo. Al día siguiente, usted tiene que responder, es una cuestión de principios. Una casa protegida por Julio Valea tiene su precio.

—Ya veo... ¿Le parece más seguro mi lado?

—Veo que no ve.

—Lo que aquí, este caballero español quiere decir —explicó Behety con solemnidad afectada—, es que lo correcto es contar con protección de los dos, si no me equivoco.

—Su amigo ha comprendido bien.

La carcajada de Juan Ruggiero llevó a uno de sus guardaespaldas a asomar la cabeza, inquieto por su estado. Bastó un gesto y la expresión del patrón para devolverle al patio.

—Respecto de la seguridad de su lado —continuó Reyles—, confieso que sí, que me parece mayor. Por eso he venido hasta aquí. Sólo usted conoce este aspecto de la situación: usted sabe que yo quiero protección doble, pero Julio no. A él no se lo diré. Respecto del establecimiento, no tengo la menor intención de instalarme en una zona con propietario... Abriré mi casa en el centro de Buenos Aires.

—Le juro, señor...

—Reyles. Antonio Reyles.

—Le juro —siguió Ruggiero— que no se me ocurrió nunca nada así. Tiene todo mi respeto. Cuente conmigo.

—Aún no le he dicho cuánto ofrezco —quiso concluir Reyles.

—No importa. ¿Tiene plata para empezar?

—Sí. Y probablemente una socia aporte algo más.

—¿Una mujer? —Ruggiero alzó las cejas.

—Una señora de nota, a la que usted conoce. Madame Jeanne.

—¿Y por qué no empezó por ahí? Ella podía...

—El dueño soy yo... Ella pondrá dinero, si le conviene, y retirará ganancias. Pero el dueño soy yo. Yo negocio. Yo dirijo.

—No le voy a preguntar con cuánto larga...

—No se lo diría —aseguró Reyles—. Para usted, el diez por ciento me parece justo...

—Está bien, está bien, lo que a usted le parezca.

—Lo mismo para Julio.

—No hay más remedio, ¿no? —dudó Ruggiero.

—Creo que no.

Reyles se puso de pie.

—Yo tengo que ir a visitar a su amiga —le dijo Behety.

—No es mi amiga. Tal vez sea mi socia. Hoy no la va a encontrar. Vaya mañana.

—¿No me dice dónde piensa trabajar? —preguntó Ruggiero.

—Cuando lo tenga todo a punto, le avisaré —prometió Reyles.

—¿Puedo encontrarlo en alguna parte?

—Vivo en Carlos Pellegrini 63. En los altos.

Reyles estrechó las manos de los dos hombres y se retiró. Fuera, en el patio, no saludó a nadie.

Echó a andar por Pavón hacia el centro.

Juana llegó apenas pasadas las nueve. No ocultaba su contrariedad por la imposición de Reyles, pero tampoco su interés por las decisiones que él hubiese tomado. Se presentó con un traje negro, de falda muy corta, una blusa blanca, medias de red y zapatos de charol. Reyles no esperó a que llamara: había oído sus pasos en la escalera y abrió para sorprender sus largas uñas rojas hundidas en el pelo recogido, reparando la caída de un rizo de la que sólo ella tenía noción.

Reyles se hizo a un lado para dejarla entrar. La miró sentarse, con un codo sobre la mesa en que él había puesto una botella de coñac y otra de vermut, y un sifón. No dejó su diminuta cartera: la conservó sobre los muslos.

—Vermut —dijo, antes de que Reyles le preguntara nada.

Él sirvió dos vasos iguales y alzó el suyo para un brindis.

—Por nuestra sociedad —encomendó.

—Por eso —aceptó ella—. Mañana hablaré con Ruggierito —añadió, dejando la bebida sobre la mesa. Cogió uno de los cigarrillos de Reyles y lo encendió.

—No será necesario que hables con nadie. Ya lo he hecho yo.

—¿Tú? —desconfió Juana.

—He ido a ver a Ruggiero... A propósito, estaba con un amigo tuyo, un tal Behety.

—Ah, ése... Sí, lo conozco. Antes se llamaba de otro modo. Fue el representante de una gran figura de la ópera, Ninon Vallin. Ahora, no sé muy bien en qué anda... Pero contame lo de Ruggierito.

—Nos dará protección por sólo el diez por ciento. Julio tendrá que conformarse con lo mismo.

—¿Por qué? Pidió el veinte, ¿no?

—El otro diez es el seguro. Él, como nosotros, perdería más si nos destrozaran la casa.

—No es mala idea —reconoció la mujer.

—Tan buena como la de que tú, con tales garantías, inviertas más de lo que pensabas.

—No tengo más.

—Tienes la casa. Vamos a montar el Casino Madrid en tu casa. En la parte de dentro.

—Ahí vivo yo. Y algunas de mis chicas.

—Os trasladaréis. Vuestros clientes serán el principal sostén del nuevo negocio. Si es gente de edad, como doy por sentado, les atraerá más el juego que la cama. Sobre todo, si juegan con una mujer al lado. Podrás pagar el alquiler de otro sitio, de un sitio de lujo para vivir, y ganar más que si nos estableciéramos en una nueva casa.

—Veo que hiciste cuentas. Para ser un gallego recién venido...

—¿Recién venido adónde? A Buenos Aires, sí... Al mundo, vine hace tiempo. El suficiente para tener un pasado.

—¿Por qué Casino Madrid? —preguntó ella.

—Es una elección simbólica, para mi uso y mi satisfacción privada. De cara al público, no tendrá nombre. Seguirá siendo la casa de Madame Jeanne. Si estás de acuerdo, por supuesto...

—En eso, estoy de acuerdo.

—¿Y en lo demás? —quiso saber Reyles.

—¿De veras querés acostarte conmigo?

—El que contesta con preguntas soy yo —recordó Reyles—. Y yo no he dicho que quisiera. Se me ocurrió que tú...

—Yo sí, quiero. ¿Y vos?

—Yo también. Pero tienes ese muchacho, el cantor...

—De él, estoy enamorada. De vos, no.

Reyles la miró, rodeó la mesa y la silla de ella: se detuvo detrás, se inclinó para besarle el cuello: humedeció el rizo rebelde que Juana había querido recoger.

Cuando despertó, a las ocho, se encontró solo.

Se bañó, se vistió y fue a desayunar a la Esquina del Cisne.

A las diez, llamó a la puerta de Ramón.

—He venido a decirte que no necesitaré el dinero —anunció.

Contó a Ramón y a Gloria sus pasos de aquellos días, exceptuando la noche pasada con Juana.

—Es impresionante —dijo Ramón cuando Reyles se marchó.

—Sí, pero es mejor que trabaje solo... No es el hombre que a ti te hace falta.

[70.

—O sea que don Antonio Reyles era todo un carácter.

—Eso es lo que parece desprenderse de la historia, contada así, es decir, como yo puedo contarla. Hay grandes claros en mi información. Por ejemplo, no conozco en detalle la vida de la Ritana, un personaje que surge siempre con perfiles difusos cerca de Gardel. El trato de mi padre con Juan Ruggiero no tiene por qué haber sido exactamente así. En cambio, por lo que toca al Gallego Julio, mi saber es de primera mano: él habló más de una vez de su amistad en mi presencia.

—Aun cuando lo hubieses inventado todo...

—Sí, lo sé. Por algo su recuerdo es el que es. Sin embargo, habría que preguntarse cuáles fueron las razones por las que un hombre como ése no llegó a más. Quizá los fragmentos aclaren algo: ninguna historia está jamás completa: todas empiezan en otra parte y van a terminar en otra parte, en otro tiempo y otro lugar. La vida de mi abuelo viene a dar en mí, pero también repercute en otros, desconocidos, lejanos, afectados de una manera misteriosa, matemática, por las miserias de él. Y también por sus grandezas. Yo la recojo en el ochenta, pero viene de muy atrás. Está ese cura de Brígida. Está el pasado familiar de Gloria. ¿Cómo llegar a eso?

—¿Es imprescindible llegar?

—Es deseable.]

71. Los hijos del otro

> Este muchacho es como mi hijo. Por ser como mi hijo, es también como mi padre, y yo, delante de mi padre, ni siquiera he fumao nunca.
>
> Samuel Eichelbaum, *Un tal Servando Gómez*

El Casino Madrid vivió seis años: el tiempo durante el cual Reyles logró mantener el difícil equilibrio entre sus dos protectores: un tiempo que sólo a los incautos pudo haber parecido tranquilo.

Cosme, el primer hijo de Gloria y Ramón, vino al mundo en el mes de julio del veintidós. Ramón contaba ya cuarenta y siete años, pero ello no le asustaba: en el veinticinco nació Consuelo, quien, al cabo de dos décadas, sería esposa de Antonio Reyles.

Carlos Gardel fue a ver a Ramón Díaz a principios del veintitrés.

No hablaron allí, en la casa de Cangallo, sino en La Peña, el café de la esquina de Carlos Pellegrini.

—Me tengo que ir, don Ramón —dijo el cantor.

—Antes de explicarme las razones, y decirme qué es lo que me vas a pedir, ¿por qué no dejas de joder con eso de llamarme don Ramón? Eres un hombre de más de cuarenta años, si mis cuentas son correctas. Tal vez en otra época nos hayan separado más cosas, pero ahora... tratémonos como lo que somos: iguales. Yo uso el tú. Emplea tú el vos. No es la primera vez que te lo digo. Vamos a estar más cómodos ambos.

—Te lo agradezco. Es una prueba de confianza.

—Y de sentido común. Yo no soy un caudillo, Carlos.

—Lo que tengo que pedirte es difícil. No se lo puedo pedir a nadie más. Ando con una gente...

—Ahórrate detalles. Sé por dónde van.

—Bueno. La cosa es que me tengo que ir. Con contrato para Madrid. Ya sé que suena fenómeno, pero es un contrato de mierda, y se acaba, y después me quedo en pelotas. Lo que pasa es que quedarme acá... estoy metido en líos, Ramón.

—Hasta aquí, no me has dicho nada que no sepa o imagine...

—Lo que no sabés, ni te imaginás, es que... Bueno, hay una mujer, Ramón.

—Que no es Juana, debo entender.

—No, claro. Mirá: Juana me ayudó mucho, y me gusta, pero ya no la quiero. Fue ella la que me buscó a mí, y es ella la que siempre anda detrás de mí... No, Ramón, no es ella: hay otra. En su casa, en la casa de Madame Jeanne...

—¡Joder! Tendrá dueño, pues.

—Yo soy el dueño.

—En ese caso, no comprendo cuál es el problema...

—No puedo dejar a la tana por otra. Si se entera de que la cosa es seria, me revienta. Y la revienta a ella. No quiero que la chica acabe en un quilombo del Chaco. Y vos sabés que, si le da la gana, es capaz de eso y de mucho más. Además, están los otros: si saben que quiero a alguien, me van a apretar. Yo, solo, soy fuerte, aguanto.

—Quieres sacarla.

—Si sólo fuera eso... Hace un tiempo, me la llevé a Montevideo. De vacaciones, con otras chicas. Bueno, a veces salen. Yo fui de vigilante. Éstas no son putas del montón, necesitan tomar aire para conservarse, es parte del negocio. Descanso, sol y buena comida, nada de champán, nada de tabaco, nada de nada. Un mes.

—Ya veo. El tiempo justo —dedujo Ramón.

—No hace falta ser un lince para entenderlo... —confirmó Gardel.

—Y se te ha metido en la cabeza tener el hijo.

—Justo. Si no, decime...

—¿Cuál es mi papel en todo esto?

—Sos un hombre grande y con plata. Podés enamorarte de ella... Eso pasa todos los días. Y retirarla, llevártela. Pagás lo que te pidan y te la llevás.

—¿Piensas casarte?

—Yo la voy a mantener, me voy a hacer cargo del chico... aunque no esté acá. Por eso, no te preocupés.

—No es eso lo que te he preguntado, Carlos.

—Ya sé. No, no creo que sea bueno para nadie que ese asunto figure en ningún lado. Te lo dije: tengo miedo de que me hagan chantaje. Estoy atado. Hasta una madre me pusieron... Para que me herede si me pasa algo.

—¿Berta?

—Conocés el asunto...

—Germán Frisch tuvo que ver. Conozco el asunto. ¿Cuándo viajas?

—Dentro de un mes, más o menos. Ramón...

—¿Sí?

—¿Lo vas a hacer?

—Lo haré.

Cuando el comisario Alonso, perdido el criterio por el aroma del pelo de la Coca Paredes, la retiró de la vida alegre, Madame Jeanne cerró su casa por una noche y las muchachas despidieron a su compañera con una fiesta por todo lo alto y la cubrieron de regalos. Durante una semana no se habló de otra cosa en el salón, ni en las habitaciones, ni en las salas de juego. Por eso, Antonio Reyles hizo conjeturas cuando Juana le dijo que Nené Barrientos dejaba su establecimiento por voluntad de un hombre, sin hacer mención de celebración alguna: la mujer iba a desaparecer en silencio, llevarse sus ropas furtivamente. La Barrientos no era la más bella del lugar, pero distaba mucho de ser fea, y le sobraba inteligencia. Sin embargo, ninguno de sus visitantes asiduos había evidenciado nunca un apasionamiento que justificara paso tan decisivo. Además, últimamente, solía verla en las mesas de bacará acompañando a Ramón Díaz, de quien no cabía pensar que acudiese allí por otra cosa que no fuesen las cartas. Dedujo Reyles que el interesado en el rescate de la mujer no podía ser sino un pez gordo, inquieto por preservar su nombre. La curiosidad le impulsó a comprobarlo.

—Te marchas —dijo una noche a la muchacha, en un aparte.

—Sí —reconoció ella.

—¿Cuándo?

—Pasado mañana. Me vienen a buscar.

—Hmmm.

Al día siguiente, Reyles convocó a Pancho, que aún servía a Juana, y le hizo una oferta imposible de rechazar.

—Tú duermes aquí, ¿no?

—Casi siempre —respondió el chico.

—Quiero que esta noche te quedes. ¿Cuánto te paga Juana?

—Cien pesos por mes.

—Yo te daré cincuenta si me haces un favor. Vendrán a recoger a la Barrientos. Seguramente, muy temprano. Quiero saber quién es el hombre.

El rostro de Pancho se iluminó en una enorme sonrisa.

—¿Qué es lo que te hace tanta gracia?

—¿Me va a pagar cincuenta pesos por el nombre?

—Eso he dicho.

—Entonces, démelos, porque se lo voy a decir ahora mismo.

Reyles fue a la caja de la ruleta, la abrió y sacó el dinero.

—¿Y bien? —dijo.

—La plata —pidió Pancho.

Reyles se la entregó.

—No se enoje... Es que es un amigo suyo.

—¿Sí?

—Don Ramón.

—¡Coño!

Dejó pasar una semana antes de hablar con Ramón Díaz, cuya ausencia en las mesas de naipes sólo resultó llamativa para él. No fue a la casa: esperó en la entrada del Teatro Sarmiento, en la acera opuesta, hasta que le vio salir. Entonces le siguió, por Cangallo, hacia el oeste. Sólo delató su presencia pasado el cruce de Libertad.

—Ramón —dijo, poniéndose a su lado.

—¡Hombre, Antonio!

—¿Podemos tomar un café?

—Claro. ¿Ocurre algo? ¿Algún problema?

—No me gusta conversar mientras camino.

Se sentaron junto a una ventana del café de Sardi, en la esquina de Sarmiento y Talcahuano.

—El problema, creo, lo tienes tú —inició Reyles.

—Ya te has enterado.

—Enterarme es mi oficio, amigo mío.

—No es lo que tú piensas —explicó Ramón.

—No es lo que cualquiera pensaría. No es lo que tú has hecho creer a todo dios. Eso es lo que yo pienso. Pero no me muero por saberlo todo. Únicamente si mi ayuda sirve de algo.

—Es muy sencillo, Antonio: ella va a tener un hijo, y el padre no está en situación de dar la cara. Los dos correrían grandes riesgos. Yo me haré cargo de ese niño. Nada más.

—¿Llevará tus apellidos?

—No son del todo malos.

—Siempre te he respetado, Ramón. Desde ahora, te admiraré. ¿Gloria lo sabe?

—Por el momento, no se lo he dicho. Nené va a vivir lejos de aquí, en Las Flores, un pueblo de la provincia. Prefiero que eso se mantenga en secreto. El chico podrá ir a la escuela allí, y yo los visitaré a menudo. Ya es hora de comprar un automóvil.

Ramón tenía cosas que hacer. Reyles se quedó en el café, pensando que su amigo era un hombre extraño, ajeno a las conductas de la mayoría. Demasiado generoso, tal vez. Demasiado sereno.

72. El ruso

> Me gustaría saber qué haría si estuviera en mi lugar.
>
> Joaquín Gómez Bas, *Barrio gris*

Después de la partida de Gardel, sucedieron otras cosas de muy diversa importancia. A saber: el 14 de septiembre de 1923, día del nacimiento de Lorenzo Díaz, hijo real de Irene Barrientos, llamada Nené, y del olvidado, refutado, Carlos Escayola, y putativo de Ramón Díaz Besteiro, aquel mismo día, Luis Ángel Firpo fue derrotado en un ring de los Estados Unidos por Jack Dempsey: hubo gente en Buenos Aires que dio por perdido el honor; el 6 de agosto de 1924, exactamente veintiún años antes de la explosión de Hiroshima, visitó la ciudad el príncipe heredero Humberto de Saboya: los bomberos desfilaron para él en la Plaza de Mayo; Frégoli se despidió del público; Tatiana Pavlova bailó y Lugné-Poe, con su *Théâtre de l'Oeuvre*, representó; Eusebio Gómez, inquieto por las reiteradas y exitosas fugas de presos de las cárceles de la nación, señaló al presidente Alvear la conveniencia de vestir a los reclusos con trajes a rayas: su recomendación fue aceptada; hubo atentados, fallidos.

Gardel escribió una larga carta a Nené, recibida por Ramón, en la que hacía un confuso y atemorizado relato del asesinato de Eduardo Arolas en París: el Tigre del bandoneón había sido muerto a golpes por otros rufianes: los nombres de Juan Garresio y Giovanna Ritana aparecían misteriosamente ligados a los verdugos.

Eso indujo a Reyles a tomar una decisión respecto de su trabajo: al cabo de más de un año de convivencia comercial, hecha una clientela segura, y con la excusa del espacio, trasladó su casino a una planta de la calle Sarmiento, cerca de Paraná, separándolo de las actividades de su socia. Ancianos pudientes y señoritas libres, sin adscripción precisa al negocio, le siguieron, estableciendo un clima de diversión rutinaria, señalado por las empalagosas compañías y la versatilidad de una fortuna menor, en el que Antonio Reyles recibía con satisfacción cualquier novedad.

El muchacho alto, de gafas, que una noche empezó a pasearse por el local, observando a los jugadores con una expresión en la que se mezclaban la ironía y el desprecio, llamó su atención. No apostaba, ni seguía a ninguna mujer. Reyles se acercó.

—¿Puedo invitarte a una copa? —ofreció.

Sonreía con los ojos. Debía de ser más joven que Reyles, pero, como él, estaba más allá de su edad.

—Si es de champán, no.

—De lo que quieras.

—Ginebra.

Se presentaron: Reyles supo que el otro se llamaba Jacobo Beckman y le condujo hacia unos sillones y una mesa baja con botellas, en un rincón apartado.

—¿Gallego? —preguntó Beckman.

—¿Ruso? —respondió Reyles.

—Relativamente ruso —matizó Beckman, y en esas erres, que debían haber sido netas, pero que se redondeaban, deslizándose por debajo de un acento casi afectadamente porteño, se revelaba la permanencia del remoto origen en lo hondo de la identidad deliberadamente adquirida.

—¿Cómo se es relativamente algo? —quiso saber Reyles.

—Mirá: mis viejos me trajeron a Buenos Aires cuando yo era chico. Viajamos con un pasaporte ruso, yo había nacido y ellos habían vivido en un lugar de Polonia que pertenecía a Rusia. Te hablo del año siete. Pero no éramos rusos: éramos odiados por los rusos. Tampoco éramos polacos, y también éramos odiados por los polacos. Éramos judíos. Somos judíos. Acá la gente nos llama rusos. Llaman rusos a todos los judíos perseguidos por los rusos, y turcos a todos los judíos perseguidos por los turcos, y alemanes a todos los judíos perseguidos por los alemanes... ¿Ves por qué te digo lo de la relatividad?

—Veo. Pero ahora las cosas han cambiado...

—Sí, han cambiado. Relativamente. Todavía. Van a cambiar del todo. Ya no hay imperio, y la revolución está en marcha. Pero falta mucho para que el alma de los hombres cambie. Lenin es muy claro en eso: los soviéticos no son aún hombres nuevos... El hombre soviético no es aún el hombre nuevo —repetía los conceptos en busca de la frase exacta y breve, en busca de la consigna que el otro pudiese retener—. Los que nazcan ahora, en el mundo del socialismo y el comunismo, sí: ésos, sí, dentro de cincuenta o cien años, serán distintos. No se borran de un plumazo siglos y siglos de antisemitismo.

Reyles le obligó a callar con un sonoro aplauso. Algunos se giraron para ver qué sucedía, pero volvieron de inmediato a sus asuntos.

—No te burles —dijo Beckman.

—No me burlo. Saludo tu fe. No creo que nadie merezca tanto.

—Los pueblos, los pueblos...

—Demasiada gente junta para que salga nada bueno, Jacobo. Lamento decirte que, para mí, un pueblo no es más que eso: un montón de gente reunida. Además, las causas por las que se reúne, por lo general no me gustan. Pero explícame qué hace un joven bolchevique, qué coño hace un maximalista, que dicen estos viejos de mierda —y señaló el salón con un gesto abarcador—, en un antro así. Porque esto es un auténtico antro, lo reconozco...

—¿Ves a aquel gordo que juega al bacará al lado de la banca?

—Bromfeld —confirmó Reyles—. Es habitual.

—Ya sé. Es paisano mío... judío, quiero decir. Somos amigos. Vine con él, a mirar. Bromfeld está podrido en guita. Y está aburrido. Por eso juega. Yo no puedo, no tengo plata.

—Pídele prestado.

—No. A él, no. A él, cuando le pido, es para el partido... Y no es en préstamo.

—¿Da dinero para el partido comunista?

—Mucho.

—Es un suicida.

—Los judíos somos muy raros, Antonio.

—Ya. Pues bien, si Bromfeld no te presta, yo te doy crédito.

—No puedo aceptarlo. Si pierdo, no voy a poder pagarte nunca.

—Es un riesgo. Vamos a hacer un trato: hasta doscientos pesos, no me debes nada.

—¿Doscientos pesos? Estás loco: con eso vivo dos meses.

—Ah, no, Jacobo, no te equivoques... Para vivir no te doy nada, ni un centavo. Y tampoco te presto dinero. Te doy crédito para jugar.

—Muy bien.

Jacobo Beckman había leído *El jugador* y una biografía popular de Dostoievski. Por un instante, al sentarse a la mesa de punto, recordó la imagen de Siberia que proponía el cromo de la portada de aquel volumen de «Vidas de grandes artistas». Hubo de hacer un esfuerzo para recordar que la Revolución había acabado con trabajos forzados y otras miserias.

—Pero el hombre nuevo no juega, ¿no? —preguntó en voz alta.

—¿Decía? —averiguó sin interés su vecino más próximo.

—Nada, no me haga caso.

Cuando Reyles cerró la sala, Jacobo Beckman llevaba ganados dos mil pesos. Hacía rato que Bromfeld, harto de perder, se había retirado.

—No te vas a ir solo con toda esa plata —le dijo, en tono pícaro, una rubia teñida que se había quedado sin compañía—. Si querés, nos vamos juntos. En mi casa, nadie te va a robar.

—Vos —afirmó Beckman—. Además, no me voy solo. Mi amigo Antonio se va conmigo.

—Sí, tenemos que hablar —aseguró Reyles—. Jacobo tiene un sueño, Elba —agregó, dirigiéndose a la rubia—. Muy peligroso —iba recogiendo cartas y fichas—. Ha apostado por un mundo sin putas, ni jugadores, ni bebedores de alcohol.

—¡Pero yo lo vi tomar! —protestó ella—. ¡Y jugar! Claro que... a lo mejor no le gustan las minas.

—Gratis —dijo Beckman—. Sólo me gustan cuando son gratis.

—¡Ja! —despreció ella, avanzando hacia la puerta—. ¡Gratis!

—¡Jodido ruso..! —comentó Reyles, mirando a su nuevo amigo—. No esperarías que mordiera, ¿no?

—Las matemáticas revelan que una de cada mil doscientas, muerde...

—Ya.

Tras hacer altos en varios cafés, vieron amanecer en el puerto.

Fue el comienzo de una gran amistad.

73. La primera generación

> La primera generación es, a menudo, deforme y poco bella hasta cierta edad; parece el producto de un molde grosero, los primeros vaciamientos de la fundición de un metal noble [...]
>
> J. M. Ramos Mejía, *Las multitudes argentinas*

—Habría que hacer algo —dijo el rubio Matías Glasberg.

—¿Para? —preguntó, perezoso, Beckman.

—Por esas pobres mujeres —explicó Glasberg.

—No son pobres mujeres —disintió Antonio Reyles.

—Según se lo considere: sin duda, hay otras que están peor —adujo Ramón Díaz.

Comían en un restaurante de la calle Esmeralda, Los Vascos, asador frecuentado por cantores ignorados, partiquinas, periodistas sin firma y pícaros en decadencia. El lugar había sido propuesto por Glasberg para despedir el año veinticuatro: él era quien invitaba, y su sueldo en el *Diario Israelita* distaba mucho de ser brillante.

—De los obreros, tampoco se puede decir que sean pobres hombres ni pobres mujeres —disertó Beckman—. No es víctima el que no se siente víctima, y la conciencia es un bien muy escaso y muy difícil de adquirir. Son víctimas objetivas. Con las putas pasa igual. Ni las putas ni los obreros son la humanidad, pero podrían aspirar a serlo. Tienen en común la explotación: son explotados, ellas y ellos. Claro que no quieren darse cuenta. Si se dan cuenta, están obligados a liberarse, y eso da más trabajo todavía que el que tienen que hacer para los patrones y para los cafishios. Vos, Matías, con tu generosidad, no les hacés ningún favor a esas chicas. Ellas quieren perpetuarse en el colchón, y vos vas y les decís que no puede ser... ¿Qué querés? ¿Que se hagan obreras? No, ¿no? Porque así es peor el remedio que la enfermedad, y vos lo sabés. Entonces, ¿por qué no te dejás de joder con la caridad, que a veces parecés más cristiano que judío?

—No entendés nada, Jacobo... —dijo Glasberg—. Me preocupo porque son judías, y porque los rufianes son judíos. La Migdal es una piedra que llevamos atada al cogote. Entre otras.

—Peor, viejo, peor —se lamentó Beckman—. Tu regeneracionismo de positivista ni siquiera es sincero: te cagás en el destino de las putas criollas, y en el de las putas francesas, y en el de la putas gallegas. A menos, por supuesto, que pongan el culo para un judío.

—Sin embargo, Jacobo —intervino Ramón—, Matías tiene razón en un aspecto. El primero que me habló de la Migdal, de lo que era la Migdal, Isaac Levy..., bueno, ya os he contado eso, la historia del barco... Levy estaba preocupado por eso, por el prestigio de la colectividad, por el hecho de que un rufián italiano no convierta en rufianes a todos los italianos, y, en cambio, un rufián judío, su fama, recaiga sobre todos los judíos.

—Amigos míos —dijo Reyles—, debo deciros algo. Yo soy, de todos nosotros, el único que posee autoridad moral para tratar este tema, ya que soy el único que va de putas. Ramón, porque fue hombre afortunado y pocas veces lo necesitó. Jacobo, porque sus principios se lo impiden. Matías, sospecho, porque le da una vergüenza insuperable. El caso es que ninguno de vosotros ha pagado nunca para poder joder...

Los tres aludidos escuchaban con la vista baja, buscando en la tela del mantel una justificación para su silencio.

—Yo, en cambio —prosiguió Reyles—, he frecuentado burdeles, aquí y en otros lugares. Y puedo aseguraros que es mejor buscar fuera de esas habitaciones un buen motivo para luchar, porque las putas no tienen, ni tendrán nunca, un programa reivindicativo. ¿Que hay que acabar con la Migdal porque en ello va el buen nombre de la comunidad judía? Bien. ¿Que hay que liquidar la prostitución porque el hombre nuevo necesita una mujer nueva, por aburrida que sea? Pase. Pero por ellas, por ellas mismas..., dudo mucho que la conciencia social sea lo suyo.

La conversación no era nueva entre ellos. En unos meses, la amistad de Reyles con Jacobo Beckman se había convertido en un vínculo sólido, y el trato, casi diario, entre los dos, les había llevado a considerar la mayor parte de las cuestiones de la existencia. Beckman conocía a Matías desde la infancia, y Reyles, por respeto personal e intelectual, había vinculado a los dos jóvenes con Ramón, a quien, además, sabía atento y sensible a eso que algunos llamaban la cuestión judía.

—Hay una cosa —dijo Matías Glasberg cuando Reyles calló— que yo no les dije nunca. Hay muchas, en realidad, pero sobre todo una. Ustedes están siempre con España, siempre con Rusia. Tienen recuerdos de otros sitios. Yo no. Yo soy argentino.

De primera generación, pero argentino. Y nunca viajé. Jacobo conoció a mi vieja. Ella sí tenía pasado, pero no hablaba nunca de él. Vino de Polonia. De puta. Y me lo soltó cuando se estaba muriendo. Sólo eso: cómo había venido. No me dejó ninguna historia, ninguna idea de sus peripecias. Una sola cosa me dejó del pasado: el yídish. Por eso trabajo en el diario. Por eso me interesa este asunto.

—Un idioma es un pasado —señaló Beckman, solemne.

—No, viejo —discutió Glasberg—. Un idioma es un idioma, sólo un idioma, y un pasado es un pasado: en un pasado hay cosas, en un idioma sólo hay nombres...

—Pero, ¿de qué coño estáis hablando? —se exaltó Ramón—. Jacobo, nuestro amigo Glasberg está contando una tragedia. Lo demás no importa. ¡El idioma, qué majadería! Los hechos, los hechos.

—¿Vos decís eso, Ramón? —Beckman le miraba con las cejas altas—. ¿Vos, que te criaste acá y hablás de tú como si nunca te hubieras movido de España? Pero si me lo explicaste, no lo soñé yo, me explicaste cómo habías recobrado a tu padre, cómo lo habías encontrado en tu oído, cómo Teresa te hizo reflexionar sobre lo de ser extranjero o no...

—Cierto, pero había hechos para sostener eso. Al hablar así, estoy contando mi vida: dónde nací, quiénes eran mis padres, mi herencia... Lo de Matías es distinto. El yídish que él habla, Jacobo, está lleno de cosas que ignora. Y lo cuenta como quien es, como un argentino. Un argentino de primera generación, pero argentino. Discúlpame —pidió, volviendo el rostro hacia Glasberg—, no he podido evitar la teoría...

Matías Glasberg miró, con ojos llenos de desconcierto y tristeza, a los tres hombres que le acompañaban. Torcía los labios en procura de una sonrisa.

—¡Ja! ¿Vieron? —dijo—. No era tan difícil. No se vino el mundo abajo. Lo dije: mi vieja era una puta polaca. Por eso investigo la cosa de la Migdal. Como a ella la conocí bien, y sé que era buena persona, me parece que tiene que haber otras así. Me gustaría reventar a todos esos rufianes. Por ella y por mi gente. Los judíos no somos eso, y no quiero que nadie lo piense. Los judíos somos músicos... ¿Me van a ayudar si me hace falta?

—No lo dudes —aseguró Reyles—. Tú diras qué hay que hacer...

—Somos amigos, ¿no? —confirmó Ramón.

—Yo estoy tan dispuesto a matar cafishios como a matar patrones... —terció Beckman—. Al final, es lo mismo. ¡Mozo! —llamó, dando por zanjada la cuestión—. Traiga otra botella de vino, por favor.

74. Una mujer sin miedo

> Detrás del mensajero cargado de presentes, una vaga forma de ángel se dibujaba levemente en el aire seco.
>
> Juana de Ibarbourou, *Rebeca*

A mediados del veinticinco, en pleno invierno, Matías Glasberg apareció en el salón de juego de Sarmiento y Paraná, al que Antonio Reyles seguía llamando Casino Madrid, aunque ese nombre no figurara en ninguna parte, ni hubiese siquiera documento alguno en que constase la existencia del establecimiento.

Era pasada la medianoche y, al verle agitado y sudoroso a pesar del frío, Reyles, tomándole por un brazo, le condujo a la zona privada del piso, en la que vivía desde hacía poco, tras devolver a Ramón las llaves de la casa de Carlos Pellegrini 63. Ahora, sólo tenía que abrir una puerta para mudar de la intimidad al negocio; y cerrarla para protegerse del ruido, del humo, de la estupidez, de la codicia vana y de los amores falaces. Una cortina de espeso terciopelo verde cubría esa puerta: la corrió para Matías Glasberg.

—Siéntate, hombre —invitó, señalando uno de los dos sillones que allí había, y sacando copas de un aparador—. Toma, bebe un poco de coñac.

—Gracias. Gallego, necesito ayuda —dijo Glasberg, engullendo una copa entera sin respirar.

Reyles dejó la botella en el suelo, delante de él, y se sentó.

—Eso parece —dijo—. ¿Algún rufián que quiere matarte?

—No. No todavía, al menos. Es que llegó una chica.

—De Polonia, claro. Y judía.

—Sí. Pero distinta. No sé si te lo vas a creer, pero es distinta.

—¿En qué sentido?

—Limpia. Y sin miedo. Vino con un pariente. Un caftén, como todos, pero pariente. De Lodz. Ni siquiera la compró a los padres: sólo se hizo cargo de ella. Cuando la tuvo en su casa, acá, en Buenos Aires, le dijo la verdad: que la iba a mandar a un quilombo de la Boca. Ella se negó... Y le dio la primera paliza. ¿Sabés qué dicen estos hijos de puta? Que las mujeres se amansan con palo y cama.

—¿Y cómo has sabido tú toda esta historia?

—Porque ella sabe escribir, y eso la salvó. Él la dejó encerrada. Molida a golpes y encerrada. No se preocupó de que ella pudiera gritar, pedir ayuda. Y no había modo de rajar, era un segundo piso, todo quedaba lejos... Además, Jeved..., ella se llama Jeved, no habla una palabra de castellano. Pero el muy boludo se olvidó de dónde estaba. Imaginate: en Lavalle y Junín, en pleno Once. Lo mismo que si estuviera en Lodz: ahí no debe haber nadie que no sepa yídish. Y es gente solidaria, gente que pasó mucha miseria, y que siempre espera lo peor.

Glasberg se iba animando, tanto por obra de su propio discurso como por la del alcohol. Su rostro recobraba el color y sus manos heladas se desentumecían.

—Allí, en Junín, hay burdeles... —observó Reyles.

—Hubo. Hasta el diecinueve. Ahora son todos conventillos... —explicó Glasberg—. Escribió una nota en yídish, porque papel había, y lápiz, rogando que fueran a sacarla. La tiró por la ventanita del baño a un patio. No de cualquier modo: esperó a que hubiera alguien y chilló. La recogió una señora y la trajo al diario. No sé cómo se le ocurrió.

—Tonta no sería la mujer.

—No, claro.

—¿Y tú? Porque la nota ha de haberte llegado a ti...

—Llamé al abogado. El doctor Goldstraj. Samuel Goldstraj.

—¿Él se hace cargo de estos casos?

—No está él solo. Hay una organización, ¿sabés? No acá: en todo el mundo. Se llama Sociedad Internacional de Protección a la Mujer y a la Niña... Largo, ¿no?

—Se ocupan de un asunto largo.

—A Mister Cohen, que es el presidente de esa sociedad, le interesa el problema. Cuando ellos se enteran de algo, el rabino Halpon pone gente en movimiento. Esta vez, yo me enteré primero. Entonces llamé a un abogado que colabora con ellos, pero que no es religioso: es socialista. Y él, Goldstraj, trajo a Madame Foucault, una francesa que se ocupa de las mujeres. Y fuimos a la comisaría.

—El peor sitio del mundo.

—Eso mismo pienso yo. No nos quedamos. En ese momento, no. Samuel Goldstraj hizo unos papeles y dos vigilantes nos acompañaron a la casa. Golpearon y no contestó nadie. Ni un ruido, ni una voz. Rompieron la puerta. La piba estaba tirada en el suelo. Me pareció muerta, pero sólo estaba desmayada. Madame Foucault la reanimó y nos la llevamos.

—¿Adónde? —preguntó Reyles, llenando la copa de Glasberg.

—Ahí está la cosa. A la comisaría. No había más remedio... fue lo que dijo el abogado. Teníamos que hacer denuncia. Secuestro y qué sé yo cuántos delitos más. Para que lo reventaran al tipo. Ella me lo contó todo por el camino, y yo traduje para los demás. Pero fijate: eso pasó a las cinco de la tarde, y todavía no la dejaron salir a Jeved. Son más de las dos. La franchuta no quiere que se quede sola...

—¿Está en el calabozo?

—No, ahí, en la sala de la entrada. La franchuta no quiere que se quede sola, y Goldstraj no quiere dejar a ninguna de las dos. Desconfía. Ésos son capaces de todo. En una de ésas, esperan que los demás se vayan para llamar al rufián, cobrarle y devolvérsela. Al día siguiente, te dicen que se fue cuando le dio la gana, que no había por qué retenerla Goldstraj me mandó a hablar con el rabino, pero a mí se me ocurrió que era mejor venir a hablar con vos.

—¿Quieres que la saque de allí?

—Y... vos tenés mano con la policía, me imagino, porque si no, no podrías hacer esto, lo que hacés, lo del juego, digo, ¿no?

—Sí —reconoció Reyles.

—¿Me vas a ayudar? —quiso confirmar Glasberg.

—Siempre. Aunque no tengas razón. Somos amigos. Sólo quiero saber una cosa: ¿qué harás luego? Con ella, con Jeved.

—Es muy rubia, gallego. Y cuando la levanté del suelo me pasó una cosa, ¿sabés? Olía a sudor, pobrecita, y eso a mí me molesta mucho. Pero en ella no, no me molestó nada... me gustó, me gustó mucho, me dieron ganas de... no sé.

—Yo sí —aseguró Reyles—. Yo sé. O sea que va a haber que cuidar de ella —se puso de pie—. Ahí hay un teléfono —señaló un rincón, detrás de Glasberg—. Yo arreglaré fuera para poder marcharme. Llama a Ramón. ¿Sabes el número?

—No.

—Treinta y cinco, cero, cinco, uno, seis. Cuéntale lo que pasa y dile que nos espere con el coche en la esquina de la comisaría. A propósito, ¿cuál es?

—La séptima.

—Conozco a alguien, pero no creo que nos haga falta.

Cinco minutos más tarde estaban en la calle.

La sala de la comisaría era como todas: bancos de madera a lo largo de las paredes pintadas de un ocre verdoso, un mostrador cubierto de libros de registro, tinteros y secantes, y una mesa pequeña detrás, con una Underwood, papel blanco y papel carbón. Un vigilante dormitaba en una silla, y Jeved, Goldstraj y la francesa esperaban, con los ojos puestos en la puerta abierta, pálidos y tristes, sin hacer caso del frío que ya debía de haberles calado hasta la médula.

Matías Glasberg se reunió con ellos, para explicarles lo que había hecho y tranquilizar a la muchacha.

Reyles actuó con seguridad y resolvió la situación en minutos.

—¿Quién es el oficial de guardia? —preguntó.

—¿Y usted, quién es? —quiso saber el vigilante.

—Mi nombre no importa... —dijo Reyles—. Me manda Juan Ruggiero. Quiero hablar con el oficial de guardia.

La mención de Ruggierito tuvo efectos mágicos.

—Sí, señor —respondió el uniformado, cuadrándose—. Voy a buscar al subcomisario Fernández.

Regresó con su superior en pocos segundos.

—Buenas noches, señor —saludó el llamado Fernández, untuoso—. Me dice mi subordinado que lo manda don Juan.

—Para que me lleve a esa mujer —indicó Reyles, señalando a Jeved.

—¿Ésa? —se asombró el policía.

—Ésa —confirmó Reyles—. Supongo que no habrá inconveniente. ¿Han tomado ustedes la denuncia?

—Sí, señor.

—¿En el libro de entradas?

—No, señor, en hoja suelta.

—Muéstremela —ordenó Reyles.

Los dos hombres pasaron al otro lado del mostrador y Reyles dio la espalda al grupo de Glasberg.

—Es ésta —dijo Fernández, poniendo las hojas ante él.

Reyles miró los papeles.

—¿Las copias? —averiguó.

—Están ahí.

Con serenidad, Reyles metió una mano en el bolsillo interior de la chaqueta y sacó unos billetes. Los dejó sobre la madera gastada y cogió la denuncia.

—Ahí hay cien pesos —anunció, doblando los papeles y guardándolos en el mismo sitio del que había salido el dinero—. Sesenta son para el oficial y cuarenta para este hombre, que tiene fama de callado. De parte de Ruggierito.

—Sí, señor —dijo Fernández.

—Gracias, señor —terminó el otro.

Se volvió hacia Glasberg e hizo un gesto imperioso al grupo.

—Vamos —dijo.

Ramón estaba en su puesto: fumaba, sentado al volante.

—Tenemos problemas —le dijo Reyles, con un pie en el estribo del automóvil, mirando a la puerta de la comisaría—. Nuestro amigo Matías se ha enamorado de quien no debía.

—Siempre es así —comprendió Ramón—. De una señorita muy parecida a su finada mamá, me imagino.

—Imaginas bien. El diablo sabe por diablo...

Los demás aguardaban a un par de metros.

Reyles era ahora quien daba las órdenes.

—Matías —llamó Reyles—, trae a la chica y entra en el coche.

Los dos jóvenes obedecieron. Goldstraj y Madame Foucault también se acercaron.

—Por favor, Ramón —pidió Reyles—, llévales a los dos a casa de Nené, a Las Flores. Necesito que desaparezcan unos días.

—¿Qué harás tú? —averiguó Ramón.

—Arreglaré el asunto a mi manera.

—Ya —aceptó Ramón.

—Oye, Matías —convocó Reyles, metiendo la cabeza en el coche.

—Sí —atendió Glasberg.

—¿Cómo se llama el pariente de esta moza? Ese caftén...

Glasberg sostuvo un brevísimo diálogo con Jeved, en yídish.

—Aarón —dijo finalmente—. Aarón Binià̀s. El mismo apellido que ella.

—Muy bien... Ahora, marcharéis con Ramón. Ya os avisaré cuando sea posible regresar. Unos días, pocos...

Se apartó del automóvil y Ramón partió con sus huéspedes. Se volvió hacia los otros.

Estaban de pie, en medio de la calle, Reyles, Samuel Goldstraj y la dama francesa, una morena espléndida, de unos treinta años, con largas piernas enfundadas en medias negras bajo una falda escueta. Reyles la contempló sin pudor. Llegó a las pulseras de los zapatos de charol con alto tacón, antes de que ella diera un paso atrás y se cerrara el abrigo de astracán. El abogado vestía un traje azul arrugado y su camisa había sido tan blanca como roja había sido la corbata: toda su ropa le sobraba un par de tallas. Las perneras de los pantalones no alcanzaban a disimular la suciedad de los zapatos. Sonrió tontamente a Reyles, que había oído hablar de él como de un excelente profesional y hombre inquieto por causas sociales. Reyles le sonrió a su vez.

—En esta ocasión, doctor —dijo—, voy a prescindir de usted.

—Por favor —entendió Goldstraj—, no me cuente lo que va a hacer.

—No tenía esa intención —le serenó Reyles.

—Gracias —el abogado levantó apenas su sombrero, en un gesto de despedida, que completó con una reverencia torpe a la mujer. Echó a andar hacia el río.

—Yo sí quiero saber qué va a hacer —dijo Madame Foucault, mirando a Reyles a los ojos.

—Unas cuantas cosas.

—La última.

—Enterrarle.

Ella llevó una mano al cuello del abrigo, pero no mostró sorpresa.

—Puede que sea lo mejor —consideró—. ¿Y la primera?

—Visitar a Juan Ruggiero.

—¿En Avellaneda?

—Claro.

—¿Cómo piensa llegar?

—Ya encontraré un coche.

—Yo tengo uno. Venga. Lo llevo, si no le importa.

—¿Importarme? Me parece una idea estupenda... Yo me llamo Antonio —le tendió la mano—. ¿Y tú?

—Suzanne —se presentó ella—. En Buenos Aires, Susana.

El automóvil estaba estacionado en Tucumán y Callao.

75. La filosofía francesa

> No conocemos heroínas entre estas mujeres [...] El arroyo no ha sido nunca antecámara de aventuras y voluptuosidades. Ha sido, es, y seguirá siendo, el camino del restaurante.
>
> Albert Londres, *El camino de Buenos Aires*

Hicieron un alto en La Viña, un bar de Cerrito y Rivadavia que, no muchos años después, iba a ser arrasado por la apertura de la avenida Nueve de Julio. Tomaron café y Reyles compró una botella de coñac. Los escasos parroquianos que a esas horas, próximas al amanecer, insistían en beber, miraron con asombro a Susana Foucault, con su aire aristocrático y esnob. Al traje negro, el sombrero negro de cinta de seda y los impecables zapatos negros de Reyles, estaban acostumbrados.

—¿Acá son todos españoles? —preguntó ella después de escuchar los saludos respetuosos que se dirigían a su acompañante.

—La mayoría —confirmó Reyles, sin interés, observando las manos de la mujer—. Dime, Susana, ¿por qué te has metido en esto?

—Viejas culpas —resumió ella.

—¿Qué opina el señor Foucault?

—No hay ningún señor Foucault, Antonio. El último fue mi padre. Y me dejó el dinero suficiente para que yo no tuviera necesidad de buscar un marido. Ser una mujer moderna es muy caro, querido.

—Ya. ¿Y a qué se dedicaba el señor Foucault? ¿Administras tú algún negocio?

—Preguntás demasiado, pero hace un rato, cuando nos quedamos solos frente a la comisaría, decidí contártelo. Mi padre era tratante, como Aarón Biniàs. Caftén. Cafishio y patrón de cafishios.

—O sea que me encuentro en medio de una conspiración de conversos, hijos de antiguos profesionales: la madre de Matías, puta; tu padre, caftén. No hay peor astilla...

—Lo supe muy tarde, cuando tenía casi veinte años... Siempre había creído que tenía campos, esas cosas...

—¿Y tu madre?

—Se murió cuando yo tenía meses. No la conocí realmente. Francesa, como papá. Él la había traído para casarse.

—¿Cómo te enteraste de la historia?

—Vino una mujer a mi casa. Una predicadora evangelista, totalmente loca, que anda por los quilombos tratando de redimir a las rameras. Ella dice rameras, como en la Biblia. No le hacen mucho caso, y sospecho que oye más que las otras. Quería salvarme, y me lo contó todo, con pelos y señales.

—¿Le creíste?

—De entrada, no. Le pedí pruebas. Me llevó con ella. Caminamos por la Boca durante horas, desde la mañana. La dejan entrar en los patios y hablar con las mujeres. Me dio una Biblia y me fue presentando a todos como compañera suya. La primera parada la hicimos en un sitio horrible, por Necochea. Se metió en una pieza donde había una chica enferma, una francesita flaca que sudaba a mares. «Cómo estás», le preguntó. «Peor», dijo ella. «Espero que se acabe pronto. Después de esto, no queda nada.» «Fue muy duro, ¿no?», le dijo la predicadora. «Mucho», contestó la otra. «Mi amiga no se lo cree. Es nueva. Contale.» Y la chica me dice: «Antes, al principio, en el centro, eran quince, veinte clientes. Acá, a veces, son cien.» «¿Y Foucault? ¿No viene a verte?» «Hace mucho. Sé que pasa por acá a buscar la plata, pero no lo veo nunca.»

—¡Coño! —apoyó Reyles.

—No sé cuántas vimos, así... Algunas no eran de mi padre, pero las había traído él. Terminamos a la tarde, en el manicomio, con una vieja calva de cuarenta años...

—¿Qué hiciste entonces?

—Nunca más le hablé. No duró mucho. A los dos años, se terminó. No me dijo nada, jamás. Lo hice cremar y tiré las cenizas al Riachuelo.

Reyles observaba su rostro. Susana no le hablaba a él. Simplemente, hablaba, como si no hubiese nadie allí, se repetía un relato imposible.

—Ahora, vamos a ver a Ruggiero.

La conversación siguió en el coche.

—¿Qué haces con las mujeres que quieren dejarlo? ¿Cómo resuelves el problema de los rufianes? —preguntó Reyles, conociendo la respuesta.

—No se me ha presentado el caso... Antonio, no se te ocurra pensar que me engaño. Ninguna quiere salvarse. Ninguna empezó por deseo, por amor al amor. Lo hacen por dinero, porque no se les ofreció un destino mejor, porque un rufián al que no ven les da más seguridad que un marido obrero. A lo mejor, Jeved se zafa. Sería la primera. He subido a los barcos, día tras día, en el puerto, durante meses, a conversar con ellas mientras estuvieran en un terreno... neutral. Casi todas querían hacer lo que iban a hacer. Algunas vacilaban, pero entre el rufián y yo, elegían sin dudar al rufián. Dos o tres me pegaron. Sigo estando atenta, por si acaso, para intervenir, como hoy, pero dejé de ir al puerto... El rabino Halpon tiene buena voluntad. El párroco de San Nicolás, también. El pastor de la iglesia metodista de Montserrat, tiene mujeres: es un rufián conocido por todo el mundo, menos por sus fieles. No, no me engaño... Es que estoy convencida de que hay que hacer algo.

Reyles dio un sorbo largo a la botella de coñac. No estaban lejos de Avellaneda.

—Para un momento aquí —pidió.

—¿Pasa algo? —Susana levantó las cejas, pisando el freno.

—Que no hay nadie en esta calle. Y quiero besarte.

Ella retiró las manos del volante y se volvió hacia él.

—Yo también quiero —dijo.

Cuando se pusieron nuevamente en camino, Reyles sintió que su vida acababa de cambiar.

—Hablame de Ruggierito —dijo Susana—. Vamos al comité, ¿no?

—Sí.

—¿Vive ahí? ¿Es su casa?

—No. Aunque te resulte difícil de entender, vive en el conventillo de siempre, en el Dock Sud, con los padres. Podría comprar una casa, le sobra dinero. Y Barceló le ha cubierto bien. Legalmente, quiero decir. Figura como concesionario de una línea de transportes.

—¿No tiene mujer?

—Una amiga. Elisa. Desde hace poco. Antes, era Ana María. También podría tener mujeres, de las caras.

—¿Por qué no se casa?

—Sabe que va a vivir poco.

—Comprendo.

Llegaron a Avellaneda bien entrado el día.

Ahora, los matones del comité conocían a Reyles.

—Don Juan todavía no llegó —dijo uno—. A las nueve, más o menos, viene por acá.

Esperaron en el café de la esquina. Eran más de las diez cuando uno de los hombres de confianza de Ruggierito, Canevari, fue a avisarles que el jefe estaba en su oficina.

La recepción fue cordial.

—Juan Ruggiero —presentó Reyles, seco—. Susana Foucault... es mi novia.

—Mi amigo Reyles nunca vino acompañado, señorita —explicó sin que viniera a cuento Juan Ruggiero—. Siéntese, por favor.

—Tienes que enviarme a alguno de tus muchachos. Hay un dinero para ti en mi casa, Juan —recordó Reyles.

—En cualquier momento. No hay apuro, che... ¿Quieren tomar algo?

—No. Nos marcharemos en un momento. Necesito una información.

—Debe ser importante, para que estés levantado a esta hora...

—Aarón Biniàs —dijo Reyles.

—¡Carajo, gallego! Ese tipo no es moco de pavo. Yo no tengo nada que ver con él. Es de la Migdal, y de muy arriba.

—Algo tendrás que ver. Barceló les dio el cementerio...

—Y nada más. Ésos se cortan solos. ¿Para qué lo querés?

—Para matarle. Un amigo mío le llevó una mujer, y quiero que viva con ella en paz.

Ruggierito sonrió y se pasó una mano por el pelo húmedo.

—Al ruso ese le da por la música, ¿sabés? El violín. ¿Vos fuiste alguna vez a un sitio que le dicen El Odio, acá cerca? Ramón lo conoce bien.

—Está en tu zona.

—Sí. ¿Cuándo pensás ir?

—Esta noche, mañana, pasado, cada noche, hasta que le encuentre.

—Está bien. No te va a ver nadie. Y hoy sólo viniste a presentarme a tu novia.

—Y a eso he venido, Juan. No te molesto más. Ahí fuera hay gente.

Susana y Reyles salieron por Pavón hacia el centro de Buenos Aires.

—¿Tienes sueño? —quiso saber Reyles.

—Ni un poquito —aseguró Susana—. ¿Por?

—Vamos a pasar por el Once. Tengo que ver a un amigo. Después...

—¿Después qué?

—Nos iremos a la cama.

Ella entornó los párpados y frenó de golpe.

—Antonio —dijo—, eso de decirle a Ruggierito que soy tu novia... Si únicamente nos dimos un beso.

—Volveremos a besarnos.

—No me conocés.

—Nos conocemos de toda la vida, Susana.

—Vos sabrás. Soy muy difícil, Antonio.

—Yo también. Si no nos movemos, no llegaremos a ninguna parte.

En Sarmiento y Paso, Reyles hizo aguardar a Susana en el coche.

Jacobo Beckman abrió la puerta con mal humor.

—¿Qué carajo querés a esta hora, gallego? —protestó.

—Hace un tiempo, te oí decir que estabas tan dispuesto a matar rufianes como a matar patrones —dijo Reyles, sin entrar al piso—. ¿Era un farol o puedo contar contigo?

—Podés contar conmigo.

—Ven a mi casa a las nueve, esta noche. Ahora, sigue durmiendo.

Se giró y salió a la calle.

Al verle, Susana puso en marcha el motor.

—¿Adónde vamos ahora? —averiguó.

—A tu casa —decidió Reyles—. No sé dónde vives, pero a tu casa.

—Libertad y Juncal.

—Bonito sitio.

[76.

—Foucault. ¿Quieres decir, Vero, que el padre de Susana era el mismo tío que había metido en el negocio a Berta Gardes?

—Las grandes ciudades suelen ser muy pequeñas, Clara.

—¿Y la hija vivió con tu padre?

—Años, por lo que he podido averiguar. Es una parte de la historia que no le debo a mi madre. Sospecho que ella no sabe nada de aquello.

—¿Y tú? ¿Cómo lo has sabido?

—Fundamentalmente, por Beckman. Llegué a tratarle bastante. Tú ya conoces a su hija, Luna.

—¿La mujer de Tristán?

—Correcto. Ya ves cómo todo se ata. El viejo Beckman se suicidó en el setenta y uno... pero ése es otro asunto.

—Tu abuelo, Ramón, tiene que haber conocido esa relación.

—Sí, pero cuando mi padre se casó con su hija, aquello pertenecía por entero al pasado, y él prefirió no removerlo. Era un hombre tan leal como discreto. Quería mucho a mi padre, es cierto. Pero también es cierto que jamás dijo que el hijo de Nené Barrientos no fuera suyo. Yo me enteré de la verdad por Matías Glasberg, que pasó bajo el techo de la mujer los días que siguieron a la liberación de Jeved.

—¿Fueron felices?

—¿Glasberg y Jeved? Todo lo feliz que se puede ser, imagino. Siete hijos y dieciocho nietos. Uno de los nietos desapareció durante la dictadura. Otros viven en Buenos Aires. Otros, en Israel. Ellos murieron alrededor del ochenta.

—¿Gardel volvió a ver a su hijo?

—Aquel mismo año veinticinco.

—Intensísimo, por lo que se ve.

—Nació mi madre. Además, fue un año de triunfo para el anarquismo. El 6 de junio, Severino Di Giovanni le hundió al embajador de Italia la celebración del aniversario de la coronación de Vittorio Emanuele, y de Mussolini. Él se había exiliado después de la

Marcha sobre Roma. La cosa fue en el Teatro Colón: no se pudo pasar del himno de apertura... Gardel aún cantaba en dúo con Razzano cuando visitó Buenos Aires el príncipe heredero de Inglaterra, Eduardo de Windsor, quien, como se sabe, hubo de renunciar al trono por sus compromisos con el fascismo: los dos actuaron para él. En septiembre, se disolvió la sociedad. El 17 de octubre, Gardel vino para Barcelona, solo. Mientras estuvo en la ciudad, visitó al chico y le llevó regalos. Lo mismo sucedió en el veintiséis, y en el veintisiete, aunque con menor frecuencia. En el veintiocho, se acabó.

—¿Cómo conoces tantos detalles?

—Cuando Glasberg me explicó lo que sabía, fui a Las Flores. Nené, como era lógico, había muerto. Pero encontré a mi tío putativo, Lorenzo, que me dejó leer cartas y me saturó de minucias.

—¿Cómo vive?

—Es maestro. Y el único argentino que no escucha a Gardel.]

77. El lugar del crimen

> Entonces, poco a poco, motivado por ese encuentro y todo lo que acababa de suscitar, consideré una vez más mi historia.
>
> Antonio Dal Masetto, *Fuego a discreción*

Diez noches pasaron, sentados en silencio, escuchando a veces con gusto, a veces sin interés, a los músicos que se iban turnando en el estrado de El Odio. Hubo bandoneones roncos, encallados, que recobraban el resuello con palmadas de metales planos, y violines sin carne, de agudos quebrados, y también fuelles de voz noble y constante, y cuerdas limpias y definitivas. Pasaron hombres de todas las razas ante los ojos de Antonio Reyles, de Ramón Díaz, de Jacobo Beckman, que no sabían cómo era Aarón Biniàs, pero estaban seguros de reconocerle en cuanto le viesen. Ramón contaba con una descripción, hecha por Jeved y traducida del yídish por Matías Glasberg en el camino hacia Las Flores: daba por seguro que el rufián era moreno y delgado, y que vestía al uso y según el canon de elegancia de su oficio. Sin embargo, cuando Biniàs apareció, no le identificó por su aspecto: fueron los ojos de Canevari, secuaz de Juan Ruggiero, acodado en el mostrador, lo que delató al recién llegado. Durante una fracción de segundo, la mirada del matón abarcó la nueva figura y la mesa de Reyles. Inmediatamente después, pagó y, con paso leve, anduvo hacia la salida.

—Ése —dijo Ramón.

—Muy bien —entendió Beckman.

—Más tarde —ordenó Reyles—. Habrá tiempo.

Biniàs fue directamente al escenario. Depositó sobre una silla el chambergo y el estuche del violín, y se acomodó el pañuelo en el cuello.

—¿No vino Scalfaro? —le oyeron preguntar al muchacho que le trajo una botella de ginebra y una copa.

—Todavía no —dijo el otro.

—Yo —advirtió Biniàs— me tomo una ginebra y empiezo solo.

Eso fue lo que hizo: de pie, sin sombrero, con el rostro abandonado tiernamente sobre el violín, nadie hubiese podido decir quién era en realidad.

Tocó tres tangos sin rigor, con técnica discreta y visible emoción: parecía inerme, dulce, perdido. Finalmente, llegó el que seguramente era Scalfaro: un obeso calvo que sudaba en el corazón del invierno.

—Buenas noches, amigo Biniàs —dijo, subiendo con dificultad a una tarima que sólo era alta para un sujeto de su peso: las tablas crujieron y se combaron debajo.

Tres pañuelos blancos salieron de sus bolsillos: uno para cada uno de sus muslos enfundados en sarga azul, para aislar y acariciar el bandoneón; el tercero, como olvidado sobre el vientre, para secarse cada tanto la frente. Los brazos cortos y los dedos gruesos se demostraron pronto hábiles y sensibles: ni su inteligencia musical ni su entrega eran inferiores a las de Biniàs.

Beckman aguardaba su instante. Reyles observaba los detalles de la escena, los movimientos de los parroquianos, el gesto bárbaro de la única hembra del salón. Ramón escuchaba con interés.

Toda una hora transcurrió sin cambios.

Los dos músicos llegaron al final de una pieza.

Scalfaro, sin interrumpirse, atacó otra.

Biniàs puso el violín sobre el estuche abierto, el arco a un lado, y, sin advertir a su compañero, dejó la tarima y anduvo hacia el fondo.

Jacobo Beckman se incorporó a medias. Ramón le aferró el brazo.

—Siéntate —dijo—. Iré yo.

—No era... —quiso protestar Reyles.

—Es una decisión de última hora —el tono de Ramón era el de quien no admite réplica—. Vosotros, estad atentos.

La letrina estaba al aire libre. Una puerta pequeña, oculta por una mampara, se abría a un patio adoquinado: al otro lado, una casilla mal cerrada disimulaba apenas los gestos de su ocupante.

Biniàs, con la piernas separadas, los brazos bajos y la mandíbula alta, giró ligeramente la cabeza para mirar de reojo al que le había seguido. No le conocía. Tal vez desconfiara, pero no se movió.

Se abrochó la bragueta dando aún la espalda a Ramón.

Cuando le vio de frente, percibió que algo iba mal.

Fue el momento en que, desde el salón, empezaron a llegar las notas de una composición vieja, muy vieja, no exactamente un tango, sino algo más hondo, grave, solemne, diáfanamente fúnebre. Los dos vacilaron. Aarón Biniàs reconoció en aquella música un anuncio: no podía ser otra cosa lo que se decía con la voz oscura de una Europa helada y remota. Ramón Díaz, que la había oído por primera vez cuarenta y cinco años atrás, en una calle de Montevideo, aferrado a la mano de su padre, cuando el hombre que abrazaba el bandoneón aún no tenía nombre, aún no se llamaba Germán Frisch, dos, tres minutos antes de que ese hombre alto y rubio entrara en su vida para siempre, encontró en ella el intenso aroma de su extraña infancia de huérfano trashumante: un aroma en el que se mezclaban el del incienso de una iglesia de Barcelona, el de las sábanas de la casa de don Manuel Posse, el de las briznas crecidas en las grietas del empedrado del viejo Buenos Aires, el de la bosta del caballo de Roque, el de las labores de tabaco, el del papel del primer libro, el de la letrina del conventillo, el del perfume de Teresa, el del sudor de Mildred: el aroma del pasado, de la libertad, de la vida.

—¿Qué quiere? —preguntó Aarón Biniàs, abriéndose la chaqueta y tratando de sacar la pistola.

Ramón fue más rápido: él sabía qué quería.

—Deje las manos quietas —dijo—. Un amigo mío tiene un problema.

—¿Sí?

—Pero va a dejar de tenerlo.

Estaban solos en aquel patio. Ramón recordó la esquina tras la cual se había perdido el cortejo del Tío Pagola, la calle vacía, la tarde. No oyó sus propios disparos, ninguno de los seis disparos. Él no oía más que la música de Montevideo, en aquel lugar, el escenario de la muerte idiota de Germán Frisch.

Fuera sí se oyeron los estampidos. Con el último, el bandoneonista, arrancado repentinamente a un ensueño, dejó que el fuelle se abriera con un maullido. Reyles y Beckman se pusieron de pie y sacaron sus armas.

—Todo el mundo quieto —advirtió Beckman, dibujando un semicírculo en el aire con su revólver.

Se hizo un silencio espeso, una especie de himno pegajoso que marcó con rotundidad el retorno de Ramón Díaz, que atravesó el local sin ver a nadie y, en la puerta, convocó a sus compañeros.

—Ya está —dijo, mirando la calle.

Salieron tras él.

Reyles condujo el automóvil de Ramón.

Los tres viajaron en el amplio asiento delantero.

—¿Qué hora es? —preguntó Ramón cuando entraban en la capital.

—Las doce —respondió Beckman.

—¡Qué suerte! Mañana tengo que levantarme temprano —el anuncio sonó extraño.

—¿Sí? —le animó Reyles.

—Sí —siguió Ramón—. He de ir al puerto por unas máquinas. Las de Italia, me parece que te lo he dicho.

—No —dijo Reyles—. ¿Qué máquinas?

—Unas máquinas maravillosas, para fabricar espaguetis, ravioles..., pastas rellenas y sin relleno. ¿Puedes creer que en un país como éste, lleno de italianos, deba ser un gallego como yo el que las importe?

—¿Te pondrás a fabricar pasta? —preguntó Beckman.

—Ya he alquilado un gran local, casi junto a mi casa. En la misma calle Cangallo, en el 986, frente al mercado.

Siguió hablando de su nuevo negocio, de los beneficios económicos y de la revolución gastronómica que se proponía realizar, hasta que Reyles detuvo el coche en la esquina del Mercado del Plata.

—Lleva a Jacobo —dijo Ramón—. No necesitaré el coche... Vendrá a recogerme Kern, el despachante de aduana.

—De acuerdo.

No se despidieron. Ramón esperó hasta que los otros se perdieron de vista y caminó hasta la esquina de Sarmiento para beber una ginebra en el café La Peña.

Pensó en Frisch y en Liske Rosen, pero cuando alzó la copa, antes de llevársela a los labios, lo hizo en recuerdo de Raquel.

Reyles y Beckman se detuvieron también en un bar.

—No sé si me gusta que lo haya hecho él —dijo Beckman—. ¿Por qué querías vos que lo hiciera yo?

—Por ver si hablabas en serio —confió Reyles.

—¿Y?

—Lo hubieses hecho.

—Sí.

—No sé por qué, pero lo hubieses hecho. No tenías nada personal en contra de aquel hombre.

—A lo mejor, si te lo explico bien, me entendés y todo... —sonrió Beckman.

—Escucho.

—La mierda de los judíos tenemos que limpiarla los judíos. Vos, o yo, podemos limpiar la mierda de cualquiera. La sociedad, agradecida... Con agua y jabón, y ya está. Pero la mierda de los judíos, si no la limpiamos los judíos, la limpian los demás con sangre de judío. Por eso, también por eso, Matías hace lo que hace. Lo que no hacen los franchutes ni los tanos, ¿entendés? A ellos, nadie los acusa de nada.

—Pero tú eres un comunista, estás por encima de las patrias...

—Comunista, sí. Por encima de las patrias. Pero judío. Cualquiera diría que por debajo de las patrias.

—Ya.

El brindis fue de Beckman.

—Por la vida —dijo.

—Por la vida —repitió Reyles.

78. Los errantes

—¡Tanta irracionalidad! ¡Tanto desgaste ante lo inevitable! ¿Por qué no partir directamente del Error?

Carlos Catania, *Las Varonesas*

El individuo delgado se quitó la boina y limpió las suelas de esparto de sus alpargatas en el felpudo.

—Venga, hombre —invitó Reyles—, con menos ceremonia. Las mujeres habrán de fregar igual. Pase.

—Gracias —dijo el otro—. Me manda Bartolo. ¿Usted es Reyles?

—Lo soy, lo soy. Pero no se quede ahí. ¿Por qué me mira así? ¿Algo fuera de lugar? —Reyles se pasó una mano por el vientre.

Lo que el hombre delgado observaba no era lo que Reyles podía creer irregular o chocante: haciendo girar la boina entre las manos, miraba el color de las paredes de la sala de juego, revestidas de brocado verde, y la vestimenta del dueño de casa, su *robe de chambre* burdeos, de raso y terciopelo, y sus zapatillas de ante.

—¿Le llama la atención este sitio? —comprendió Reyles—. Para ser un garito, no está mal.

—Es que me dijeron otras cosas de usted.

—¿Por ejemplo?

—Que simpatizaba con la Idea.

—Hasta cierto punto, es verdad.

—Pero es rico. Y es un tahúr.

—No sabía que mis simpatías me crearan obligaciones. En ese caso, renuncio a la Idea. Para siempre. ¿No quiere beber algo?

Reyles hablaba andando por la sala, retirando un cenicero de aquí, levantando allá un pendiente caído bajo un sofá.

—¿Alcohol? —preguntó el visitante.

—También hay agua. Y café.

—No, gracias.

Reyles abandonó su tarea y se detuvo frente al desconocido.

—¿A qué ha venido? —le apremió.

—Hay una gente que quiere verlo.

—¿Sí?

—Paisanos suyos, españoles.

—Hay unos cuantos miles por aquí.

—Éstos lo conocen de allá.

—¿Cómo se llaman?

—No lo sé. Son amigos de la Idea.

—Ya.

—Me pidieron que le dijera que esta noche tenían una reunión en *La Antorcha*.

—¿Nada más?

—Nada más.

—¿Seguro que no quiere una copa?

—Gracias —apartó una copa imaginaria con la mano antes de volver a ponerse la boina—. ¿Va a venir?

—Tal vez.

La puerta por la que el hombre delgado había entrado seguía estando abierta: salió por ella caminando hacia atrás.

En una de las paredes de la redacción de *La Antorcha*, alguien había escrito con carbón: «*E viva l'anarchia!*» Reyles lo leyó y sonrió. Los tres individuos sentados en torno de la mesa ignoraron su actitud.

—Buenas noches, Antonio —dijo uno de ellos.

—Buenas noches —aceptó Reyles—. No creo conocerte.

—Es la primera vez que nos vemos.

—Me parecía.

Los tres se presentaron: José, obrero portuario, Jaime, cocinero, y Francesc, ebanista.

—Confío en que llegue el día en que vuestra confianza en mí sea lo bastante sólida como para decirme vuestros verdaderos nombres.

El llamado José, que parecía ser el jefe, apartó los ojos. Su pelo, largo, turbio, despeinado, no alcanzaba a disimular sus orejas salientes, y el notable largo del labio superior le daba un aire despectivo.

—Siéntate —dijo.

Reyles obedeció.

—No nos habíamos visto, pero vosotros teníais noticias de mí. ¿Se puede saber cuáles?

—Un amigo común nos contó una historia. Y te dibujó. Mira.

Francesc tenía sobre las rodillas una gran hoja blanca enrollada.

La extendió sobre la mesa.

Antonio Reyles ocupaba el centro del cuadro, trazado a lápiz y con auténtico talento: se le veía con una bolsa en una mano y un revólver en la otra, en la puerta de un edificio que reconoció de inmediato: era el de un banco de Madrid.

—Ya veo —dijo.

—Nos interesa mucho tu experiencia —aseguró José.

—¿Por qué?

—Queremos hacer aquí lo que tú hiciste allá... Aunque por razones distintas. Menos egoístas.

—¿Para repartir a los pobres?

—Para contribuir al triunfo de la Idea —explicó Jaime.

—Ya.

Reyles sabía que el hombre le estaba diciendo la verdad. Se levantó y se quitó la chaqueta para colgarla cuidadosamente en el respaldo de la silla. Antes de volver a sentarse, dobló meticulosamente los puños de la camisa blanca.

—Te escucho —dijo, dirigiéndose a José.

—Un banco. Como el de Madrid.

—No es fácil.

—¿Se te ocurre algo mejor?

—Puede ser.

Reyles expuso un plan, improvisando, reuniendo recuerdos y ensueños con la generosa ambición de su público. Interrogantes y vacilaciones se convertían en instrumentos para pulir el proyecto. Hacía falta tiempo de vigilancia, mucha paciencia para comprobar todo lo que allí se imaginaba y suponía, pero se llegó a una decisión.

—Muy bien, eso está muy bien —disfrutaba José—. Pero tú no eres de los nuestros. Ya sé, ya sé que te caemos bien...

—Con reservas —apuntó Reyles.

—También lo sé. No pretendemos que trabajes por nada. Tendrás un pago justo.

—¿Qué es lo que llamas un pago justo?

—Un porcentaje.

—Os digo cómo hacerlo, os revelo el lugar, y pongo el culo como el que más. Somos cuatro. Tres partes para la Idea y una para mí.

—Muy bien —aprobó José—. ¿Cuándo?

—Cuando estemos seguros de los horarios, la gente, el dinero...

—Pronto, pronto.

Tardaron un mes en dar el paso.

Las cocheras de los tranvías no eran más que un nudo de vías rodeado por un muro de ladrillo caleado de unos tres metros de alto. En el centro se encontraba la administración: una caseta dividida en dos habitaciones, una enteramente cerrada, la otra con una gran ventana y una puerta de cristal esmerilado. El último tranvía de la noche había entrado hacía unos minutos, y el primero de la mañana no saldría hasta dos horas más tarde.

—Treinta y ocho pesos —dijo el cobrador, con oscuras inflexiones italianas, entregando el dinero del día al empleado.

El conductor dormitaba con un toscano apagado entre los dientes, la gorra bajada sobre los ojos. El de la administración dejó la bolsa de monedas encima del escritorio.

—Ya no puedo guardarlo —explicó.

En aquel momento entraron otros tres hombres. Sólo uno había tenido la precaución de cubrirse la cara con un pañuelo. Llevaban escopetas, pero no apuntaban a nadie.

—Arriba las manos —dijo José, en el tono plano en que se enuncian las fórmulas de cortesía.

El conductor del tranvía abrió los ojos muy grandes, pero no cambió de postura: apenas si levantó las manos y mostró las palmas. Tampoco sus compañeros revelaron entusiasmo: hicieron con pereza lo que se les ordenaba.

—¿Dónde está el dinero? —preguntó Francesc, mirando a los ojos al cobrador.

—Ahí —dijo el italiano, señalando la bolsa.

—Es la recaudación de él —se extendió el empleado—. Lo del día está en la caja fuerte.

—Ábrela —dijo José.

—No puedo. La llave la tiene el jefe y ya se fue. Vuelvan mañana —ofreció.

Reyles, apoyado en una pared, levantó la punta del pañuelo que le tapaba el rostro para respirar aire fresco y sonreír.

—¿Qué hacemos? —consultó José, girándose hacia él.

—Lo que dice este muchacho. Coge esa bolsa. Les haremos una visita otro día —se despegó de la pared y fue hacia la puerta: la abrió y la mantuvo abierta para que sus compañeros salieran—. Buenas noches —se despidió de las víctimas, que le contemplaban con asombro.

José y Francesc anduvieron a buen paso hacia afuera. Reyles les fue detrás sin prisa. Jaime les esperaba en un automóvil con el motor en marcha, en la calle Las Heras. Palermo era un barrio silencioso.

—Un desastre —dijo José cuando hubieron recorrido un trecho hacia el centro.

—Una experiencia —difirió Reyles—. ¿Qué día es hoy?

—Ya es diecinueve. Diecinueve de octubre —informó Jaime.

—Cuatro meses —estimó Reyles—. Cuatro meses para preparar bien un banco.

José contó con los dedos.

—Eso es febrero —dijo—. Demasiado tiempo.

—Tal vez.

Reyles se separó del grupo en Corrientes y Paraná.

Reyles salió del baño, desnudo, secándose el pelo. El olor de café y de pan tostado le hizo sentir seguro. Se puso una salida de baño de toalla, una prenda de moda, de rayas verticales castaño y gris, y se calzó las zapatillas de piel para ir a la cocina. Susana Foucault leía *La Nación*.

—Hay novedades —informó.

—¿De qué clase? —averiguó Reyles.

—Otro asalto. En la estación del subterráneo de Caballito, anoche.

—¿Han cogido a alguien?

—¿Acaso no estás aquí?

—No he robado yo —Reyles se sentó delante de la mujer.

—Eso es lo que vos te creés. La policía dice que sí, que el asalto lo cometieron los mismos que hicieron el ridículo en las cocheras de los tranvías de la Anglo hace justo un mes.

—¡Coño! ¿Y de dónde sacan eso?

—Te vas a reír: están asombrados porque no hay bandidos españoles conocidos. El acento, Antonio, tu acento.

—Medio Buenos Aires tiene este acento —afirmó él, sirviéndose una taza de café.

—Pero no asaltan a nadie.

—¡Qué pueblo tan decente! ¡No se puede creer! ¿Cuánto se llevaron?

—Nada. No había nada. Ni un peso. Para colmo, salieron corriendo, porque el taxi que los esperaba para huir no arrancó.

—¡Por Dios! —dijo Reyles, mordiendo una tostada con mantequilla.

—Hay más —siguió Susana.

—¿Sí?

—La policía argentina ha pedido ayuda a la española.

—Les han jodido.

—A vos también.

—A mí tendrían que cazarme con las manos en la masa. Pero a ellos, con encontrarles basta. Están fichados, sin duda. Este atraco no lo ha hecho nadie: es un invento para justificar la persecución.

Reyles encendió un cigarrillo y se lo tendió a Susana. Ella lo tomó entre el índice y el dedo medio, y cerró el pulgar y el meñique en torno de la mano de él.

—Cuidate, Antonio —dijo—. Por favor.

Pasaron aún cinco semanas antes de que los andenes del subterráneo y las carrocerías de los tranvías fueran enteramente empapelados con las fotos de cuatro sujetos a los que nadie parecía haber visto jamás. Eran imágenes de prontuario, de frente y de perfil, y ensuciaban la Navidad del veinticinco. Por esos carteles policiales supo Reyles los verdaderos nombres de sus compañeros: el que se hacía llamar José era en realidad Buenaventura Durruti; Jaime era Francisco Ascaso: su hermano Alejandro aparecía también en los muros de la ciudad, pero Reyles ni siquiera había oído hablar de él; el cuarto hombre, Francesc, era Gregorio Jover. Venían de Chile, adonde habían llegado desde España, vía Cuba. Según la policía chilena, eran los autores de un asalto al Banco de Chile. Se les tenía como banda, y recaudaban para la anarquía.

Reyles se entretuvo un rato largo delante de un cartel, sin decidir un curso de acción que le pareciera mínimamente sensato.

Bartolo había escondido a los hombres en una casa de Temperley, al sur de Buenos Aires. Fue a verles en el coche de Susana.

Durruti le abrió.

—¿Por qué coño me habéis engañado? —le increpó Reyles, entrando.

—No te hemos engañado —aseguró Durruti, cerrando la puerta.

—Buscasteis mi ayuda como si no supieseis nada del oficio, cuando en realidad sabíais tanto como yo. ¡La sucursal de Mataderos del Banco de Chile! ¿Qué se ha hecho de ese dinero?

—Está en España —confió Durruti.

—¿Todo? —dudó Reyles.

—Todo.

—¿Para qué me necesitabais a mí?

—Alguien de aquí, que conociera...

—Pues os he resultado un fracaso.

—Un error no es un fracaso.

—¿Qué pensáis hacer ahora?

—Un banco. Después nos marcharemos.

—Vosotros mismos. Supongo que sabréis de qué va...

—¿No piensas venir con nosotros?

—Ya lo habéis hecho solos.

—Buenos Aires no es Valparaíso.

Francisco Ascaso había entrado en la habitación y les escuchaba con interés, una mano apoyada en el dintel, desde hacía un par de minutos.

—Nos hará falta más gente —intervino entonces.

—¿Cuánta? —preguntó Reyles.

—Tendríamos que ser siete —propuso Ascaso.

—¿No hay siete anarquistas en esta ciudad?

—Sí. Otros. Italianos, gente distinta... No se arriesgan.

—¡Qué porvenir! —masculló Reyles.

—¿Podrás traerlos tú? —quiso confirmar Ascaso.

—Sí. Pero por dinero.

—¿Cuánto?

—Siete hombres, siete partes. Vosotros sois tres...

—Cuatro —le interrumpió Ascaso.

—Cuatro —aceptó Reyles—, y yo cinco. Dos partes para los otros y el resto para la causa.

—¿El resto? Estás contando mal. Tres partes, para vosotros. Lo que es del pueblo, para el pueblo.

—Eres tú quien no entiende —discutió Reyles—. Yo no cobraré por esto.

—¿Quieres decir que lo harás por la Idea?

—No. Quiero decir que lo haré así porque una vez fracasé, y estoy en deuda con vosotros.

—No entiendo ese honor —Ascaso se encogió de hombros—, pero si tú lo dices...

—Lo digo. Ahora, hagamos planes.

La plaza del pueblo de San Martín resplandecía como una amenaza bajo el furioso sol de enero. Estaba desierta. A las doce del mediodía, la mayor parte de los ciudadanos de la zona comían en sus casas, pero la oficina del Banco Argentino seguía abierta. Reyles detuvo el coche en la esquina, en el cruce de Buenos Aires y Belgrano. Podían haber hecho el día anterior, un lunes, lo que iban a hacer ahora. Sólo que el día anterior había sido 18 de enero, y Reyles se había negado a actuar en la misma fecha del atraco frustrado a la estación de los tranvías.

Durruti, Ascaso, Jover y un cuarto español, un catalán de Tarragona que decía llamarse Pep, bajaron del coche a cara descubierta. Reyles, Beckman y Matías Glasberg se pusieron antifaces.

—Pep —llamó Reyles—. Tus compañeros se marcharán a Europa el mes que viene —explicó con paciencia, desde detrás de la máscara—. Tú, no. Tú seguirás viviendo en Buenos Aires. Pueden reconocerte. Mejor te tapas esa jeta —le tendió un antifaz.

Pep consideró lo que Reyles le ofrecía y se volvió un instante para consultar a Durruti con la mirada. No quería que nadie le tomara por un cobarde. Durruti asintió con un gesto leve.

—Gracias —dijo Pep, cogiendo el antifaz y poniéndoselo.

—Vamos —decidió Reyles.

Beckman, Glasberg y Pep se quedaron en la puerta del banco, con las carabinas que Reyles había llevado para todos. Las apoyaron de culata en el suelo, como los granaderos que montaban guardia en la casa de gobierno. Al cabo de un rato, una mujer rubia, gorda, entró en la plaza por la acera opuesta a la del banco. Cuando la vio a menos de cincuenta metros, Pep alzó su arma y se puso en posición de tiro, apuntándole.

—¡Qué animal! —mumuró Beckman.

La mujer gorda, que iba a seguir de largo sin darse cuenta de nada, percibió un peligro y despegó la vista del suelo para buscar a su alrededor. Al ver al catalán, se detuvo de pronto y levantó los brazos.

Nadie se movió.

Pep siguió apuntando. La mujer siguió con los brazos en alto.

Pasaron así cinco largos minutos. Beckman observaba la escena con inquietud, dispuesto a abalanzarse sobre Pep en cuanto amagara tirar.

Dentro del edificio, Reyles, tras escuchar de boca de Durruti las declaraciones de rigor, esto es un atraco, arriba las manos, se había quedado junto a la puerta, vigilando al personal con la carabina en la mano. Los otros tres, menos impresionantes que él porque no usaban antifaz, se habían dedicado, bolsa en mano, a revisar cajones y a reunir todo el dinero que encontraban.

—Está bien —dijo Durruti de pronto.

Los otros cerraron sus bolsas y se las echaron al hombro. Reyles se acercó al jefe en dos saltos.

—¿No vais a abrir la caja? —preguntó en voz baja.

—Ya tenemos bastante —declaró Durruti—. ¡Nos vamos! —dijo a voz en cuello, para los del banco—. Al que nos siga, ¡lo frío!

Y salió del lugar a toda prisa.

Reyles se quedó atrás, contemplando aquella sala silenciosa, llena aún de dinero, con los empleados y un cliente paralizados por el miedo. Se dio cuenta de que la carabina no le servía para nada. Se la echó al hombro, pensando que si no tuviese que devolverla, la dejaría allí de recuerdo.

—¡Qué asalto de mierda! —dijo, dirigiéndose a la salida.

Todos estaban ya en el coche, pero el asiento del conductor seguía libre, esperándole. Reyles arrancó. Al oír el motor, la mujer gorda de la plaza dejó caer las manos.

—¿Sabes qué es lo que más me asusta de todo esto, lo que me asusta de verdad? —preguntó Reyles a Durruti cuando se encontraron lejos de San Martín.

—Pareces hombre valiente —comentó Ascaso.

—Pero hay cosas que me asustan —afirmó Reyles—. Y la que más, la posibilidad de que un día triunféis. Todo, todo lo hacéis así: no beber, joder lo imprescindible para no desaparecer del mapa, atracar sin excesos... ¡Sois unos perfectos imbéciles!

—La Idea... —intentó argumentar Durruti.

—¡La Idea! ¡La Idea de los cojones! ¿Dónde carajo se ha visto que un ladrón se dé por satisfecho y se largue de un banco sin abrir la caja fuerte? ¡Ninguna persona con sentido común entendería eso!

Habían entrado en una calle desierta, con terrenos baldíos a ambos lados y casas en construcción en las esquinas. Reyles frenó.

—Repartid el dinero. Quiero siete partes iguales.

—Ahora te interesa el dinero —protestó Ascaso—. Vas a faltar a tu palabra.

—Haz siete partes y calla —resolvió Durruti.

Hicieron siete montones idénticos en el suelo del automóvil, entre los pies de los que viajaban detrás.

—Ya está —anunció Beckman.

—Muy bien. Matías, coge lo tuyo —ordenó Reyles—. Y tú, Jacobo, coge el doble: una parte es para tu gente. El resto es vuestro —dijo, mirando a Durruti.

—Gracias —dijo Beckman.

—¿Quién es tu gente? —averiguó Ascaso.

—Los comunistas —sonrió Beckman.

—¡Nos haces una judiada! —protestó Jover.

—No te imaginas hasta qué punto —dijo Reyles—. Ahora, bajad. Si camináis en línea recta un par de kilómetros, llegaréis a la casa.

—¡Quién sabe! —dudó Ascaso, inclinándose para recoger una de las carabinas.

—Las armas no son vuestras —señaló Reyles—. Ni mías...

—¿No? —se sorprendió Jover.

—Me las prestó el Gallego Julio.

—Estás completamente loco —acusó Durruti al dejar el coche.

—Quizá —reconoció Reyles.

Arrancó y se alejó sin mirar atrás.

Cinco manzanas más allá, empezó a hablar de otra cosa.

—El viernes —dijo—, dentro de tres días, empieza el cruce del Atlántico.

—Despegan de Moguer —comentó Beckman.

—¡El *Plus Ultra*! Finalmente, los españoles nos decidimos a hacer algo.

—¿Los españoles? —se burló Beckman—. Que yo sepa, vos no tenés nada que ver en esto. El que vuela es un muchacho que se llama Ramón Franco.

—Tienes razón.

—Llegan a Buenos Aires el 10 de febrero.

—Iré a esperarles.

—Va a ir todo el mundo.

Guardaron el coche en un garaje del centro, cubriendo las carabinas con una lona blanca, y fueron a comer.

[79.

—Sospecho que ningún otro héroe tuvo en Buenos Aires la acogida de los hombres del Plus Ultra*: Ramón Franco, Juan Manuel Durán, que era marino, y Pablo Rada, el mecánico. Además de la hazaña, estaba el hecho de que Franco fuese gallego.*

—Siempre te cayó bien.

—Si su hermano no le hubiese hecho matar, otro sería el gallo que nos cantara.

—¿Tan importante?

—Tanto.

—¿Tu padre también le admiraba?

—Sí. Y mi abuelo. Y mi abuela Gloria, aunque ella decía que el más guapo de la tripulación era Rada.

—Hablaron mucho de aquel acontecimiento.

—Fue el más importante de aquel año, y del siguiente... Hasta las elecciones. Hasta la reelección de Yrigoyen, democrática, masiva, real e inútil. Cuando los militares, con Uriburu al frente, le derrocaron, sólo dos años después, todo dios le odiaba. El fascismo es una enfermedad feroz. El tiempo de incubación se ignora: años, décadas, quién sabe... Y cuando se revela, es tarde, el cuerpo está podrido, el alma está podrida y no hay remedio. El golpe del treinta fue el comienzo.

—No ha acabado.

—No. Es cierto que hubo anuncios del mal, inclusive más allá del universo estrictamente político...

—¿A qué te refieres?

—Es fama que, poco antes de hacerse cargo de la presidencia, su segunda presidencia, Yrigoyen fue a ver a la Madre María. No ha de haber esperado como los demás. Yo me empeño en imaginar que le recibió durante la noche... El caso es que, por lo que se sabe, la mujer le recomendó no asumir el gobierno y le auguró desgracias. Yrigoyen se marchó y, como es de público dominio, desoyó el consejo. Ella, por su parte, anunció casi inmediatamente su propia desaparición. «Hijos queridos», dijo a sus discípulos a mediados del veintiocho, «me voy junto a

Dios, no me lloréis.» A partir de ese momento, se encerró a esperar su hora, que le llegó el 2 de octubre, diez días antes de la ceremonia de investidura de Yrigoyen...

—¡Joder! ¿Y Gardel, a todo esto?

—Él estaba ligado a los enemigos de Yrigoyen..., los conservadores, que terminaron apoyando el golpe de Uriburu. Se había marchado un año atrás. Gracias a sus relaciones con la mafia sarda, consiguió debutar en París, el 2 de octubre, en el cabaret Florida, mientras la Madre María pasaba a mejor vida en Buenos Aires. Coincidencias... Es la época más lamentable de su vida: cantaba para los argentinos ricos, y se jugaba todo lo que ganaba. Y parte de lo que no ganaba. En el Casino Mediterráneo de Niza, el mismo en que conoció a Chaplin..., hay una foto de los dos, encantadora..., en el mismo casino, encontró a Sally Wakefield, la viuda del señor Craven, célebre fabricante de cigarrillos. Era una mujer muy fea, el propio Gardel se refería a ella como «el bagayo», pero eso no le impidió chulearla. Ella le financió las películas filmadas en Joinville, y las de los Estados Unidos, y le regaló un Rolls Royce. La Paramount jamás invirtió un céntimo en Gardel. La Wakefield pagaba, y ellos distribuían y participaban de los beneficios. Otras novelas, al margen de la novela.

—Tu abuelo sabía todo esto.

—Sí. Nunca dejó de tener noticias de él.

—¿Y tu padre?

—A través de Ramón.

—¿Qué hizo después de lo de Durruti?

—En el veintinueve, todo cambió. Yo estoy convencido de que él se metía en esas cosas para demostrar algo. Pero la época era dura y él era consciente de sus propios límites.]

80. Final de juego

> Precisaba a alguien de confianza, ¿sabés? ...dicen que al gobierno le quedan pocos días.
>
> Héctor Lastra, *La boca de la ballena*

Había augurios en el aire de la ciudad. Antonio Reyles se despertaba de pronto en medio de la noche, sudado y con frío, y encendía la luz para contemplar el rostro de Susana. Se sentaba a fumar en una silla, junto a la cama, y esperaba la llegada del día, inquieto, considerando el orden de la existencia y la fugacidad del tiempo. Llevaban cuatro años juntos, y parecía evidente que, por la razón que fuese, no iban a tener hijos.

Un día, decidió que lo mejor que podían hacer era casarse. Antonio Reyles estimaba, y no sin fundamento, que cuatro años era prueba sobrada para dar ese paso. Lo propuso y Susana aceptó, pero no fijaron fecha.

Fue la mañana en que Ruggierito se presentó en el piso de Libertad y Juncal. Nunca había estado allí, ni Reyles le había invitado. Su vida con Susana Foucault era cosa particular, y Juan Ruggiero pertenecía al mundo exterior, el de los negocios.

Reyles, en bata, abrió la puerta. El visitante se veía demasiado alterado para impedirle la entrada, decirle que esperase en el café, que no podía recibirle en aquel momento. Tenía los ojos llorosos y los dientes apretados.

—Buenos días —dijo.

—Buenos días —respondió Reyles, disimulando su sorpresa.

—¿Puedo pasar?

—Claro —le señaló un sillón—. Ponte cómodo, que enseguida estaré contigo.

Reyles se apresuró a advertir a Susana de la llegada de Ruggierito. Prefería mantenerla apartada de esa relación: ella era su lado débil, y sabía que ante gente como aquélla no había que exponer lados débiles.

Regresó a la sala principal y ofreció de beber.

Ruggierito empezó a hablar después de la segunda copa, con los ojos más serenos y la voz más limpia.

—Vos sos amigo de Julio —dijo.

—Hay amigos y amigos —apuntó Reyles, que había acercado una silla y se había acomodado delante de él.

—Lo ves —insistió Ruggiero.

—Más a menudo que a ti.

—A eso me refiero. Y sabés cómo encontrarlo.

—Tú también.

—Sí, pero no voy a ir a su casa... Quiero que le digas una cosa de mi parte.

—Yo no soy mensajero de nadie, Juan... Puedo hacer un favor, si se me pide con buenas razones. ¿Qué ocurre hoy entre el Gallego y tú que no haya ocurrido hace unos años?

—Anoche nos atacaron.

—No es la primera vez.

—No te confundas, Antonio. No fue como lo de Suárez, que peleó de frente. Nos lo dejó tullido a Cambón, pero él se llevó sesenta tiros en la barriga.

—¿Cómo fue? —averiguó Reyles.

—Por sorpresa, en la calle, de noche y con Winchester... —explicó Ruggierito.

—¡Coño!

—Me dieron —se abrió la chaqueta y la camisa, y mostró a Reyles un vendaje que le cruzaba el pecho—. Y esto no es nada. Mataron a mi tío. El hermano de mi viejo, ¿te das cuenta? No hacía falta.

—¿Fue Julio?

—No personalmente. No estaba ahí. Pero eran hombres suyos.

—¿Qué quieres que le diga? —cedió Reyles.

—Que lo voy a matar. Cuando menos se lo espere, como hicieron con mi tío anoche. No va a haber más aviso que éste. Puede pasar un mes, dos meses... Puede ser mañana. Pero lo voy a matar. En esto, la política no tiene nada que ver. Si fuera por eso, no me ocuparía de él, que se va a acabar dentro de poco, cuando se acabe Yrigoyen... Esto es una cuestión de familia.

—Ya. Se lo diré —prometió Reyles, poniéndose de pie.

Ruggierito le imitó.

—Hoy, por favor, Antonio —pidió—. A lo mejor lo mato esta misma noche, y quiero que esté preparado.

Se detuvo un instante junto a la puerta, mirando el suelo. Tal vez hubiese deseado añadir algo, pero no lo hizo. Reyles abrió y le dejó pasar.

—Chau —dijo Ruggierito.

Reyles no respondió. Cerró y fue a reunirse con Susana, que había vuelto a acostarse.

—Se terminó el Casino Madrid —anunció—. Es una buena noticia...

—Dada así, es una noticia de mierda —refutó Susana.

—Está bien, está bien, de acuerdo, es una noticia de mierda. Pero hay que vivir con ella.

—Vení, pará de caminar por ahí y contame qué pasa.

—El Gallego Julio se cargó a un tío de Ruggierito, y Ruggierito se va a cargar a Julio. Ha venido a pedirme que le avisara.

—¿Y aceptaste? Estás chiflado.

—Estoy en medio de los dos, Susana. Por eso cerraré el casino. Por salirme de en medio.

—Pero vas a ir y contarle a Julio lo que ese tipo te mandó contar.

—Julio me ha dado pruebas de lealtad en más de una ocasión. Vamos a suponer por un momento que Ruggierito me hubiese dicho que se proponía asesinarle, y me hubiese pedido la mayor reserva al respecto. ¿Qué crees que haría yo en ese caso?

—Irías a avisarle... Comprendo.

—El resultado será el mismo: Julio morirá, está condenado, pero al menos se hará la ilusión de poder defenderse.

Reyles se quitó la bata y empezó a vestirse.

—¿Voy con vos? —dudó Susana.

—Hoy, no —decidió él.

Se despidieron con un beso leve en los labios.

Antes de ir a ver a Julio Valea, Reyles fue a conversar con Madame Jeanne.

Giovanna Ritana vivía ahora en las inmediaciones de la Recoleta, en una casa de dos plantas, rodeada de gatos. Los gatos, pensó Reyles, revelan la edad de las putas como los anillos la de un árbol: tantos gatos, tantos años.

Le recibió en la cocina, despeinada y ojerosa, preparando café. Era obvio que ignoraba los hechos de la noche anterior.

—¿Te interesa comprar mi parte en el casino, Juana? —propuso, sin fe, Reyles.

—¿Por qué? ¿Pensás irte a España?

—Aún no sé qué haré después, pero eso quiero dejarlo.

—¿Cuánto pedís?

—Escucho tu oferta.

—¿Y si no quiero comprar?

—Lo dejo, de todos modos.

—¿Cuándo?

—Hoy.

—Esperá, esperá, ¿qué te agarró?

—La prisa.

—Puedo darte treinta mil pesos. Pero sólo si aguantás una semana, hasta que yo consiga alguien que se encargue.

—Una semana —la comprometió Reyles—. Ni un día más. Y el dinero, ahora mismo.

—¿Tenés miedo de que Ruggierito y Julio se te den vuelta?

—Quizás.

—A mí, eso no me importa, Antonio. Esos muchachos están a punto de irse al carajo. En cuanto saquen a Yrigoyen de la Rosada a patadas en el culo, ellos se acaban.

Por segunda vez en la mañana, Reyles oía una profecía semejante. Y quienes la hacían, pese a sus diferencias, parecían convencidos de que la caída de Yrigoyen sería también la de sus propios enemigos personales, y hasta de sus fantasmas y sus miedos. Esperaban un nuevo orden para tener el monopolio de la corrupción, esta vez cedido francamente por el Estado. Esperaban un poder por el que no hubiese que luchar constantemente a brazo partido, un poder indiscutible.

—No tengo ganas de seguir apostando, Juana —dijo Reyles—. Si el negocio te va bien, es tuyo.

—Después, no lo lamentes.

—No te preocupes por mí —concedió Reyles.

Julio Valea acudió a la llamada de Reyles inmediatamente. Se encontraron en un café de la calle Corrientes, cerca del bajo. Julio cogió a Reyles por el brazo y le condujo hacia la mesa más apartada, invisible desde la calle y próxima a la puerta de los servicios. Un par de matones se acodó en el mostrador.

Fuera, en el coche, habían quedado dos hombres más. Las precauciones, sin embargo, no eran suficientes.

—Hace un rato, se presentó Ruggierito en mi casa —dijo Reyles, en tono confidencial, sosteniendo la mirada de Julio.

—Entonces, te contó.

—Su versión. Me interesa la tuya.

—Hace una semana, ellos asaltaron un comité nuestro. Nos tocaba a nosotros. Lo de siempre, rutina. Sólo que reventamos a un intocable.

—Un tío de Juan.

—Ya sé. Yo lo conocía. Era un buen tipo.

—La rutina se ha ido al carajo, Julio. Ruggierito me ha pedido que te dijera que te va a matar.

—Y, si no lo mato antes yo, lo va a hacer. Aunque, si Yrigoyen cae a tiempo...

—¿También tú esperas la caída de Yrigoyen? Pero si trabajas desde siempre para él...

—Para él, no. Para el partido. El Peludo no es el partido... Mirá, Antonio, entre los radicales hay gente que está hasta las pelotas del viejo. Es un blando, las cosas le pasan por delante y no las ve... Acá, lo que hace falta es una mano dura, que ponga orden de veras.

—¿Tú crees que una situación así te beneficiaría?

—Claro.

—Yo no estaría tan seguro, pero tú sabrás lo que haces.

Julio Valea sonrió. Pensaba que, entre ir al entierro de Ruggierito o al del Gallego Julio, Reyles preferiría lo primero. Los dos saldrían en los diarios. Un título grande en *Crítica*. Lástima no poder estar para ver a quién le daban más espacio.

—Me voy, Antonio —dijo, poniéndose de pie—. No, no te levantes —le contuvo con un gesto—. Mejor esperás un poco para irte. Y no te preocupes, sé cuidarme. Y si fallo... bueno, yo ya sabía que las cosas eran así desde el principio, cuando andaba por ahí con Juan, pegando carteles.

Reyles guardó silencio. Le miró alejarse con las manos metidas en los bolsillos, convocar a sus hombres con un movimiento leve de la cabeza, dejarse caer en el asiento trasero de su automóvil.

Subió andando por Sarmiento hasta Paso. Tal vez no encontrase a Jacobo Beckman en su casa, pero no tenía nada mejor que hacer: Susana se habría reunido con Matías y Jeved Glasberg. Se proponía escribir su historia. Albert Londres, un periodista francés que había visitado Buenos Aires en el veinticinco, en busca de información sobre la trata de blancas, hacía publicar sus artículos en París. Era una forma de vivir.

Beckman estaba pegado a la estufa, leyendo y subrayando un libro de Antonio Labriola sobre el materialismo histórico. Reyles desenvolvió la botella de ginebra que había comprado en el camino, lavó dos vasos, los llenó y los puso sobre la mesa atiborrada de papeles con notas.

—¿Puedes explicarme qué coño está pasando en este país? —preguntó Reyles, sentándose delante de su amigo.

Beckman apartó el libro y se frotó los ojos.

—Era hora de que te dieras cuenta —dijo.

—Ya.

—Acá pasa lo mismo que en el resto del mundo. En Italia pasó en el veintidós, con los fascistas. En Alemania está pasando ahora mismo con los nacionalsocialistas de Hitler. Van a seguir Inglaterra, Francia, España... No sé cómo, pero lo que viene es la dictadura abierta de la reacción.

—¿Hay que defender a Yrigoyen, Jacobo?

—Es un demócrata burgués, y la democracia burguesa es menos mala que la dictadura. De ahí a defenderlo...

—Tú tampoco, por lo que veo. ¿Acaso te beneficiaría en algo el que él se marchara?

—¿Beneficiarme? Al contrario: todo iría peor para todos. Aunque, a lo mejor, eso es lo más conveniente. Que todo vaya peor para que el cambio revolucionario sea imprescindible. Acelerar la historia.

—Estupendo, estupendo, Jacobo. Ahora, dime lo que piensas tú.

—Lo que te acabo de decir.

—No, no. Tú sientes otras cosas. No deseas que todo vaya peor, eso lo sé. Y no deseas que Yrigoyen caiga.

—¡El deseo, el deseo! Con el deseo no se arregla nada, Antonio. El realismo es la clave.

—Lo real es que la gente, toda la gente, y más cuando es mucha, es una mierda.

Beckman dio un sorbo largo a su ginebra y se aclaró la garganta.

—Es cierto... —reconoció—. Pero si lo aceptamos como principio, vamos jodidos. Nos pasamos al otro lado. Mirá, Antonio: el progreso existe. No sé por qué se produce, y los libros, por inteligentes que sean, por científicos que sean, no me lo explican. Pero existe. Y sé que si se deja de creer en él, desaparece. Marx dice que hasta ahora lo ha hecho la gente, poniendo en la tarea lo peor de su alma: los intereses. También dice que desde ahora, porque él lo autoriza, podrá hacerlo, si quiere, con lo mejor de su alma, que es, según él, la comprensión objetiva que cada uno tenga de sus intereses. Me huelo que es una trampa, una falacia. Él sabía que el progreso era una cuestión de fe: existe si se cree en él. A mí me importa el progreso, quiero vivirlo, gozarlo. Y para eso, tengo que hacer progresar a los demás, me gusten o no me gusten. A algunos habrá que amarlos aunque sean unos monstruos, a otros habrá que matarlos aunque sean fantásticos. Educarlos, a todos. Aunque sospecho que para eso habrá que esperar, porque estos hijos de puta, los hijos de puta de acá tanto como los de allá, nos van a meter en una guerra.

—¿Y si hay una guerra?

—No será como la del 14. No habrá neutralidad posible. El progreso se enfrentará a la oscuridad. Tendremos que pelear. Eso sí: no hay por qué empezar primero. Que lo hagan ellos, que nos metan ellos en la mierda. Hasta entonces, mejor nos preparamos.

—Avísame con tiempo —pidió Reyles—. Yo no necesito razonar la justicia.

—Ya sé. Hace rato que te conozco —dijo Beckman—. Pero igual la razonás. Viniste por eso, ¿no?

—Sí.

—Quedate tranquilo. A vos no te va a pasar nada con el fascismo... No te vas a dejar tentar. Los que tienen alma... es como si estuvieran vacunados.

—Gracias. ¿Te vienes conmigo?

—¿Adónde?

—A buscar a Susana y a cenar.

—Si esperás que me duche.

Cenaron en una parrilla de la calle Montevideo.

La sentencia de Julio Valea se cumplió al cabo de tres meses de haber sido dictada, un domingo de octubre, a la luz del sol de un mediodía primaveral y ante cientos de testigos.

El hipódromo de Palermo estaba abarrotado. El Gallego, que suponía que la muchedumbre era buen refugio para los perseguidos, fue a ver correr a un caballo de su propiedad, que respondía al ominoso nombre de Invernal. Reyles comentó después que, de haber conocido ese dato, él le hubiese recomendado no ir. Pero se enteró cuando Julio llevaba varias horas muerto.

Valea era fiel a sus hábitos. Se instaló, para mirar la carrera, en el sitio en que solía hacerlo, cerca de la línea de largada, dando la espalda al bosque que rodeaba el hipódromo, y que comenzaba a menos de veinte metros de las vallas. Desde allí, desde algún lugar entre los árboles, un hombre disparó contra él. Un hombre, excelente tirador. Un solo hombre, al que otros aguardaban en un coche. Un hombre al que nadie volvió a ver.

Ni la caída de Yrigoyen, ni el general Uriburu, hubiesen salvado al Gallego Julio.

81. El caso Migdal

> Entre nosotras hay veintidós católicas, más o menos practicantes, cuatro judías, dos protestantes y una ortodoxa griega.
>
> Alicia Steimberg, *Su espíritu inocente*

Las noticias con las que, para él, empezó el año treinta, impulsaron a Matías Glasberg a reunir a sus amigos. Desde la redacción del *Diario Israelita*, llamó a Reyles y a Ramón. Quedaron para el atardecer del caluroso 7 de febrero, un viernes, en la casa de Susana Foucault. Él buscaría a Jacobo Beckman, que no tenía teléfono.

A las ocho, Susana abrió una de las botellas de vino que el propio Glasberg había llevado, lo sirvió y aguardó a que él propusiera el brindis.

—Por el caso Migdal —dijo Matías.

Ramón, distraído, hizo sonar su copa contra la de Glasberg y bebió. Fue el único.

—¿Qué dijiste? —quiso asegurarse Beckman.

—Propuse un brindis por el caso Migdal —confirmó Glasberg—. Hace quince días, el juez Rodríguez Ocampo aceptó una denuncia...

—Eso ya lo sabíamos... —interrumpió Susana—. Lo publicaron todos los diarios.

—Sí, sí —siguió Glasberg—, y ahora se ve que aquello reventó... Resulta que el día de fin de año, una mujer fue a la comisaría a pedir que la sacaran de los registros, que ya no quería figurar de puta. Había trabajado seis años en un quilombo del Abasto, y había ahorrado. Iba a poner un boliche en el centro y tenía miedo de que los cafishios le hicieran la vida imposible..., ya se sabe, anónimos a los vecinos, escándalos... Pasaron unos días y volvió con un tipo. Y se casó con él en la seccional. También hubo boda religiosa, con rabino, en sinagoga... Y el 30 de enero apareció otra vez, diciendo que la apuntaran de nuevo para el oficio. Por una cosa o por otra, el juez Ocampo empezó a hacer preguntas...

Se interrumpió, disfrutando de la atención del grupo.

—¿Y? —le apremió Reyles.

—Que el novio era más conocido que Yrigoyen. Se llama Korn y es de la Migdal... ¿y a qué no adivinan cómo lo llaman los otros cafishios? —nadie intentó adivinar—. ¿Se dan por vencidos? —silencio—. ¡Nada menos que el Bolchevique! ¡El Bolchevique! Así lo llaman.

—¡Extraordinario! —comentó Beckman.

—¿Te das cuenta? Además, estaba complicada la policía... Bueno, la cosa es que Rodríguez Ocampo hizo allanar la sinagoga de Córdoba, que era donde la sociedad atendía sus asuntos, y se lo llevó todo: libros de contabilidad, cartas, todo... Ya abrió proceso por asociación ilícita a más de cuatrocientos tipos. ¡Mi madre, la que se va a armar!

—¿Sí? —Beckman levantó las cejas y le observó con asombro.

—Claro —dijo Glasberg.

—Cuatrocientos... —consideró Beckman—. ¿Judíos?

—Claro —repitió Glasberg.

Beckman dejó caer las manos y recorrió los rostros de los presentes con los ojos muy abiertos.

—Este tipo está loco —dijo sin dirigirse a nadie en particular—. Nunca pensé que fueras tan ignorante, Matías.

—¿Por qué me decís eso? Yo no te ofendí...

—Los boludos ofenden siempre... Y vos sos un boludo. Si no, no te pondrías contento con esas infamias.

—¿Vos no creés que hay que acabar con eso, con la prostitución, la explotación...?

—Sí, sí. Lo que no veo es la relación de eso con lo que acabás de contar.

—Un juez, un tipo decente —argumentó Glasberg—, va a hacer lo que nosotros no pudimos o no supimos hacer...

—No sigas, Matías, no sigas, por favor... —Beckman le detuvo con un gesto—. Dentro de un segundo vas a decir que lo que hace falta para arreglar este país es una mano dura. Y prefiero no oírtelo.

—¡No es para tanto! —protestó Glasberg.

Susana quiso pronunciarse, pero Reyles la contuvo con un ademán.

—Deja a Jacobo —murmuró.

—¿Que no es para tanto? —admiró Beckman—. Vos sos judío, Matías. Y para un judío, equivocarse puede ser mortal. Decime, ¿vos sabés dónde paran los cafishios franceses?

—En la librería francesa de Cerrito...

—Si vos lo sabés, tu famoso juez también lo sabe, ¿no?

—Debe saberlo...

—¿Procesó a alguno? ¿Hay algún francés preso? ¿Allanó la librería, se llevó los papeles?

—No.

—¿Por qué será? ¿Los cafishios franchutes son mejores? ¿Les pegan menos a las mujeres?

—No.

—¿Entonces? ¿Por qué le preocupará más nuestra moral? ¿Sabés que los tipos que quieren echar a Yrigoyen, los que quieren mano dura y decencia, son los mismos que salían a cazar rusos? ¿No te acordás de la caza del ruso?

La voz de Beckman se iba crispando más y más, según hablaba.

—¿No sabés lo que es la Liga Patriótica? —continuó—. ¿Y Barceló? —tomó a Glasberg por los hombros—. ¿Sabés quién es Barceló, Matías? Está con los que vos considerás decentes, pero les dio el cementerio a los rufianes. ¿Por qué lo habrá hecho? ¿Porque nos ama? —dijo lo último con tristeza, apartándose de su amigo para ir a sentarse a un sofá—. ¡Qué boludo!

—Perdoná —dijo Glasberg.

—¡Encima eso! ¡Perdoná! —gritó Beckman, cogiendo su copa de vino y arrojándola al suelo a la vez que se ponía de pie—. Andá a brindar con tu abuela —terminó, mirando al otro a los ojos.

—No sé quién era mi abuela, Jacobo —recordó Glasberg con dulzura, sosteniendo la mirada—. No tengo abuela.

Beckman se ruborizó.

—¡Carajo! —dijo, antes de que empezaran a caerle las lágrimas.

—Está bien —dijo Glasberg—. A lo mejor, tenés razón. Bah, seguro que tenés razón. La cagué.

Susana se levantó y se acercó a ellos. Con un pie, hizo a un lado la copa rota de Beckman. Fue a buscar otra al aparador, las llenó todas y las ofreció sin ningún comentario, como si nada hubiese ocurrido.

Ella propuso el brindis a Glasberg.

—Por Jeved —dijo.

—Que el ejército y la gente de orden nos cojan confesados —deseó Ramón.

82. Ejército y gente de orden

> Poco después nos encontraríamos extrañados ante un mundo totalmente nuevo.
>
> J. J. Sebreli, *Las señales de la memoria*

Con la notable excepción del presidente de la república, nadie ignoraba en Buenos Aires el destino del presidente de la república, ni el de la república misma. Más aún: la inmensísima mayoría de los argentinos tenía sus mejores esperanzas puestas en el golpe de Estado que, finalmente, el 6 de septiembre de 1930, llevó al gobierno al general José Félix Uriburu.

Dos días antes, Ramón Díaz recibió una llamada telefónica, por la que se le convocaba a una mansión en la zona norte de Buenos Aires. Prefiriendo no acudir solo a la cita, pidió a Antonio Reyles que le acompañase.

Se pusieron en camino a media tarde, en el coche de Ramón.

—¿Adónde vamos? —preguntó Reyles, sentándose al volante.

—¿Recuerdas a Furio Galecki?

—¡Por Dios! ¿Más rufianes?

—Éste ya no lo es. Ahora es un señor, y su pasado yace bajo pilas y pilas de dinero —explicó Ramón.

—Ya. ¿Hemos de ir a verle?

—A su casa de San Isidro.

Reyles arrancó y enfiló en la dirección indicada.

—¿Para qué te ha llamado? —averiguó—. ¿O ni siquiera lo sabes?

—No me ha llamado él, sino su huésped. Carlos Escayola, natural de Tacuarembó, Uruguay. Carlos Gardel.

—¿Está en Buenos Aires? —se sorprendió Reyles.

—No debe de haber muchos que lo sepan. No se anuncian actuaciones suyas...

—Raro, ¿no?

—Veremos muchas cosas raras estos días —pronosticó Ramón.

—¿Cuándo será la fiesta?

—Hoy, mañana...

Reyles apretó el acelerador.

—Será mejor regresar temprano —dijo.

La casa de Galecki, en el alto, se alzaba en medio de un parque. Las ruedas del automóvil hicieron un ruido como de uñas sobre cartón, al entrar en el sendero de grava que llevaba hasta la puerta principal. El hombre que salió a recibirles, con la escopeta bajo el brazo y la gorra de visera calada hasta las cejas, pese a vestir de paisano, se movía con el aire de quien está acostumbrado al uniforme.

—Buenas noches —saludó, levantando el farol de petróleo para ver las caras de los ocupantes del coche—. ¿Don Ramón? —preguntó, después de grabar para siempre en su memoria de perro los rasgos de los recién llegados.

—Sí —dijo Ramón.

—¿Y usted? —le preguntó a Reyles.

—Es un amigo —argumentó Ramón.

—Don Carlos me dijo que venía uno solo.

—Vaya y dígale que he venido con el señor Reyles —ordenó Ramón, entre sencillo y autoritario.

El guardián se rascó la nuca y volvió a mirarles.

—Venga —concluyó—. Vengan los dos.

Le siguieron y se quedaron esperando en el enorme vestíbulo, al pie de la escalera que llevaba a las plantas superiores.

Gardel apareció a los cinco minutos por una puerta lateral.

—¡Muchachos! —articuló, teatral, abriendo los brazos, fingiendo una alegría que había perdido largo tiempo atrás.

—Cómo estás, Carlos —le tranquilizó Ramón, tendiéndole la mano.

Lo mismo hizo Reyles.

Se oyeron risas de mujeres en alguna estancia próxima. Ramón alzó las cejas, interrogativo.

—Putas —resumió Gardel para su curiosidad—. Es que el general... —añadió bajando la voz— está nervioso y necesita compañía.

—¿Qué general? —quiso saber Reyles, en voz aún más queda.

—Uriburu..., ¿quién iba a ser?

—¿Quiere decir que no será hoy?

—No. Mañana o pasado. No sé. A mí no me lo dicen... Pero mejor que no nos quedemos acá. Pasa mucha gente que no quiere que la vean...

Les condujo escaleras arriba, hasta una habitación en que reinaban el desorden y el perfume.

Le temblaban las manos cuando llenó tres copas de coñac.

—¿Cómo está el pibe? —preguntó al entregar las suyas a Ramón y a Reyles.

—¿No le visitarás? —respondió Ramón.

—No puedo. No estoy acá.

—¿Y por qué has venido, si no es por eso?

—Me llamó el general. Voy a grabar un disco con una canción nueva. Él quiere que la cante alguien conocido. *Viva la patria*, se llama.

—Ya veo: el himno —dedujo Reyles.

Gardel tragó su coñac de un sorbo y ofreció cigarrillos ingleses.

—No me dijiste cómo está —insistió al encender el de Ramón.

—Bien. Es un muchacho sano.

—¿Nada más? ¿No me decís nada más?

—Inteligente.

—¿Y la madre? ¿Nené?

—Nunca te importó, Carlos. No empieces a preocuparte ahora, que de ella me hago cargo yo.

—Está bien. Te voy a dar una cosa para ellos. O para vos, no sé...

—Lo que me des, será para ellos. No pienso cobrarte por mi vida.

Gardel se sentó en la cama, se agachó y metió la mano detrás de la cortina de la colcha. Sacó una cartera de piel y se incorporó para alcanzársela a Ramón.

—Hay cincuenta mil pesos. No pude juntar más, che, lo siento.

—Gracias —Ramón cogió la cartera.

Gardel se encogió de hombros.

—¿Todavía tocás el bandoneón, Ramón? —sonrió.

—No. Hace mucho que no.

Conversaron unos minutos más, sin nostalgia.

Gardel bajó con ellos y les cerró las puertas del coche.

En la salida del parque había ahora dos soldados.

El día 6, al anochecer, en un café Tortoni que sólo abría para los muy conocidos la puerta de la calle Rivadavia, Ramón Díaz y Antonio Reyles se reunieron con Jacobo Beckman, que llegó agitado y conmovido.

—¡Qué época de mierda nos tocó! —protestó, bebiéndose la ginebra de Reyles—. Acabo de ver una cosa —se secó la boca con el dorso de la mano— que le congela el corazón a cualquiera... Vengo caminando del sur y cuando llego a Brasil me da por desviarme para ir a ver la casa de Yrigoyen. ¿Y saben qué? Como quinientos hijos de puta juntos, mirando para arriba y vociferando como animales, esperando algo... Yo también me pongo a mirar y, en una de ésas, ¡zas!, una mesita, y al rato, ¡zas!, una escupidera... ¡Todos los muebles, viejo, todos! Lo dejaron en bolas al pobre hombre. ¡Como si tuviera mucho! ¡Ladrón!, le gritaban. Un colchón que daba lástima, hasta pulgas debía de tener...

—¿Hay mucha gente por la calle? —preguntó Reyles.

—Suelta, no —dijo Beckman—. Pero en cualquier lado te aparece un grupo grande, doscientos, trescientos monos, chillando cosas contra Yrigoyen. ¡Como si no lo hubieran votado!

—Vamos a echar una mirada —propuso Ramón—. ¿Estás muy cansado, Jacobo?

—No. Estoy con bronca. Cansado voy a estar después.

Subieron por la Avenida de Mayo hacia el Congreso.

Las aceras estaban desiertas. De tanto en tanto, surgía alguien de alguna transversal y corría a refugiarse en un zaguán. Había cafés abiertos, llenos de gente. Se detuvieron un momento en la entrada de uno de ellos, para oír la radio. Los parroquianos, atentos a las noticias, guardaban silencios de algunos segundos. Un locutor dijo que los cadetes del Colegio Militar avanzaban hacia la casa de gobierno, y que una multitud entusiasmada les rodeaba y les seguía. Uno de los que escuchaban soltó, con voz ronca, un «¡Abajo Yrigoyen! ¡Viva el general Uriburu!». Los demás aceptaron la consigna, subrayando el «¡Viva!»

—¡La madre que los parió! —murmuró Ramón.

Siguieron andando. Oyeron la manifestación antes de verla.

Los cadetes del Colegio Militar habían recorrido Callao y ahora se dirigían a la Plaza de Mayo por la Avenida. Miles de personas se les habían sumado para el momento en que, cerca de la esquina de Salta, Ramón, Reyles y Beckman pudieron distinguir los rostros crispados de los que encabezaban el bárbaro desfile. Sabían que el presidente derrocado era el objeto de sus consignas, pero era imposible saber qué decía ese coro ensordecedor.

—Miren —invitó Beckman—. Hace dos años, ochocientos mil tipos de éstos lo eligieron... ¡Increíble!

—Vamos a salir por Salta —decidió Reyles, apretando el paso.

Cuando llegaron a la esquina, la muchedumbre se encontraba a menos de treinta metros. Fue el momento en que se abrió la puerta de la ochava del café La Toja y un hombre salió corriendo hacia el centro de la calzada. Se detuvo delante de la primera línea de la columna.

—¡Viva... Hipólito Yrigoyen! —gritó, levantando el puño derecho y agitándolo en el aire.

Hubo un instante de silencio, de desconcierto.

—¡Viva Hipólito Yrigoyen! —volvió a gritar el hombre.

No logró repetirlo. Nueve o diez energúmenos se echaron sobre él y le derribaron. Reyles dio un paso adelante y Ramón le puso una mano en el hombro, deteniéndole.

—Ni se te ocurra moverte —dijo.

Hubieron de contemplar en silencio, remordiéndose, cómo, los mismos que le habían echado al suelo, golpeaban al anónimo héroe civil, para abandonarle luego a los pies inclementes de la masa. No menos de diez mil individuos pasaron por el lugar, en apretada formación. A la media hora, en la calzada solitaria, Reyles se acercó a aquel montón de carne maltratada. Respiraba. Gemía.

—Ramón —pidió—. Ve a buscar el coche. ¿Lo tienes lejos?

—En Cangallo y Libertad.

—No tardes, por favor.

A sus cincuenta y cinco años, y habiendo fumado siempre, Ramón no se sentía en condiciones de disputar una carrera, pero echó a correr con todas sus fuerzas.

Reyles revisó los bolsillos del herido. Tenía una cartera con unos pocos pesos y un documento de identidad. Miró el nombre.

—Alberto Orqueira —dijo—. Recuerda ese nombre, Jacobo.

—Podés estar seguro de que no me voy a olvidar —dijo Beckman.

Ramón tardó menos de diez minutos. Detuvo el coche junto a ellos.

Cargaron el cuerpo de Orqueira en el asiento trasero.

—¿Le llevamos a la Asistencia? —dudó Ramón.

—Ni muerto —se opuso Reyles.

—Hay un médico del partido en Villa Crespo que es muy amigo mío —recordó Beckman.

—¿Cómo se llega?

—Por Sarmiento.

Orqueira, inconsciente, se quejaba. El cuero del tapiz no absorbía la sangre.

Juan Ruggiero fue a pasar la noche del 6 de septiembre en casa de su amante.

—¿Estás contento? —preguntó ella al verle.

—No sé, Elisa. No sé.

—Yo creía que estabas esperando a Uriburu.

—Barceló lo esperaba. ¡Andá a saber lo que va a pasar ahora!

83. Las ratas

> En esta confusión se produjeron toda clase de fraudes, pujas y trampas.
>
> Manuel Peyrou, *El estruendo de las rosas*

El orden sustituyó al desorden. Un orden sin huelgas, con ley marcial y estado de sitio, con deportaciones, intervención militar de los sindicatos, expulsiones de la universidad y torturas a presos políticos.

Beckman pasó una tarde por la redacción del *Diario Israelita*. Hacía un calor intolerable. Se proponía conversar con Matías Glasberg, como era acostumbrado entre ellos, sobre la situación general del país y del mundo. Las amistades que no se habían consolidado ante el nuevo estado de cosas, se habían perdido. Nadie quería hablar de nada si el interlocutor no ofrecía la mayor confianza.

Beckman se quitó la chaqueta y se sentó frente a Glasberg, en medio de aquella enorme sala, mal iluminada con brumosas lámparas de techo, con paredes grises, sucias y cubiertas de recortes de prensa sujetos con chinchetas.

—Mirá —dijo Glasberg, recorriendo con un dedo unas marcas viejas, ya gastadas, hechas en su día con un cortaplumas.

—¿Qué? —preguntó Beckman.

—La fecha.

A duras penas consiguió Beckman descifrar el oscuro grabado: leyó una fecha, 7/2/30, y consultó a Glasberg con la mirada.

—¿Sabés qué día fue el siete de febrero?

—Ni idea —confesó Beckman.

—El día que nos peleamos, ¿te acordás? Me dijiste muchas cosas...

Beckman apartó el recuerdo con la mano.

—¿Para qué acordarse de eso? —dijo—. Dejalo así.

—No, no. Va a hacer un año. La semana que viene. Y tengo algo que decirte, Jacobo. ¡Tenías tanta razón!

Beckman puso atención. La ingenuidad de Glasberg le conmovía tanto como le irritaba, y sabía que esas manifestaciones de arrepentimiento, las más veces, estaban ligadas a informaciones que su amigo era capaz de reunir y de transmitir, pero no de valorar con precisión.

—¿Sí? —dijo—. ¿Por qué?

—Si no querés acordarte...

—Está bien, sí, quiero.

—Bueno, está el juez... Vos dirás lo que quieras, pero él no tiene la culpa de estar en el medio de una campaña antisemita. Se deshicieron de él. De Rodríguez Ocampo.

—¿Cómo?

—Vas a ver. Él mandó detener a un montón de cafishios..., todos los que figuraban en los papeles de la sociedad.

—Como cuatrocientos, si no me equivoco.

—Justo —confirmó Glasberg—. Cuatrocientos cuarenta y dos. Lo que pasa es que la policía no quiso colaborar con él. Estaban corrompidos, recibían guita, qué sé yo. No toda la policía, claro. Algunos, de los de Investigaciones, estaban con el juez. Ésos fueron los que metieron adentro a unos cuantos. Ciento ocho, detuvieron. Ocampo tuvo las pelotas de dictarles preventiva el 27 de septiembre..., ¿te das cuenta? Después del golpe. Veinte días después del golpe.

—¿Los procesó?

—Por no demostrar medios de vida, por malos tratos a las mujeres, y hasta por contrabando... ¿me seguís?

—Te sigo —le tranquilizó Beckman.

—Para todos, diez años de cárcel y cincuenta mil pesos de multa. A todo esto —y aquí Glasberg hizo un alto para encender con parsimonia un cigarrillo, convencido del interés del otro—, a todo esto —continuó—, abogados y alcahuetes estuvieron laburando por su cuenta. Llegaron a ir a ver al comisario Julio Alsogaray para pedirle que suavizara el trato a los de la Migdal. Si te digo quién fue, no te lo vas a creer...

—Yo me creo cualquier cosa, Matías.

—Hay un tipo, un cafishio que fue famoso y que ahora dicen que se retiró. Un tal Galecki. Ése se fue a ver a Alsogaray con el secretario de la presidencia, de Uriburu.

—¡Carajo! —se sobresaltó Beckman, pensando en la casa de la que le había hablado Reyles—. ¿Cuándo?

—A finales de septiembre. El uno de octubre, presentaron apelación de la sentencia de Rodríguez Ocampo. Eso se supo por la prensa. Lo que no se supo fue que hace tres días...

—¿El veinticinco?

—Veinticinco de enero. El secretario de la Cámara de Apelaciones, el de lo Criminal, avisó al departamento de policía que a los cafishios los iban a poner en libertad porque se revocaba el auto de Rodríguez Ocampo.

—¡Entonces están en la calle!

—No. Lo formalizaron ayer, veintisiete, y salen esta noche, a las doce. De la Penitenciaría.

—¿A las doce? ¿Como si hubieran cumplido condena?

—Igual.

—¿Todos?

—Todos.

—Vamos a verlo —decidió Beckman.

—¿Para qué?

—Vamos a verlo. Con Susana. En auto. En el auto de Ramón.

La antigua Penitenciaría de la calle Las Heras desempeñó sus funciones durante décadas, antes de que un gobierno respetuoso de los intereses de las clases gobernantes considerase que una institución de ese carácter no podía seguir ilustrando un barrio que había llegado a ser de los más ricos de Buenos Aires, y la derribara para dejar lugar a un parque. En noches claras como la de aquel veintiocho de enero, el del treinta y uno, su mole hacía pensar en un castillo en el que morase el mal.

Ramón detuvo el coche a cincuenta metros de la esquina. No estaba permitido estacionar vehículos en la manzana de la prisión. A las doce menos cuarto, no menos de veinte conductores se habían colocado, en doble fila, delante de Ramón. Algunos habían bajado de sus automóviles para estirar las piernas, fumar o cambiar unas palabras con el vecino.

—¿Qué coño pasa aquí? —preguntó Ramón.

—Da una vuelta a la manzana, despacito, mirando las caras de los que esperan —dijo Beckman—. Vos también, Susana, mirá. Y vos, Antonio. A ver si conocen a alguien.

Ramón hizo lo que se le pedía.

—¡Ése! —gritó Susana.

—Bajá la voz —ordenó Beckman—. Acá nadie chilla. ¿Quién era?

—Goldstein, de la Migdal.

—¿Alguno más? —insistió Beckman.

—Conozco a cinco —declaró Reyles—. Todos rufianes. ¿Qué hemos venido a hacer aquí, si se puede saber, Jacobo? ¿Y qué han venido a hacer ellos?

—Nosotros vinimos a presenciar un hecho histórico. Ellos, a actuar para nosotros —expuso Beckman.

Habían completado la vuelta.

—Acá. Pará acá —dijo Beckman—. ¿Ven bien la puerta de la cárcel?

Los demás respondieron afirmativamente.

De pronto, hubo un movimiento general hacia los coches.

Los que habían estado esperando en la calle, se pusieron ante los volantes y encendieron los motores. Se movían en silencio, como en el fondo del mar.

De la prisión empezó a salir gente. Hombres con paquetes o maletas, que miraban al cielo o a los lados antes de ponerse en marcha hacia los automóviles que habían ido a recogerles.

Dos o tres se adelantaron, pero los demás aguardaron a sus colegas, y no dieron un paso hasta que la puerta se cerró tras ellos. Sólo en aquel momento, avanzaron hacia la esquina.

Ciento ocho, pensó Beckman. Parecían muchos más, andando, callados, bajo la luna, hacia las vidas y las muertes del mundo.

—Ya está —dijo Beckman—. Ahora, cuando hasta los bebés de pecho saben que todos los judíos son rufianes, no queda ninguna razón para tener presos a los rufianes judíos, que contribuyen a la riqueza del país haciendo circular el dinero.

—Un hecho histórico —comentó Reyles.

—Una sociedad no puede volver a ser la misma después de una cosa así —concluyó Beckman.

—Eso depende de cómo haya sido antes.

Los rufianes iban ocupando sus lugares en los automóviles, mientras el grupo se hacía cada vez menos numeroso.

Ramón quiso ver partir al último.

—Las ratas —dijo entonces, iniciando su regreso al centro.

Aún no se habían alejado mucho de la Penitenciaría, cuando pisó el freno. Señaló una esquina con el dedo, y todos miraron en esa dirección.

—Allí —contó—, cuando esta calle se llamaba Chavango, estaba La Primera Luz, un almacén. Hace cincuenta años,

Roque, mi padre, se encontró con Ciriaco Maidana en ese sitio. Maidana estaba muerto, pero eso, a Roque, no le importó, y se hicieron amigos. Esa amistad, como todas las grandes amistades, estuvo colmada de dones. Aún gozamos de felicidades nacidas del vínculo entre ellos —hablaba para los demás, pero también hablaba para sí mismo—. Mi padre me dijo un día que Maidana le había enseñado a ver cosas que los demás no veían... —se interrumpió—. Antonio, por favor, dame un cigarrillo... —no continuó hasta haberlo encendido—. La próxima semana, llevaré a mis hijos a vivir en la casa que él compró en aquella época. Está en la calle Alsina. Vosotros no la conocéis, y Gloria sólo vivió en ella un par de meses. Es una buena casa. Dentro de un año, Cangallo 1020 no existirá. Abren una avenida. Corrientes deja de ser una calle angosta. Entuban el arroyo Maldonado, a cuya vera mi padre mató a un hombre para que Ciriaco Maidana conociera la eternidad. Todo eso..., todo eso está muy bien. Lo que lamento, lo que lamento de verdad, es que haya pasado tanto tiempo... No puedo hacerme cargo de los crímenes de los hombres, ya no, estoy muy triste..., ¿me comprendes, Jacobo? Ya sé que tú estás pensando en el progreso, en el sentido del progreso, en la crueldad del progreso. Por eso nos has traído a ver esa desgracia... Yo, en cambio, he entrado en una edad en que sólo se piensa en el tiempo, sin que cuente la dirección en que haya ido la historia.

Calló de pronto y reemprendió el camino.

Nadie hizo el menor comentario.

Al ver sus mejillas mojadas por las lágrimas, Antonio Reyles bajó los ojos.

84. Los símbolos

> Queda muy lindo el mosaico del piso encerado, mientras te esperaba en el zaguán que me abrieras la puerta veía al trasluz que brillaba todo desde el zaguán a la puerta del jol.
>
> Manuel Puig, *La traición de Rita Hayworth*

Durante quince años, Ramón había mantenido la casa de la calle Alsina, a veces por pereza ante la idea de una mudanza, a veces ganado por la idea de que en la vida de un hombre no deben mezclarse el pasado y el futuro, como una suerte de museo. Aunque ya sin recuerdos visibles de ninguno de sus antiguos habitantes, conjurados por un orden distinto, implantado al poco tiempo de su regreso de España, ya en compañía de Gloria, y por los nuevos muebles, él percibía la silenciosa presencia de íntimos fantasmas en los rincones más escondidos. Había querido alejarse de ellos cuando era un hombre sin descendencia. Ahora, sin embargo, preocupado por la edad y padre de dos hijos, deseaba intensamente volver a encontrarlos. La memoria de aquellos a los que había amado constituía un legado sacro para aquellos a los que amaba. Así como el perfume de Gloria había llegado a ser el perfume de todas las mujeres de su vida, el bandoneón de Germán Frisch seguía resumiendo en su ánimo todas las músicas del mundo. Quizá nunca alcanzara a explicar eso a Cosme ni a Consuelo, pero adquirió la convicción de que ellos lo descubrirían entre las paredes de aquellas habitaciones, bajo aquella parra, en las baldosas de aquel patio.

No recibió con agrado la noticia de la apertura de la avenida Nueve de Julio, con las consiguientes expropiaciones. Le molestaba tener que mudarse por decisión ajena. La casa de Cangallo 1020, por otra parte, era la casa en que habían nacido Cosme y Consuelo; aunque ellos estaban vivos y eran la mejor representación de su existencia a que pudiera aspirar. Se trasladaron en marzo de 1931.

Llevó tiempo instalarse, recobrar el control de los documentos que regían la fortuna familiar, situar los libros más recientes entre los que habían dado sentido a su mundo, distribuir en roperos, armarios, aparadores, cómodas, los objetos de lo cotidiano.

Hubiesen podido dar una fiesta de inauguración abierta, de las que, en su época, habían organizado los Posse. Pero en el Buenos Aires triste de la década del treinta, Roque veía en ello una forma de provocación. Se limitaron a invitar a una cena de familia a los amigos más allegados, para el 25 de abril.

Antonio Reyles estaba de pie ante la puerta del apartamento de Jacobo Beckman, con un paquete bajo el brazo.

—¿Conoces una buena costurera? —preguntó.

—Una excelente —respondió Beckman—. En Europa, bordaba vestidos de novia: es una virtuosa con la aguja.

—¿Dónde puedo encontrarla?

—Si esperás que me vista, te hago de guía.

—Muy bien.

La temperatura era agradable en la mañana de otoño. Subieron por la calle Sarmiento hasta Ecuador. Allí, Beckman giró a la izquierda, hacia Cangallo, y Reyles le siguió. Entraron en un conventillo y atravesaron el patio sin detenerse. Llegados al fondo, hubieron de subir una escalera de metal oxidado y llamar a la primera de las cuatro puertas que se abrían a la galería.

Les atendió una mujer que debía de pasar largamente de los setenta, aunque su piel fuese aún tersa, clara y sin manchas. Los olores del conventillo, fundidos en un vaho único que asumía por igual la mierda, el pescado podrido, la carne asada y la salsa de tomate, fueron desplazados por el vaho de limpieza que salió de la habitación: vainilla y sábanas de hilo secadas al sol.

—Masha —la nombró Beckman.

Ella sonrió como una adolescente.

—Hay té —dijo, mirando a los ojos a sus visitantes.

Enseguida se hizo a un lado y señaló la mesa, invitando a entrar.

Reyles dio tres pasos y apoyó una mano sobre el respaldo de una silla. Era una silla de madera de estilo español. Junto a una de las paredes, cerrada, la máquina de coser Singer. Encima, colgado, el retrato de una joven cuyos rasgos recordaban vagamente los de Gloria.

—Es mi hija, Shulamid —explicó Masha, atenta a la inspección de Reyles—. Se casó con un hombre muy inteligente, pero muy loco, que se la llevó a Palestina.

Reyles pasó un dedo por el metal inmaculado del samovar que ocupaba el centro de la mesa.

—Deja tu paquete donde quieras —ofreció Masha.

No había otro sitio que la tapa de la máquina de coser. La cama y lo demás que hubiese en la habitación, estaban detrás de una gran cortina de muro a muro, de gruesos hilos de lino negros y trama muy apretada, con dos guardas laterales de candelabros bordados.

Se sentaron a tomar el té, en vasos rectos de cristal.

Masha puso rodajas de limón en los bordes de los vasos.

No echó el azúcar en el líquido caliente: con el terrón en la boca, dejaba que la bebida la arrastrase a su paso. Reyles la imitó.

—Antonio necesita una costurera —expuso Beckman.

—Yo lo soy, y de las buenas —afirmó Masha—. ¿Qué quieres que te cosa?

—Unas telas que he comprado.

—¿Español? —quiso confirmar Masha.

—Sí.

—A pesar de todo lo que pasó, me gustan los españoles... Sefarad tiene que haber sido una bonita tierra.

Reyles deshizo el envoltorio y extendió tres grandes trozos de seda en el suelo impecable: rojo, amarillo y morado.

—Ya veo —dijo Masha.

—He de hacer un regalo —concretó Reyles.

—A un paisano —se extendió Beckman.

—¿Republicano? —dedujo Masha.

—Mi amigo siente una gran simpatía por Manuel Azaña —dijo Reyles.

—Ya veo... ¿Es una bandera lo que deseas que te haga?

—Precisamente.

—Puedes venir a buscarla mañana. ¿Está bien?

—Estupendo. ¿Conoces el orden de los colores?

—Masha es una compañera, Antonio.

—Ya.

Hablaron aún de Polonia, de Alemania y de la Unión Soviética.

Susana Foucault y Antonio Reyles fueron los últimos en llegar a la cena. Ramón había asado un lechón y Gloria había preparado ensaladas y salsas picantes. Jeved y Matías Glasberg habían llevado encurtidos y pescado en salmuera. Beckman había enviado por la tarde dos cajas de vino tinto de Mendoza. Bartolo aportó una pieza de queso parmesano conseguida un par de días atrás en un mercante italiano. Los niños, Cosme y Consuelo, de ocho y seis años, esperaban la comida con ansiedad. Cada uno había llevado su regalo: objetos para la casa: un reloj de pared, una fuente de plata peruana, un edredón de plumas. Susana entregó a Gloria un mantón de Manila. Reyles, a Ramón, la bandera.

—Quizás un día —dijo Ramón— haya que defenderla. Y a no tardar mucho, tal como van las cosas...

—A lo mejor —aceptó Beckman.

Después del primer brindis, Reyles se puso de pie y pidió atención.

—Tengo algo que deciros —anunció.

Todos callaron para escucharle.

—Nos hemos casado esta mañana —comunicó—. Susana y yo nos hemos casado esta mañana.

—¿De verdad? —preguntó Gloria a Susana, a quien tenía sentada a su lado, cogiéndole la mano.

—De verdad —respondió ella.

—Es una buena noticia, querida. Antonio es...

La interrumpió la voz de Beckman.

—Soy el único soltero en esta cena —decía—, pero eso es por mala suerte. Ya sé que los comunistas no somos atractivos, pero lo seremos.

—Brindo —dijo Glasberg— por el día en que los comunistas sean los hombres más atractivos del mundo.

—¿Y si no llega? —quiso saber Bartolo.

—Tendrán que joderse —auguró Reyles.

—Si hace falta —prometió Beckman—, mataremos a los burgueses más lindos. Mientras se haga en nombre de la felicidad general y, sobre todo, de la igualdad, estoy seguro de que el camarada Stalin aprobará la idea.

—No —intervino Gloria—, no hará falta. La revolución os hará más ricos, y con eso bastará.

—Por el día de la revolución —levantó su copa Reyles.

—¿Tú estarás? —le acosó Ramón.

—En primera línea, si suena el despertador... Si no suena, daré mi apoyo desde la retaguardia.

—Esta bandera será inútil entonces —dijo Gloria, refiriéndose a la tricolor de la República Española.

—Esta bandera es bastante inútil ahora mismo —sostuvo Reyles—. Servirá, justamente, a partir de entonces.

—¿Por qué no traés la comida, mamá? —protestó Cosme, famélico y ajeno a esa especulación sobre banderas y porvenires.

—Falta alguien —respondió Gloria.

—Nadie, que yo sepa —estimó Ramón.

—En ese caso, hemos puesto un cubierto de más —señaló una silla y un plato en el otro lado de la mesa.

—No —explicó Ramón—. Ese sitio lo he dejado yo... Se me ocurrió que, de haber vivido hasta hoy, Julio hubiese venido. Vamos, que yo le hubiese invitado...

—Hubieses hecho bien —dijo Reyles.

Cena y conversación se prolongaron hasta la madrugada.

Los niños se retiraron a medianoche, agotados.

Beckman fue el último en marcharse.

[85.

—¿Y después del treinta, Ramón no volvió a ver a Gardel?

—Nunca más. No sé si Gardel volvió a Buenos Aires... Vivo, quiero decir. En todo caso, no se encontraron. En Montevideo sí que estuvo. Por razones muy parecidas a las que le habían llevado a Buenos Aires: él era amigo, o alcahuete, de Gabriel Terra.

—Presidente electo, tengo entendido.

—Sí, en 1931. Pero en 1933 se hizo cargo de la suma de los poderes públicos. Una especie de autogolpe de Estado. Gardel viajó a Montevideo por esos días. Era un hombre acabado, aunque el cine haya salvado su imagen. Actuó en el Teatro 18 de Julio y el diario El pueblo *comentó el espectáculo diciendo que su voz se oía con gran dificultad... También cantó para el nuevo dictador, en una fiesta privada. Tan acabado estaba que ni siquiera quiso participar en las marrullerías ni en los crímenes de sus amigos.*

—¿Crímenes?

—El que cometió Bonapelch, por ejemplo.

—¿Quién era ése?

—Un tío que adoraba a Gardel hasta el punto de imitarle, vestirse y peinarse como él. Inclusive, en una época, fue su apoderado. Bonapelch se casó con María Elisa, la hija de Salvo, uno de los hombres más ricos del Uruguay. Tan rico era que, cuando en la Avenida de Mayo se levantó el Palacio Barolo, uno de los edificios más característicos de ese barrio, y de Buenos Aires, él contrató al arquitecto, un italiano, Mario Palanti, para que le hiciera uno igual en Montevideo. Palanti se lo hizo: el Palacio Salvo, en la primera esquina de la Avenida 18 de Julio, en el solar en que había estado la confitería La Giralda, legendaria por haber sido el lugar de estreno de La cumparsita*...*

—Son datos, ¿no?

—Comprobables.

—Es que parece una cadena de casualidades inventada...

—Y aún no te he contado lo que sucedió, apenas si he pasado lista a los elementos del escenario. Verás: María Elisa no era lo que se dice una mujer normal...

—¿Estaba loca?

—No exactamente. Su coeficiente intelectual era muy bajo, eso sí, y su equilibrio emocional era pobre. Lo suficiente para que Bonapelch, con la ayuda de un abogado hábil, lograra de los jueces una declaración de insania. Para disponer de los bienes de la esposa, le faltaba sólo un detalle: eliminar al suegro. Y al señor Salvo le atropelló un automóvil. Todo se llevó a cabo sin problemas y Bonapelch vivió feliz hasta que, en 1938, cayó el dictador y alguien abrió una investigación. Entonces se supo que el accidente de Salvo no había sido tal, que un hombre pagado, el chofer Artigas Guichón Alonso, le había asesinado por encargo de Bonapelch. Fueron los dos a la cárcel. Y no adivinarías nunca quién fue la persona que, a partir de ahí, cuidó de Bonapelch durante el resto de su vida: María Elisa Salvo. Me da en la nariz que este cuento está en el fondo de El astillero.

—¿Y Gardel no quiso participar en esa barbaridad?

—Es posible que haya participado en otras peores... Se le asoció, sin embargo, con ello. Casaravilla Senra, el hombre que vinculó a Guichón Alonso con Bonapelch, también era amigo suyo. Todos paraban en el café Jauja. Igual que Chicho Chico, ya perseguido.

—¿Chicho Chico? ¿Quién era ése?

—¡Coño! ¡Es cierto! ¡No te he contado nada de la Mafia!

—¿La Mafia? ¿En Argentina?

—Claro... Hubo dos. La Mafia Grande, que operaba en Rosario, y la Mafia Chica, hasta cierto punto efímera, que quiso hacerse un lugar en Buenos Aires. El Chicho Grande, don Chicho, era el capo de Rosario. Su biografía es corriente: se llamaba Juan Galiffi, Giovanni Galiffi, y era siciliano. De cara a la sociedad, no era más que un comerciante muy próspero, propietario de fábricas y de viñedos. De hecho, controlaba por medios ilícitos, como la fuerza o la extorsión, una serie de negocios lícitos. Por ejemplo, el abastecimiento de alimentos de Rosario dependía de él. Servía a los políticos y amañaba carreras de caballos... Era tan poderoso que, en su ciudad, hasta la Zwi Migdal le pagaba protección. En fin, un padrino como todos. El interesante era el otro...

—Chicho Chico. ¿Era el hijo?

—No, qué va. Le empezaron a llamar así cuando entró en competencia con Galiffi. Estaba a la cabeza de la Mafia Chica, la de Buenos Aires. Era de Tacuarembó, como Gardel, y es probable que su padre y el coronel Escayola hayan sido amigos. Su vida es fantástica. Fue amante de una mujer muy rica, árabe, que le trajo a Europa. Estuvo paseándose por aquí durante una larga temporada con un nom-

bre en el que nadie en su sano juicio podría creer, pero que parece haber colado sin dificultad: Alí Ben Amar de Sharpe. En París conoció a Ninon Vallin, soprano célebre en aquellos tiempos, quien le aceptó como representante suyo en América del sur: la Vallin solía ir a cantar al Colón, y acabó casada con el doctor Pardo, un abogado de Montevideo. En algún momento, Chicho Chico se unió a la banda de Antonio Galiffi... Merece su propio libro...

—Seguramente lo merece, pero no dejes el cuento así... ¿Cómo se llamaba en realidad el tal Alí?

—El nombre más recordado es el de Héctor Behety, aunque no sé con certeza si era el suyo...

—Ah, claro, ha aparecido ya en lo que tienes escrito, en relación con Juan Ruggiero...

—Justo.

—Pues...

—Sí. En la banda, Behety cometió errores. El primero, con Galiffi, que no era hombre de admitir competencia. El segundo, con uno de sus clientes, un chico de muy buena familia al que había secuestrado: Abel Ayerza. Le mató. Y no se lo perdonaron. Hay que entender: Ayerza no era hijo de una gente pudiente cualquiera: era un hijo de la clase realmente dominante. Y eso no se hace. Fueron a por él, y se encontró abandonado. Cruzó el río y estuvo en Montevideo, pero, en su caso, eso no bastaba. Fue a esconderse a Tacuarembó, envejecido, maquillado, disfrazado. Allí se vio solo, sin dinero y sin destino, y se suicidó. Asombroso, ¿no? Después de semejante aventura, volver al pueblo para suicidarse...

—¿Y Galiffi?

—Deportado a Italia como extranjero indeseable... También murió en su pueblo, en Sicilia, ya viejo.

—¿Contarás todo esto en el libro?

—Otra vez, en otro libro. Ni mi padre ni mi abuelo tuvieron nada que ver con esta parte de la existencia de su época. Al menos, no directamente. Claro que en su mundo confluyeron innumerables historias, pero ¿acaso no es así siempre? Hay una sola novela, y lo que escribimos y lo que leemos no es más que una serie de fragmentos. En éste, por lo demás breve, no caben Behety, ni Galiffi, ni María Elisa Salvo. Mira: estoy seguro de que, en algún momento, mi padre ha de haberse cruzado con Agustín Magaldi, un cantor que en su día, sospecho, fue más popular que Gardel. Pues bien, este individuo, que sigue siendo un mito para muchos, pasó en el año treinta y cuatro por un pueblo de la provincia de Buenos Aires..., se ganaba la vida cantando por los pue-

blos, haciendo giras..., en el treinta y cuatro, entre otros lugares, visitó Junín. Allí encontró a una chica de quince años que quería ser actriz: era la hija de un estanciero de la zona, muerto en un accidente de carretera, que la había reconocido y le había dado su apellido, y de una vieja alcahueta. Magaldi se llevó a la chica a Buenos Aires: se llamaba Eva Duarte... De Evita ya tienes noticia... Una vida apasionante: tanto, que le corresponde un fragmento propio en la novela general.

—De acuerdo. Volvamos a la familia. Y aledaños. Susana Foucault, y Juan Ruggiero, y Beckman...]

86. Ojos tristes

Color de barro en los ojos
con voz oscura de viento [...]

Cátulo Castillo, *Color de barro*

Hay quienes piensan, aún hoy, que el error de Juan Ruggiero consistió en ir demasiado lejos: el destino de un hijo de las orillas, razonan, no puede ser el poder; y, si lo es, ha de pagar por él un precio muy alto. Algunos consideran, inclusive, que si no hay un dios interesado en cobrar ese precio, alguien debe hacerlo en su lugar. Para mantener el orden natural de las clases.

El mayor Rosasco era uno de ésos. Cuando, en septiembre de 1930, con los oídos llenos de voces de pueblo, mandó fusilar a los hermanos Gatti, tras juzgarles sumariamente, lo hizo convencido de que la muerte de unos cuantos amigos era algo que debía constar en la cuenta de Juan Ruggiero. Y también el hecho de que la madre de los dos muchachos enloqueciera, por qué no. Tal vez, aunque siempre quepa la posibilidad de discutirlo, el tramo descendente del camino de Ruggierito se haya iniciado en el momento en que el Estado se dispuso a hacerse cargo de buena parte de sus tareas. O tal vez haya comenzado algo más tarde, en el invierno del treinta y uno, en el instante en que un hombre disparó sobre él sin éxito, a una distancia mucho menor que la que había separado a Julio Valea de su asesino: nadie hubiese podido acercarse tanto a él, sin salir mal parado, un año atrás. En todo caso, fueron señales.

Quizás el optimismo haya llevado a Ruggierito a interpretar mal las señales del mundo. Quizás haya interpretado mal los sucesos de julio del treinta y dos, cuando el juez Rodríguez Ocampo le hizo detener y le acusó de homicidio. La viuda de la víctima se había presentado diciendo que aquel hombre cuya foto aparecía en los periódicos era el asesino de su marido, que no tenía la menor duda de que ése, llamado Juan Ruggiero, era el verdugo. Rodríguez Ocampo ordenó una identificación: la mujer fue puesta delante del acusado. La misma mujer que se había pronunciado sin vacilar respecto de las fotografías. Ruggiero la miró a los ojos con sus ojos tristes, y ella vaciló, retrocedió: «No, señor juez, este hombre no fue», dijo. Le pusieron en libertad. No era la primera vez que eludía la cárcel. Pero sí era la primera vez que le esperaban en Avellaneda para celebrar su regreso: un comité de desagravio, en el Teatro Roma: militares, ministros, jueces; no Rodríguez Ocampo: otros jueces. Poco antes, en un acto político, en el barrio de la Mosca, había oído gritar: «Barceló, no; Ruggiero, sí.» Barceló le había dicho: «Si subo a gobernador, te dejo la intendencia.» Y él había desconfiado: «No, don Alberto, disculpe. Yo voy a Europa, con mis viejos. Quiero conocer Italia, España...»

Después de aquello, pasó otro año. Inquieto, hablando siempre de un viaje futuro. Yrigoyen murió en julio del treinta y tres, y Ruggierito ni siquiera se alegró.

Iba a las carreras de caballos cada fin de semana. El sábado 21 de octubre, fue al hipódromo de La Plata. Jugó en todas las carreras y se marchó al caer la tarde. José María Caballero, Joselito, conducía su automóvil, un enorme Buick negro con apariencia de blindado: le llevó a su casa para que se cambiara y, después, al domicilio de Elisa Vecino, una mujer hermosa y muy joven, amante de Ruggierito desde hacía diez años, cuando ella tenía sólo quince y él, trece más.

Tampoco con Elisa se casó Ruggierito: hacía una vida rara, en parte con sus padres, en parte con ella: recibían visitas como un matrimonio cualquiera y pasaban juntos la mayoría de las noches. Aquel sábado 21 de octubre, estaban allí Héctor Moretti, hombre del mismo duro oficio que Ruggiero, y su mujer, Ana.

La despedida se fue alargando: conversaban de pie, en la entrada de la casa, en una calle desierta, inundada de grillos. La acera era estrecha, de modo que entre la puerta y el Buick, a cuyo volante dormitaba Joselito, no había más de tres o cuatro metros. Ruggierito iba a quedarse: tenía que dar a su hombre ocasión de descansar: dejó a Elisa con Moretti y Ana, y fue a decirle que se marchara, que le recogiera al día siguiente. Se lo dijo, inclinándose junto a él.

Nadie supo explicar luego de dónde había salido el tipo corpulento que se le acercó entonces: le vieron cuando ya estaba allí, o un poco después, cuando disparó, a menos de un paso de su víctima. A decir verdad, ni siquiera le vieron realmente: vieron su traje oscuro, su carrera hacia un coche azul detenido en la esquina, en el que viajaban otros.

Ruggierito intentó sacar su arma, pero las manos no le respondieron y las rodillas se le doblaron. Cada vez que intentaba hablar, la boca se le llenaba de sangre. Moretti le sostuvo un momento, para que no se golpeara al caer: le ayudó a tenderse en el suelo y se lanzó hacia el coche.

—Vamos, seguilos —ordenó al chofer, aferrándose al portaequipaje, con los pies en el estribo—. Llamen a un médico —gritó a las mujeres.

Moretti no llevaba pistola: por la ventanilla, metió la mano en la chaqueta de Joselito y le quitó la suya. Los asesinos ya habían desaparecido tras la esquina, pero en seguida volvieron a tenerles a la vista: les persiguieron hasta la Avenida Mitre, y por ella hacia el sur. Moretti hizo fuego un par de veces, sin resultado aparente. Los disparos de los asesinos fueron más certeros: dieron de lleno en el parabrisas. Joselito, enceguecido, se vio obligado a renunciar a la presa.

A la madrugada, un vigilante encontró el coche azul, abandonado en Olavarría y Gaboto, con manchas de sangre en el asiento trasero. Era, poco más o menos, la hora en que Ruggierito moría en Hospital Fiorito, tras recibir la visita de don Alberto Barceló.

—«Conservo de Juan los mejores recuerdos de mi vida» —leyó en voz alta Reyles—. «Fui su gran amiga. Era todo un hombre. Hace algunos años nos habíamos separado, no congeniábamos. Sin embargo, y lo digo con orgullo, Ruggierito me ayudó a crearme una posición holgada sin ningún interés...»

Ramón rodeó el sillón para ver por sí mismo la página de *Crítica* en la que aparecían las declaraciones de Ana María Gómez.

—Sigue leyendo para mí, Antonio, por favor —pidió Gloria.

—Cómo no... «La vida de Juan es conocida por todo el mundo», dice. «Hizo todo el bien que pudo... Puso toda su influencia al servicio de causas donde no podía esperar ganancia alguna. Es indudable que tenía enemigos, y enemigos a muerte.»

—Ya lo creo que los tenía —apuntó Ramón—. Y también amigos de lo más sospechoso. No sé cómo vivió tanto...

—«Sabían éstos» —continuó Reyles— «que de frente les resultaría imposible dominarlo, y tuvieron que llegar a la emboscada para asesinarlo. Juan no fue un malevo. Tenía el alma de un caballero. Jamás, nunca, en los años que duró nuestra amistad, Ruggiero negó su mano a quien solicitó su auxilio.»

—¿Sabes que eso suena verdadero? —comentó Ramón—. Mucha gente se lo creerá.

—La mayoría lo ha creído siempre —dijo Reyles—. Lo que sigue es más difícil de tragar, pero también se lo tragarán. Escucha: «Hasta a sus enemigos protegía cuando los veía caer en desgracia... No puede ser un mal hombre quien siempre ayudó a sus padres...»

—¡Joder!

—¿Por qué odiaría tanto al Gallego Julio? —se interrogó Gloria.

—¿Quería a alguien? —respondió Reyles.

—Julio era un buen hombre —Gloria ignoró el comentario.

—Era igual que Ruggierito —reconoció Ramón—. Sólo que era amigo nuestro.

—Le enterrarán con honores —informó Reyles, que había vuelto a leer el periódico—. El ataúd cubierto con la bandera argentina.

—¡Qué porquería! —dijo Ramón—. «Tenía el alma de un caballero.» El alma... ¡Ja!

Susana apareció en la puerta que llevaba al comedor.

—A la mesa —dijo.

—Habrá músicos —completó Reyles, plegando el ejemplar de *Crítica*.

—¿Bandoneones? —se inquietó Ramón, saliendo de la sala.

—Es posible... Una banda, seguro. Tocando el himno.

Se sentaron a comer.

—No le hubiera gustado ser menos que el tío Pagola —dijo Ramón en voz muy queda, pensando en Frisch.

—¿El tío Pagola? ¿Quién es ése? —sonrió Susana.

—No me hagas caso. Murió hace mucho.

87. Los muertos

> Yo no sé
> si tu voz es la flor de una pena.
>
> Homero Manzi, *Malena*

Carlos Escayola, Gardel, murió lejos. Se convirtió pronto en recuerdo, una fotografía en blanco y negro, una sombra en esmoquin, una sonrisa eternamente idéntica a sí misma.

El 24 de junio de 1935, su cuerpo se carbonizó en el interior de un avión, en Medellín, Colombia. Entre la infructuosa investigación de las causas del accidente y las trabas burocráticas que siempre encuentran los muertos en sus viajes, los restos ardidos del cantor tardaron más de seis meses en llegar a Buenos Aires. En la noche del 5 de febrero de 1936, el ataúd fue velado en el Luna Park, en el bajo. La muchedumbre lo llevó al día siguiente al cementerio de la Chacarita. Una muchedumbre que colmaba de lado a lado la calle Corrientes, convertida hacía poco en una vía amplia, a lo largo de sus siete kilómetros. Una muchedumbre que se parecía mucho a la que había aplaudido a Uriburu: una muchedumbre sin memoria, que lloraba como lloran las plañideras de oficio, a un hombre al que no había conocido tanto, al que no había amado tanto, al que no había escuchado tanto, pero cuyos despojos le pertenecían.

Lorenzo Díaz era un muchacho de doce años. Ramón había considerado injusto escamotearle la muerte de su padre. Poco antes de Navidad, cuando ya se conocía la fecha del entierro, había conversado con él en la cocina de la casa de Las Flores.

—Nunca hemos hablado de esto, Lorenzo —le dijo—. Ni siquiera sé con seguridad si recuerdas que una vez hablamos de tu padre.

—Vos sos mi padre —le detuvo Lorenzo.

—Ésa es sólo una parte de la verdad, y los hombres de bien tienen que enfrentarse a ella entera. Soy tu padre porque así lo decidí un día, y porque te di mis apellidos, y porque hemos pasado mucho tiempo juntos y nos queremos. Yo te quiero, Lorenzo.

—Yo también te quiero a vos.

—Pero no soy el marido de tu madre.

—No, eso ya lo sé.

—Ella ha querido mucho a un hombre que... no pudo quedarse. Pero que no te traicionó, ni dejó de ocuparse de ti. Carlos nunca ha dejado de mandarte dinero. Y hasta ha venido a verte...

—No me acuerdo de él.

—Eras pequeño.

—¿Por qué no volvió? ¿No le gusté?

—Estaba metido en cosas peligrosas, y pensó que era mejor para ti mantenerte apartado de su vida.

—¿Y vos, por qué me aceptaste?

—Él me lo pidió.

—¿Era tu amigo?

—No exactamente... Creyó que yo era una persona en la que se podía confiar.

—Y es cierto.

—Ahora, de quien soy en verdad amigo es de tu madre. Y de ti. Por eso he venido a verte hoy. Porque a un amigo hay que ponerle las cosas más fáciles. Tu padre, el hombre que te engendró en el vientre de Nené, ha muerto. Lo habrás visto en los diarios: la gente le llamaba Carlos Gardel.

—¿Y no se llamaba así?

—No. Se llamaba Carlos, es cierto. Pero el apellido era Escayola.

—Era cantor.

—Sí.

—¿Y qué querés que haga?

—Yo no quiero que hagas nada. Pero le van a velar y a enterrar, en un cementerio, en Buenos Aires. Si quisieras ir, yo te llevaría.

—¿Mamá va a ir?

—No lo sé.

—Si ella va, yo voy. Si no, no.

También ellos estuvieron esperando el tránsito del catafalco en la calle Corrientes, cerca del Mercado de Abasto. Nené, vestida de negro, en la primera fila, con Lorenzo, tomados los dos de la mano. Susana Foucault, a su lado. Ramón y Reyles, unos metros más atrás.

—¿Todavía temes por ellos? —preguntó Reyles.

—Todavía. Se movían demasiados intereses alrededor de este hombre, Antonio. Y no somos los únicos en conocer la historia del niño.

Ramón imaginaba la posibilidad de una agresión, de un secuestro, de un insulto inolvidable. Pero imaginaba siempre un varón, pegando, cortando, raptando, hablando. No hizo caso de la mujer que se acercó a Nené en el momento en que el ataúd con las involuntarias cenizas de Gardel pasaba ante el niño y su madre.

—¿Qué hacés vos acá? —preguntó la desconocida, autoritaria.

—Nada —respondió Nené, atemorizada.

—Hacés bien. Hacés bien en no hacer nada. Porque no sos nadie acá. Sos una mujer de negro. Otra mujer de negro. Como yo.

—¿Quién es usted? —desafió Lorenzo.

—¿Yo? Nadie... Yo tampoco soy nadie. Y ése, el finado, tampoco era nadie. Está empezando a ser.

Dicho esto, se marchó tras el cortejo.

Nené se quedó muda, clavada en su sitio.

—Vámonos de acá —dijo Susana, cerrando una mano maternal en torno de la muñeca de la otra y tirando de ella—. Vámonos de acá —repitió, dirigiéndose a los hombres.

Fueron retrocediendo hacia el norte. En Córdoba y Medrano, Susana se detuvo.

—Ahí hay un café —dijo.

Todos la siguieron.

—¿Qué ocurre? —quiso saber Reyles cuando se sentaron.

Ella se deshizo del interrogante con un gesto y pidió coñac. Estaba pálida y tenía la frente cubierta de sudor. Tras la segunda copa, se sintió mejor: recobró el color y la firmeza de las manos.

—Acabo de verla —dijo entonces.

—¿A quién? ¿A quién has visto? —averiguó Reyles.

—La muerte. Acabo de verla —sostuvo Susana.

—¿Ésa? ¿Ésa era la muerte? —se asombró Nené—. ¿La que me habló?

—Ésa —confirmó Susana.

—A mí me pareció...

—¿Qué? ¿Qué te pareció?

—Una cualquiera, una loca...

—Si Susana dice que era la muerte —concluyó Reyles—, es porque lo era, Nené. Hay quien la ve, y hay quien no la ve.

Es un enemigo poderoso, pensó.

—Era la muerte —dijo, inesperado, Lorenzo—. Llegó con mi padre y se fue con mi padre. Quiero irme a casa. Allá no nos va a molestar.

Reyles sintió la garganta reseca. Miró a Ramón a los ojos. Encontró en ellos su mismo miedo.

—Llévales —dijo—. Susana y yo también nos marchamos.

Al separarse, los dos hombres se abrazaron.

—Cuídala —murmuró Ramón al oído de su amigo.

—Ven pronto —rogó Reyles.

Al día siguiente, Susana intentó en vano levantarse. Las piernas no la sostenían. Reyles la ayudó a llegar al baño y a regresar a la cama. Llamó a Ramón por teléfono.

—Está mala —le dijo—. Trae un médico. Y busca a alguien que sepa lo que no saben los médicos.

Ramón hizo las dos cosas.

El doctor Méndez, eminencia del Centro Gallego, visitó a la enferma aquel mismo día.

—No tiene ninguna infección, ni ha recibido ningún golpe... No hay nada que parezca fuera de lugar. Haremos análisis. Entre tanto, que tome unos sellos... —escribió una fórmula en una hoja de receta—. Se los prepararán en cualquier farmacia. Mañana vendré con todo lo necesario para un examen completo. Probablemente no sea más que agotamiento... La vida de hoy... ya se sabe.

Reyles le pagó y le acompañó hasta la puerta.

—Me voy a morir, ¿no? —preguntó Susana cuando se quedaron solos.

—Trataremos de evitarlo —respondió Reyles.

Méndez fue el primero de los diez médicos que acudieron en los diez días siguientes. Otros, confesaron más francamente su ignorancia.

Una semana más tarde, Ramón y Gloria se presentaron acompañados por una mujer gruesa, de pelo blanco, vestida con sencillez, que vació su enorme bolso sobre la mesa del comedor antes de ver a Susana.

Husmeó el aire y miró a Reyles con los ojos entornados.

—Tú sabes algo —dijo.

—Muy poco —confió Reyles.

—Has encendido velas.

—Sí.

—Has hecho bien. ¿De dónde eres?

—Gallego.

—Eso lo sé. Yo también soy gallega... ¿De mar?

—Muy cerca.

—Sabes usar la sal...

—Sí.

—Eso es bueno. ¿Dónde está la enferma?

Susana la recibió con una sonrisa marchitada por el cansancio.

La mujer retiró la sábana. Le pasó los dedos por los pies, por las rodillas, por los muslos, por el vientre, por los pechos, por el cuello. Y después por las manos, por los brazos, por los hombros, por el cuello. Fue dibujando con el índice sus rasgos. Terminó acariciándole el pelo.

—Siéntate —ordenó.

—No puedo —dijo Susana.

—Siéntate —repitió la otra.

Con esfuerzo evidente, apoyándose en los codos y desplazando hacia un lado, lentamente, las piernas, primero, aferrándose con desesperación al colchón e impulsando el torso con ayuda de los brazos, luego, Susana logró sentarse en el borde de la cama, con los pies en el suelo y las manos crispadas sobre la sábana, encorvada bajo una carga sobrehumana. Reyles vio cómo, de pronto, la línea de la espalda se hacía recta, la cabeza era lanzada hacia atrás y los dedos arañaban el aire: Susana cayó, agitada, más pálida que nunca, boca arriba, crucificada, vencida.

—Empuja con mucha fuerza —comentó la vieja, santiguándose.

Susana respondió con un ronquido.

—¿Te aprieta el pecho ahora?

—No.

—Trae un frasco de vidrio que he dejado sobre la mesa —pidió la mujer a Gloria.

Estaba lleno de hierbas que flotaban en un líquido verdoso.

—¿Qué es? —inquirió Reyles al verlo.

—Ruda macho y romero en alcohol.

Con aquella mezcla, hizo friegas a Susana por todo el cuerpo.

—Te estoy contando mis secretos —hablaba sin detener su labor—. Ramón me ha dicho tu nombre, Antonio. Y el de Susana. Yo soy Margarita, pero, a saber por qué, todos me llaman Ema. ¿Hay un cuarto de invitados en esta casa?

—Sí. ¿Piensa quedarse?

—Unos días.

Dejó de frotar, cerró el frasco y cubrió el cuerpo de Susana.

—Descansa —le dijo—. Apagaremos la luz.

En el comedor, se sentó a la mesa.

Los demás la imitaron.

—¿Qué es? —averiguó Gloria, ansiosa.

—El mal. Para unos, es el demonio. Para otros, la envidia. O el odio. Ven sólo una cara. Es el mal. Estaré en la casa, vigilando. Si ella me necesita, puede llamarme.

—Ya ha oído su voz, es muy débil.

—Para llamarme, no le hace falta la voz.

La vieja Ema se estableció en la casa. Reyles se acostumbró pronto a su presencia, a sus cigarros toscanos, a sus frases crípticas, a sus órdenes, a las tiras de ajos tras las puertas, a los vasos con miel bajo las camas, a las viejas estampitas de santos ignorados, a la baraja española que consultaba constantemente.

Una noche, Ema mezcló las cartas y le pidió que cortara con la mano izquierda. Volvió las cuatro que habían quedado encima y las miró.

—Nunca tendrás paz —le dijo—. Tendrás otras cosas, tendrás todo lo que desees, pero no tendrás paz. Esa ambición tuya, tan inmensa y tan imprecisa...

Reyles calló. Lo único que deseaba entonces era conservar a Susana.

Al cabo de un mes, Susana mostró cierta mejoría. Logró bajar de la cama por su propio pie, bañarse, comer sentada a la mesa. Ema siguió su tratamiento sin dar explicaciones. Nadie se las pedía.

Gloria les visitaba a diario, y Ramón la acompañaba una o dos veces a la semana.

También Jacobo Beckman iba por allí a menudo. Preguntaba por Susana y comentaba la actualidad política. Reyles se sentía en deuda con él, con su racionalidad, con su realismo.

—¿Te molesta todo esto? —le preguntó cuando tuvo ocasión, hasta cierto punto avergonzado.

—¿Esto? ¿Qué? —se sorprendió Beckman.

—Que haya descartado los médicos, que tenga una curandera en casa, que...

—Estás peleando, viejo. Y en la vida no es como en los duelos, no se eligen las armas. Se usan las que se tienen a mano. ¿Cómo te lo voy a reprochar? No soy tan boludo...

Reyles se tranquilizó.

Durante la cena, advirtió con alegría que Susana se había pintado los labios.

Cuando terminó de comer, se levantó y apartó la silla. Reyles dejó la servilleta y se puso de pie, dispuesto a llevarla a la cama, como era costumbre. Ella le tendió la mano, impaciente. No hubo anuncio alguno de lo que ocurrió a continuación. Como si hubiese recibido un hachazo en la mitad de la columna vertebral, Susana curvó el pecho hacia adelante y se desmoronó, con los ojos en blanco.

Ema se inclinó sobre ella y, con los pulgares, hizo la señal de la cruz en su frente. Reyles la alzó como si fuera una niña pequeña, tan leve la había dejado la enfermedad, y la llevó en brazos al dormitorio. Le soltó el cinturón de la bata y se sentó a su lado. Permaneció allí, quieto, callado, un largo rato, tratando de concebir un mundo sin Susana.

—Vamos a hablar —dijo Ema.

Regresaron a la mesa.

—¿Hemos fracasado? —no dudaba: pedía una confirmación.

—Quizá. Pediré ayuda. Es grave.

Pasó otro mes, y otro, y un tercero. Desfilaron por la casa decenas de curanderos, brujos, adivinos. Y también unos cuantos médicos de renombre.

—La Madre María tenía remedio para esto —sentenció una criolla a la que habían traído de Misiones—. Yo, no.

—La ciencia tiene límites —filosofó un clínico francés invitado a Buenos Aires por la universidad.

Se hicieron conjuros milagrosos en la noche de San Juan. A finales de junio, Reyles se dio cuenta de que no sólo Susana no se recuperaba, sino que Ema empezaba a desmedrar.

—No podemos seguir —dijo.

—Déjame librar una última batalla —pidió Ema.

Reyles sabía que era inútil, pero no se opuso. La vio pasar horas y horas arrodillada a los pies de la cama, recitando oraciones, llorando, perdiendo fuerzas y fe. La vio preparar pócimas e infusiones, y darlas a la enferma con una convicción poco a poco debilitada.

La noche del dieciocho de julio, Ramón tuvo un sueño que sólo contó a Gloria. En él, iba andando por una calle de tierra en la que había un único farol de gas. Bajo el farol, veía a Roque, muy joven, el Roque de los primeros años en Buenos Aires. Le veía durante apenas un instante, pero su corazón se llenaba de luz. Cerraba los ojos y, cuando volvía a abrirlos, otro hombre ocupaba el lugar de su padre. Era un compadrito de los que ya no quedaban en la ciudad, con un chambergo que le apenumbraba el rostro y un pañuelo blanco en el cuello. Ya estaba a dos pasos de él. «¿Me conocés?», preguntaba el compadrito. «Tú has de ser Maidana», decía Ramón. Y el otro saludaba llevando los dedos al ala del sombrero. «Vine a decirte una cosa», anunciaba Ciriaco Maidana. «Ella viene para acá. No sufras por eso. El mal está de aquel lado, donde vivís vos. El que no puede vencerlo allá, se escapa. El mal no tiene sitio en la eternidad. El mal no tiene sentido en la eternidad.» Ramón comprendió esas palabras luego, en la vigilia. En el sueño, temía por Reyles. «Se va a alejar», le explicaba Maidana. «Tiene que ir a la guerra, como todos, pero va a volver. Su destino está atado a vos.»

En la tarde del diecinueve, Beckman encontró a Reyles en un sillón de la sala, con la mirada perdida.

—¿Qué hacés? —le saludó.

—Espero —dijo Reyles—. ¿Hay alguna novedad?

—Golpe de Estado en España. El general Franco se levantó contra el gobierno y contra la República. Pero no sé si eso te interesa.

—Por el momento, no pienso suicidarme, Jacobo. Lo he pensado, no creas. Pero lo he descartado.

—¿Cómo sigue Susana?

—Peor.

—¿Y la vieja?

—Se ha ido a descansar un rato. Anoche no durmió... Ella también está peor...

—¡Antonio! —chilló Beckman de repente.

Reyles se sobresaltó. Beckman, con los ojos muy abiertos, señalaba algo. Se volvió.

Vio el pelo, los hombros, de una mujer vestida de negro.

—¿Cómo ha entrado? —dijo.

—No entró —aseguró Beckman—. Apareció.

—¡Coño!

La mujer no se movía. Estaba allí, de pie, dándole la espalda.

Reyles abandonó el sillón de un salto y fue hacia ella. Alzó un brazo. Iba a tocarla cuando se desvaneció.

—¡Dios mío! —murmuró.

Ema, desgreñada, lívida, le observaba desde la puerta del corredor.

—¿Qué pasa? —preguntó.

—¡Susana! —gritó Reyles.

Los tres se precipitaron hacia el dormitorio.

Fue una carrera inútil.

88. La guerra

> El hombre, el hombre heroico es lo que importa.
>
> León Felipe, *La insignia*

Antonio Reyles cerró la última caja y se sentó a contemplar las paredes de la habitación. La falta de cortinas le daba un aire de abandono y de olvido que desmentía los años pasados en ella. Toda la casa estaba así, despojada, impersonal: las camas sin ropa, los armarios sin recuerdos, los aparadores sin botellas.

Jacobo Beckman encontró la puerta abierta.

—Traigo ginebra —anunció.

—Pues no pierdas tiempo y sírvela —dijo Reyles.

Beckman llenó dos vasos y fue a acomodarse delante de su amigo.

—¿Cómo va esto? —preguntó.

—Gloria ya se ha llevado las cosas de Susana. Las dará a alguien. He metido los libros en cajas para que Ramón los mande a buscar. Pasarán a formar parte de su biblioteca, en Alsina. El resto, se venderá. ¿Sabes? En momentos como éste, lamento no haber tenido hijos. No es que no hayamos querido tenerlos. Simplemente, no vinieron. Aunque tal vez sea mejor..., no sé, yo, viudo, con unos niños...

—¿Qué vas a hacer ahora, Antonio?

Reyles tardó en responder. Sonrió, encendió un cigarrillo y ofreció otro a Beckman, mirándole fijamente a los ojos. Se inclinó hacia él y le cogió una mano; la retuvo entre las suyas mientras hablaba.

—Creerás que me estoy volviendo loco —dijo.

—¿Por qué?

—He estado pensando, Jacobo... En los últimos tiempos, en mi vida, en Buenos Aires, en Madrid. Sin Susana, todo cambia. Con ella, el mundo giraba a su alrededor. No me preocupaba por nada que no fuese hacer durar el presente. Ni el pasado ni el porvenir contaban. Cualquiera hubiese dicho que había perdido como individuo, pero yo era feliz. Con una felicidad que nunca más tendré... Ahora, he vuelto a ser un hombre solo. Y los hombres solos,

los hombres que no aman a nadie en especial, tienen que elegir uno de dos caminos: o viven para sí mismos, y llegan a ser unos redomados hijos de puta, o viven para los demás, en la historia de todos, y le dan un sentido a sus actos.

—Vos nunca vas a ser un hijo de puta —dijo Beckman.

—Sí. Yo no soy distinto, por mucho que me quieras, Jacobo... Si no hago algo... ¿Tú, cuándo te marchas?

—Dentro de quince días, si la situación no cambia.

—No va a cambiar. Aquello va para largo. ¿Vas a las Brigadas?

—No. Con los comunistas.

—Iré contigo.

—¿Vos?

—Yo, claro. De lo que pase en Madrid dependen muchas cosas... Y no hay razón alguna por la que yo no deba estar allí, ¿no crees? Ramón se encargaría de vender todo esto. En caso de sobrevivir, tendría un dinero para volver a empezar. ¿Qué trámites he de hacer?

—No muchos. Se necesita gente allá. Y vos sos español. Nadie puede oponerse a que vayas.

Reyles soltó la mano de Beckman.

—De acuerdo. Mañana los haré. Me dirás a quién hay que ver —dijo, en un tono de voz distinto.

Beckman se levantó y volvió a llenar los vasos.

—Por el porvenir, camarada —brindó.

Reyles alzó su copa y bebió.

—Me alegra mucho tu decisión —añadió Beckman—. Y no creo que te estés volviendo loco. Al contrario. Leíste demasiado para ser un tahúr.

Reyles ignoró el comentario.

—Todavía hay algo que debo llevarme —dijo—. Ven.

Fue hasta el fondo del corredor y entró en la última habitación, la más pequeña de la casa, la que había empleado como escritorio durante años. En la pared, se veía el gran plano de Buenos Aires que había comprado el día de su llegada. Ahora estaba cubierto de marcas: puntos de colores, flechas, nombres apuntados con una letra casi invisible: viviendas, negocios, amantes, garitos, burdeles, comisarías, juzgados, redacciones, teatros, cabarets: la espesa red de sus desplazamientos por la ciudad. Se ayudó con una llave para quitar las chinchetas que lo sostenían sin perjudicar el papel. Lo retiró con cuidado y lo dobló siguiendo las marcas de los pliegues originales.

—Tal vez vuelva a servir algún día —estimó, guardando el plano en el bolsillo de la chaqueta—. Vamos a cenar a algún sitio.

[89.

—¿Así?

—Así. Y no sólo mi padre, desde luego. La guerra civil fue cosa de gentes de buena voluntad.

—¿Sirvió de algo?

—Perdimos, pero la humanidad es mejor gracias a los que vinieron a luchar. Si nadie lo hubiese intentado...]

Epílogo

90.

—Se acabó —dijo Beckman—. Se rajaron todos. Miaja salió esta tarde en avión. Hay que irse.

—Lástima —dijo Reyles—. Me gusta mucho Barcelona. Si hubiésemos ganado, me quedaría a vivir aquí. ¿Has visto? Aun en medio de todo este infierno, hay calles serenas, anchas, silenciosas... Y la gente...

—No sueñes. Salimos dentro de una hora para Llançà. Los italianos nos recogen ahí con una barca, mañana.

—¿Y después?

—Todavía hay mucho que hacer. Esto es sólo el principio. La guerra será muy larga. Además, ¿quién sabe? A lo mejor, un día, podemos volver. O nuestros hijos, si los tenemos.

Barcelona, 6 de junio de 1992

Este libro
se terminó de imprimir
en los Talleres Gráficos
de Anzos, S. A.
Fuenlabrada (Madrid)
en el mes de marzo de 1995

TÍTULOS DISPONIBLES

LA TABLA DE FLANDES
Arturo Pérez-Reverte
0-679-76090-3

FRONTERA SUR
Horacio Vázquez Rial
0-679-76339-2

LA REVOLUCIÓN ES
UN SUEÑO ETERNO
Andrés Rivera
0-679-76335-X

LA SONRISA ETRUSCA
José Luis Sampedro
0-679-76338-4

NEN, LA INÚTIL
Ignacio Solares
0-679-76116-0

ALGUNAS NUBES
Paco IgnacioTaibo II
0-679-76332-5

LA VIRGEN DE LOS SICARIOS
FernandoVallejo
0-679-76321-X

EL DISPARO DE ARGÓN
Juan Villoro
0-679-76093-8

Disponibles en su librería, o llamando al:
1-800-793-2665 (sólo tarjetas de crédito)